Minha melhor parte

Hannah Bonam-Young

Minha melhor parte

Tradução: Gabriela Peres Gomes

GLOBOLIVROS

Copyright © 2024 by Editora Globo S.A. para a presente edição
Copyright © 2023 by Hannah Bonam-Young

Todos os direitos reservados. Nenhuma parte desta edição pode ser utilizada ou reproduzida — em qualquer meio ou forma, seja mecânico ou eletrônico, fotocópia, gravação etc. — nem apropriada ou estocada em sistema de banco de dados sem a expressa autorização da editora.

Texto fixado conforme as regras do Acordo Ortográfico da Língua Portuguesa
(Decreto Legislativo nº 54, de 1995)

Título original: *Out on a Limb*

Editora responsável: Amanda Orlando
Assistente editorial: Isis Batista
Preparação: Mariana Donner
Revisão: Clarissa Luz, Anna Clara Gonçalves e Bruna Brezolini
Diagramação e adaptação de capa: Carolinne de Oliveira

1ª edição, 2024 — 1ª reimpressão, 2024

CIP-BRASIL. CATALOGAÇÃO NA PUBLICAÇÃO
SINDICATO NACIONAL DOS EDITORES DE LIVROS, RJ

B686m

    Bonam-Young, Hannah
        Minha melhor parte / Hannah Bonam-Young ; tradução Gabriela Peres Gomes. - 1. ed. — Rio de Janeiro: Globo Livros, 2024.
        352 p.; 23 cm.

    Tradução de: Out on a limb
    ISBN: 978-65-5987-156-8

    1. Ficção canadense. I. Gomes, Gabriela Peres. II. Título.

24-91470   CDD: 819.1
                                CDU: 82-3(71)

Gabriela Faray Ferreira Lopes — Bibliotecária — CRB-7/6643

Direitos exclusivos de edição em língua portuguesa para o Brasil adquiridos por Editora Globo S.A.
Rua Marquês de Pombal, 25 — 20230-240 — Rio de Janeiro — RJ
www.globolivros.com.br

Nota da autora e aviso de conteúdo

Cinco dias depois de dar à luz meu primeiro filho, postei uma foto no Instagram com a seguinte legenda: "Ser uma boa mãe foi a única coisa que sempre me julguei incapaz de fazer com uma mão só. Talvez seja irracional, mas eu sempre sentia uma pontada no estômago ao ouvir um desses comentários clichês sobre como as mães precisam de uma 'mãozinha extra' para dar conta de tudo. Quando eu era mais nova, os adultos pareciam ter medo de me deixar segurar seus bebês no colo, até que comecei a levar isso para o lado pessoal. Alimentei essa insegurança desde então, mas só a trouxe à tona esta semana. Agora, gostaria de dizer que ter dez dedos é superestimado, porque esse bebê e eu estamos nos dando muito bem até agora".

Fazia menos de uma semana que eu havia me tornado mãe e, ainda assim, parecia que já tinha vivido todo tipo de emoção possível para um ser humano. Eu estava me recuperando física e mentalmente de um parto traumático e de uma gravidez difícil. Meus mamilos ardiam, meu corpo doía e eu tinha *certeza* de que minha vagina *nunca mais* seria a mesma. Ainda assim... eu me sentia *tão, tão* feliz.

Não apenas pelo bebezinho que trouxemos para casa (que é maravilhoso), e sim porque meu medo era infundado. *Eles* estavam errados. Eu era perfeitamente capaz de ser uma boa mãe.

Eu nasci com uma desigualdade de membros. Minha mão direita é menos desenvolvida, assim como a de Win neste livro. E embora eu tenha passado a vida me esforçando para que isso não me atrapalhasse, ainda assim enfrentei muitos desafios. Sempre treinava sozinha o que as pessoas esperavam que eu fizesse em público. Coisinhas simples, como abotoar a calça ou escrever as anotações na aula. Passei horas e horas analisando meus obstáculos diários, fazendo pequenos ajustes aqui e ali e planejando meus dias em detalhes para evitar qualquer constrangimento. Até que descobri que estava grávida e, de repente, me senti completamente despreparada. Eu sabia que nada poderia me preparar para o que viria a seguir, e isso me apavorava...

Eu queria escrever um livro para as pessoas que já foram prejudicadas pelo medo de errar. Não apenas para aqueles de nós que escolheram ter filhos, ou para aqueles com alguma deficiência, mas para qualquer pessoa que tenha ousado fazer algo novo e se afastado tanto da zona de conforto que já nem reconhece sua antiga versão amedrontada. Eu queria escrever a história de duas pessoas que se amam tanto que são capazes de mudar os padrões negativos de pensamento aos quais se apegaram e aceitar suas diferenças. Uma história em que o amor é compreensivo, gentil, atencioso, alegre, paciente e bondoso.

Neste livro, Win engravida e embarca em uma jornada rumo à maternidade. Como é uma gravidez inesperada, decidi incluir conversas entre Win, sua equipe médica e sua rede de apoio sobre a opção de abortar. É importante frisar que este livro se passa no Canadá, onde os direitos ao aborto não estão ameaçados como em outros lugares e, portanto, as opções da personagem são menos limitadas.

No fim, Win decide manter o bebê, mas me pareceu necessário incluir essas discussões, já que o direito fundamental ao acesso a abortos legais e seguros está sob constante ameaça. A escolha de Win não é superior a qualquer outra, e ela não é pressionada a tomar essa decisão. A escolha de Win é só isto: a escolha dela.

Antes de encerrar esta nota, quero acrescentar que sei que livros com temática de gravidez podem ser polêmicos. Não é uma leitura que agrada a todos, e não há o menor problema nisso. Mas este livro não é apenas sobre uma gravidez que é fruto de uma ficada casual. Trata-se de uma história sobre aprender a deixar outra pessoa ver o seu lado mais confuso e carente. Sobre aprender a ser amado como você é, aprender a aceitar ajuda. Tem a ver com contrariar expectativas e superar obstáculos. Tem a ver com a **alegria das pessoas com deficiência**. Algo que precisa ser mais divulgado, se é que você quer saber.

Espero que você ame Bo e Win tanto quanto eu os amo.
Com todo o amor,
Hannah Bonam-Young.

Aviso de conteúdo: cenas de sexo explícitas, gravidez e sintomas de gravidez, breve discussão sobre aborto (postura pró-escolha, não concretizado), capacitismo em relação à desigualdade de membros, ex-parceiro verbalmente abusivo (não recorrente), morte de um dos pais (passado, fora das páginas), depressão e suicídio (passado, fora das páginas), câncer (passado, não recorrente), amputação (passado, fora das páginas).

*Para Ben, por ser meu braço (e mão!) direito.
Lamento que você nunca vá ganhar de mim no pedra, papel e tesoura.
Eu te amo.*

I

— Você sabia que talvez essa música seja sobre uma orgia? — pergunto à bruxa ao lado do ponche, apontando para o alto-falante.

— Quê? — grita ela, usando as garras pretas para afastar a peruca prateada da orelha.

— A música! "Monster Mash"!

Aponto para o alto-falante outra vez.

— O que tem ela? — pergunta a bruxa, mais alto.

— Uma orgia! — berro bem na hora que a música para.

Sarah, minha amiga e dona da festa, sobe em uma cadeira para se dirigir aos convidados.

— Não tenho interesse, valeu… — responde a bruxa, olhando feio para mim.

Em seguida ela me dá as costas e se afasta, aproximando-se do corredor cheio de armas ensanguentadas.

— Rá, você nunca teria tanta sorte na vida — resmungo baixinho.

Encho meu copo com um líquido verde neon duvidoso, evitando me servir dos doces em formato de olho que boiam na superfície.

Sarah, minha melhor amiga desde sempre, começou seu discurso habitual de *muito obrigada por terem comparecido a esta festa de Halloween que eu amo tanto blá-blá-blá* enquanto tento descobrir se alguém está contando quantos enroladinhos de salsicha em formato de múmia eu já devorei até agora. Duvido muito. Então acho que posso comer mais um.

— Ora, ora, capitã Winnifred!

Merda, fui pega no flagra. Jogo o enroladinho dentro do copo e o escondo com a mão.

— Tá tudo bem? — pergunta Caleb, marido de Sarah, e lança um olhar desconfiado para o meu copo.

— Tudo ótimo — respondo com doçura. — Mais um ano bem-sucedido — acrescento, admirando a decoração impecável da casa deles.

Caleb me acompanha, e quando vejo seu semblante tomado de orgulho e admiração pelo trabalho da esposa, posso apostar que as próximas quatro palavras que vão escapar de seus lábios serão...

— Sarah é quem manda — dizemos em uníssono.

Ele toma um golinho de cerveja e sorri com uma pitada de culpa e timidez, mas principalmente de determinação. Sarah e Caleb se conheceram no primeiro ano do ensino médio, e ele vem carregando os livros dela — literal e metaforicamente — desde então.

Eu amo Caleb. Ele é como um irmão para mim. Um cunhado, se Sarah e eu fôssemos *mesmo* irmãs, como costumávamos fingir (e mentir) na época da escola. No fim das contas, de acordo com um teste de DNA que fizemos uns anos trás, somos primas de quarto grau. Sarah adora dizer por aí que somos primas, sem mencionar os quatro graus de parentesco que nos separam.

— Sabe... meu amigo Robbie está aqui. Pensei em apresentar vocês dois — comenta Caleb depois de um longo gole de cerveja.

Sei, até parece.

Tenho evitado os caras que Caleb quer me arrumar desde meu encontro desastroso com um colega de trabalho dele. Winston chorou ao descrever a própria mãe — *que estava vivinha da silva* — e a "linda relação" que eles tinham. Além disso, me levou uma orquídea de presente, o que poderia ter sido um gesto bem legal, já que eu amo plantas, se não fosse o fato de o vaso ser de cerâmica, cheio de pedras e cascas de árvore, e pesar uma tonelada. Eu não podia simplesmente colocar no chão, porque algum garçom podia acabar tropeçando, então o vaso teve que ficar bem no meio da mesa, bloqueando nossa visão um do outro. Depois de um jantar chato pra caramba, tive que carregar o bendito presente para casa, equilibrando-o no banco de trás do táxi enquanto enviava a Winston uma mensagem educada, mas decidida, de *acho melhor cada um seguir seu caminho.*

Na verdade, aquele encontro serviu para fortalecer ainda mais minha decisão de só ter encontros casuais e me limitar a aplicativos de namoro em que eu possa analisar os pretendentes por conta própria.

— Quem sabe mais tarde? — respondo a Caleb. — Quero dar uma palavrinha com nossa anfitriã.

Inclino o queixo na direção de Sarah, que está vestida como Buttercup, de *A princesa prometida*, combinando com a fantasia de Westley de Caleb.

— Tá bom, tá bom. Mas esse cara é diferente, juro. A mãe dele até já morreu — acrescenta Caleb, empolgado demais.

— Uau, agora sim! — respondo com a mesma empolgação. — Adoro quando eles não têm mãe. Facilita muito as coisas no Natal...

Caleb ri, depois se vira para encher um copo com ponche de limão.

— Pegue — oferece ele antes de jogar minha bebida mumificada no lixo. — Pode comer à vontade, Win.

Aceito a bebida e chego mais perto dele.

— Acho que você nunca me disse algo tão sexy assim, Caleb.

Bem nessa hora, alguém dá um tapão na minha bunda.

— Ele está flertando com você de novo? Céus, eu já cansei de repetir: se vocês vão ter um caso, pelo menos sejam discretos.

— Buttercup! Que bom que você se juntou a nós — digo, e escancaro um sorriso.

— Adorei a fantasia... repetida — comenta Sarah, com um suspiro resignado, e aponta para meu traje elaborado de pirata.

— Enquanto não crescer uma mão nova aqui, a fantasia não vai perder a graça.

Começo a alisar o peito dela com meu gancho até que ela ri e me afasta.

— A gente ainda tem que socializar com um monte de gente, mas você não quer dormir aqui hoje? Já arrumei o quarto de visitas e...

— Arrã, e vou ajudar a limpar tudo. Eu faço isso todo ano, doçura — interrompo. — Vai, pode ir! Vá entreter seus súditos.

Sarah solta um agradecimento apressado tipo *valeu-mesmo-você-é-um-anjo* enquanto puxa Caleb como um cachorrinho obediente na coleira.

— Arrasaram nas fantasias — elogia uma mulher quase caindo de tão bêbada, vestida como um giz de cera vermelho.

O giz de cera azul ao lado dela acrescenta:

— Acho até que vocês podem ganhar o concurso de fantasia de casal.

Fantasia de casal? Eu? A Winniezinha solteira aqui? Pfft, faça-me o favor.

Os dois devem ter visto a fantasia de Caleb e achado que éramos um casal. Westley era o Infame Pirata Roberts, afinal. Então até que não é um palpite tão equivocado. Mas minha fantasia de pirata segue mais um estilo de megera libertina. Meus peitos estão tão empinados que quase batem no meu queixo, a meia arrastão rasgada depois de tantos anos de uso dá o toque perfeito de devassidão *acidental*. Também coloquei um cinto largo de couro ao redor da cintura e amarrei uma bandana vermelha no meu cabelo preto na altura dos ombros. Tive que acrescentar esse apetrecho depois de ter perdido meu chapéu de pirata na confusão do ano passado. Que ele descanse em paz.

Não menti quando disse que vou usar essa fantasia até a piada perder a graça, mas convenhamos que tem outro motivo para isso: eu fico uma baita de uma gostosa com ela. Além disso, nem tenho grana para comprar uma nova. Mas não quero falar sobre isso.

Esqueci de mencionar outra camada da genialidade de Sarah: arranjar um nerd inteligente o quanto antes, fazê-lo se apaixonar perdidamente por ela e esperar até que ele ficasse podre de rico. Agora ela pode ser a amiga divertida em tempo integral. Anfitriã de festas, organizadora de eventos, leitora voraz, mulher sem filhos que conta com a ajuda de uma empregada. No momento, ela está muito ocupada tentando escolher o tema para o *meu* aniversário de trinta anos, que só vai acontecer daqui a dezoito meses.

— Com licença? — chama uma voz baixa e sarcástica atrás de mim.

Eu me viro para olhar.

Ah, lá está ele. O outro pirata que julgaram ser minha dupla. Mas eu certamente não o faria andar na prancha.

Minha primeira impressão? Ele é alto. *Beeem* alto. Como se alguém o tivesse esticado com um rolo de macarrão antes de botá-lo para assar em algum forno mágico até deixá-lo dourado. Seu cabelo está despenteado e repartido ao meio, naquele estilo *boy band* dos anos noventa que de repente voltou à moda. É louro-escuro, o que até posso perdoar. Tem um sorriso torto que diz *fuja enquanto pode* sob um nariz nada torto, mas um tantinho rústico, e um olhar suave. Uma combinação surpreendentemente adorável.

— Foi mal — começa ele, sem um pingo de honestidade —, mas um de nós vai ter que trocar de roupa.

— Minha nossa — respondo, alisando minha saia antes de apoiar as mãos na cintura. — Que vergonha... E que coincidência!

— Né? Tipo, até parece que a gente vai ganhar o concurso de fantasias de solteiros assim, e... — Ele se abaixa para sussurrar, mas continua *bem* mais alto do que eu — não estou usando nada por baixo.

Abafo uma risada, sem querer que o teatrinho acabe. É raro arranjar alguém que entre na brincadeira. Ainda mais alguém tão bonito assim.

— Puxa, que pena. Você deveria ter se preparado melhor. Eu estou usando várias fantasias por baixo desta.

O cantinho dos lábios se contrai, mas ele parece determinado a não dar o braço a torcer. Desafio aceito.

— Ah, é? De quê? — pergunta, cruzando os braços sobre o peito.

— De viking — respondo.

— Agora que você falou, bem que eu reparei que tem um chifre aparecendo aqui.

Ele aponta para a lateral da minha cabeça com o dedo dobrado.

— Na verdade, essa é a aparência padrão para todas as crias do diabo, mas faz sentido você ter se confundido.

— Preocupante. E o que mais?

— Empregada sexy, é claro — respondo, batendo os cílios.

— Ora, essa eu quero ver — graceja ele, rápido demais.

Acho que é aqui que me consagro campeã da brincadeirinha que fingimos não ter.

O choque sempre vence.

— Mas infelizmente preciso manter a fantasia de pirata, sabe... — Então solto a alça interna do gancho e o puxo com a mão esquerda, revelando minha mão direita menor e menos desenvolvida. — Eu meio que preciso de um gancho.

Aceno para ele zombeteiramente com meus dedinhos curvados, mais curtos do que a primeira junta, balançando-os do melhor jeito que consigo.

Ele não é pego de surpresa como eu esperava, mas abre um sorriso malicioso. Vejo um lampejo de diversão em seus olhos, que me analisam com uma velocidade preocupante. A expressão me frustraria se não fosse tão intrigante. Algo ali dá a entender que talvez esse cara esteja um passo à frente.

— Ah, entendi. Bom, acho que vamos ter que chegar a um acordo.

Então ele estende o pé.

Ah, fala sério.

Ele tem uma perna protética.
Está revestida de um adesivo vinílico que imita madeira, do tipo que alguém usaria para forrar os armários da cozinha, dando a aparência de uma perna de pau de pirata por baixo da calça preta, amarrada no joelho com uma tira fina de couro.

— Mas que droga! — exclamo.

Isso finalmente o faz rir. Uma gargalhada maravilhosa, profunda e estrondosa que vem do fundo da garganta, retesando sua mandíbula e fazendo o pescoço saltar. Sem inibições. É até sexy, ouso dizer.

— Eu tinha certeza de que ia ganhar desta vez — confesso com a voz trêmula.

O cara não para de gargalhar — está rindo mais do que eu, na verdade. Não estou acostumada com isso, e é bom para variar. Sempre dizem que tenho uma risada muito escandalosa. Já chegaram até a me comparar a um filhotinho de foca chamando a mãe. *Duas* vezes. Em situações distintas.

— É uma fantasia de casal. O giz de cera tinha razão — comento, alegre e ofegante ao mesmo tempo.

Ele leva a mão ao peito como se quisesse se acalmar, a risada enfim começando a morrer. Então sou presenteada com um sorriso travesso e olhos sinceros que me examinam dos pés à cabeça, e vice-versa.

Será que ele gosta do que vê? *Espero* que sim. Porque eu sem dúvida estou adorando. Quanto mais me observa, mais tenho a impressão de que está satisfeito com minha aparência.

Meu cabelo é preto, não muito liso, mas também não muito ondulado, na altura dos ombros. As sobrancelhas são finas demais depois de anos de depilação imprudente na adolescência. Meu nariz é afilado, com um piercing dourado na narina esquerda, ladeado por dois olhos azul-claros. Meu corpo está todo apertado nessa fantasia para empinar meus peitos e encolher minha cintura, mas é só um truque.

Eu descreveria meu físico como mediano. Gosto de fazer longas caminhadas, nadar e dançar, mas também adoro dias chuvosos esparramada no sofá, doces e cafés açucarados. Meus braços e costas são fortes e torneados por anos de nado borboleta e peito, mas meu quadril e minha barriga deixam claro o prazer de uma mulher bem alimentada e satisfeita. Não tento me privar de gostosuras ou obrigar meu corpo a ser de um determinado jeito. Ele é o que é, e até que gosto dele como está.

Mas e esse espécime aparentemente perfeito diante de mim? Como será em um dia normal? Ele me dá a impressão de alguém que sempre foi bonito. A leve inclinação presunçosa no queixo combina com a doçura ingênua do sorriso que eu gostaria que não fosse tão neutralizador. Ele deve ser uns trinta centímetros mais alto do que eu, e é inevitável não imaginar se seria muito difícil puxar aquela camisa plissada de pirata para trazer a boca dele para mais perto da minha.

— Meu nome é Bo.

Ele estende a mão esquerda, e meu corpo interpreta isso como um *Oi, posso te comer?*. Porque não tem nada mais esquisito do que usar minha mão direita para cumprimentar, e nada mais atraente do que um homem que pelo jeito previu isso.

Então aperto a mão dele com entusiasmo.

— Win.

— É apelido? — pergunta ele, recolhendo a mão e a enfiando no bolso da calça.

— Na verdade meu nome é Winnifred, mas ninguém me chama assim. E Bo é apelido de quê? — Faço questão de esticar bem o pescoço enquanto o encaro, como se ele fosse um gigante de contos de fadas. — Bonecão do posto?

Ele não consegue parar de rir, e eu não quero que pare.

— Quê? — pergunta por fim, os olhos iluminados de divertimento.

— Sério, quanto você mede? Uns três metros?

— Um e noventa e...

— Um e noventa e *quanto*?

— Um e noventa e seis.

— Nossa, para que tudo isso? Você joga basquete?

— Hum, já joguei.

O sorriso dele vacila por um mero instante, mas dá para ver. Vejo também que ele, talvez sem nem perceber, estende a mão para coçar o joelho, logo acima de onde começa a prótese.

— Desculpe — digo logo. — Eu já nasci com a mão assim, então às vezes eu esqueço que nem todo mundo...

— Não foi nada — interrompe-me, sorrindo com o queixo erguido.

— Eu estraguei tudo, né? Mas antes até que estava legal, não acha?

Ele desvia o olhar e se agita um pouco, ainda sorrindo, mas visivelmente tímido.

— Mas ainda dá para recuperar. Que tal se eu tirar sarro da sua mão? Aí ficamos quites — propõe Bo, em tom de brincadeira.

— Vai fundo, por favor. Isso vai ajudar bastante, na verdade — respondo, percebendo que é só um blefe.

Ele se vira para me encarar com olhos apertados, os lábios se curvando em um sorriso cada vez mais largo que faz o sangue pulsar nas minhas veias. Arqueio uma sobrancelha em desafio enquanto Bo parece calcular seus próximos passos, com a cabeça inclinada para o lado.

— Certo — diz, estendendo a palma da mão e gesticulando com dois dedos para que eu me aproxime. — Deixe-me ver.

Lanço-lhe um olhar desconfiado de brincadeira enquanto estico minha mão menor, colocando-a em sua palma aberta, que deve ser duas vezes maior que a minha. Engulo em seco ao sentir o impacto, e o toque dele me arrepia.

— Droga... — murmura baixinho, virando-a de um lado para o outro e segurando meu pulso de um jeito que muito me agrada. — É uma gracinha

— comenta por fim, analisando-a com atenção. Depois deixa escapar um suspiro e a solta, quase a jogando de lado. — O que é que eu vou falar agora?

— Não é mesmo? — concordo, erguendo os braços em um gesto resignado. — É impossível tirar sarro dela. É muito fofa. Então é isso, eu estraguei tudo mesmo.

— O máximo que pensei foi um comentário sarcástico do tipo "parece a nadadeira do Nemo", mas ele é muito querido, não é?

— Ele é um ícone — concordo.

— Eu amo aquele peixinho.

Bo coça a nuca, com os olhos fixos no corredor à nossa esquerda.

— Quer se sentar? — propõe ele.

Aceito e abro caminho para o sofazinho amarelo no refúgio de Sarah. As paredes do cômodo são forradas de livros e mapas de lagos do norte de Ontário, e a decoração é toda inspirada em uma casa de campo, já que os ricos adoram essa história de festas *e* quartos temáticos.

— Então, de onde você conhece Sarah e Caleb? — pergunto, cruzando as pernas sobre o sofá.

Estou tão perto de Bo que consigo ver que seus olhos são castanhos com alguns pontinhos verdes. A barba é mais comprida do que eu tinha reparado à primeira vista, mas é porque os pelos são mais claros do que o cabelo. Então percebo que ele é *muito* cheiroso. Uma mistura de canela e algo mais almiscarado, quente e delicioso. Como alguém capaz de fazer uma fogueira e me preparar um bolo de aniversário.

Continuo encarando-o na maior cara de pau. Não consigo resistir, então nem tento. E, finalmente, quando meu olhar se afasta dos anéis surpreendentemente atraentes logo abaixo de suas unhas pintadas de preto, percebo que ele está com os olhos fixos no meu decote. Pelo jeito não sou a única descarada.

Abro um sorriso orgulhoso e endireito os ombros, empinando ainda mais os peitos. Dou-lhe mais alguns segundos para admirar a vista antes de pigarrear baixinho.

— Perdão — diz ele, sacudindo o corpo. — O que foi que você disse?

Bo pisca como um homem pego no flagra.

— Que sem-vergonha! — exclamo, rindo. — Você praticamente me *comeu* com os olhos.

Ele ri com nervosismo.

— Caralho, foi mal. Eu sempre... bom, eu sempre tento disfarçar, mas dessa vez esqueci.

Bo se encolhe, todo acanhado, com o canto dos lábios ainda curvados para cima.

— Essa fantasia tem um propósito bem definido — respondo com um dar de ombros, brincando com a barra da minha saia.

— Sério, foi mal mesmo. Eu não...

— E aí, o que achou? — pergunto, interrompendo-o.

Bo olha para o teto como se precisasse de ajuda divina para lidar comigo, e eu adoro a sensação.

Ele mordisca o lábio inferior e vejo um sorriso lento se formar.

— Achei maravilhoso, assim como cada pedacinho seu — responde, bem devagar.

Agora é a vez de Bo pigarrear enquanto eu fico ali, toda vermelha, sem conseguir tirar os olhos dele.

— Mas... o que você tinha perguntado mesmo?

Estou tão desconcertada que já nem sei. Mas quando observo o cômodo e volto a me concentrar nos arredores, lembro-me de onde estou e, portanto, da pergunta que fiz.

— De onde você conhece Sarah e Caleb?

Bo se recosta no sofá, distraído enquanto afasta do pescoço a gola bufante da camisa.

— Eu conheci Caleb uns seis anos atrás por meio de uma pessoa em comum, mas só retomamos o contato no começo deste ano por causa do trabalho. Ele é um cara legal. E você?

— Eu conheço Sarah desde sempre. Minha mãe e a dela eram amigas na época da escola e as duas engravidaram sem querer no último ano do ensino médio. Aí elas nos criaram juntas quase como irmãs.

— Nossa, então você conhece Caleb desde...

— Desde que eu tenho uns catorze anos — interrompo. — Nós três estudávamos na mesma escola, e sou a vela oficial deles desde então.

— Você é a vela do casal — repete Bo. — Então não está... — Seus lábios se curvam para um dos lados. — Eu ia perguntar se você veio acompanhada, mas deixe-me reformular. Por acaso existe um certo alguém que me moeria na porrada por ter dado aquela olhadona em você?

— Não — respondo, e cubro meu sorriso com o dedo indicador curvado, deslizando-o sobre o lábio antes de recobrar minha confiança. — Ninguém. Nem aqui, nem em qualquer outro cômodo.

Isso soou mais sugestivo do que eu pretendia, mas o saldo foi positivo, já que Bo sorri outra vez e deixa o olhar recair sobre meus lábios por um segundo.

— Nem em qualquer outro cômodo. — Ele assente com a cabeça, o queixo erguido. — Anotado.

— E você? Tem alguma namorada de que eu deveria saber? — pergunto.

Bo parece ofendido por eu ter cogitado uma coisa dessas, e franze as sobrancelhas em surpresa.

— Não!

— Ué, você não seria o primeiro cara comprometido a bancar o solteiro — argumento.

Meu ex vivia fazendo isso, afinal.

— Verdade — concede ele, e parece se acalmar. — Não, nenhuma namorada. Nem aqui, nem em qualquer outro cômodo — provoca.

— Certo.

Eu me ajeito no sofá, e Bo confere meu decote outra vez enquanto me apoio no encosto.

— Então... — continuo. — Fale mais sobre você. Quem é você, afinal?

— Por que essa pergunta sempre soa tão intimidadora?

Ele desliza os nós dos dedos pelo rosto, acariciando a mandíbula com o polegar.

— Porque é impossível resumir a experiência humana em um punhado de frases — sugiro —, mas ainda assim só nos resta tentar.

Ele concorda com um aceno e me lança um olhar curioso e intenso que parece muito casual, e mesmo assim faz meu coração palpitar.

— Faz sentido — começa a dizer. — Bem, tenho vinte e nove anos. Sou analista financeiro. — Ele levanta a mão, como se para me impedir de interromper… o que eu estava prestes a fazer mesmo. — Eu sei, eu sei, é uma profissão intrigante, mas eu realmente gosto do que faço.

Ele coça o nariz com o dorso do polegar, olhando de soslaio para a extremidade oposta do cômodo.

— Sou filho único — retoma. — Meu pai mora na França, então eu quase não o vejo. Mas ele é meu melhor amigo… Eu sei que é bobo, mas fazer o quê? Minha mãe morreu quando eu era mais novo.

Ele ri secamente, como se não soubesse se deveria estar falando tanto assim.

— E… hum… eu trabalhei como barista quando estava na faculdade, e isso me deixou muito chato em relação a café. Quando era adolescente li um livro sobre hábitos cerebrais saudáveis e agora faço sudoku todo dia porque morro de medo de meu cérebro apodrecer. Meu animal preferido é cachorro, mas nunca tive um de estimação. Hum, minha cor preferida é roxo? — pergunta, como se não tivesse certeza de quando parar.

— Foi ótimo, obrigada — agradeço.

— Ah, é? Passei no teste?

— Arrã, foi muito esclarecedor. Mas ainda tenho umas perguntinhas.

— Ué, mas antes você não precisa me falar mais sobre você? — pergunta Bo, levantando uma das sobrancelhas.

— Ah, é. Verdade — respondo, e pego o copo que coloquei na mesinha à nossa frente.

Bo fica em silêncio e me espera falar, com os olhos fixos em mim enquanto se esparrama ainda mais no encosto do sofá.

— Eu tenho vinte e oito anos — começo e tomo um gole da minha bebida. — Trabalho em uma cafeteria, então também sou um pouquinho esnobe em relação a café. Às vezes também trabalho como salva-vidas, algo que eu amo de paixão. Eu passaria a vida inteira ao ar livre se pudesse. Por causa disso, minha mãe sempre dizia que eu era o esquilinho de estimação dela. Por isso e porque eu sou meio acumuladora. O vício da vez são as plantas. Minha mãe mora na Flórida e vive trocando de namorado, mas eles até que são legais… Eu tento visitá-la uma vez por ano, mas não somos muito próximas. Nunca conheci meu pai. E… — Tento pensar em uma última coisa. — Ah, *minha* cor preferida é verde.

— É um prazer conhecer você, Fred.

— Por favor, não me chame assim — peço, meio brincando.

— Ué, por que não?

Ele parece comicamente ofendido.

— Não é um nome muito sexy, né? — argumento. — Winnifred já não é lá grandes coisas, mas *Fred*? Parece o tio esquisitão que ninguém quer convidar para o Natal.

— Você tem todo o direito de estar errada.

— Imagine só gritar "Fred" entre quatro paredes.

O sorriso de Bo aumenta e eu o fuzilo com os olhos, mas decido enfatizar meu ponto de vista.

— Ah, Fred — gemo. — Isso, Fred! — exclamo um pouco alto demais, com paixão fingida. — É horrível.

Alguns dos convidados da festa estão nos encarando, parecendo confusos e até um pouquinho ofendidos. Eu os cumprimento com um aceno antes que eles voltem para suas respectivas conversas, mas não tiro os olhos de Bo.

Sei que é clichê, mas o sorriso dele é radiante — com um brilho mais intenso do que o próprio sol. Sinto-me desabrochar ali mesmo, como se fosse minha própria versão da fotossíntese.

— Por que você tá me olhando assim? — pergunto, acanhada de repente.

— Você é engraçada — responde ele, na lata, ainda com aquela mesma expressão.

Hum.

Faço o possível para observar os arredores, fingindo que os outros convidados fantasiados despertaram meu interesse repentinamente. Sei muito bem que estou toda vermelha por causa do elogio e adoraria poder controlar meu rubor.

Quando finalmente me viro para Bo, vejo que ele voltou sua atenção para o encosto do sofá logo atrás de mim. De repente, a ponta do seu polegar começa a traçejar os contornos de um dos botões da almofada em movimentos circulares e repetidos.

Isso não deveria me afetar tanto, e vou negar se alguém me perguntar sobre isso um dia, mas há algo incrivelmente sexual no movimento. Fico ali assistindo, extasiada até demais, enquanto ele circula o botão com delicadeza. Engulo em seco, os lábios entreabertos, imaginando seu polegar me acariciando daquele mesmo jeitinho. Já faz meses que tive um encontro bom o bastante para permitir que um homem me toque — e não que tenha sido lá grandes coisas da última vez. Ainda assim, a julgar pela minha respiração ofegante, acho que eu daria uma chance a Bo.

— Pois bem — retoma ele, atraindo meu olhar do botão para seu rosto —, você não veio acompanhada...

— Isso é uma pergunta? — quero saber, e há uma rouquidão perceptível na minha voz.

Ele revira os olhos. Isso também me agrada.

— Acho que é — responde Bo, com a voz arrastada. — Mas a questão é: por quê?

— Ah, então chegamos na parte de descobrir os defeitos um do outro? — pergunto.

— Na verdade, eu queria saber como uma mulher como você ainda está solteira — explica ele. — Mas podemos falar dos defeitos, claro... sem problema.

— Ah, valeu.

Apesar do meu sarcasmo, sinto meu rosto corar outra vez. Quero me dar um tapa. Fiquei vermelha três vezes na mesma noite? Deve ser um recorde, que espero nunca bater.

— Para ser sincera, a resposta não é tão interessante. A verdade é que não estou a fim de nada sério. Sarah sempre diz que sou independente demais.

Não revelo, porém, que cresci vendo minha mãe trazer uma fila de otários para casa, sabendo muito bem que nossa vida seria muito melhor sem eles. Bastavam algumas semanas para que os namorados dela botassem as asinhas de fora e começassem a agir como se mandassem na vida dela... e na minha. Quase sempre começava com coisinhas pequenas, como substituir a marca de café preferida da minha mãe por uma de que eles gostassem mais. A partir daí era só ladeira abaixo. Nosso horário sagrado da novela virava um *Ouça, querida, agora está passando jogo. Por que você não vai para o quarto fazer lição de casa?* Ou *Não, nada de comida mexicana*. O fulaninho da vez não é *muito chegado*. Até que, cedo ou tarde, eles davam no pé e a gente começava tudo de novo. Sarah, a mãe dela e eu aproveitávamos o breve intervalo entre um namorado e outro, e depois cuidávamos da minha mãe quando as coisas davam errado outra vez. Graças a isso, logo entendi que se pretendesse levar a vida que eu queria, não poderia dar papo para homem nenhum.

Mas, como a maioria dos românticos incorrigíveis, quando eu tinha uns vinte e poucos anos cometi a estupidez de ignorar essa regra autoimposta e fui morar com meu namorado Jack, que queria *tudo* do jeito dele e fazia o que fosse preciso para não ser contrariado. Claro que isso também acabou mal. Tenho juntado meus cacos desde então. Minha autoestima e meus planos de vida ainda estão quase todos em frangalhos.

— E você? — pergunto. — Está querendo casar?

— Não — responde Bo, achando graça, os olhos se voltando para o teto por um instante. — Não mesmo.

— Ora, então acho que somos... compatíveis.

Mordo meu lábio inferior, esperando que ele entenda minha sugestão nada sutil.

E ele sem dúvida entende, e me encara por um tempo longo *demais*. Tanto que começo a sentir minha artéria pulsar no pescoço. Era exatamente a resposta que eu queria, claro, mas vinda de Bo, por algum motivo, parece intensa demais. Talvez seja a maneira como seus olhos avaliam meu rosto, como se ele tentasse me reconhecer. Como se já nos conhecêssemos. Ou como se não pudesse acreditar que nunca tínhamos nos visto antes.

Seja lá o que esse olhar signifique, preciso que pare agora mesmo. Está bombeando muito sangue para minha cabeça, me deixando quente, nervosa e tonta.

— Gostei da sua perna de pirata — comento, em uma tentativa ridícula de desviar a atenção de mim. — Hum... estou falando da fantasia, claro. Não só da sua perna. Gostei do conjunto da obra — acrescento, toda atrapalhada.

— Ah, que bom. Por um momento achei que você só me queria por causa da perna — brinca ele.

Decido ignorar o atrevimento de dizer que *eu o queria* e tento mudar de assunto para disfarçar minha mancada.

— Isso já aconteceu com você? — pergunto, e dou um gole na bebida, rezando para que me ajude a recuperar a compostura. — Recebi uma mensagem fantástica no Instagram semana passada. Reese24 disse que o pau dele ficaria enorme na minha *mãozinha de bebê*.

— Puta merda — responde Bo com uma risada incrédula, o rosto contorcido de horror.

— Pois é.

— Isso é muito errado.

— Pra você ver.

— Mas...

Bo levanta as mãos, imitando uma balança pendendo mais para um dos lados.

— Não — digo, pontuado por uma risada chocada. — Não. Não se atreva.

— Quer dizer... — continua Bo, com uma expressão brincalhona nos olhos. — Ele meio que estava certo, né? Provavelmente ficaria mesmo.

— Aimeudeus.

— Faria maravilhas pelo ego masculino. Esse tal de Reese24 sabe das coisas.

— Péssimo — deixo escapar entre uma risada e outra. — Vocês dois são péssimos.

Enrugo os lábios na direção do nariz como se o cômodo estivesse fedendo, e enquanto isso Bo se ajeita confortavelmente no sofá, seu braço mais uma vez descansando atrás de mim.

Continuamos jogando conversa fora por tanto tempo que as músicas da playlist de Sarah até começam a se repetir. Ao contrário da mulher fantasiada de bruxa, Bo ri da minha teoria sobre "Monster Mash", que já tocou duas vezes, e garante que vai fazer uma análise cuidadosa da letra quando chegar em casa. A festa parece cada vez mais perto de acabar, assim como a nossa conversa. O assunto vai morrendo aos poucos até culminar em um silêncio regado por uma terceira rodada de drinques trazidos por mim.

Mas, curiosamente, o silêncio não é nem um pouco desconfortável. Já fui a muitos encontros em que as brincadeirinhas e os flertes acabaram de repente e parecia mais fácil dar no pé ou ir logo para os finalmentes em vez de esperar o papo ficar bom outra vez. Mas com Bo assunto é o que não falta, e não há receio de que a conversa pareça forçada ou sem graça.

Esses momentos silenciosos parecem intervalos. Como se estivéssemos nos apresentando um para o outro, nos revezando entre entreter e ser entretidos. Ocupados em manter o riso contínuo. Em manter o interesse aceso. É *divertido*, e uma parte de mim adoraria que tivéssemos mais tempo antes que Sarah e Caleb decidam botar todo mundo para fora. Mas *talvez* eu consiga convencê-lo a ficar mais um pouquinho.

Considerando tudo o que descobri sobre Bo até agora, eu vou ter que tomar as rédeas da situação. Ele é tão alheio ao próprio charme que chega a ser cômico. Quase como se fosse tímido. Até consigo imaginá-lo pedindo meu número, mas duvido que teria coragem de me convidar para ir para casa com ele. Algo que estou decidida a fazer.

— Isso é uma peruca?

A lateral do dedo de Bo resvala na minha bochecha e só então percebo que ele está segurando uma mecha do meu cabelo, girando-a distraidamente entre o polegar e o indicador.

— Não, é tudo natural.

Engulo em seco quando o polegar dele acaricia a parte inferior do meu queixo. Bo ainda torce meu cabelo de um lado para o outro, enrolando-o entre os dedos como se fosse uma cobra. Luto contra a vontade de me jogar no colo dele e ronronar.

— Desculpe — sussurra Bo, umedecendo os lábios.

Mas ainda assim não solta meu cabelo.

— Não tem problema — respondo baixinho, mas o que eu *quero* dizer é: pode continuar me tocando... onde quiser.

— É lindo — elogia por fim, e me olha com uma seriedade instável. Depois solta meu cabelo e se inclina para trás, respirando tão fundo que as narinas chegam a tremer. — Acho que bebi muito ponche.

— É serio. Não tem problema.

Chego mais perto, tentando captar seu olhar. Quase como se quisesse lhe fazer uma súplica silenciosa para pedir por mais. Mas não adianta. Ele é maravilhoso, mas não parece se dar conta disso. É adorável e frustrante ao mesmo tempo.

De repente decido que já deu. Sou plenamente capaz de assumir as rédeas. Sou uma mulher moderna, caramba. Posso muito bem ir atrás do que quero, mesmo que não tenha muita experiência nesse tipo de coisa. Eu consigo.

— Bo, você quer ir lá pra cima comigo? — pergunto um pouco mais alto do que pretendia, com a voz carregada depois de me forçar a soar confiante.

Os olhos dele se arregalam de surpresa.

— Lá pra cima?

Eu não achei que teria que repetir. Ou explicar. Fico com vontade de enfiar a cara em um buraco, mas dane-se. Agora já comecei e vou até o fim.

— É, você quer, sei lá, transar comigo? Eu tenho um quarto aqui — explico, e me esforço para manter os ombros empertigados.

Fingir estar confiante é fundamental.

— Aqui? — pergunta ele, parecendo confuso.

— É, ué.

— Você... você mora aqui?

— Não, mas passo muito tempo nesta casa.

Espero alguns segundos, na esperança de que Bo acabe logo com meu sofrimento, mas ele parece distante e meio atônito. Será que eu entendi tudo errado? Já me equivoquei antes, claro, mas não *tanto*. Parecia tão certo.

Bo ri com nervosismo e baixa a cabeça.

— Hum, na verdade... hum...

Bote a culpa no ponche, digo para mim mesma.

— Foi mal — peço. — Esqueça o que eu disse.

Vou ter que mentir para mim mesma, só assim para superar. Bo é virgem. Jurou celibato eterno. Eu fui a oferta mais tentadora que ele já recebeu, mas não pode abrir mão do seu voto sagrado, depois de tanto tempo. O problema não sou eu. Não mesmo! Não sou...

— Não — diz ele, de forma um tanto enérgica. — Não quero... esquecer o que você disse. Hum, foi mal, é só que... — Ele balança a cabeça. — Eu não faço isso desde que...

Seus olhos recaem para as próprias mãos apoiadas no joelho, logo acima de onde a prótese começa.

Ah.

Eu deveria pensar um pouquinho antes de abrir a matraca. Deveria *mesmo*. Mas me pergunta se eu faço isso? Quase nunca.

— Aconteceu alguma coisa com o seu...?

E aí, para arrematar a frase que eu nunca deveria ter dito, aponto para o colo dele.

Winnifred June McNulty, você não pode sair perguntando aos outros se o treco deles está quebrado. Qual é o seu problema?

— Ah, não. Nadinha. Tá com tudo em cima.

Então ele estremece com a própria escolha de palavras. Ou talvez por causa dessa conversa como um todo.

Preciso dar um jeito nisso. Eu não sou assim. Não sou o tipo de pessoa que se intromete e se atrapalha e faz alguém se sentir desconfortável com o próprio corpo ou suas diferenças. Não posso ser assim. Seria *muito* hipócrita da minha parte.

Chego mais perto, bem devagar, depois pouso minha mão sobre a dele.

— Então tenho certeza de que nada mudou. — Hesito por um instante, esperando que ele olhe para mim. — Estou disposta a tentar, se você quiser. Pode ser divertido.

Bo me observa com um olhar cheio de intensidade, as pupilas dilatadas e a testa franzida.

— Por que isso foi tão sexy? — pergunta ele em um sussurro, com uma voz quase descrente.

Agora sim, penso. Recupero uma pontinha de orgulho.

— Eu fiquei a fim assim que você usou a mão esquerda para me cumprimentar — confesso, e tento abafar um sorriso. — Então imagino que seja parecido para você? Saber que eu entendo a questão, até certo ponto?

O olhar dele recai nos meus lábios outra vez e Bo concorda com um aceno, os olhos vidrados e brilhantes.

— E aí, o que me diz? — pergunto, e chego tão perto que consigo contar cada uma das sardas que se espalham pelo rosto dele. — Porque se eu tiver que perguntar de novo, acho que prefiro me afogar no ponche.

Sem hesitar, Bo se aproxima e me dá um beijo breve e delicado, segurando meu queixo. Os lábios dele são macios e quentes e quase inebriantes.

— Sim — responde, e inspira com avidez, pressionando a testa contra a minha.

Ele ri baixinho e ajeita uma mecha de cabelo atrás da minha orelha antes de deixar a mesma mão deslizar pelo meu pescoço, ombro e braço.

— Venha — chama ele e me puxa pela mão, já fazendo menção de se levantar.

— Calma — digo, puxando-o de volta para o sofá. — Vou subir primeiro, só para garantir que mais ninguém teve essa ideia e resolveu usar o quarto de hóspedes. Enquanto isso, você pode ir até a cozinha para pegar um pouco de água ou sei lá. É a última porta à esquerda.

— Beleza.

Ele concorda com avidez, um pouco enfático demais para o meu gosto. Isso me lembra a disposição de Caleb, que mais parece um cãozinho de estimação, e sou invadida por uma onda de pânico.

Não vou aguentar mais um cara sendo bonzinho demais entre quatro paredes. Preciso ter certeza de que toda essa química entre nós dois não vai desaparecer assim que entrarmos naquele quarto.

— Bo, você pode me prometer uma coisa? — pergunto.

Ele estica o lábio inferior e assente outra vez, dessa vez com menos entusiasmo.

— Claro.

— Por favor, prometa que *nós dois* vamos curtir esta noite. Tive um bando de encontros péssimos este ano, e se eu tiver que fingir outro orgasmo, acho que vou ser obrigada a virar freira.

Mordo o lábio, apreensiva por talvez estar exigindo demais de alguém que acabei de conhecer.

Bo nem pisca, mas seu sorriso travesso volta com força total.

— Win, não vou deixar você sair insatisfeita daquele quarto. Seria muita *mancada* da minha parte.

Uma piada com a própria perna? Aguenta, coração.

Cubro a boca para abafar a risada que me escapa.

— Não acredito que você falou isso.

— Pois pode acreditar — rebate ele, relaxando no sofá.

Então enrosca os dedos em uma mecha do meu cabelo outra vez, brincando com ela enquanto seus olhos recaem nos meus lábios com uma mistura de desejo e diversão.

— Agora — continua —, suba e espere por mim.

3

— Ah, que alívio!

Solto um suspiro satisfeito ao deixar o cinto cair no chão do banheiro da suíte. Depois abro a gavetinha do armário onde Sarah guarda uma quantidade absurda de produtos de higiene pessoal e encontro tudo de que preciso para dar um retoque no visual.

Pego fio dental, desodorante, enxaguante bucal e uns lencinhos demaquilantes para dar uma geral nos *países baixos*. Talvez não seja muito adequado para o pH das minhas partes íntimas, mas isso é um problema para a Win do futuro.

Ouço uma batida suave, seguida pelo ranger da porta abrindo e fechando no quarto ao lado.

— Já vou! Só um minuto — aviso, limpando um pouco da maquiagem borrada nos olhos que passei antes da festa.

— Nossa, este é o quarto de *hóspedes*? — comenta Bo do outro lado da porta, claramente impressionado.

— Você trabalha com finanças, né? Quanto acha que esta casa vale? — pergunto, antes de fazer bochecho com o enxaguante bucal e cuspir *silenciosamente* na pia.

Ele ri, mas não arrisca um palpite.

Jogo a cabeça para frente, usando o antebraço, o pulso e a mão esquerda para prender meu cabelo em um rabo de cavalo. Em seguida tiro a saia de couro e as botas, mas deixo a blusa branca — com alguns botões abertos — e a meia arrastão.

Respiro fundo para me acalmar, aplico uma camada de brilho labial e tento reunir toda a minha confiança para abrir a porta do banheiro.

O quarto de hóspedes é decorado com papel de parede cinza e piso escuro, com um pequeno lustre pendurado no meio do teto. Assim que entrei, antes de correr para o banheiro, dei um jeito de diminuir todas as luzes até o cômodo ficar banhado por um brilho suave e sugestivo. A cama fica bem no meio, uma *queen size* adornada por um edredom de linho branco, travesseiros e uma colcha cinza de malha.

Bo está sentado bem na beira da cama, de frente para a porta onde estou. Assim que me vê, ele coloca a mão no colo e ajeita a calça — o que faz maravilhas para o meu ego.

— Caralho — sussurra, com o maxilar retesado.

Ele se inclina para a frente e ri sozinho de um jeito agonizante e agridoce antes de voltar a me encarar com olhos semicerrados. Fico extasiada com a sensação de poder despertada pelo olhar ávido de Bo, que parece disposto a pular de uma ponte se eu apenas pedir.

— Eu tirei algumas... coisas — aviso, apoiada no batente da porta.

— Percebi.

Bo umedece os lábios e esfrega as próprias coxas como se buscasse uma espécie de atrito.

— Está ótimo — continua, e então limpa a garganta, sentando-se devagar. — Linda, você está... linda.

Os lábios dele se curvam em um sorriso que não chega aos olhos — estes permanecem vidrados em mim.

Dou cinco passos em direção a ele na ponta dos pés, parando bem no meio de seus joelhos entreabertos. As mãos dele envolvem a parte de trás de minhas coxas, logo abaixo da bunda, e parecem tensas conforme acariciam a meia-calça que reveste minha pele. Mesmo sentado, meu rosto paira apenas alguns centímetros acima do dele.

— Então a história da fantasia de empregada sexy era só brincadeira mesmo — comenta Bo, e suas mãos alisam toda a extensão do meu joelho até a bunda, os polegares dedilham os fios da meia arrastão como se fossem as cordas de uma harpa.

— Ficou decepcionado? — pergunto, chegando mais perto.

A ponta do meu rabo de cavalo resvala na bochecha de Bo, que vira o rosto e fecha os olhos brevemente enquanto inspira o cheiro do meu cabelo.

— Só um pouquinho.

Ele afasta uma das mãos da minha coxa e me envolve pela nuca, puxando-me para mais perto.

— Quem sabe no ano que vem — sussurro, instantes antes de nossos lábios se encontrarem.

O beijo é cauteloso no início. Delicado, mas deliberado também. É só quando a outra mão de Bo enlaça minha cintura que a coisa começa a esquentar — dentes mordendo, mãos apalpando. Subo no colo dele, com meus joelhos encaixados nas laterais de seu quadril, e solto um gemido involuntário quando se inclina para trás e o sinto *bem* no meio das minhas pernas.

— Puta merda, eu amo o Halloween — Ele praticamente rosna contra os meus lábios, ainda sorrindo.

Só consigo pensar em *tira*.

Tira logo minha roupa.

Tira essa vontade de mim.

Tira tudo que não seja você dos meus pensamentos.

— Eu não consigo desabotoar a roupa dos outros — aviso com a voz rouca, plantando beijos por toda a mandíbula dele até chegar à orelha. — Assim, até consigo... mas vai demorar.

— Não tenho a menor pressa — responde Bo, as palavras pontuadas por beijos delicados no meu pescoço que fazem minhas pálpebras tremelicarem, tomadas por uma luxúria inebriante.

Espalmo a mão esquerda no peito dele e encontro o primeiro botão da camisa. Então começo a desabotoar, um por um, dando o meu melhor.

Bo também se põe a abrir os botões da minha blusa. A princípio, tenho a impressão de que está me provocando com seus movimentos lentos e sedutores, mas então percebo que ele está acompanhando meu ritmo de propósito, o que é tão sexy quanto se estivesse me provocando, talvez até mais.

E, por mais triste que pareça, também é uma das coisas mais românticas que já me fizeram.

Quando abro o último botão, afasto a camisa de seus ombros e a puxo pelos braços, beijando-o fervorosamente conforme a arranco.

Assim que ele tira minha blusa, eu me afasto e deixo minhas mãos deslizarem por seu peito, admirando a visão. Os ombros largos e o peitoral são salpicados de sardinhas que se espalham pelos bíceps antes de desaparecer nos antebraços.

Eu as tracejo com a ponta dos dedos, como se desenhasse as constelações do céu noturno, e então chego mais perto para beijá-lo outra vez. Mas bem nessa hora Bo abaixa a cabeça e abocanha a parte de cima do meu peito, que escapou do bojo do sutiã.

Gemo baixinho e endireito os ombros, empinando os seios para mais perto dele. Os olhos de Bo se voltam para mim, observando como reajo conforme ele dá beijos e mais beijos nos meus seios. Então ele mordisca minha pele e agarra as laterais do meu quadril com mais força e, com a respiração ofegante, apoio a mão direita na parte de trás da cabeça dele, tentando desesperadamente agarrar-lhe os cabelos para mantê-lo no lugar. Mas sinto uma pontada de vergonha. Afasto minha mão menor da nuca de Bo e a pouso no seu ombro, ouvindo a voz do meu ex ecoar nos meus ouvidos: *Não faça isso. Não, use a outra mão.*

— Gostei disso — diz Bo, com a boca e o nariz enterrados na minha clavícula enquanto beija meu pescoço.

Ele coloca minha mão de volta logo acima da nuca dele, e me esforço para acariciar seus cabelos com meus dedos curtos, agarrando-os o máximo que consigo com o polegar e a lateral da palma.

Bo geme em resposta, então puxo os fios outra vez enquanto ele beija meu pescoço, e seu cabelo roça levemente meu queixo.

— Adoro o seu cheiro — comento, e percebo nossa respiração cada vez mais ofegante, cada vez mais urgente.

— E eu adoro o seu. Parece maçã do amor.

Ele afunda o rosto nos meus cabelos, os lábios tracejando o meu maxilar.

— Até me dá vontade de... — continua e se retesa de repente, abrindo a boca para mordiscar minha pele. — Nossa... — sussurra, pronunciando bem as duas sílabas.

— Eu quero você — digo, sem fôlego.

— Não quer deitar um pouco? — sugere ele, com delicadeza, os lábios colados no meu rosto. — Eu quero ver você todinha.

Concordo com um aceno tímido e desço do colo dele, depois me arrasto até o meio da cama. Já deitada, sinto o linho luxuoso na minha pele nua. É tão macio que me deixa ainda mais excitada. Fico extasiada com a sensação dos lençóis contra o meu corpo, o toque dos travesseiros de pluma.

Bo se posiciona no pé da cama, sem nada além da calça preta. Observo-o tirar os anéis dos dedos, sem desviar os olhos do meu corpo. Os três anéis caem no chão, mas ele nem parece se importar.

Eu me apoio nos cotovelos e abro um sorriso satisfeito ao ver o cabelo bagunçado dele. Bo até tenta ajeitar as mechas, mas só piora a situação.

Ele está maluquinho por *minha causa*.

— Win — chama Bo, em um apelo angustiado. — *Porra*, olhe só para você.

— O que tem? — pergunto, fingindo inocência, abrindo um sorriso cada vez maior.

Eu nem o impedi de me tocar ou de chegar mais perto, mas ele parece desesperado. Está usando cada gotinha de autocontrole para não se apressar.

Devo admitir que adoro essa sensação. O poder que exerço quando estou assim, deitada na cama. A capacidade do meu corpo de deixar alguém louco por mim. É quando mais me sinto no controle das coisas, sem contar quando estou trabalhando como salva-vidas na praia.

Bo aponta para os meus joelhos com as duas mãos.

— Abra as pernas pra mim, docinho.

Docinho? Hum, acho que gosto disso.

Afundo os calcanhares no colchão e afasto os joelhos bem devagar.

— Assim? — pergunto baixinho.

— Isso — responde Bo, mordendo os nós dos dedos. — Assim mesmo — diz, lentamente, antes de afastar o cabelo dos olhos.

Deslizo os dedos pelo elástico da meia-calça na cintura e sigo a costura lateral até o quadril. Em seguida tracejo os buracos da meia arrastão na parte mais grossa da minha coxa.

— Pode tirar isto aqui pra mim? — pergunto, ainda acariciando a meia-calça.

Bo assente como um homem possuído, inclinando-se sobre a cama para alcançar minha cintura. Ele arranca a meia-calça com um movimento rápido e fluido até que ela esteja estendida sobre seu ombro. Achei que tinha sido sem querer e que ele logo a jogaria no chão, mas Bo a segura com força enquanto desliza a outra mão pela parte interna da minha coxa.

— Win — diz ele, quase suplicante. — *Como* você consegue ser assim?

Faz anos que não me sinto tão excitada, e o cara ainda nem me tocou.

— Bo — sussurro com avidez, agarrando as cobertas com as duas mãos.

O que quero dizer é *pare de acariciar minha perna e traga sua mão, boca, pau ou qualquer outra coisa para mais perto de mim.*

— Vem aqui, por favor — peço, mordendo meu lábio inferior.

Bo dá a volta na cama e só desiste de segurar minha meia-calça quando se senta para tirar a roupa, jogando-a no chão.

Vou para o outro lado do colchão enquanto Bo arranca a calça e fica só de cueca. Sem a fantasia de pirata, consigo ver melhor sua perna protética. Parece mais futurista do que eu imaginava — toda metálica, com dobradiças e juntas prateadas sob um encaixe de plástico cinza.

Então me lembro do que ele disse antes, sobre não ter transado desde... seja lá o que aconteceu. Quero que ele se sinta cem por cento confortável para decidir o que fazer em seguida, mas essa é uma novidade para nós dois.

— Você pode tirar a prótese ou deixar como está, o que for melhor para você — aviso, tentando soar indiferente, mas faço um esforço para ainda parecer ofegante para que ele não ache que isso me deixou menos excitada.

Bo assente com a cabeça, ainda de costas para mim, e usa os braços para se ajeitar na cama até que esteja apoiado na cabeceira, com as pernas estendidas no colchão.

Não perco tempo e começo a beijá-lo outra vez, deslizando os lábios por toda a extensão do seu bíceps até chegar ao ombro. Em seguida me acomodo no colo dele de novo e retomamos de onde tínhamos parado. Fico inebriada com a sensação de não haver qualquer barreira entre nós a não ser duas camadas finas de tecido.

— Ei, me chame de docinho outra vez — peço, rebolando no colo dele.

— Você gostou? — pergunta Bo, um tanto convencido. — Meio que escapou sem querer.

Não respondo. Quer dizer, respondo, mas não com palavras.

Voltamos a nos beijar de forma intuitiva, com movimentos ávidos e impacientes, mas coordenados também — sem bater o nariz ou chocar os dentes um no outro. Apenas duas pessoas se deixando levar cada vez mais, na esperança de então despencar e arder e nos consumir em chamas.

Continuo rebolando, feliz por Bo não parecer tão apressado. Esse roça daqui, esfrega de lá das preliminares não é tão valorizado quanto deveria.

Estou começando a sentir meu corpo se aproximar do clímax quando Bo estica a mão e abre o fecho do meu sutiã. Suas mãos enormes envolvem meus peitos, acariciando-os até que fico sem ar e me inclino na direção dele como uma marionete. Arqueio as costas quando Bo abocanha meu mamilo, apertando-o entre o polegar e o indicador antes de fazer movimentos circulares com a língua.

— Isso — sibilo, rebolando cada vez mais rápido no colo dele.

Bo solta um gemido e espalma a mão na minha lombar, me puxando para mais perto dele enquanto seus lábios percorrem meus seios com avidez.

— Levanta — instrui ele entre os dentes, envolvendo minha nuca com uma das mãos.

Eu me movo sem questionar, com os joelhos apoiados no colchão. Bo desliza pela cabeceira até ficar deitado de costas na cama, com o rosto perfeitamente posicionado entre minhas pernas.

— Muito bem — continua a dizer, a barba fazendo cócegas na minha coxa quando ele puxa a calcinha para o lado com uma brutalidade inesperada. — Agora senta na minha cara... *docinho*.

Ele acrescenta o apelido como uma cartada final para me convencer, mas mal sabe que nem precisava disso.

Antes mesmo que eu tenha tempo de me acomodar, Bo agarra as laterais do meu quadril e me puxa na direção do seu rosto, com os dedos tão cravados na minha pele que *quase* chega a doer.

— Relaxe — murmuro quando ele enterra o rosto em mim.

Mas minha presunção dura pouco. Fico sem fôlego quando seus lábios me tocam. Meus joelhos tremem antes de ceder por completo até que eu *realmente* esteja sentada na cara dele, com as mãos apoiadas na cabeceira da cama enquanto Bo desliza a língua no ponto certo.

— Isso, isso, isso — sussurro com a voz entrecortada.

Ele estica os braços e afasta minhas mãos da cabeceira, segurando-as às minhas costas com uma força implacável. Meu corpo está inteiramente à mercê de Bo, e a verdade é que não estou nem aí.

Sinto-o suspirar em resposta a cada som que me escapa, gemendo de satisfação toda vez que me ouve arfar, gemer ou gritar.

Já fui chupada por um número considerável de homens, mas nenhum desse jeito, como se realmente estivesse ávido por mim. Como se estivesse gostando tanto quanto eu.

O prazer se intensifica mais e mais até que finalmente irrompe em um gemido longo e satisfeito quando atinjo o orgasmo. Uma onda de alívio e prazer me invade.

Bo solta minhas mãos com delicadeza, sem parar de me estimular, provocando arrepios na minha espinha a cada lambida. Enxugo o suor da testa com o pulso, me contorcendo enquanto ele continua.

— Não vou aguentar — sussurro e tento me desvencilhar dele.

Mas Bo balança a cabeça entre minhas pernas e solta um grunhido descontente quando faço menção de me afastar. Em seguida, segura meu joelho e tenta me manter ali, mas consigo me libertar.

Ele morde — não mordisca, *morde* mesmo — a parte interna da minha coxa quando levanto a perna para sair dali. Solto um gritinho surpreso e começo a rir antes de cair de bunda nos travesseiros.

— Que isso, senhor? — pergunto, ainda em choque, como quem diz *como você se atreve?*

Olho para ele e fico atordoada por um instante. Os lábios entreabertos de Bo estão úmidos e ligeiramente inchados, e há uma expressão de satisfação em seu olhar.

— Aí, sim — diz e deixa escapar uma risada. — Eu até que ia gostar de ser chamado de senhor.

Reviro os olhos, mas não consigo deixar de sorrir.

Eu me esparramo na cama para tentar recuperar o fôlego, e Bo afasta uma mecha do seu cabelo do rosto antes de pairar sobre mim apoiado nos braços, beijando-me com delicadeza. Fico extasiada ao sentir meu gosto nos lábios dele e, pela forma como Bo não para de deslizar a língua na minha, não sou a única.

Pouco depois, começo a alisar sua ereção por cima da cueca.

— Posso? — pergunto, enganchando a pontinha do polegar no elástico da cueca antes de acrescentar, com uma *pitadinha* de sarcasmo: — *Senhor?*

— Fique à vontade, docinho — responde ele bem devagar com um tom arrogante conforme cai de costas na cama, as mãos apoiadas atrás da cabeça.

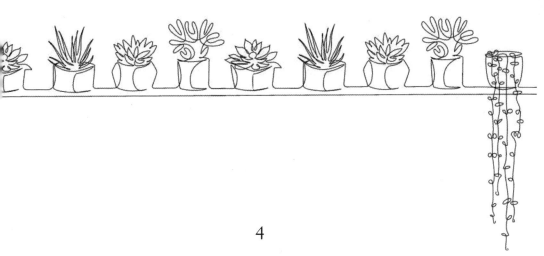

4

O pau dele é enorme.

Eu já devia ter imaginado, considerando a altura de Bo e o volume que senti sob a cueca, mas nem dei muita bola.

— Nunca pensou em virar ator pornô, não? — pergunto, embasbacada.

— Você vai ficar aí só olhando? — quer saber Bo, com a voz áspera.

— Ué, você ficou um tempão me encarando — argumento. — Agora é minha vez.

— É que eu me sinto meio vulnerável assim — explica ele, com as mãos estiradas ao lado do corpo —, pelado... à toa....

— Bom, eu posso amarrar você, se preferir — proponho. — Isso já me ajudou a ser menos tímida na cama. — Dou uma olhada no quarto. — Mas primeiro preciso arranjar algo que sirva de corda.

— Eu *não* sou tímido — declara ele, com firmeza. — Mas agora estou imaginando *você* amarrada...

Bo tenta me puxar pela nuca, mas eu me afasto, ainda sem saber como reagir a essa *surpresa*.

— Fique quietinho aí enquanto eu tento ver se vai caber.

Fico de joelhos e me sento ao lado dele. Bo solta um suspiro e leva a mão à testa, cobrindo um pouco os olhos.

— Eu ainda tinha tanta vida pela frente, sabe? — continuo.

— Do que você tá falando? — pergunta Bo com uma risada surpresa, alisando o cabelo com as mãos.

— Eu queria tanto viajar, quem sabe até ter filhos, aprender a fazer velas... Ainda nem assisti a todas as temporadas de *The Office*, entende? Eu jurava que ia ter mais tempo.

— Por acaso você está insinuando que...

— Que o seu pau vai me matar? Arrã — interrompo.

— Pelo amor de Deus — grunhe ele.

— Suas mãos não cansam quando você faz xixi? Deve dar um trabalhão segurar tudo isso aí...

— Eu vou embora — murmura Bo. — Tô falando sério — enfatiza ele quando estendo meu antebraço para comparar o tamanho.

— Foi mal. Parei. Não vá embora, por favor. Eu vou resolver isso.

— Resolver o quê? É só meu pênis, não um *cubo mágico*.

— Será que dá para chamar de outro jeito? Pênis não é uma palavra muito sexy...

— Ah, claro, porque desde que eu fiquei pelado essa conversa está sexy *pra caramba* mesmo.

— Entendo o que você quer dizer.

— Valeu — responde ele, com tom indignado.

— Mas, *rapidinho*, como é que...

Bo prageja baixinho e me puxa pela nuca com tanta força que logo me derreto em suas mãos.

— Chega de perguntas.

Então acaricia meus lábios até que estejam entreabertos, depois desliza o polegar para dentro e empurra minha língua para trás.

— Assim está melhor — diz, respirando fundo.

Puta merda.

— Pronta? — pergunta com os olhos fixos nos meus.

Aceno concordando, com seu dedo ainda em minha boca. O sorriso dele fica ainda mais malicioso antes de empurrar minha cabeça na direção da própria virilha, com uma das mãos bem presa no meu rabo de cavalo enquanto a outra segura meu rosto.

Ok, até que *coube*.

E Bo *não* é bonzinho demais.

E talvez eu tenha que rever a história de "é só *uma* ficada".

Um gemido trêmulo lhe escapa quando o abocanho por inteiro.

— Tá tão quietinha agora — provoca Bo, ainda sem fôlego.

Olho feio para ele, mas, *estranhamente*, não tem o mesmo efeito agora que estou com o pau dele no fundo da minha garganta.

Continuo a lamber todo o comprimento, tracejando as veias com a ponta da língua. Quando encovo as bochechas, sinto o corpo de Bo retesar e ele puxa meu cabelo com tanta força que chego a gemer de dor.

— Droga, desculpa — pede ele, e solta o rabo de cavalo na hora.

Eu o libero com um estalo molhado, mas continuo o estimulando com a mão.

— Não precisa se desculpar — aviso com um sorrisinho diabólico, lambendo-o da base até a pontinha. — Eu aguento.

O que quero dizer é: estou cansada de ser vista como uma florzinha delicada por causa da minha mão. Não sou de vidro. Pode me usar. Quero que os homens me deixem levá-los ao ponto em que fariam coisas *indescritíveis* por mim. Quero que me deixem ter esse poder sobre eles. Sou capaz disso.

Bo parece estar no céu depois de minutos de movimentos ritmados de vaivém, sussurrando meu nome e elogios como se estivesse disposto a dar a vida por mim. Em seguida, ele solta meu cabelo e agarra minha bunda, com os dedos fincados na minha pele.

Arqueio bem as costas e, com um sussurro de "Caralho!", ele começa a arrancar minha calcinha, deslizando-a por minhas pernas antes de atirá-la na pilha cada vez maior de roupas espalhadas pelo chão. Depois esgueira a mão por entre minhas coxas, com um toque ao mesmo tempo possessivo e cheio de desejo. Dou um gemido de satisfação, com os lábios ainda envoltos em seu pau, e aumento o ritmo.

Bo solta um longo suspiro, sibilando quando o levo até o fundo da garganta, e em seguida passa um dedo pela minha entrada úmida, fazendo-me estremecer de vontade.

— Pare — ordena Bo com firmeza, puxando-me pela nuca. Ele se empertiga na cama e estica os braços na minha direção. — Eu preciso de você.

Depois envolve minha cintura com as mãos e me acomoda no próprio colo. Dou risada, com meu peito colado ao dele.

— Que impaciente — brinco, olhando para a ereção que se estende por seu abdômen.

— Louco... — Ele ri baixinho, estalando o pescoço. — Você me deixa *louco*.

Mordo o lábio e tento não sorrir nem corar enquanto me estico na direção da mesinha de cabeceira. Meus peitos parecem chamar a atenção de Bo e, enquanto ele mordisca e lambe meus mamilos, tateio a gaveta em busca de camisinhas. Tateio outra vez. Nada.

Não... não, não, não... Não!

— Merda.

Eu me endireito, afastando Bo quando vejo a gaveta totalmente vazia.

— Que foi? — questiona ele, observando minha expressão perplexa antes de se voltar para a gaveta.

— Você trouxe camisinha? — pergunto.

Ele coça o ombro, e ver seu bíceps retesado quase me tira do prumo.

— Não. Droga. Foi mal... Eu, hum, não achei que ia precisar.

— Mas que saco — praguejo, e me ajoelho ao lado dele na cama. Não consigo pensar direito quando estou no colo de Bo.

Eu poderia botar a roupa e ir de fininho até o quarto dos donos da casa, mas jurei que nunca mais ia fuçar a gaveta deles depois de ter descoberto anos antes a coleção de brinquedinhos eróticos dos dois. Começo a roer a unha diminuta do meu polegar direito enquanto tento avaliar nossas opções.

Bo ainda me observa com os olhos cheios de preocupação, e então faz algo inesperado. Ele segura minha mão direita, a menor, e a leva aos lábios. Em seguida beija cada um dos meus dedinhos, um por um.

Ninguém fez isso antes.

Nunca imaginei que alguém me tocaria ali de um jeito tão íntimo.

Sinto um turbilhão no peito, sem saber se estou de acordo com tamanha vulnerabilidade. Mas não o impeço. Não quero que pare. Então apenas o observo, ao mesmo tempo confusa e admirada.

Bo arranha a palma da minha mão com os dentes, depois dá beijinhos delicados no meu pulso, sem tirar os olhos de mim. Estou um pouco atordoada, consciente das batidas cada vez mais aceleradas do meu coração, tomada por uma ternura esquecida, que eu não sentia havia *anos*.

Na verdade, nem sei se já senti algo assim.

— Você quer que a gente pare? — pergunta ele bem baixinho.

Não, quero gritar.

— Eu tomo anticoncepcional — respondo.

Ele assente com a cabeça, pensativo.

— Eu fiz os exames de IST depois da última vez. Tudo certinho — diz Bo com uma urgência inconfundível na voz.

— Eu também.

Aninho a cabeça em seu pescoço enquanto ele enlaça minha cintura e me puxa de volta para seu colo.

— Eu não quero parar — sussurro quando Bo beija minha clavícula.

— Nem eu — responde ele.

Embalada por beijos tão delicados, finalmente o deixo deslizar para dentro de mim sem nada entre nós. A princípio, ficamos parados enquanto me ajusto ao redor dele. Eu o sinto mais fundo do que imaginei ser possível, e por mais que não seja desconfortável, me tira o fôlego e me faz estremecer. Como uma dor latejante que precisa ser saciada.

O que se segue é algo entre trepar e fazer amor. Uma coisa nova e um pouco desconcertante, diferente de todas as experiências de sexo casual que já tive. Não é delicada, mas também não de todo hedonista.

Temos um encaixe perfeito. Eu, com as pernas envolvendo as costas dele. Bo, uma muralha sentada no meio da cama. As mãos dele exploram minhas costas, agarrando as laterais do meu quadril, a bunda, o pescoço. Minhas mãos deleitam-se no cabelo dele, acariciam o maxilar, agarram os ombros.

Trocamos beijos apaixonados durante todo o tempo. Mordemos quando é demais para aguentar — lábios, ombros, pescoço. Soltamos suspiros e gemidos ofegantes, soprados na pele e no cabelo um do outro.

Depois de um tempo, atingimos o orgasmo juntos, com o polegar dele no meu clitóris e os dentes ásperos no meu queixo me dizendo para — me *mandando* — gozar. É incrível.

E, ainda assim, quando volto do banheiro depois de me limpar, Bo já está se vestindo e procurando seus pertences espalhados pelo chão.

— Aqui — digo, entregando-lhe um dos anéis que ele jogou com tanto descuido enquanto se despia.

— Valeu — responde, com um sorriso tímido, sem tirar os olhos do chão.

Não que eu esperasse que ele fosse passar a noite comigo. Nós dois tínhamos deixado bem claro que não queríamos nada sério, principalmente eu. E não quero mesmo.

Mas... não consigo deixar de sentir um aperto no peito ao pensar em dormir sozinha depois de compartilhar um momento tão vulnerável com alguém. Será que ter uma transa tão boa não tinha sido novidade para ele? Será que ele não gostou tanto quanto eu?

Pego um lençol na cama para me cobrir e o observo abotoar a camisa sem qualquer esforço.

Assim que termina, Bo começa a tatear os bolsos em busca do celular, das chaves ou da carteira, e por fim assente. Depois olha para mim com uma expressão hesitante no rosto.

— Obrigado — diz, e pega minha mão esquerda. Ele se inclina para beijá-la, sem tirar os olhos de mim. — Nem sei dizer o quanto isso significou para mim — continua, engolindo em seco. — Mas obrigado mesmo, Win...

Concordo com um aceno, sem saber o que responder. Com medo de abrir a boca e acabar pedindo para ele ficar. Afundo no colchão enquanto Bo pega um último item na cadeira e caminha em direção à porta sem olhar para trás.

Depois de apagar as luzes, deito a cabeça no travesseiro e começo a me convencer de que foi melhor assim. Na última vez que senti uma conexão tão imediata com alguém, com um papo que flui sem esforço e leva a um sexo maravilhoso, me meti em uma baita de uma enrascada.

Jack também foi legal no início. Gentil. Engraçado. Generoso na cama. Se ele fosse um embuste completo, eu não teria lhe dado a chance de me jogar no fundo do poço. É assim que a gente cai na armadilha dos homens. Uma falsa sensação de conforto e *bum*, dez meses depois você tem que mentir que está com alergia porque não aguenta mais explicar sua cara de choro para os outros.

Assim como minha mãe, tenho um coração muito mole. Ansiosa demais para ver o melhor nas pessoas. Apegada demais para dar no pé quando a coisa aperta. Assustada demais com a possibilidade de ficar sozinha.

A ideia de acabar sozinha me assombra. Mas acho que esse é mais um motivo para continuar como estou. Tem coisa pior do que uma mulher que não sabe aproveitar a própria companhia? A independência é uma virtude, e é melhor aprender isso desde cedo, sem ter que enfrentar muitas provações.

Meu lado racional sempre vai viver em pé de guerra com meu coraçãozinho tolo e indefeso. Mas acho que, no fim das contas, a razão vai levar a melhor. Só depende de mim.

Então trato de fechar os olhos e dormir, determinada a não perder meu sono por causa de um cara qualquer... por mais incrível que ele pareça.

5

Seis semanas depois

— Grávida? — pergunto com uma risada histérica.

A médica, dra. Salim, me lança um olhar preocupado à medida que minha histeria aumenta.

— De jeito nenhum. Não! Nananinanão! Pode conferir aí outra vez. Rebobine a fita, reconte os votos, sei lá. Tem alguma coisa errada.

A médica respira fundo e se empertiga na cadeira, equilibrada como a mulher impressionante que é. Ela finge ler os papéis outra vez — certamente os exames que ela deve ter trocado com os meus.

— Win, exames de sangue não mentem. Se sua última menstruação foi no dia 16 de outubro, você já deve estar com oito semanas.

— Winnifred McNulty — digo, apontando para o cabeçalho do exame — é um nome mais comum do que você imagina. — Engulo em seco, uma pilha de nervos. — Aposto que o laboratório fez confusão e trocou meus exames com os de outra pessoa.

É isso. Só pode ser.

Somos interrompidas por uma batida rápida na porta e, em seguida, uma mão surge pela fresta — provavelmente da enfermeira que me obrigou a fazer xixi num copinho. Outra folha de papel é entregue. Nem quero ver. Já vi que os papéis não estão do meu lado hoje.

— Seu exame de urina também deu positivo — anuncia a médica, acrescentando outro exame ao meu prontuário cada vez maior. — Win. — Ela coloca a pasta na mesa e cruza as pernas antes de entrelaçar as mãos sobre os joelhos. — Pelo jeito... essa gravidez é inesperada?

— Mas eu tomo anticoncepcional — protesto em um fiapo de voz.

Talvez minha voz de verdade esteja escondida em algum lugar do meu corpo. Meu corpo não grávido, aquele que eu tinha até uns minutos atrás.

— Nenhum método contraceptivo é cem por cento eficaz.

— Eu também uso camisinha — acrescento.

— Em toda relação?

Droga, é verdade.

— Pois é... menos em uma.

Até o Halloween, meu histórico era impecável. Mas aí veio Bo. O cara que venho tentando esquecer desde então.

— E isso aconteceu cerca de cinco, seis semanas atrás? — pergunta a médica, com um toque de impaciência na voz.

— Por aí — respondo de um jeito mais ácido do que pretendia. — Merda, desculpe — sussurro, afundando o rosto nas mãos. — Não acredito que engravidei de um pirata — acrescento, com a voz abafada.

— Desculpe, o quê?

Pelo tom confuso da médica, percebo que não estou falando coisa com coisa.

— Era Halloween. Ele estava fantasiado de pirata.

— Aaaah. — Ela suspira. — Você teve relações com outra pessoa naquele mês ou pouco depois?

— Não, só com ele.

— O pirata?

— Sim, capitão — respondo baixinho.

Ela me lança um olhar de *agora não é hora para brincadeira* igualzinho ao da minha mãe.

— Você tem sorte de saber o dia certinho da concepção, então o parto deve ser mais ou menos em... — Ela pega um dispositivo circular de papelão na mesa e gira as datas. — Vinte e quatro de julho.

— Certo.

Concordo com um aceno e me ponho a encarar um pontinho na parede, um pedaço de tinta lascada que se torna meu foco enquanto o cômodo parece encolher ao meu redor.

Vinte e quatro de julho. Um dia como qualquer outro. O que eu normalmente faço nessa época?

No verão, quase sempre trabalho como salva-vidas na praia do acampamento local, Westcliff Point. No ano passado, fiz hora extra na cafeteria para juntar dinheiro e visitar minha mãe na Flórida. Jantávamos ao ar livre todas as noites enquanto eu estava lá, embaladas pelo soprar do vento entre as folhas de palmeira e pelo coaxar incessante dos sapos. A pele dela estava enrugada como couro, o que me deixou ainda mais preocupada com seu hábito de tomar sol, mas nada de importante aconteceu naqueles dias. Nada tão importante *assim*.

Não posso trabalhar como salva-vidas se estiver grávida de nove meses. Não posso visitar minha mãe com um recém-nascido no colo.

Dá para fazer outra coisa no nono mês de gravidez além de... esperar?

— A boa notícia é que neste estágio de gravidez você tem muitas opções. Ainda há tempo para decidir o melhor caminho a seguir.

— Ok — respondo, e é a única coisa que pareço capaz de dizer.

— Tem alguém para quem você queira ligar? Alguém que possa ajudar a processar a notícia? Uma amiga? Ou o... pai, quem sabe?

— Arrã — murmuro e pego o celular para mandar uma mensagem para Sarah.

Não que eu fosse ligar para ele agora se pudesse, mas de repente não ter o número de Bo beira a humilhação.

— Por que não marcamos outra consulta para daqui a uma semana? Se você decidir alguma coisa antes disso, pode me ligar e vamos seguir a partir daí. Caso contrário, podemos conversar mais sobre as alternativas.

— Claro, pode ser — respondo, com os olhos vidrados na balancinha minúscula no canto do consultório, ao lado de vários panfletos e cartazes com fotos de bebês gorduchos.

— Também vou agendar um ultrassom para daqui a um tempo, porque quase não tem horário. Se você não estiver mais grávida até lá, podemos só cancelar, claro. Mas, desse jeito, você vai poder fazer os exames do primeiro trimestre, conforme as recomendações.

— Ultrassom, claro.

Imagino a cena, uma manchinha acinzentada na tela, os batimentos cardíacos, como os que se ouve na televisão. Só que dessa vez o ultrassom mostraria o habitante do meu útero. O aparelho estaria pressionado na *minha* barriga.

Levanto a mão esquerda e a posiciono no meu abdômen, por cima do veludo cotelê do meu macacão. Não há qualquer mudança perceptível na forma, tamanho ou dureza da minha barriga. E, no entanto, tudo mudou.

Ouço a notificação de mensagem no celular. Sarah me avisando que já está a caminho. Sem hesitar, sem questionar. Do jeitinho que nossas mães nos ensinaram. *Ajude primeiro, pergunte depois*, elas sempre diziam.

Penso em nossas mães morando juntas naquele apartamentinho minúsculo quase trinta anos antes. Elas eram tão novas — bem mais do que eu — quando eu e Sarah nascemos. Nós quatro passávamos horas esparramadas em nosso sofá marrom puído, folheando álbuns de fotos enquanto elas nos contavam histórias. E lá estavam os mais diversos registros de nossas mães vestidas naquele estilo terrível dos anos noventa, as duas com a barriga cada vez maior sob o suéter em tons pastel. Lembro do quarto que Sarah e eu dividíamos, pintado de verde-claro, o teto forrado com papel de parede com estampa de patinhos. As duas fizeram tudo por conta própria e *ainda assim* deram um jeito de tornar tudo especial para nós.

Ao contrário delas, estou em uma fase da vida em que muitas das minhas amigas escolheram engravidar. Fui a três chás de bebê só este ano. E, bem lá no fundo, eu esperava ter meu próprio filho um dia. Um desejo *futuro*. Um sonho para quando eu tivesse tudo sob controle.

Mas, verdade seja dita, não consigo parar de pensar... será que alguém está mesmo preparado para ter um filho?

Mesmo com essa pontinha de conforto, acho que nunca me senti tão julgada quanto agora. Não pela médica, claro, mas pelo mundo lá fora. Quase consigo sentir os milhões de olhos invisíveis voltados para mim.

Não se passa um dia sem que a liberdade de escolha seja debatida, discutida ou atacada de um jeito ou de outro. Ainda assim, nunca pensei que um dia sentiria isso na pele. É como se eu estivesse prestes a ser abordada por repórteres ávidos por descobrir meus próximos passos. Como se houvesse manifestantes e políticos esperando nos bastidores para decidir se estou certa ou errada do ponto de vista moral. Este consultório minúsculo parece incapaz de conter tantas opiniões.

Por isso, eu me esforço para afastá-las.

Aqui somos só a médica e eu. Do jeito que deve ser.

— Antes da nossa próxima consulta, pode ser que apareçam alguns dos seguintes sintomas...

A dra. Salim começa a enumerar um montão de coisas horripilantes. Seios doloridos, enjoo, salivação excessiva, irritabilidade, exaustão.

— Mas os mais preocupantes são...

E ela lista coisas ainda piores. Sangramentos, cólicas intensas, visão turva, crises profundas de depressão.

— Se aparecer algum desses, você me liga, combinado?

Concordo com a cabeça, sentindo-me totalmente vazia.

— Se você ainda não tiver decidido o que fazer, sugiro tratar isso como uma gestação viável — continua a médica, levantando-se para pegar alguma coisa no armário. — Tome vitaminas pré-natais uma vez por dia. Não é aconselhável fumar, beber ou usar drogas recreativas. Na sala de espera tem um panfleto sobre quais alimentos é melhor evitar. — Ela sorri com suavidade e me entrega um frasco de vitaminas. — Mas preciso confessar que comi sushi e tomei uma ou outra taça de vinho na minha segunda gravidez, e deu tudo certo. O segredo é ter moderação.

Do que ela está falando? Sushi? Bebês são tão frágeis assim que você não pode nem comer um temaki?

— Entendi — respondo, enquanto a dra. Salim mantém a porta aberta para mim.

— Vejo você semana que vem, mas pode me ligar antes disso se precisar — lembra-me ela.

Eu a abraço. Tenho certeza de que não é apropriado, mas agora já foi. Por enquanto, ela e eu somos as únicas pessoas no mundo que sabem desse segredo, e sinto que isso cria uma espécie de vínculo entre nós.

Ela aceita o abraço apertado demais, dando-me tapinhas nas costas antes de fechar a porta a nossas costas. Ali no corredor vazio, vejo seu ar profissional se dissipar um pouco, dando lugar a uma compaixão exausta e gentil.

— Talvez não sirva de consolo, mas até minhas pacientes que planejaram a gravidez se sentem intimidadas. É muita coisa para processar. Mas você é plenamente capaz, Win. O que *você* decidir fazer, seja lá o que for, vai ser a escolha certa. Você tem o meu total apoio para qualquer decisão.

Estou prestes a agradecer a ela outra vez, quem sabe puxá-la para outro abraço forçado, quando ouço Sarah chamar meu nome no saguão, a preocupação perceptível no seu tom de voz.

Viro de costas e sinto uma lágrima escorrer ao avistar minha amiga. Ela está com calça de moletom e um coque bagunçado, deixando claro que largou tudo para vir me ver.

— Obrigada por ter vindo — sussurro tão baixinho que ela nem deve ter escutado, mas corre na minha direção com os braços abertos.

Nós colidimos em um abraço.

— O que foi? — pergunta ela baixinho por cima do meu ombro, cautelosa como se estivesse com medo de ouvir a resposta.

Logo penso na mãe dela, Marcie, que, de certa forma, também foi uma mãe para mim. Lembro-me de como, pouco antes de ela morrer, cada notícia que recebíamos dos médicos era um baque.

— Eu estou bem, juro — tranquilizo-a, e dou um passo atrás. — Será que podemos conversar no carro?

Enxugo as lágrimas na manga da blusa.

— Claro, meu bem. Vamos lá.

Sarah me conduz em direção à saída, segurando meu pulso com força. Enquanto avançamos pelo corredor, eu me viro uma última vez e sussurro um agradecimento inaudível para a médica.

6

— Você vai morar com a gente.

Sarah agarra meu braço com ainda mais força. Ela acabou de ouvir a novidade repentina que virou minha vida de cabeça para baixo e está fazendo o que sempre faz: tentando tomar as rédeas da situação. É o nosso jeito de lidar com as coisas.

— Isso é ridículo, Sar. Eu tenho meu próprio apartamento. Você e Caleb nem querem ter filhos. — Solto o ar pelo nariz, mordendo o lábio. — Além do mais, ainda nem decidi o que vou fazer.

— Você vai manter a gravidez, Win. *Nós duas* sabemos disso.

Ela provavelmente tem razão.

Assim que saí do consultório, antes mesmo de reunir coragem para contar tudo a Sarah, tomei uma vitamina pré-natal e programei um lembrete diário no meu celular pelos próximos nove meses.

Mas posso muito bem apagar o lembrete. Fácil, fácil. Posso *mesmo*.

— Mas eu deveria considerar uma alternativa, não? Abortar? — pergunto.

— E considerou? — pergunta Sarah, sem um pingo de julgamento.

— Ainda não.

Ficamos sentadas em silêncio, olhando distraídas uma para a outra.

Começo a criar uma lista de motivos para não ter esse bebê. Sarah não deveria ser tão esnobe, mas até que está certa. Meu prédio é uma pocilga.

Vive infestado de ratos e baratas e todas as pragas imagináveis, e quando conseguem se livrar de uma, outra aparece para tomar o lugar.

Meus vizinhos são barulhentos e sem noção. O trem passa às quatro da manhã, tão perto que as paredes chegam a tremer. A pia da cozinha está cheia de mofo que, segundo o dono do apartamento, não passa de uma "bacteriazinha inofensiva, tipo iogurte". Mas várias crianças cresceram em condições muito piores. Tipo Sarah e eu. E até que nos saímos bem... ou quase.

Também acrescento meu emprego à lista de contras. Ganho pouco mais do que um salário mínimo na cafeteria e, se não me engano, a licença-maternidade no Canadá só cobre metade da renda habitual. Não sei se eu conseguiria me virar com isso. A grana já é curta do jeito que está. Se eu tiver que mudar de apartamento, o aluguel deve ser mais caro, e aí sobraria ainda menos dinheiro. Isso sem contar que eu teria outra boca para alimentar, outro corpo para vestir e fraldas para comprar.

Mas nossas mães sempre se viraram com pouco. E, afinal, crescer pobre ajuda a construir caráter. Acho. Espero.

Claro, não posso esquecer o *pai* da criança. Mesmo que a gente só tenha passado algumas horas juntos, Bo não me parece o tipo de cara que deixaria a mãe de seu filho se virar sozinha. Mas a verdade é que mal o conheço. Nem pretendia conhecer. Esse é meio que o objetivo de uma ficada casual. Mas, sei lá, talvez ele possa ajudar? Mas primeiro eu teria que contar. O que significaria vê-lo outra vez, e talvez ele nem queira me ver.

Mas *eu* quero, e acho que esse é outro motivo para me preocupar.

Não encontro outros motivos que eu não consiga descartar depois de pensar um pouco. Logo percebo que meu coração está pendendo para um lado da balança, pois faço de tudo para evitar quaisquer outros motivos para interromper essa gestação.

Hesitante, mesmo na privacidade dos meus próprios pensamentos, me permito confessar isso. *Eu quero ter esse bebê.* Bem lá no fundo, sinto que é a coisa certa a fazer. E aí eu penso outra vez. E mais outra. Fico testando minha reação, esperando por uma pontada de pânico ou medo. Mas não sinto nada. Só estou... decidida. Na verdade, até um pouco empolgada.

Eu sempre soube que queria ter um ou dois filhos, mas desde Jack tive dificuldade em imaginar com quem criaria uma criança. Talvez este seja o jeito. Não tenho algo a perder. Um bebê acidental para uma vida de independência proposital.

— Vou ficar com o bebê — declaro em voz alta, na esperança de que pareça certo. Dou um aceno e repito outra vez, com mais confiança. — Eu vou ter esse bebê.

— Tem certeza? — pergunta Sarah com delicadeza.

— Tenho.

Eu me viro para ela e sorrio pela primeira vez desde que recebi a notícia, mas continuo com os olhos marejados.

— Win? — diz Sarah, com os lábios crispados de inquietação. — Não sei o jeito certo de perguntar isso, mas... quem é o pai?

Ah, é. Hora de pôr as cartas na mesa. Bem, não tem mesa aqui. Então, sei lá, hora de pôr as cartas no painel do carro.

— Preciso confessar uma coisa — digo.

Sarah se ajeita no banco e segura o volante com força, embora o carro ainda esteja estacionado.

— Uuuh, o que você aprontou? — sussurra ela, seus olhos iluminados com uma curiosidade travessa. — Está tendo um casinho? Ele é beeem mais velho que você? Ou será que é mafioso? Ou é seu melhor amigo de infância? Ah, espere, quem fez isso fui eu.

Ela vive com a cara enfiada nos livros, então tem uma imaginação fértil demais.

— Aconteceu no Halloween — confesso.

— Puta merda! — A animação toma o semblante de Sarah. — Você transou com alguém na *minha* festa? — pergunta ela, sem fôlego. — Seu bebê foi concebido na minha casa?

Sarah começa a rir e joga a cabeça para trás como se não fosse aguentar.

— Como você levou o cara lá pra cima? — continua ela. — Subiu de fininho? Era assim que nossas mães se sentiam quando a gente estava no ensino médio? Você está *muito* encrencada, mocinha!

— Não tinha camisinha no quarto de hóspedes — conto, exasperada, apoiando a cabeça no encosto do banco.

— Viu só? Você fica tirando uma com a minha cara, mas é *justamente* por isso que eu sempre faço questão de reabastecer os itens de higiene de lá.

— Da próxima vez talvez seja legal focar as coisas importantes, tipo camisinha, em vez de botar seis frascos de xampu na gaveta!

— Às vezes, eu e Caleb gostamos de usar aquele quarto para fingir que estamos em um hotel, ok? Espere aí, então quer dizer que o pai da criança é amigo nosso. Quem é?

Ela chega mais perto e me lança um olhar tão intenso que parece prestes a perfurar minha alma.

— Um amigo do Caleb que eu não conhecia. Bo?

— Bo? Que Bo? Caleb não tem nenhum amigo chamado... ah, não! — Sarah arfa outra vez. — Você deu para um penetra!

Olho feio para ela.

— Preste atenção, ele falou que conheceu Caleb por causa de uma pessoa que os dois conheciam...

Eu me sinto culpada, pois já fizeram algo parecido comigo e eu não gostei muito, mas é o jeito mais fácil de identificar Bo.

— Ele tem uma perna protética — concluo.

— Calma — diz Sarah, e ri secamente. — Está falando de Robbie?

— Não! — grito. — O amigo que Caleb queria me arranjar?

— Nossa, Caleb vai *adorar* saber disso. — Sarah sorri. — Eu nem conheço o cara.

— Eu dei para um cara chamado *Robbie*?

— Você vai *ter um filho* com um cara chamado Robbie, meu bem.

— Esse "com" aí é só uma possibilidade.

— Você vai ter que contar para o Robbie. Você sabe disso, né?

— Pare de usar esse nome.

— Você sabe que vai ter que contar para o Bo, né? — reformula Sarah com tom firme.

— Sei — resmungo.

— Logo?

— *Arrã* — respondo, cruzando os braços.

Nós nos ajeitamos no banco e soltamos um longo suspiro ao mesmo tempo. Pelo teto solar, vejo o vento balançar os galhos secos de uma árvore. A previsão diz que vai nevar amanhã, mas só consigo pensar no mês de julho.

— O parto está previsto para 24 de julho — digo baixinho.

— Temos tempo de sobra.

Sarah estica o braço e segura minha mão, me puxando para mais perto até aninhar a cabeça no meu ombro, e eu apoio a bochecha no cabelo dela. Nenhuma de nós tira os olhos da árvore.

— Aposto que ela vai nascer no dia primeiro de agosto — declara Sarah com firmeza.

Confesso que eu tinha esquecido o dia exato em que Marcie morreu. Sinto saudade da mãe de Sarah todos os dias, então talvez essa data em particular tenha perdido todo o significado.

— Mamãe adoraria que tivesse algo bom nesse dia — acrescenta Sarah quando não digo nada. — Ela adoraria ter uma netinha para mimar.

— Eu também — respondo, e beijo a cabeça dela. — Mas ainda não sabemos se é menina.

— Se for menina, você deveria chamar de Sarah.

— E se for menino?

— Sa-rah-yan — gagueja, toda atrapalhada.

— Que lindo — digo.

— Mas vamos chamar só de Ryan mesmo.

— Que tal se você engravidar também? — sugiro, meio séria.

— De jeito nenhum — nega ela, se aconchegando em mim.

— Grossa — reclamo.

— Eu não nasci para ser mãe. A gente já falou sobre isso.

Sarah acaricia minha bochecha e depois se empertiga, lançando-me um olhar gentil.

— Mas vou ser a melhor tia do mundo — acrescenta.

E aí eu sinto tudo outra vez: um embrulho no estômago, como nos segundos antes de ser atingida por uma onda no mar. A sensação de que algo está prestes a acontecer.

— Eu vou ter um filho, Sarah.

— É o que parece.

— Tem uma criança flutuando bem aqui. — Aponto para a minha barriga. — Um ser humano.

— A gente devia baixar um daqueles aplicativos para descobrir o que está rolando.

— Quê?

— Ah, você sabe, aqueles aplicativos que falam se o bebê está do tamanho de uma semente de maçã ou de um mamão etc.

— Acho que ainda deve ser bem pequeno.

Pensar nisso me enche de pavor. Pequeno quanto? Será que é muito frágil? Tento acalmar meus pensamentos, mas a preocupação não vai embora. De repente percebo que, mesmo que eu decida ter esse bebê, posso enfrentar algum problema na gestação.

— Eu vou descobrir — decide Sarah, pegando o celular.

Solto um suspiro.

— Eu estava tomando anticoncepcional, só para deixar claro — digo, mas ela está tão entretida que nem me escuta.

Minhas pernas ficam inquietas quando me lembro de tudo que fiz nas últimas semanas, nada muito apropriado para uma grávida. Bebi na casa de Sarah no fim de semana passado, comi uma carne de procedência duvidosa no *food truck* em frente ao supermercado, fiquei na sauna da academia depois da natação, fumei um baseado depois de um longo dia de trabalho. Nem bebi água hoje. Aliás, acho que até esqueci minha garrafinha no ônibus.

Talvez isso explique por que ando tão confusa nas últimas semanas.

Sarah solta um risinho zombeteiro, como quem diz *arrã, conta outra*.

— Já vi você esquecer de tomar o remédio várias vezes quando acaba a bateria do seu celular.

— Ei, eu estava melhorando nisso — rebato, na defensiva.

Ela lança um olhar demorado e sarcástico para mim, depois para minha barriga.

— Tô vendo o avanço.

— Você tem que ser boazinha comigo agora, ok? Eu estou grávida — argumento, virando o rosto em um gesto dramático.

— Olhe! — Sarah aponta para a tela do celular. — Está do tamanho de um grão de café — conta ela, com a voz cheia de ternura. — Você sabe que vai ter que maneirar na cafeína, né?

— Sei — respondo, curta e grossa.

— Ainda não gosto da ideia de você morar naquele apartamento... Você pode, por favor, pensar em se mudar para a minha casa?

— Escute aqui, papai Warbucks, valeu pela oferta, mas não tem nada de errado com meu apartamento.

— Tiveram que dedetizar o seu prédio inteiro há dois meses — argumenta Sarah.

— Viu? Então o problema foi resolvido.

Estico o braço para afivelar o cinto de segurança.

— Mas pense no assunto — pede Sarah, e também coloca o cinto, guardando o celular no porta-copos entre nossos bancos. — Para onde vamos?

— Para onde você quiser. Tirei o dia de folga hoje para vir na consulta. Eu tinha certeza de que minha menstruação atrasada era sintoma de alguma doença fatal.

—Ah, claro. Bem mais provável do que estar grávida. — Ela fica imóvel de repente. — Calma, faz quanto tempo que você está pensando nisso? Por que não me falou nada?

— Só uma semana. Eu não queria preocupar você.

Sarah fecha a cara. A gente vive discutindo por causa disso. Desde a morte de Marcie, nove anos antes, eu me sinto ainda mais responsável por Sarah. Ela é só três meses mais nova do que eu, mas sempre banquei a irmã mais velha.

Claro, agora Sarah é bem mais rica do que eu e tem um marido amoroso que a ajuda a segurar a barra, mas ainda é uma pessoa tão pura. Ela é extrovertida, um pouquinho ingênua e tem tendência a deixar que os outros se aproveitem de sua bondade. Já passou por tanta coisa. Coisa demais. Não quero que ela tenha nenhuma preocupação no mundo, muito menos por minha causa.

— Da próxima vez, deixe eu me preocupar.

Sarah dá partida no carro e começa a sair do estacionamento.

— Espere, para onde a gente vai? — pergunto.

Ela sorri e confere o retrovisor antes de mudar de faixa.

— Para a minha casa. Caleb vai *pirar*.

Durante o curto trajeto até lá, leio os panfletos em voz alta até que nós duas estejamos convencidas de que bebês e gestações são criaturas mágicas e aterrorizantes.

Além disso, não paro de pensar em Bo.

Tento imaginar o que ele está fazendo hoje e como é sua rotina de trabalho. Qual é a aparência dele sem a fantasia de pirata, mas sem estar pelado. Com base no cargo dele, talvez tenha que trabalhar de terno. *Isso* eu queria ver.

Será que vai ficar desesperado ou feliz quando descobrir que vai ser pai? Acho que é mais provável que seja uma mistura dos dois. Será que vai ser presente na vida do bebê, ao contrário do meu pai e do pai de Sarah? E será que *eu* quero que ele seja presente? Ou prefiro fazer tudo sozinha? Assim corro menos risco de me decepcionar, de sentir a rejeição na pele ou de ver a criança ser rejeitada.

Quando chegamos, deixo Sarah fazer as honras de contar a novidade para Caleb. O coitado mal tem tempo de pisar na cozinha antes de ela berrar a notícia, deixando-o em total estado de choque.

— Ele nem se mexe — comento com Sarah, que está rindo enquanto tira fotos do marido perplexo. — Acho que ele pifou, e a culpa é sua.

— Minha não, *sua*. — Ela ri de novo. — Ele só está reiniciando. Acontece de vez em quando — explica, guardando o celular no bolso da calça. — Caleb — cantarola ela. — Volte para a Terra, amor.

— Por que eu sou o único surtando aqui? — pergunta ele, acomodando-se na banqueta da cozinha.

— Acho que minha ficha ainda não caiu — confesso antes de devorar um punhadinho de queijo ralado que peguei na geladeira.

— Eu sabia que isso ia acontecer cedo ou tarde.

Sarah sempre faz isso: vive dizendo que nada a pega de surpresa porque jura de pés juntos que é meio vidente, o que acho estranhamente reconfortante.

— O que... o que a gente faz agora? — questiona Caleb. — O que a gente vai fazer? — repete ele, beirando a histeria.

— Ué, *você* não vai fazer nada — respondo. — Por mais incestuosa que nossa relação pareça às vezes, você não é o pai da criança.

— Nossa, isso é tão esquisito. Sempre fomos só nós três — continua ele, apertando o ossinho do nariz, entre as sobrancelhas, com o cotovelo apoiado na bancada.

— Ah, querido... — diz ela, com um tom de ternura fingida. — Você sempre vai ser nosso primeiro bebê. Nós te amamos muito.

— Quem é o pai? — pergunta Caleb, ignorando a esposa e se virando para mim.

Fecho a geladeira, munida de uma variedade de quitutes diferentes.

— Anda, pode contar — encoraja Sarah com um sorrisinho presunçoso, chegando mais perto do marido.

Eu a fulmino com os olhos enquanto acomodo as iguarias na bancada.

— Bo — digo, na lata.

— Mas quem diabos é...

— Robbie — interrompe Sarah, sem conseguir se conter. — *Robbie!*

— Puta merda, essa não — prageja Caleb, fazendo careta.

Nós duas trocamos um olhar preocupado, com o semblante contorcido de terror.

— Quê? *Essa não* por quê? Por acaso ele é um... delinquente ou algo assim? — pergunta minha amiga, sem tirar os olhos do marido.

— Não! É só que ele... Bem, ele é...

— Você até queria me arranjar para o cara, Caleb — vocifero, minha raiva crescendo a cada sílaba. — Como assim *essa não*?

— Eu achei que vocês iam só curtir juntos, sei lá! — defende-se ele, erguendo as mãos em um gesto exasperado, a voz cada vez mais aguda. — Nunca imaginei que *isso* fosse acontecer!

— Desembucha logo! — grita Sarah.

— Ele é ex da Cora.

Sarah arfa como se estivesse em uma das novelas que gostávamos de acompanhar.

— Quê? — pergunto em um fiapo de voz.

Cora, a irmã mais velha de Caleb, é o diabo encarnado. A gente sempre brinca que Caleb só é tão bonzinho porque toda a maldade foi parar no DNA da irmã dele. No dia do casamento, Cora disse a Sarah que ela parecia *cansada*. E sempre pergunta meu nome quando a gente se vê, e olha que ela já me conhece há uns bons quinze anos. Além desses detalhes sobre sua personalidade cativante, tudo o que sei sobre Cora é que ela levou um fora do noivo, um cara chamado... *Robert*.

— Por que ele usa tantos nomes diferentes? — pergunta Sarah, tirando as palavras da minha boca. — Por que você me falou sobre um tal de Robbie, e não *Robert*?

— Robert, Robbie e Bo são a mesma pessoa — esclarece Caleb, como se não tivéssemos ligado os pontos. — Cora sempre o chamou de Robert. Meu pai deu o apelido de Robbie, aí eu comecei a usar também. Mas acho que hoje em dia ele se apresenta como Bo mesmo.

— Então *esse* é o Robert que largou sua irmã do nada? Aquele Robert? — pergunta Sarah, andando em círculos.

Caleb faz careta, mas assente.

— Ah, que ótimo. Então o pai do meu filho é conhecido por se apaixonar por mulheres cruéis que caçam criancinhas por esporte — ironizo, com a voz entrecortada —, e depois as abandona como se não passassem de um bando de lixo?

— Bem, não é por nada, não — começa Sarah, chegando mais perto da bancada —, mas *certas mulheres* aí são mesmo um *lixo*.

— Ei, você está falando da minha irmã! — protesta Caleb.

— Você sabe que eu tenho razão — rebate Sarah entre dentes.

— Como você não sabia dessa história, Sarah? — pergunto aos berros.

— Eu fujo da Cora igual ao diabo foge da cruz, você sabe disso! Eu nunca nem vi esse cara!

— Acho que vou vomitar — aviso, sentindo uma pontada de enjoo.

Mas ninguém me ouve. Os dois estão em pé de guerra. Sarah cutuca o peito de Caleb, que recua devagar.

— Por que raios você quis arranjar o ex da Cora para Win?

— Também não é para tanto, né? Robbie é um cara legal. Ele...

— É justamente por isso que você precisa me contar as coisas antes de agir!

— Gente... — começo a dizer, tão baixinho que eles nem me ouvem, e enxugo as gotas de suor que brotam na testa.

— Eu nem achei que ele fosse vir na festa. Mas ele e a Win têm muito em comum. Pelo jeito acertei na mosca!

— Ah, só porque os dois são pessoas com deficiência? Que babaca.

Eles não parecem notar que o cômodo está girando ao nosso redor. Eu vou até a torneira e tento lavar o rosto com água fria.

— Claro que não é só por isso!
— Por que então, hein? E por que você resolveu juntar os dois?
— Gente, eu vou mesmo vomitar.
— Ué, já falei! Ele é um cara legal! O único problema foi o lance com a Cora, mas não é...

Caleb e Sarah são interrompidos por um som gorgolejante enquanto boto os bofes para fora na pia da cozinha.

7

Quando fui embora da casa deles, Caleb ainda estava na corda bamba depois de ter sido obrigado a nos contar tudo o que sabia sobre Robert, Robbie e Bo. De acordo com ele, Bo e Cora se conheceram quando eram estagiários em uma empresa de finanças, mas só se aproximaram um ano depois, quando estavam disputando a mesma vaga na firma. Não tem como negar que parecia o enredo de um dos romances que Sarah ama ler, o que só serviu para me deixar ainda mais irritada. Sei que o cara não me deve satisfação nenhuma, mas não sou muito fã da ideia de ele ter vivido um *enemies to lovers* com o anticristo em pessoa.

Eles namoraram por alguns anos, em meio a términos e reconciliações. Caleb disse que o relacionamento parecia cheio de altos e baixos até que, do nada, anunciaram que estavam noivos. Isso foi uns dois anos atrás. Ao que parece, já estavam até planejando o casamento quando Cora contou à família que Bo tinha desistido. Na época, Caleb nem se aprofundou muito no assunto, porque ele é um *grande otário*.

Até que, na primavera passada, Bo e Caleb se reaproximaram por causa de um projeto no trabalho — e *isso* ele nos contou com riqueza de detalhes, mesmo que Sarah e eu não estivéssemos dando a mínima. Os dois são amigos desde então, em um sentido amplo da palavra, e praticamente só se encontram na academia — e sobre isso Caleb não tinha detalhes —, mas nunca falaram sobre Cora ou a separação.

Vai entender os homens.

Fora isso, Caleb não tinha muito a acrescentar. Não fazia ideia do que tinha acontecido com a perna do Bo, por exemplo. Disse que quando o viu com Cora pela última vez, ele ainda não usava prótese. Mas que quando começou a trabalhar no tal projeto da firma, já usava. Caleb pensou que seria muito indelicado perguntar o que tinha acontecido, e acho que ele tem razão. Mas isso significa que deve ter sido bem recente. Por mais que eu mal conheça o cara, sinto um aperto no peito. É uma mudança difícil, pesada. E Bo nem faz ideia de que tem mais uma coisa prestes a mudar na vida dele.

Será que é muita coisa para ele lidar de uma vez? Eu conseguiria entender. Não gosto nem quando minha gerente muda o cardápio na cafeteria.

Depois de subir os seis lances de escada, chego ao meu apartamento um pouco ofegante e ainda enjoada. Os vizinhos do outro lado do corredor estão discutindo *de novo*, e as luzes do hall piscam como se estivéssemos em um filme de terror, mas minha casa é quase um paraíso particular. Ou talvez esteja mais para um purgatório.

Este foi o único lugar que consegui bancar depois de sair da casa de Jack e, àquela altura, me contentaria com qualquer coisa. Foi uma solução imperfeita para um problema bem maior, mas na época achei que era só *temporário*, até eu arranjar uma coisa melhor. Nunca imaginei que ainda estaria aqui quatro anos depois, mas me virei como pude.

Comprei tantas plantas para lidar com os invernos canadenses que minha casa é praticamente uma estufa. São um investimento excelente, na minha opinião. Servem como hobby, decoração e purificadores de ar, tudo em uma coisa só. Bem, dezenas, na verdade. Quase todas estão dispostas diante da janelona quadrada atrás do sofá que também me serve de cama. Não que eu esteja dormindo em um sofá qualquer, é um sofá-cama todo encapado.

Encapado. Hum. Se Bo e eu tivéssemos encapado *outra coisa*, agora eu não estaria nessa situação.

Jogo as chaves na mesa apinhada de toalhas e louças lavadas e acendo a luz do canto mais afastado da sala, onde fica minha cômoda roxa. Claro, o apartamento é praticamente uma kitnet de trinta metros quadrados, e as paredes são cheias de marcas amareladas de cigarro deixadas pelo último morador, isso sem contar as manchas no carpete, feitas por sabe-se lá o quê.

E acho que seria legal ter janelas para sentir o ar fresco, mas o importante é que este lugar é meu.

Foi a primeira coisa para a qual poupei dinheiro. O primeiro contrato que assinei por conta própria. A primeira casa em que morei sozinha, onde só eu estava no controle.

Bebo um copo d'água, depois encho-o outra vez enquanto abro a playlist de músicas de banho no celular e conecto ao alto-falante do banheiro. Então sou inundada pela voz de Carole King e começo a me despir, deixando uma trilha de roupas espalhadas pelo chão: meias feitas à mão, um suéter azul, macacão laranja, calcinha bege e um sutiã que não serve direito.

"Uma boa ducha cura qualquer confusão", minha mãe sempre dizia. "Um bom banho de banheira cura qualquer problemão", acrescentava Marcie. Elas viviam completando as frases uma da outra, soltando pérolas de sabedoria em dose dupla.

Ah, *merda*. Vou ter que contar à minha mãe que estou grávida.

Não. Ainda não quero pensar nisso.

Primeiro vou tomar um banho de banheira.

Primeiro várias coisas, na verdade.

Vou fazer um bocado de coisas antes de contar a novidade para minha mãe.

Nunca sei direito como falar sobre minha vida para ela. Pouco depois de fazer onze anos, eu me tornei mais uma amiga e confidente do que uma filha. Nunca havia abertura para discutir os problemas das duas ao mesmo tempo, e os dela sempre pareciam mais importantes.

A verdade é que ela era muito sozinha. Com exceção de Marcie, minha mãe não tinha muitos amigos nem família. Os pais lhe viraram as costas assim que engravidou, e ela não tinha irmãos. Além disso, acho que algumas pessoas são solitárias por natureza. Muitas vezes parecia que nem toda a atenção do mundo seria capaz de preencher o vazio dentro dela.

Acho que só percebo isso porque também sou assim, e isso me preocupa.

Eu me lembro de como as outras pessoas se referiam a ela. As outras mães. Elas a chamavam de insolente, barulhenta, escandalosa. Falavam que iam esconder os maridos quando ela chegava. Mas June McNulty nunca teve vergonha de ser ela mesma, isso não se pode negar. E eu a amo, amo mesmo.

Mas eu bem que poderia ter crescido sem as noites em claro ouvindo-a reclamar de um encontro ruim ou tecendo elogios depois de um encontro bom — nenhuma filha quer saber essas coisas sobre a própria mãe. Mas eu sei que fez o melhor que podia. Era seu jeito de se comunicar: compartilhava os detalhes da sua vida comigo e provavelmente esperava que eu fizesse o mesmo com ela. Mas nunca me senti confortável para isso. Sempre preferi me abrir com Marcie, que me dava espaço para pensar por conta própria, para só procurá-la quando precisasse. Ela ouvia sem interromper, sem tirar conclusões precipitadas.

De um jeito ou de outro, eu sempre soube que era amada. Mesmo que minha mãe não demonstrasse seu amor da forma como eu queria.

Acendo uma vela e espero a banheira encher enquanto lavo o rosto na pia, reconfortada pelo toque úmido e cálido das minhas mãos. Respiro fundo e enxáguo o sabonete de melaleuca, já escorrendo por conta do vapor.

Entro na banheira e apoio as duas mãos na barriga, depois a observo fixamente, mesmo que seja uma parte do meu corpo para a qual evito olhar por muito tempo.

Não que eu não goste do meu corpo ou da minha barriga em particular, só acho que é mais fácil fingir que ela não existe, assim tenho menos chance de me sentir insegura.

Eu, como a maioria das mulheres da minha idade, aprendi a me odiar o suficiente para agradar os outros. Se você estiver muito satisfeita com sua própria aparência, vai ser tachada de metida, egoísta, esnobe. Mas é tudo proposital, um jeito de nos jogar umas contra as outras. O consumismo exige que continuemos insatisfeitas com a nossa aparência. Se todo mundo gostasse de si do jeitinho que é, dezenas de empresas ruiriam como a Babilônia. Temos que desejar uma solução para quaisquer problemas que nos atormentam, é assim que a indústria continua funcionando. É assim que os homens continuam enchendo os bolsos de dinheiro.

Espinhas? Use mais maquiagem, o que só vai piorar a situação.

Estrias? Tem um creme para isso, e um mais caro ainda, se o outro não funcionar.

Dentes amarelados? Ora, é só fazer um clareamento! Só não pergunte quais são os produtos usados na fabricação.

Acima do peso? Tome aqui um plano alimentar tão caro que nem vai sobrar dinheiro para comprar comida.

Abaixo do peso? Use este sutiã com enchimento, porque não adianta ser magra se você não tiver peitões também.

Mas percebi, talvez cedo demais, que algumas coisas não têm "conserto". As revistas que eu lia na adolescência não traziam *Dez dicas para fazer seus dedos crescerem*. Não existiam cremes milagrosos que borrariam ou corrigiriam minha mão. Só me restava tentar disfarçá-la com bolsos fundos, mangas compridas e poses estratégicas que a mantinham fora de vista. Escondida, como fazemos com todos os defeitos.

Por mais que eu tenha morrido de vergonha na época, sou muito grata a Marcie por ter me dado um sermão sobre isso. Foi no meu aniversário de catorze anos, quando chamei todas as minhas amigas para nadar no clube da cidade. Estávamos na piscina tirando fotos quando Marcie se levantou feito um raio das espreguiçadeiras nas quais ela e minha mãe estavam deitadas desde o início da festa.

— Winnifred June McNulty, posso saber o que é isso? — rugiu ela.

— Isso o *quê*? — respondi, cheia de atitude.

— Meu bem... — Ela riu secamente. — Todas as meninas estão com os braços levantados. Dois braços e duas mãos no ar. Você sabe contar, não sabe? Então, cadê as suas?

Olhei feio para Sarah, como quem diz *vem dar um jeito na sua mãe*. Bem nessa hora, Marcie chegou mais perto e puxou meu braço direito para cima, segurando-o com toda a força.

— Isso é quem você é, meu anjo. E é lindo.

Depois deu um passo para trás e nos olhou com tanta ternura que até hoje guardo a lembrança no coração.

— Esconder não vai mudar nada — retomou. — Se continuar assim, um dia você vai olhar para trás e perceber que tentou apagar a si mesma. E isso seria *trágico*.

Foi o jeito que ela disse *trágico* que me atingiu em cheio. Ainda posso ouvir com clareza mesmo hoje. Trágico, como se fosse *patético* — e, para uma adolescente, nada pode ser pior do que isso.

Até aquele dia, eu não tinha percebido que tentava esconder qualquer vestígio da minha mão, como se um dia pudesse olhar para trás e esquecer que eu era diferente.

Depois disso, tentei parar de apagar quem eu era, um pouquinho por vez.

Foi muito difícil no início. Às vezes me pegava no pulo e me forçava a parar. Aí, com o tempo, foi ficando mais fácil. Até chegar ao ponto em que eu já nem precisava de lembrete para não me esconder, pelo menos por fora.

A luta interna foi mais difícil de superar. As comparações incessantes e o sentimento de vergonha me acompanharam durante a maior parte da adolescência até o início da vida adulta. O medo do fracasso muitas vezes me impediu de tentar. Sempre me diziam que era normal ter dificuldade com as tarefas simples do dia a dia, mas ao mesmo tempo eu era obrigada a encarar as notícias sobre aqueles... superdotados.

A elite das pessoas com deficiência, por assim dizer.

A surfista com um braço só, o alpinista sem pernas, o baterista que só tem uma mão.

E, no fundo, eu sabia que deveria sentir orgulho daquelas pessoas. Elas faziam parte da minha comunidade e estavam se esforçando para diminuir o estigma a respeito de *todos* nós. Mas eu não sentia nem um pingo de orgulho. Só sentia rancor. E um pouco de inveja. E raiva por eles não serem conhecidos apenas por serem grandes *surfistas*, *alpinistas* e *bateristas* de sucesso. Para mim, essas pessoas eram um lembrete de que o mundo sempre vai me enxergar de outra forma — sempre vai me encaixar em uma categoria diferente — mesmo que eu tenha me colocado em um pedestal.

Eu não queria conquistar alguma coisa a despeito de mim mesma. Não queria ser uma prova de superação. Só queria ser uma pessoa comum. Não queria ter que me esforçar tanto todos os dias. Queria ser ruim em alguma coisa e virar alvo de piadas simplesmente porque a vida é assim. Não queria ser digna de pena.

E nas coisas em que realmente sou excelente, como natação, não queria que me elogiassem por ser um exemplo de superação. Só queria ser *boa* mesmo.

Isso mexe com a cabeça da gente, essa constante competição contra baixas expectativas. Nada tem gosto de vitória.

Mas, assim como a maioria das pessoas, consegui me livrar de algumas inseguranças à medida que envelheci. Encontrei meu próprio ritmo. Descobri quem eu era além das dificuldades e dos ressentimentos. Comecei a construir uma identidade baseada nas coisas que me inspiravam mais confiança. Focada em quem eu era, não em quem eu nunca poderia ser. Parei de esconder partes de mim.

Então Jack apareceu.

E minha confiança nunca ficou tão abalada como então.

No começo, Jack queria ser o herói da minha história. Ele segurava minha mão menor em público, mas sorria para mim como se dissesse "não precisa me agradecer". Tudo o que ele fazia por mim durante o namoro — coisas normais de namorados, como carregar as compras ou abrir portas — nunca tinha o intuito de ser gentil. Sempre havia um motivo oculto por trás. Uma atitude horrível que eu não queria enxergar por medo de pôr tudo a perder.

Ele me via como um projeto de caridade.

Jack me amava *apesar de*, nunca *por causa de*.

Até que, em certo ponto, acho que ele começou a se cansar. Aos olhos dele, eu era incapaz. Não me *esforçava* o bastante. Então decidiu se tornar o vilão. E era ótimo nisso, tenho que admitir.

Certa noite, estávamos atrasados para a festa de noivado do amigo dele, e eu demorei um minutinho a mais para amarrar a tira da sandália.

— Porra, Win, se esforça um *pouquinho* — gritou Jack, andando de um lado para o outro. — As pessoas não vão passar a vida te dando tudo de mão beijada. Pare de ser tão inútil.

De repente, voltei a ser aquela menina de catorze anos com a mão atrás das costas, que só queria mudar. Que só queria se esconder.

Como eu não queria ser um fardo tão grande, comecei a planejar meus dias nos mínimos detalhes — tudo para não precisar pedir a ajuda de Jack para nada. Mesmo assim, ele sempre arranjava algum motivo para reclamar.

Mas depois de finalmente largá-lo, ainda me senti grata por Jack no ano que se seguiu, quando eu estava insegura, no fundo do poço. Grata por saber que pelo menos *alguém* me queria. Que eu era digna de amor.

Isso me assustou muito mais do que o comportamento de Jack. O poder que eu lhe dei para determinar se eu era ou não desejável. Algo que eu *poderia* entregar a outra pessoa se cometesse o mesmo erro outra vez. Então decidi que nunca mais daria esse poder a ninguém. Só quando meu amor-próprio estivesse forte o bastante para não ser afetado pela opinião de outra pessoa, fosse ela positiva ou não.

Demorei quase quatro anos para retomar a neutralidade e começar a me aceitar como sou. Às vezes, como no Halloween, me acho linda por dentro e por fora. Outras vezes, ouço a voz arrastada e cruel de Jack me dizendo que sou inútil... e acredito nisso.

No passado aprendi a ignorar esses pensamentos, e sei que posso fazer isso outra vez. Não tenho escolha, porque o que vem a seguir é um desafio totalmente novo. Algo que vai exigir toda a minha confiança, tudo o que eu tenho de melhor.

Amanhã vou me permitir tentar e errar. Vou começar a traçar planos e estratégias adaptáveis para a maternidade. Vou comprar roupas de bebê com botões fáceis de abrir, pesquisar *slings* e bolsas canguru para deixar as mãos livres, e procurar carrinhos de bebê e cadeirinhas de carro.

Hoje, porém, vou fingir que isso não vai ser um problema. Vou me sentir como qualquer outra pessoa que acabou de descobrir uma gravidez inesperada. Vou ficar agitada, apreensiva e apavorada por todos os motivos já esperados, sem trazer mais problemas à mesa. Posso me permitir isso neste momento.

Então afundo ainda mais na banheira e começo a sonhar acordada. De olhos fechados, com o cabelo boiando ao meu redor como gotas de aquarela. Os ouvidos submersos na água, abafando o barulho dos vizinhos e as notas de "Songbird", do Fleetwood Mac, até que ela soe como uma canção de ninar.

Imagino um recém-nascido pequenino e adorável deitado no meu peito. Penso nos muitos banhos que vamos tomar aqui. Todas as coisas maravilhosas que vamos viver juntos. As noites em claro, as birras, os dentinhos nascendo e todas as coisas que tiram o sono dos pais. Mas, acima de tudo, penso na parte boa. As historinhas para dormir, as manhãs ensolaradas. Os passeios no parque onde colheremos dentes-de-leão ou as pedras que pularemos na praia. Os abraços, o calor e a bênção de amar alguém mais do que a mim mesma.

Então repito, várias e várias vezes, que sou capaz de fazer isso.

Até que, de tanto repetir, começo a acreditar pelo menos um pouquinho.

8

Nove semanas de gestação.
Bebê do tamanho de uma uva.

Respirar parece quase impossível quando me aproximo do balcão para retirar meu pedido. Todos os itens do cardápio pareciam intragáveis, assim como quase todas as comidas nessa última semana. Para piorar, eu vomito até mesmo as que parecem aceitáveis.

A dra. Salim diz que é enjoo matinal, mas o problema é que acontece vinte e quatro horas por dia. Ela disse que deve melhorar lá pelo segundo trimestre, e rezo para que seja verdade.

Mas hoje não estou enjoada por causa do bebezinho que cresce na minha barriga, e sim porque passei a semana toda tendo a mesma conversa imaginária e ainda não decidi o que dizer quando Bo chegar. Estou assim porque não sei como ele vai reagir, e como vou me sentir em relação a isso.

Tudo bem, estou passando por uma montanha-russa de sentimentos nos últimos tempos — um sintoma esperado da gravidez —, mas essa conversa é tão assustadora que chega a me embrulhar o estômago, a me fazer suar frio.

Ao longo da semana, comecei a imaginar cenários pacíficos para tentar me acalmar. Eu na praia em julho, com um barrigão *enorme*, os pés enfiados na areia e uma brisa cálida soprando meu cabelo no rosto. Estou com as duas mãos apoiadas na barriga, sentindo o bebê chutar enquanto as gaivotas voam lá no alto e as ondas quebram na praia.

Acho que é só uma forma de mentalizar que vai ficar tudo bem, de um jeito ou de outro. No verão, ainda terei a praia, o bebê e eu mesma, seja qual for a reação de Bo. Mesmo que ele não queira saber de nós. Ainda estarei em paz. Talvez eu só tenha que me esforçar um pouquinho mais para isso.

Agradeço ao barista e levo meu chá para uma mesinha redonda escondida em um dos cantos da cafeteria. Sento-me de frente para a porta e espero o homem louro e grandalhão chegar, lutando contra a vontade de escapulir pela porta dos fundos ou pela janela do banheiro.

Foi meio constrangedor convidar Bo para um café, considerando que na última vez que nos vimos ele estava se arrumando para ir embora instantes depois de ter estado dentro de mim.

Aposto que ele, assim como eu, achava que nunca mais fôssemos nos ver nem ouvir falar um do outro. Não haveria outros encontros, quem dirá um convite para tomar café em uma manhã de domingo aleatória dois meses depois. Mas ele concordou em vir até aqui, então já é um começo, e até pareceu empolgado com a ideia.

> **EU:** Oi, Bo. Aqui é a Win. A outra pirata da festa de Halloween... Você toparia tomar um café comigo neste fim de semana?

> **BO:** Win, oi! Eu teria te reconhecido só pelo nome, não precisava explicar quem era. É claro que me lembro de você. E, sim, topo sair para tomar um café. Você conhece a Saints na Avenida Cosgrove? Que tal no domingo, às dez?

A porta da cafeteria se abre e lá está o futuro papai, que ainda nem sonha com isso. E, puta merda, ele é ainda mais bonito quando não está vestido de pirata. Hoje está usando um casaco bege comprido e um suéter verde de tricô por baixo, arrematados por um cachecol marrom, além de calça jeans preta e botas da mesma cor. A barba está um pouquinho maior do que no Halloween, mas o cabelo continua rebelde como antes. Ele acena para mim da porta e chacoalha a neve das botas, um sorriso largo se espalhando pelo rosto. Depois aponta para o balcão, como se perguntasse "Você quer alguma coisa?".

Mostro minha xícara em resposta. Ele faz um sinal positivo para mim, depois se vira para fazer o pedido.

O coitado não faz ideia de que a vida dele está prestes a virar de cabeça para baixo.

De repente, me dou conta de que sou a dra. Salim nessa situação. Vou ter que manter a calma, ser direta e compassiva. Mas o problema é que não sei se consigo. Minha ficha ainda nem caiu direito. E fico nervosa perto dele. Já encontrei outros casinhos sem querer — a cidade não é tão grande assim —, mas sempre mantive a compostura. Não posso dizer o mesmo agora. Não tem nada de descontraído ou casual nisso.

Por fim, Bo chega com sua própria xícara e um prato com três doces diferentes. Cerro a mandíbula, me perguntando se ele preferia ter feito o pedido para viagem.

— Peguei isto pra gente dividir — anuncia Bo, colocando o pratinho na mesa. — E, hum, oi — acrescenta em tom caloroso, acomodando-se à minha frente enquanto tira o cachecol. — Fiquei feliz com o convite.

— Oi — Eu me obrigo a dizer, já com um toque de *sinto muito* na voz.

— E aí, como você está?

— Estou bem.

Bo pende a cabeça para o lado e passa a língua no canto da boca, me olhando com ceticismo. Deve ter percebido que estou uma pilha de nervos, e por isso já parece muito preocupado.

Meus lábios estremecem contra a minha vontade e sinto um tremor nas pálpebras, o que me obriga a piscar sem parar. Além disso, não consigo ficar quieta na cadeira. Tento forçar um sorriso, mas o olhar desconfiado de Bo me diz que não foi muito convincente.

Ele pigarreia no próprio punho antes de continuar.

— As coisas andam bem corridas no trabalho. Sempre piora nessa época do ano, antes do recesso de Natal. Mas, fora isso, está tudo ok.

Então ri sem muito entusiasmo, estudando minha expressão.

— Entendi — respondo.

Ele toma um longo gole de café, depois volta o olhar para as minhas pernas inquietas ao lado da mesa.

— Win, está tudo bem com vo...

— Eu estou grávida — anuncio em voz alta, e todo o ar escapa dos meus pulmões junto com as palavras.

Bo fica pálido na hora. Seus ombros afundam como se ele já não conseguisse sustentar o próprio peso.

— Quê?

— Desculpe — sussurro. — Eu não ia conseguir esconder por muito tempo.

— Você está...

Ele engole em seco, com os olhos fixos na mesa. Depois tira as mãos do colo e as espalma sobre o tampo de madeira, inclinando-se mais para perto.

— Por acaso você falou... — retoma e então olha para mim, sem piscar. — Que está grávida?

— I-isso.

Ele concorda com um aceno. Depois outro. Até que começa a assentir sem parar, como se tivesse quebrado o pescoço.

— Certo. Tudo bem. Certo. E eu, hum, imagino que esteja me contando isso porque...

Ele puxa o ar, todo trêmulo, ainda balançando a cabeça.

— Sim, é você — respondo.

— Uau.

Bo aperta o ossinho entre as sobrancelhas, respirando fundo. Depois se remexe na cadeira e apoia a boca na mão, os dedos esticados sobre a bochecha.

— Certo — repete. — Certo.

— Eu sei que é muita coisa para processar — começo a dizer, torcendo as mãos.

Olho para a mesa ao lado e me pergunto quantas vezes entreouvi conversas tão importantes quanto essa sem perceber.

— Desculpe — peço outra vez.

— Não, hum, eu... — Ele solta um suspiro trêmulo antes de tomar outro gole de café. — Uau — repete, engolindo em seco.

— Pois é — concordo, então olho para o balcão e avisto uma jarra de água. — Quer um copo d'água?

A verdade é que só quero sair desta mesa, mesmo que por alguns segundos.

— Ah. Arrã. Pode ser. Obrigado.

Eu me levanto e sirvo dois copos, grata por ter me distanciado da bomba que acabei de revelar.

— Prontinho — ofereço, voltando para o meu lugar.

Ele vira tudo de uma vez.

— Merda, foi mal. Hum, como você está se sentindo? Está tudo bem? Como... como você está?

— Estou bem — respondo, e é verdade. — Mas tenho andado bem enjoada. Com muito enjoo mesmo. Mas estou bem. Nós... nós estamos bem.

Apoio a mão na barriga por baixo da mesa, onde ele não pode ver.

Bebê, conheça o seu pai.

— Eu não estava esperando por isso — confessa Bo.

Bo para de esquadrinhar os arredores e finalmente olha para mim. Vejo sua expressão confusa, o rosto contorcido de concentração. Quase dá para vê-lo repassar nossa noite juntos até lembrar que não usamos camisinha.

— Nem eu — respondo, limpando a garganta. — Eu... eu não menti sobre tomar anticoncepcional.

— Não, eu nem pensei nisso.

Ele franze a testa e balança a cabeça outra vez.

— E eu não estava tentando engravidar ou algo assim.

— Claro.

— Acho que essas coisas simplesmente acontecem — declaro e encolho os ombros, tentando soar tranquila.

Mas a verdade é que sou um poço de preocupação.

Bo esfrega o rosto com as mãos, arrastando a pele para cima.

— E agora? A gente... se casa?

— Quê? — Pulo na cadeira. — Não! Quê? Por que a gente faria isso? A gente mal se conhece!

Ele se endireita e solta o ar pela boca.

— Foi mal, nem sei o que me deu.

— Acho que você encarnou seu bisavô, sei lá — respondo.

— Mas então, o que eu faço? Como posso ajudar? O que posso fazer para...

— Bo, eu decidi ficar com o bebê — interrompo. — Não espero nada de você, mas podemos trabalhar juntos. Apenas saiba que, se decidir participar da vida dessa criança, vou contar com você. Não vai poder aparecer só quando der na telha. Quer saber do bebê? Então também vai ter que ser presente durante a infância, adolescência e fase adulta. Estamos entendidos?

Essa foi a única parte que ensaiei. Não saiu exatamente conforme o planejado, mas é como se eu tivesse tirado um peso das costas. Agora é com ele.

— Tudo bem — responde Bo com os lábios entreabertos, e seu olhar parece distante mais uma vez.

Por algum motivo, hesito ao ver a expressão perdida em seu rosto. Ele está tão desamparado, como se tivesse algo ainda maior com que se preocupar. Quero saber o que é, mas nem sei se é da minha conta. Afinal, a gente mal se conhece.

Ainda assim, sinto uma pontada de compaixão. Ele está lidando com isso relativamente bem e, até onde sei, é um cara legal. Talvez eu tenha sido dura demais.

— Você não precisa decidir nada agora — aviso com delicadeza, tentando amenizar o baque.

Ele desperta de seu torpor, com um olhar focado e confiante enquanto entrelaça os dedos sobre a mesa.

— Conte comigo. O máximo que eu puder. Vou fazer tudo o que estiver ao meu alcance para ajudar.

— Ah — deixo escapar. — Ótimo.

— Me desculpe — acrescenta ele, com um sussurro.

— Não é culpa de ninguém. — Mordo o lábio, reflexiva. — Na verdade é, sim. De nós dois. Uma falha coletiva. Eu sempre esqueço de tomar a pílula na hora certa, nenhum de nós tinha camisinha e você bem que poderia ter tirado antes da hora.

— Eu não achei que... — Ele se interrompe e dá uma *mordidona* no folheado de chocolate, mastigando e assentindo para si mesmo. Depois come o resto do doce e abocanha outro. — Achei que não podia — termina, de boca cheia.

— Não podia o quê? — pergunto.

Transar? Ele comentou que não fazia isso desde a amputação, mas nós *com certeza* transamos. Eu sei que é por isso que Bo não andava com camisinha, se é a isso que está se referindo.

Ele engole antes de responder:

— Win, acho que preciso contar uma coisa...

Em seguida pega outro doce, limpando o prato em velocidade recorde. Percebo que ele é do tipo que come para afogar as mágoas quando o vejo devorar o último folheado em uma bocada só, mastigando com dificuldade e tomando um gole do café antes de engolir.

— A minha vida saiu um pouco dos trilhos há uns anos, e eu não...

Bo olha de um lado para o outro, como se preferisse sumir em vez de contar o que vem a seguir. Só agora percebo que ele mal cabe na cadeira. Mas parece tão pequeno ali, apesar de sua estatura enorme. Está todo encolhido, parecendo ainda mais jovem do que antes. Quando enfim para de se debater, ele estala o pescoço e endireita os ombros, o peito subindo e descendo ao puxar o ar.

— Eu tive câncer — conta Bo, abruptamente. — Tumor ósseo, estágio três. Eu tinha acabado de fazer 28 anos quando fui diagnosticado, e fiz a cirurgia em outubro do ano passado. Foi uma... Tem sido uma fase bem complicada para mim. Não congelei meu sêmen antes do tratamento. Achei que eu não ia sobreviver, ou que não ia querer usá-lo se sobrevivesse. Eu tinha acabado de sair de um relacionamento e não tinha mais esperança.

— Nossa — digo, estremecida. — Sinto muito por isso, eu...

Minha voz some. O que dizer em uma situação dessas? Nada parece suficiente para transmitir o quanto eu gostaria que ele não tivesse passado por isso.

Tento encaixar o câncer na linha do tempo que comecei a traçar na minha cabeça depois de filtrar as informações inúteis de Caleb. Percebo que isso deve ter acontecido na época do noivado com Cora, seguido pelo término repentino.

Afasto os olhos do tampo da mesa e os fixo nele.

— Bo, eu sinto mui...

— É só que... eu não achei que fosse possível — interrompe ele, e enxuga uma lágrima do rosto sorridente. — Merda, desculpe — acrescenta, tossindo. — É só que...

Essa conversa está sendo *bem* mais intensa do que imaginei. Sinto um aperto no peito pelo homem à minha frente, mas ao mesmo tempo sinto uma pontada de alívio ao ver seu rosto atônito e cheio de expectativa.

Estico a mão sobre a mesa e apoio no seu cotovelo. Ao sentir meu toque, Bo afasta a própria mão do rosto e segura meu pulso, levando-o em direção aos lábios para beijá-lo.

Não tem nada de sexual no gesto. É apenas uma forma de tentarmos consolar um ao outro, já que nenhum de nós sabe muito bem o que dizer.

— Olha, vou ser bem sincera com você. *Juro* que eu não estava esperando lágrimas de felicidade — brinco, tentando lhe dar um sorriso tranquilizador enquanto ele coloca nossas mãos sobre a mesa.

Bo solta uma risada agridoce.

— Nem eu. — Ele limpa a garganta. — Desculpe, não queria roubar os holofotes.

— Tudo bem, eu já fui o centro das atenções no consultório da médica — conto. — E todos os dias desde então.

— Você parece... tranquila? — diz ele, como se fosse uma pergunta.

— É, sei lá. Acho que estou mesmo. Eu me sinto bem... tirando a parte do enjoo. Fiquei com muito medo de contar para você, mas fora isso, me sinto bem em relação a tudo. Eu sempre quis ter filhos, só não achei que aconteceria de um jeito *tão* inesperado.

Bo concorda com a cabeça, me observando como se tentasse memorizar cada palavra. É quase demais para suportar. Ele me olha como se eu tivesse a solução para todos os nossos problemas.

— Além do mais, tirei a sorte grande. O pai do meu filho tem um DNA privilegiado — continuo, voltando o foco da conversa para ele enquanto devolvo minha mão ao colo.

— Tirando a parte do câncer — acrescenta Bo baixinho, seus olhos fixos em mim como se sussurrasse um pedido de desculpas.

E então a ficha cai. A razão de seu olhar distante agora há pouco, a incerteza sobre estar presente no futuro da criança.

— Você ainda está mal? — pergunto com cautela, o coração entalado na garganta.

— Não, não estou. Faço exames de tempos em tempos e não há nem sinal do câncer há mais de um ano. Mas... — Ele respira fundo, agitado.

— Ainda pode voltar.

Fico enjoada *de novo*.

— Desculpe — diz ele com uma expressão inquieta. — Eu sei que seria bom ter uma espécie de garantia.

— Não, Bo... não faça isso — peço, negando com a cabeça. — Não existe garantia para nenhum de nós. Só nos resta fazer o melhor possível com o tempo que temos.

Olho para ele e vejo seus lábios se curvarem em um sorriso inesperado.

— Pelo jeito vamos recorrer aos clichês agora, hein? — provoca ele.

Solto um muxoxo, mas não consigo segurar o sorriso.

— Nem vem — sussurro, rindo. — Desculpe, ok? Não existe um manual de "como reagir à notícia de que o pai do seu bebê não planejado teve câncer". Não sei o que fazer. Achei que só eu daria as notícias bombásticas hoje.

— Não, não, eu adorei — continua ele, ainda brincando. — Que tal acrescentar algo sobre como existe uma razão para tudo e tal?

Reviro os olhos.

— Ah! Ou então "Você é tão corajoso"... sempre adorei essa.

— Quer saber? Na verdade, isso foi só uma pegadinha. Não estou grávida coisa nenhuma. Beijos, já estou indo.

Cruzo os braços e me recosto na cadeira, com um sorrisinho zombeteiro nos lábios.

— Jura? — pergunta Bo. — Nossa, você é uma caixinha de surpresas.

— Eu estava entediada, sabe? Aí achei que poderia usar isso para descolar uma xícara grátis de café. Mas não vale a pena, você é muito irritante.

Bo umedece os lábios e, pelo brilho malicioso em seu olhar, posso ver que está pensando no próximo comentário engraçadinho. Espero com impaciência, lembrando como nos divertimos naquela noite. Mas de repente ele pisca e se remexe na cadeira, e uma expressão mais séria toma seu rosto.

— Quando você descobriu? — pergunta baixinho.

Ah, verdade. Acho que temos assuntos mais importantes a tratar.

— Semana passada. O parto está previsto para 24 de julho. — Olho para o prato vazio na mesa, cheio de migalhas e grãozinhos de açúcar. — E tenho um ultrassom marcado para sexta-feira que vem.

— Sexta? — repete, pegando o celular. — Que horas?

— Isso. Às quatro.

— Onde? — Ele ergue o olhar, com os polegares prontos para digitar.

— A clínica fica na rua West Ninth. É um prédio azul.

Bo anota tudo no celular, depois o guarda no bolso da calça.

— Quer que eu passe para te buscar?

— Ué... você vai também? — pergunto.

— Óbvio.

— Hum, não precisa. A gente se encontra lá.

— Então... — Ele esboça um sorriso e respira fundo, o que parece ajudá-lo a se acalmar. — O que a gente faz agora?

— Que tal você pegar alguma coisa para a gente comer? — Aponto para o prato vazio, um cemitério de doces. — Estou com fome.

Ele se levanta tão rápido para fazer o pedido que começo a rir. Uma sensação perigosa irrompe no meu peito, um afeto bobo e avassalador por Bo. Mas trato de reprimi-la e boto a culpa nos hormônios, alguma parte primitiva do meu DNA tentando me convencer a ficar perto do homem com quem vou ter um filho.

Mas, considerando que vamos ter que nos aturar *pelo resto da vida*, até que ele não é tão ruim assim...

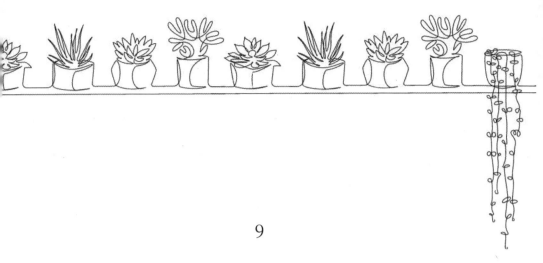

9

Dez semanas de gestação.
Bebê do tamanho de um morango.

— Ele chorou de felicidade? — pergunta Sarah, levantando uma cadeira para eu varrer embaixo da mesa.

Faz anos que ela dá um jeito de aparecer na cafeteria bem no finalzinho do expediente para devorar os doces que sobram, mas depois acaba me ajudando a limpar tudo. Sempre brinco que esse é o jeito de ela ver como é a vida de alguém que paga as próprias contas, ao que ela responde que Caleb só retribui tudo o que ela proporciona entre quatro paredes.

— Chorou, Sar. — Olho para ela, com a mão apoiada no cabo da vassoura. — Era a última coisa que eu esperava, *juro*.

— Mas isso é bom, né?

Ela ergue mais uma cadeira, colocando-a virada sobre a mesa.

— Na hora foi legal, mas...

— Mas aí você foi para casa e começou a colocar caraminholas na cabeça — interrompe Sarah.

Lanço um olhar feio para ela, que apenas suspira em resposta, como se tentasse reunir *um pouco* de paciência, mas vejo que parece cansada.

— Win, nem tudo que é bom tem algo ruim por trás. Bo ficou feliz ao saber do bebê. Só isso. É motivo para comemorar.

Solto um muxoxo cético.

— No começo eu também achei que Jack era legal. Ele também fazia tudo certo.

Sempre percebo o tremor nos olhos de Sarah quando menciono Jack. Ela estuda meu rosto para descobrir se estou muito chateada ao ouvir o nome dele, e olha que fui eu que puxei o assunto.

— Bo e Jack não são a mesma pessoa — argumenta ela com cuidado.

— Você nem conhece Bo.

— Mas Caleb sempre fala bem dele, e eu confio no julgamento do meu marido — rebate, empilhando outra cadeira.

Paro de varrer, pensando em todas as vezes que me equivoquei em relação a um homem. Eles sempre dão um jeito de esconder seu pior lado, mas não demoram para trazê-lo à tona.

— Eu preciso saber mais sobre ele primeiro, ok? Tipo, ele quer participar de tudo e me acompanhar nas consultas e tal. Mas a gente mal se conhece. E se ele quiser assistir ao parto? Aí ele vai me ver *pelada* — acrescento com uma careta.

— Foi justamente por te ver *pelada* — começa Sarah, apontando para a minha virilha — que você acabou assim.

Em seguida, ela pega a vassoura, já que pelo jeito perdi a capacidade de falar e varrer ao mesmo tempo.

— Vai ficar tudo bem — garante-me ela.

— Existe uma grande diferença entre estar em um quarto escuro depois de tomar uns drinques e ter um cara lindo encarando o meio das minhas pernas para ver o olho da tempestade.

— Você acabou de chamar sua *vagina* de olho da tempestade?

— Na sala de parto? Arrã. Porque vai ser isso mesmo.

— Ele não precisa estar lá se você não quiser. Mas, só para constar... — Ela faz uma pausa e segura meu ombro. — Eu te amo, mas não vou ver o parto de jeito nenhum.

— Sarah, você desmaia até quando seu nariz sangra. É claro que não vou deixar você nem chegar perto de mim na hora do parto.

— Nossa, passo mal só de pensar — sussurra ela.

— Ah, valeu — ironizo. — Isso me ajuda muito.

Ela revira os olhos e me segue até a mesa seguinte, contornando o balcão enquanto termino de limpar.

— O ultrassom é sexta à tarde, né? Se Bo estiver livre depois, você podia convidá-lo para ir lá em casa. Vamos fazer uma noite de jogos. Podemos nos juntar contra ele para ver como ele fica quando perde. Esse é um teste fundamental para determinar a estabilidade de alguém.

— Acho que ele vai viajar no fim de semana para passar o Natal com o pai, que mora na França.

— Viu? Você sabe algumas coisas sobre ele! — rebate Sarah enquanto recolhe a sujeira com uma pá. — Mas convide mesmo assim. Se ele estiver ocupado, fazer o quê? Mas duvido que vá recusar a oferta de passar um tempinho com essa mamãe gostosona aí. — Ela agita os ombros para mim, arqueando as sobrancelhas. — Talvez até tente engravidar você outra vez.

— De jeito nenhum.

— Ué, tá preocupada por quê? Acha que vai ter gêmeos? Não é assim que funciona.

— Nós temos que... — começo a dizer, tentando achar as palavras certas enquanto Sarah dança e se esfrega em mim de um jeito sugestivo. — Temos que manter uma relação estritamente profissional. Somos colegas agora.

Ela para de dançar, os quadris ainda balançando.

— *Colegas?*

— Tá bom, não exatamente colegas. Mas você entendeu. Ainda temos que gostar um do outro daqui a nove meses. Puta merda, temos que continuar gostando um do outro pelos próximos dezoito anos. *No mínimo.*

Sarah assente, cruzando os braços na frente do corpo.

— Mas — começa a dizer — seria tão ruim assim se vocês tivessem uma, sei lá, coparentalidade colorida? A química entre vocês é inegável. E a transa foi boa.

— Eu nunca disse que foi boa.

Ela aponta para o meu rosto, tão perto que quase me cutuca com sua unha de acrílico.

— Mas seu rosto fala por você. Fica vermelho toda vez que ouve o nome de Bo. Você está sendo traída pelas suas bochechinhas fofas e flexíveis.

— Vá pra lá e pare de falar besteira sobre as minhas bochechas. — Eu afasto a mão dela, e enfim dou o braço a torcer: — Tá, a transa foi boa.

Talvez tenha sido a *melhor* da minha vida, mas não digo isso em voz alta.

— Mas isso só complicaria as coisas — argumento.

— Ou talvez deixaria tudo mais divertido? Pense só, Bo é um gostoso que se veste bem, chora de felicidade ao descobrir que vai ser pai, tem um ótimo senso de humor, um emprego bom e casa própria. E nem sou eu que estou dizendo isso, essas foram suas palavras. — Ela endireita os ombros e arrebita o nariz, agindo como uma comediante dos anos cinquenta. — Ah, céus, que desastre! Espero que você não se apaixone por um partidão desses!

Luto contra a vontade de dar um peteleco no nariz dela.

— Você é muito espertinha.

— E você não está pensando direito, meu anjo — rebate Sarah, sentando-se na bancada. — Não descarte todas as opções assim. Esteja mais aberta a conhecer Bo de várias maneiras — continua, em tom sincero. — Você merece coisas boas na sua vida, e talvez ele possa ser uma delas. Pense nisso.

— E é mesmo, Sar. Para o bebê — explico, enquanto me acomodo ao lado dela na bancada. — Ele vai ser um pai presente, e isso é tudo que preciso.

— Tudo bem, eu entendo. — Ela deixa o silêncio pairar entre nós por alguns instantes, mas sei que ainda não largou o osso. Sarah raramente desiste. — Mas... — *Não falei?* — Avise quando eu estiver perto do tamanho do pau dele.

Então ela junta as mãos e começa a afastá-las bem devagar, cada vez mais boquiaberta conforme a distância entre elas aumenta.

— Pronto, bem aí — declaro com um sorriso satisfeito.

— Sério? — sussurra Sarah com uma expressão brincalhona no olhar.

— Sério — respondo, orgulhosa por algo que nem deveria ser uma conquista. Não *minha*, pelo menos.

— Não foi à toa que você engravidou. O cara já estava com a mira armada direto nos seus ovários! Um tiro certeiro!

— Você vai ganhar um livro de anatomia no Natal.

— Ei, vá reclamar com a nossa professora de biologia — rebate Sarah.

— Nem venha botar a culpa na sra. Forestein! Ela fez tudo o que podia.

Dou uma olhada na cafeteria, limpa e prontinha para o turno da manhã, mas ainda não quero ir embora. Às vezes, ficamos ali por horas depois do expediente. Nem sempre é fácil voltar para casa. É um pouco solitário por lá.

— Vou convidar Bo para a noite de jogos — anuncio enquanto tento descer graciosamente do balcão, mas quase torço o tornozelo. — Mas não quero saber de gracinhas, viu?

— Vai ser apenas uma missão de investigação pelo bem da minha futura sobrinha — declara Sarah, com as mãos cruzadas sobre o próprio coração.

— Ou sobrinho — acrescento, e estico o braço para ajudá-la a descer.

— Ei, hum... — Sarah olha para nossas mãos entrelaçadas e parece acanhada de repente, o que não é de seu feitio. — Você já se perguntou se a criança também vai nascer com uma mão menor?

— O bebê? — pergunto. — Hum, não. *Acho* que não é genético.

— Sim, mas a suspeita é que aconteceu por causa do útero da sua mãe, não é? Porque sua mão estava apoiada na lateral dele? E o útero dela tinha um formato estranho ou algo assim?

— Era isso que minha mãe dizia, mas vai saber?

— Mas, tipo, será que esse treco do útero é genético? — pergunta ela, toda atrapalhada.

— Sei lá — respondo, com o olhar perdido. — Eu realmente não sei.

Sarah entra no meu campo de visão e esboça um sorriso pequeno, mas reconfortante.

— Vocês teriam uns apertos de mão *maneiríssimos*.

Respiro fundo, despertando do meu torpor. Acho que é simples assim. Nada com que se preocupar, porque só vamos descobrir quando a criança nascer, e mesmo que seja esse o caso, não é uma coisa *ruim*... certo?

— Teríamos mesmo — concordo.

— Venha, vamos para casa — chama Sarah, passando o braço ao redor dos meus ombros antes de me conduzir em direção à porta.

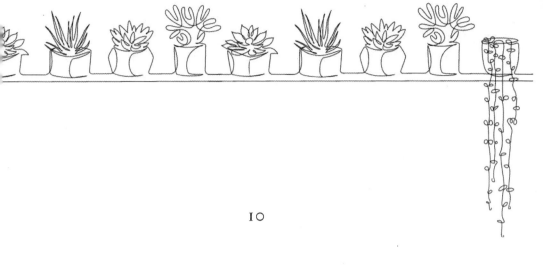

Tive que sair do trabalho mais cedo para chegar a tempo do ultrassom. Por sorte, a dona da cafeteria, Lisa, está quase sempre tão chapada que nem se importa com a vida, os interesses e até mesmo com o nome de seus funcionários. Nem chegou a perguntar para onde eu ia quando me dispensou antes da hora.

Acho que confia em mim, já que trabalho lá há um bom tempo, e não viu problema em me liberar antes do fim do turno. Não sou a gerente propriamente dita, mas sempre quebro um galho aqui e ali quando me pedem.

Sou responsável por organizar a escala de horários, mas só para controlar quem encerra o expediente antes de eu abrir a loja no dia seguinte. Também treino os funcionários novos quando Lisa está muito ocupada, mas não quero virar gerente assistente, embora ela tenha me oferecido o cargo algumas vezes. Acho que isso passaria a ideia de que quero continuar aqui, o que não é verdade. Era para ser só um emprego temporário. Estou prestes a dar no pé desde que comecei, mas nunca movi um dedo para isso.

Começa a nevar assim que desço do ônibus e sigo em direção ao consultório do outro lado da rua. Vejo Bo logo que entro na recepção. Está mexendo no celular, sentado com uma plaquinha acima dele dizendo que a sala de ultrassom fica no segundo andar.

Ele veste uma calça jeans e um sobretudo de camurça marrom, muito mais casual do que estava na semana passada, mas ainda bem mais elegante do que eu. Estou com leggings pretas e um suéter azul-petróleo que eu mesma tricotei, arrematados por um casacão roxo até os joelhos e um cachecol tão grosso que estou quase sufocando. Já falei que odeio o inverno?

— Ora, ora, que coincidência ver você por aqui — digo, desenrolando o cachecol do pescoço.

Bo já está sorrindo quando olha para mim.

— Oi — cumprimenta ele, guardando o celular no bolso de trás. — Pois é, aqui é um bom lugar para vir *pré-natal* — acrescenta, todo orgulhoso com o próprio trocadilho.

— Sério? Vai fazer piada com isso só porque o Natal já está quase aí? — pergunto, com a sobrancelha arqueada.

Bo encolhe os ombros e abre um sorriso travesso grande demais para aquele rostinho ridiculamente lindo.

— Vamos? — chamo, indicando a escada com o queixo.

Bo concorda com um aceno e começa a me seguir em direção ao segundo andar.

— Ah, calma aí — pede em tom urgente, e então me agarra pelo pulso e me puxa para mais perto de forma tão inesperada que chego a arfar de surpresa. — Desculpe. Antes que eu me esqueça...

Ele pega o celular no bolso e aponta a câmera frontal para nós.

— Três, dois...

Clique.

Sorrio no automático para a foto, mesmo sem entender por que estamos posando juntos no meio da recepção. Em seguida, Bo guarda o celular no bolso e segue para as escadas como se nada tivesse acontecido.

— Hum, o que foi isso? — pergunto em um misto de divertimento e confusão.

Bo faz um beicinho dissimulado, como se dissesse "Ah, pobrezinha".

— Aquilo era um celular, docinho.

— É, eu entendi. Já vi um celular. Mas por que você tirou uma foto nossa?

E por favor não me chame de docinho. Faz meu estômago se revirar tanto que parece que estou dando cambalhotas no espaço.

— Quero registrar tudo, ué! Estamos prestes a conhecer nosso bebê. Não quero esquecer nem um segundo deste dia.

— Tudo bem. — Abro um sorriso ao olhar para esse cara tão, tão esquisito. — Nada mais justo.

Subo os degraus depressa e sinto uma pontada de desespero quando chego ao primeiro patamar, percebendo que larguei Bo no meio da escada, avançando no próprio ritmo.

Pedir desculpa só chamaria *ainda mais* atenção para a diferença de velocidade, então finjo estar fascinada pelo mural ridículo na parede até Bo me alcançar. Dessa vez ando mais devagar, acompanhando o ritmo dele até chegarmos à ala de ultrassom.

Depois que dou minhas informações para a recepcionista, somos encaminhados para uma salinha de espera, onde nos sentamos ao lado de uma mulher grávida e seu acompanhante. O cômodo tem lâmpadas fluorescentes horríveis e as paredes são de um tom berrante de azul, forradas com adesivos já meio soltos de borboletas e outros bichinhos. Há uma seleção de revistas no canto da sala, que a grávida com um barrigão enorme está folheando.

Ela parece... *presunçosa*. Alisa a própria barriga como se fosse a bola de cristal de uma vidente e sorri com o nariz arrebitado, como se fosse a única responsável por salvar a espécie humana da extinção.

— Primeira vez? — pergunta ela, com a voz quebradiça como fios de açúcar enquanto aponta para minha barriga.

Em seguida recolhe a mão e se empertiga, parecendo achar graça da situação.

Concordo com a cabeça e abro um sorriso educado.

— A primeira vez é *tão* especial. Ah, mas você deve estar *morrendo* de medo — continua, com um beicinho fingido.

Jura? Não me diga.

— Pobrezinha — murmura, fazendo careta.

Será que preciso responder? Olho para Bo, que de repente parece muito interessado em arrancar um fiapo invisível da própria calça. Mas então ele me olha e abre um sorrisinho zombeteiro que deixa claro que também está inconformado com a arrogância da Rainha da Fertilidade. Se bem que aposto que ela preferiria ser chamada de *Virgem Maria*.

— Esse deve ser nosso *último* ultrassom — continua a mulher, colocando a mão na própria barriga, com o dedo adornado por um anel de diamante tão enorme que deve até pesar sobre a placenta. — Já estamos de trinta e nove semanas.

Em seguida coloca a outra mão no ombro do marido, que sorri todo orgulhoso, sem tirar os olhos dela. Ele é a cara de Ned Flanders, dos *Simpsons*, com o mesmo bigodão grosso e jeito de bom moço.

— Esse bebê está prestes a nascer! — exclama Ned para a Rainha da Fertilidade, alto o suficiente para que todos possam ouvir.

— Nossa, e nem parece que você está grávida — comento e aponto para a barriga dela, com um sorriso falso que pode ser confundido com amigável.

— Ora, ora, não é que ela é engraçadinha? — rebate a Rainha da Fertilidade, olhando para Bo. — Espero que seja genético.

— Uma esposa engraçada é a chave para a felicidade — acrescenta Ned.

Bo me lança um olhar ligeiro que parece cheio de perguntas, e em silêncio respondo *sim* a todas elas.

— Ah, disso eu não entendo. A gente acabou de se conhecer ali na recepção — mente Bo, impassível. — Eu queria entender o porquê de tanto alvoroço, e ela me deixou vir atrás.

— Meu nome é Guinevere, aliás — digo a Bo, estendendo a mão. — Desculpe, não deu tempo de me apresentar naquela hora.

— Lance — responde Bo, depois olha para o casal à nossa frente. — E vocês, quem são?

— Melissa... — diz a mulher, toda tímida de repente.

— Ted.

Ah, essa foi por pouco.

— É um prazer conhecer vocês. — Bo os cumprimenta com um aceno de cabeça. — E você também — acrescenta e pisca para mim sem que nossos novos amigos vejam, para não estragar a piada.

— Então... você não é o pai? — questiona Ted (o antigo Ned).

— Pai de quem? — pergunta Bo, perplexo.

— Do bebê *dela*.

Ted olha para mim, boquiaberto. O pobre sujeito está tão confuso que chega a dar pena.

— Ah! Do bebê da Guinezinha aqui? — pergunta Bo, e aponta para mim com o polegar.

Prendo a respiração, fazendo de tudo para não cair na gargalhada.

— Isso — esclarece Ted, mais atônito a cada segundo que passa.

Melissa parece irritada, olhando feio para as próprias unhas.

— Não, ele não é o pai — declaro em tom hesitante, depois acrescento para Bo: — Mas o posto está disponível, se você tiver interesse.

— Uau, nossa. — Bo leva a mão ao peito, sem tirar os olhos de mim. Tenho que me esforçar muito para não rir. — Seria uma honra e...

Melissa pigarreia para chamar nossa atenção.

— Se vocês não estão a fim de conversar, é só falar, sabe? Não precisava dessa grosseria.

Ted, que pelo jeito ainda não ligou os pontos, continua extasiado com nossa encenação.

— Então você não sabe quem é o pai?

— Pois é, infelizmente é um lance meio *Mamma Mia* — respondo.

Bo cantarola a música do Abba baixinho e Melissa puxa Ted e começa a cochichar no ouvido dele. Depois de dizer ao marido para nos deixar em paz, ela estica o braço com um floreio exagerado e pega uma revista que deve estar ali desde o século passado.

Nem olho para Bo, mas o sinto chacoalhar os ombros enquanto tenta conter o riso. Sarah costuma ser minha parceira nessas brincadeirinhas bobas, pois sei que posso contar com ela para tudo, e imagino que seja um bom sinal que tenha sido tão fácil fazer o mesmo com Bo.

Mas ainda me sinto um pouco mal por Ted.

Tão doce, tão inocente.

— McNulty? — chama a técnica de ultrassom, revelando-se quando olho na direção da voz.

— Aqui!

Levanto-me com esforço e sinto uma moleza nas pernas que não estava aqui antes. Tenho que agradecer a Melissa, Ted e Bo por terem me mantido distraída, porque eu estava tão nervosa que mal dormi na noite passada.

Não estou com medo de ter acontecido alguma coisa com o bebê. Tirando as crises de enjoo, a gravidez tem sido bem tranquila até então. A dra. Salim jura de pés juntos que ter que andar para cima e para baixo com um saquinho para vômito é um sinal de que o bebê está saudável.

Acho que o medo é porque, de repente, tudo parece muito mais real. Como se cada passo na direção da sala de ultrassom servisse para firmar ainda mais o compromisso que decidi assumir. Um lembrete de que tomei essa decisão enorme movida pela intuição, não pela razão.

Até então, manter *o* bebê parecia algo hipotético. Mas quando pisarmos naquele consultório, vou manter o *meu* bebê. O *nosso* bebê.

Bo está andando ao lado da técnica, mais rápido do que minhas pernas me permitem. Ele olha por cima do ombro e pisca para mim, abrindo um sorriso doce e encorajador antes de se virar.

Será que Bo sente o mesmo que eu? A pressão sufocante. A seriedade da situação. Uma sensação iminente, como se a gravidade tivesse sido arrancada de nós e fôssemos obrigados a flutuar por este corredor. Como se nos lançássemos rumo a essa nova realidade.

Acho que não.

Mas quando me deito na maca e levanto a blusa para expor a barriga que ainda não cresceu, é para Bo que olho em busca de conforto. E é isso que ele me oferece, me estendendo a mão.

— Vai ficar tudo bem.

Sua voz me lembra a forma como os pais tentam confortar os filhos antes de o avião decolar. "Tanta gente já fez isso antes, não tem por que se preocupar", mas com um quê de angústia, como se dissessem "mas às vezes acidentes acontecem".

— Prometo — diz Bo, acenando com um olhar firme e concentrado.

Devo ter deixado transparecer minha preocupação se ele teve até que fazer algo tão sério quanto *prometer*.

A técnica não para de falar à minha direita, mas mal consigo assimilar. Mantenho os olhos fixos em Bo, que ouve tudo com atenção, e isso me impede de afundar ainda mais em angústia. Pelo menos ele está aqui. Vai saber todas as informações de que precisamos.

Então a técnica cutuca meu ombro, e eu me viro em direção à máquina diante dela.

— Vou aplicar o gel agora. É bem geladinho, mas vamos limpar tudo quando terminar.

Ela me mostra o frasco e eu concordo com um aceno, um sorriso fraco nos lábios.

Aperto a mão de Bo com mais força, e ele aperta de volta, várias e várias vezes como se tentasse igualar as batidas do meu coração. Por um momento, desejo que Sarah estivesse aqui também. Assim eu não teria que agarrar a mão desse cara como se minha vida dependesse disso.

A técnica despeja o gel frio e em seguida pressiona a ponta do ultrassom na minha barriga com mais força do que eu esperava. Está mesmo em busca do que tem lá embaixo. Depois de alguns segundos dolorosamente longos, começo a ficar preocupada de que ela não consiga encontrar o bebê. Que talvez o bebê nem exista mais.

O pavor gela minha espinha, meu cérebro inundado por pensamentos terríveis. O cômodo parece mais frio do que antes, uma brisa gelada que me sopra a pele e arrepia cada fio de cabelo no meu corpo. Todos os nervos sinalizam que está na hora de entrar em pânico, mas então o suspiro surpreso de Bo me puxa para longe.

Eu o vejo observar a tela atrás de mim, de olhos arregalados e queixo caído, mas tenho muito medo de me virar para olhar. Ele solta uma respiração entrecortada, a alegria dominando suas feições. Depois se inclina para ver melhor e sussurra algo que não consigo entender, e nem sei se foi de propósito ou só escapuliu. A técnica desliza o aparelho pela minha barriga e Bo fica imóvel de repente.

Vejo quando sua alegria contida se escancara em um sorriso radiante que ele tenta reprimir com um aceno de cabeça.

— Winnifred? — chama a técnica atrás de mim. — Você quer ver?

Viro a cabeça devagar, com os olhos semicerrados e os lábios franzidos para me preparar para o impacto.

Mas lá está, um feijãozinho minúsculo e perfeito na tela em preto e branco. Meu bebê.

Não *o* bebê. *Meu* bebê.

E nem é tão assustador quanto achei que seria — saber que é meu. Na verdade, é surreal para cacete. Uma honra. Uma coisa incrível, espetacular, maravilhosa, sublime.

Vejo o bebê dar cambalhotinhas esvoaçantes e uma onda de alívio aquece minha pele, como se eu tivesse encontrado o único raio de sol de um dia nublado. Meu coração se enche de uma alegria tão intensa que parece prestes a arrebentar no peito.

A técnica esboça um sorriso e pressiona o aparelho com mais força, tentando obter uma imagem melhor.

— Olha como ele se mexe! — comenta ela. — Esse vai dar trabalho, hein? Vocês vão ter que botar as mãos na massa.

— Arrã — murmuro em concordância.

As mãos são meio que o problema aqui, moça.

O bebê se agita na tela outra vez, um pulinho trêmulo que me lembra uma pulga. E eu esqueço tudo ao meu redor.

Pule outra vez, grito por dentro, e visualizo o sangue bombeando por minhas veias como transmissores de rádio, na vã esperança de que o bebê consiga me ouvir.

Bo ri baixinho quando o bebê dá mais uma cambalhota, saindo do campo de visão do aparelho.

— Pelo jeito alguém está querendo um pouquinho de privacidade — brinca ele.

— Ai, pai. Ai, mãe, que saco... me deixem em paz — digo, imitando um adolescente mal-humorado.

— Vocês são tããão chatos — acrescenta Bo no mesmo tom.

Já estamos insuportáveis, e eu amo isso. Talvez mais do que deveria.

A técnica digita alguma coisa e clica algumas vezes na imagem, fazendo medições. Sua expressão concentrada pode ser só isso mesmo: concentração. Mas também pode significar que tem alguma coisa errada, algo que só seria visível aos olhos de uma especialista como ela.

— O bebê está bem? — deixo escapar antes de conseguir me conter.

— Pelo que eu estou vendo, está tudo ótimo — responde ela, afastando-se da tela para olhar para mim. — Vocês querem ouvir o coraçãozinho dele?

— Sim, por favor — respondemos Bo e eu em uníssono.

Ao toque de alguns botões, começamos a ouvir um ruído baixo. Vai ficando mais alto, até que os batimentos cardíacos do bebê enchem o quarto, reverberando nas paredes em um ritmo perfeito. Um som maravilhoso, capaz de mudar vidas.

Não escuto mais nada. Nem minha respiração ofegante. Nem os murmúrios alegres que Bo deixa escapar. Nem a cidade lá fora, a ansiedade na minha cabeça, o rangido sutil das minhas costelas se contraindo sob o peso dessa mudança.

Só ouço o coração do bebê.

Tum-tum, tum-tum, tum-tum. Como um trem em alta velocidade.

Tum-tum, tum-tum, tum-tum. Não como um erro.

Tum-tum, tum-tum, tum-tum. Como um acidente *feliz*.

— Nossa — digo, as lágrimas se amontoando nos meus cílios de baixo.

— A frequência cardíaca está em 167 — conta a técnica, digitando algo na tela.

— Isso é bom? — pergunta Bo baixinho, como se não quisesse atrapalhar o momento.

— Sim, está na faixa ideal.

Ele solta um suspiro de alívio, depois planta um beijo cálido no dorso da minha mão. Tiro os olhos da tela e me viro para ele, surpresa com o contato repentino. O que nem faz sentido, considerando tudo o que a gente já fez.

— Obrigado por me deixar vir junto — agradece ele.

Mas nem sei se foi em voz alta ou em um sussurro, pois tudo o que escuto são as batidas constantes daquele coração.

— Você pode gravar isso? — peço com a voz embargada, um nó de emoção na garganta.

Bo solta minha mão para pegar o celular, depois aperta um botão e começa a gravar.

Um tempo depois, a técnica abaixa o volume e desliga o aparelho.

— Vamos imprimir algumas imagens para vocês. A médica deve entrar em contato daqui a alguns dias... — Ela se detém. — Considerando que faltam só dois dias para o Natal, acho que vai demorar mais um pouquinho. Mas, cá entre nós — sussurra ela, chegando mais perto —, já posso adiantar que não tem por que se preocupar.

Ela dá uma piscadela.

— Obrigada — agradeço.

— Vou dar um minutinho para vocês dois — avisa a técnica, me entregando uma toalha quente. — Use isso para limpar essa meleca aí.

Ela aponta para a minha barriga e contorna a cama para sair do quarto.

— Isso foi incrível — diz Bo enquanto limpo a barriga. — Mas achei que já ia ter mais carinha de gente, confesso.

— Parece uma jujuba, né? — comento, sorrindo com ternura.

— E não parava de se mexer — continua ele, incrédulo. — Tipo, pode ficar lá indo de um lado para o outro, como bem entender. Que loucura.

— Pelo jeito esse bebê já está bem confortável.

Abaixo a blusa e me sento na cama.

— Nossa — digo outra vez, porque ainda estou impressionada.

— Nossa mesmo — concorda Bo com um suspiro, sorrindo de lado.

— Um bebê — digo, olhando para ele.

— Um bebê — repete Bo, balançando a cabeça.

— Que maluquice.

Ele suspira, passando a mão pelo rosto.

— É incrível pra caralho — diz, depois olha para mim.

Compartilhamos um sorrisinho alegre antes de eu levantar da maca, e seguimos juntos de volta ao saguão.

Depois que a técnica nos entrega um envelope com duas imagens idênticas de ultrassom, descemos as escadas em um silêncio amigável. Chegamos ao andar da recepção e percebo que a nevasca aumentou lá fora, e a rua está iluminada apenas pelos postes de luz.

— Que ótimo — ironizo e ajeito o cachecol, me preparando para o frio implacável que provavelmente me espera.

— Quer uma carona? — oferece Bo enquanto abotoa o casaco. Mas então ele para e me olha com mais atenção. — Na verdade, eu faço questão. Você vai de carona comigo.

Reviro os olhos com carinho.

— Isso seria perfeito, obrigada. — Então me lembro da sugestão de Sarah. — Se bem que... você tem planos para esta noite?

Bo termina de fechar o casaco e enfia as duas mãos nos bolsos.

— Não — responde com a sobrancelha levantada, já curvando o cantinho da boca. — O que você tem em mente?

— Quer ir para a casa do Caleb e da Sarah comigo? Vamos fazer uma noite de jogos.

Ele concorda com entusiasmo.

— Claro. Vou adorar. Vamos, parei o carro ali na esquina.

Bo abre a porta do consultório e saímos para enfrentar a nevasca. O vento assobia ao nosso redor enquanto ele me conduz em direção ao carro, a mão apoiada na minha cintura, e depois abre e fecha a porta do passageiro para mim. Tento me recompor e aquecer as mãos com um sopro quente enquanto ele dá a volta para entrar pelo outro lado.

O carro dele é *bem* legal. Não entendo muito dessas coisas, mas tem uma tela enorme no console central e bancos de couro com aquecimento, então deve ter sido bem caro.

— Que carrão — comento, do auge da minha ignorância.

Ele aperta um botão e um monte de bipes e luzes surgem, acompanhados do ronco suave do motor.

— Obrigado.

— Você lembra o caminho para a casa deles?

— Acho que sim. Não sei se tem como esquecer qualquer coisa em relação àquela casa.

Ele dá partida no carro e os limpadores de para-brisa começam a espanar a neve sem parar.

A princípio acho que Bo só disse isso porque a casa deles é um espetáculo, ou fez alguma alusão ao fato de Sarah e Caleb serem obviamente muito ricos. Mas depois analiso melhor seu tom de voz, como se a casa tivesse má fama. Uma referência sutil à última vez que *nós dois* estivemos lá juntos. Sinto meu rosto corar e agradeço à lua por não estar tão brilhante hoje.

— Estou feliz por você ter me convidado. Para ser sincero, eu não sabia muito bem como lidar com essa situação. Mas acho que passar um tempinho juntos fora das consultas vai ser bom. Assim a gente pode se conhecer melhor, já que estamos meio que...

A voz dele morre de repente enquanto muda de faixa.

— Presos um ao outro? — sugiro.

— Eu ia dizer algo do tipo "trabalhando em prol do mesmo objetivo", mas isso soa muito impessoal.

— Esses dias eu nos descrevi como colegas, e Sarah ficou horrorizada.

— Horrorizada, é? — provoca ele.

— Boquiaberta, por assim dizer.

— Mas realmente não existe um termo certo para isso — continua Bo, como se concordasse.

— Pais independentes, talvez?

— Mas *pais* parece um termo reservado para quando a criança está fisicamente presente — argumenta Bo. — Sem querer ofender — acrescenta para a minha barriga.

— Que tal amigos? — sugiro.

— Amigos que vão ter um filho juntos.

— É. Amigos que têm um feto em comum.

— Um tipo diferente de amizade colorida. — Ele ri. — Mas, é. Amigos então.

— Que bom!

— Vou ficar tão seu amigo que você vai pedir arrego, Freddie McNulty.

— Nossa, que agressividade — comento, achando graça.

— Ah, tem uma coisa sobre mim que você precisa saber. Eu sou *muito* competitivo. Mesmo em uma coisa que é para ser mutuamente benéfica. Então prepare-se para sentir o poder da minha amizade. Vou chegar com tudo.

— Você já conseguiu deixar tudo esquisito — respondo enquanto me endireito no banco, cruzando os braços. — E só para você saber, eu também sou muito competitiva. É justamente por isso, sinto informar, que você vai perder. Vou virar sua melhor amiga tão rápido que você vai até ficar tonto. E você? Pfft. Não vai passar de um mero conhecido para mim.

— Rá, quero só ver — dispara ele de volta.

— E não me chame de Freddie — acrescento, ainda de braços cruzados.

— Pode deixar, *Frederick*.

11

— Puta merda, o que tá rolando? — pergunta Sarah em um grito sussurrado enquanto pega mais chips de tortilha na despensa.

Sarah e eu nos unimos em todas as rodadas de *Catan* desde que começamos a jogar, três horas atrás, e mesmo assim não estamos nem perto de ganhar. Bo é absurdamente bom em jogos de tabuleiro, e Caleb não colabora, porque não para de entregar todos os recursos de mão beijada.

— Se eu soubesse o que tá rolando, a gente não estaria levando uma surra daquele poste ambulante — respondo, tirando o pote de molho da geladeira. — A culpa é toda do Caleb.

— Bo fica tão calmo durante a negociação. Como se já soubesse exatamente o que fazer. Não é… estranhamente sexy? — comenta Sarah enquanto pega o pote de mim, com o rosto contorcido de preocupação.

— Ah, graças a Deus. Achei que eu era a única — sussurro. — Tipo, ele fica coçando o queixo todo convencido quando constrói uma aldeia nova e… — Eu me detenho. — Puta merda, o que estou falando? O que ele fez com a gente?

— Amor? — chama Caleb, entrando na cozinha. — Oi, precisam de ajuda?

— Ô se precisamos — vocifera Sarah. — Precisamos de ajuda para entender por que caralhos você pagou seis minérios por uma *mísera* ovelha do Bo.

— Posso ser sincero? — pergunta Caleb. — Nem eu sei. Parece até que o cara me enfeitiçou e arrancou aquilo da minha mão.

— A gente precisa se unir contra ele. Sério, ele tá *acabando* com a nossa raça. — Sarah suspira, pegando uma tigela no armário. — E se a gente parar de jogar e partir logo para o interrogatório? Quem é esse cara? O que rolou entre ele e aquele filhote de satanás? Por que ele rompeu o noivado? Quais são as intenções dele com Winnie? Caleb, você vai bancar o policial bonzinho, *claro*.

Estou prestes a protestar quando ouço passos ecoando pelo corredor.

— Estão todos aí? — pergunta Bo enquanto entra bem devagar na cozinha, com a mão enfiada no bolso da calça. Ele olha os arredores, fitando nossos rostos com um sorriso perplexo. — Aconteceu alguma coisa?

— Imagina, tá tudo ótimo — responde Sarah com a voz bem mais aguda do que o normal.

— Elas estão meio bravas porque você está ganhando tudo — conta Caleb.

Dedo-duro!

— Eu tentei avisar — defende-se Bo e aponta para mim, com um sorriso largo demais. — Sou competitivo, fazer o quê?

— Mas isso não é um nível normal de competitividade — argumento, apontando de volta para ele.

Bo chega mais perto de mim, sem tirar os olhos da minha mão estendida conforme avança, e só se detém quando estou com o dedo pressionado contra suas costelas. Ignoro o nó que sinto na garganta quando ele abre um sorrisinho orgulhoso, ainda olhando para o ponto onde nossos corpos se encontram.

— Não é competitivo do tipo que joga o tabuleiro longe ou trapaceia nos dados. Você faz algum truque mental sexy de Jedi — continuo, e dou um *murro* nas costelas dele antes de dar as costas e me acomodar em uma das banquetas da cozinha.

— Eu? Sexy? — Bo leva a mão ao peito, com o semblante radiante de diversão.

— Você tirou a palavra do contexto.

— Ainda não sabemos o que está rolando, mas você está frito quando a gente descobrir — ameaça Sarah, chegando mais perto de mim e apoiando o braço nos meus ombros.

— Que tal a gente jogar outra coisa? Baralho? — sugere Caleb, com a boca cheia de chips e molho.

Lá vem.

— Strip pôquer? — pergunta Sarah, atravessando a cozinha em direção ao marido com um sorriso de orelha a orelha.

— Sarah — murmura Caleb, com a cabeça baixa. — Não — diz, derrotado.

Não, sussurra ele de novo quando ela arma um beicinho e gira o corpo de um lado para o outro, implorando baixinho.

— Sempre estou aberto a uma partidinha de strip pôquer — comenta Bo, sorrindo para a minha amiga.

— Essa não — queixa-se Caleb para si mesmo, horrorizado. — Agora tem dois deles.

— Ninguém vai ficar pelado — digo, primeiro para Caleb, depois para os dois engraçadinhos. — Na última vez que tirei a roupa nesta casa, saí com uma lembrancinha que vai me custar muito caro e durar a vida inteira. Então, valeu, mas eu passo.

Bo deixa escapar uma risada.

— Entendi.

Ele pega um chips no balcão, joga no ar e o pega com a boca.

— Ah! Falando em lembrancinha... — começa Sarah enquanto vai até a despensa, sumindo de vista. — Comprei um presente para vocês dois — anuncia ela, voltando com uma cesta enorme que cobre metade de seu torso.

Está embrulhada em celofane transparente, com um laço vermelho no topo.

— Sarah! — exclamo quando ela coloca o presente na bancada. — O Natal é depois de amanhã. Não precisava de presente agora!

Sarah se vira para Bo e endireita as costas com um falso orgulho ferido.

— Win odeia ganhar presentes. Ela fica desconfortável, já que a gente tem dinheiro e ela não. Mas eu já cansei de falar que esse é meu jeito de demonstrar amor, e mesmo assim ela tenta recusar. O que você acha de ganhar presentes, Bo? E, por favor, pense bem na resposta... Isso vai determinar se gosto ou não de você.

— Eu amo presentes — responde Bo na lata, aproximando-se da bancada para admirar a cesta. — Obrigado.

Sarah solta um suspiro satisfeito.

— Traidor — murmuro, olhando feio para Bo.

— Você não vai mesmo abrir esse presente comigo? — questiona ele enquanto brinca com o laço, fingindo puxar a fita.

Meu cérebro é invadido por uma imagem repentina e marcante dele puxando minha calcinha, mas logo me recomponho.

— Eu me esforcei tanto nesse presente — acrescenta Sarah com a mesma vozinha zombeteira.

Esses dois juntos são uma combinação irritante e perigosa.

— Tá, eu abro — cedo, saltando da banqueta.

Puxo a fita sem a menor delicadeza e faço sinal para Bo tirar o resto. Ele desembrulha o celofane, revelando a cesta verde apinhada de itens, alguns embrulhados e outros não, com uma caixa branca no topo.

Tem algo escrito ali.

Vinte perguntas para se apaixonar, leio.

Olho para Sarah, que está quase explodindo de alegria maliciosa.

"Sério?", encaro-a em silêncio, fulminando-a com os olhos.

— Vi um vídeo sobre esse jogo. O título é meio... sugestivo, mas, na verdade, são só vinte perguntas para ajudar a conhecer melhor alguém. Achei que poderia ser útil — diz, a última palavra voltada especialmente para mim —, já que vocês ainda não tiveram muito tempo para se conhecer enquanto estão *vestidos*.

Tenho que me segurar para não repetir de maneira debochada tudo o que ela falou, como se eu fosse uma criança.

— Você foi muito gentil, obrigado — agradece Bo, como se tentasse me convencer a fazer o mesmo. Estou prestes a revirar os olhos quando ele continua: — No caminho pra cá a gente estava falando sobre se conhecer melhor, então isso vai ajudar bastante.

— É — eu cedo, mas *só um pouquinho*. — Valeu.

Bo pega a caixa, virando-a de um lado para o outro.

Aceno com a cabeça e abro um sorriso educado, pegando outro presente na cesta.

— Já pensou? — começa Caleb em tom dramático, contornando a bancada para ficar ao meu lado. — Se vocês fizerem uma pergunta por dia, podem estar apaixonados daqui a menos de três semanas.

Bato na cabeça dele com o lindo travesseiro de banheira que Sarah comprou para mim.

— Valeu pelo presente, Sarah — digo de forma enfática, olhando feio para Caleb.

— Também fiz questão de reabastecer as camisinhas do quarto de hóspedes. Comprei as extragrandes também — acrescenta ela, piscando para Bo.

Ele chega a engasgar, o que eu considero *muito* recompensador.

— Sinto muito — murmuro para Bo, com o ombro colado ao dele, enquanto tento abafar um sorriso.

— Não sente, não — rebate ele, tão baixo que só eu consigo ouvir.

Estendo a mão, pegando algo branco e macio na cesta.

— Aaah! — exclama Caleb ao ver a roupinha que tenho em mãos.

— Nossa, como é pequenininho — comenta Bo, sem parar de olhar.

— Geralmente bebês são pequenos mesmo — respondo, sentindo o tecido macio no meu rosto.

— Bo, você era muito grande quando nasceu? — pergunta Sarah, analisando a estatura imensa dele.

— Hum, sabe que eu não sei? — responde, encolhendo os ombros, depois tira uma caixa de chocolates da cesta. — Puta merda, eu *amo* isso aqui.

— Pois trate de perguntar para sua mãe — continua Sarah. — Estou preocupada com as partes íntimas da minha amiga.

Caleb solta um grunhido, o que chama a atenção de Sarah.

— Que foi? — pergunta ela, olhando para os dois.

— Minha mãe morreu quando eu era bem novo — responde Bo, impassível, pegando um pacote de biscoitos. — Uuh, esses são os meus preferidos.

Ele abre a embalagem e dá uma mordida ruidosa, assentindo com a cabeça conforme mastiga, como se estivesse ouvindo sua música preferida.

Que tipo de pessoa tem um biscoito favorito?

— Desculpe — pede Sarah.

— Não foi nada. — Bo olha para ela, engolindo o biscoito. — Obrigado de novo por tudo isso e por me convidar para a noite de jogos. — Ele se vira para Caleb. — Você também, cara.

— Imagina — responde Caleb enquanto Sarah se aproxima, envolvendo-o com um dos braços. — A gente adora manter contato com todos os casais que conceberam um filho na nossa casa.

— Verdade, é uma tradição nossa — acrescenta Sarah.

— Nossa, eu não sabia que era uma coisa tão comum — brinca Bo. — Tem algum grupo de apoio? Um fórum on-line?

— Claro, eles se reúnem aqui toda terça às onze da noite — responde Sarah. — Sempre tem refrescos e quitutes.

— Maravilha. Pode contar com a gente — avisa Bo, enquanto tira o último presente da cesta. — Uau — comenta, rindo. — Acho que isso aqui não é para mim.

Olho para a caixa que ele segura e a derrubo com um tapa. Assim que ela cai no chão, chuto para bem longe, forte o bastante para voar pela cozinha e chegar até a sala. Bo fica sem reação, com o rosto corado enquanto fita os próprios pés.

— Sarah Abilene Linwood — vocifero, rangendo a mandíbula.

"Você prometeu que não ia fazer nenhuma gracinha", digo telepaticamente, fuzilando-a com o olhar.

Ela cobre a boca com as mãos, mas não consegue abafar a risada.

— Tudo bem. Em minha defesa, a ideia inicial era fazer um presente só para você, e *talvez* eu tenha esquecido que aquilo estava aí.

Caleb me lança um olhar travesso enquanto levanta da bancada e sai devagar na direção do corredor. Faço cara feia quando o vejo se afastar na ponta dos pés, parecendo um vilão de desenho animado.

Não tenho forças para tentar arrancar a caixa deles, então ignoro as risadinhas trocadas entre minha ex-melhor amiga e o traíra do pai do meu filho e começo a separar nossos presentes em duas pilhas. Os de Bo à direita, os meus à esquerda.

— O Estimulador de Clitóris 9000... — anuncia Caleb quando retorna à cozinha, batucando na caixa. — Nós temos um desses? — pergunta ele à esposa, que pelo menos tem a decência de parecer *um pouco* culpada ao sorrir.

— Eles tinham mesmo que fazer *nove* versões? — pergunta Bo.

— Aposto que foi criado por um homem — argumento, jogando um livro intitulado *Pai de primeira viagem* na pilha dele com um baque nada sutil. — Isso explica por que precisaram de nove tentativas para descobrir como agradar uma mulher.

Bo infla a bochecha com a língua e assente, com um brilho arrogante no olhar.

— Se bem me lembro, nem todo homem precisa de tantas tentativas assim — rebate enquanto devolve os chocolates que eu tinha colocado na pilha dele, depois chega mais perto para sussurrar: — Alguns de nós só precisam de uma.

Em seguida tasca uma mordida agressiva em um biscoito, acabando com a tensão que ele mesmo criou, e se vira na direção de Caleb.

— Passa isso pra cá — pede.

Caleb joga a caixa e Bo a pega no ar, segurando-a com uma das mãos.

— Pronto — diz, e a coloca no meu lado da pilha.

— Meu herói — ironizo secamente.

— Você pode ficar com tudo — continua Bo, olhando para os presentes. — Bom, acho que eu vou ficar com o livro e a... — Bo abre um sorrisinho travesso e levanta uma camiseta preta com letras brancas. — Camiseta *Vem com o papai*.

Ele arqueia as sobrancelhas de forma sugestiva.

— Sarah é muito tarada — comento.

— Ei, eu ouvi isso!

Eu a fuzilo com os olhos quando ela passa, pegando um biscoito do pacote de Bo antes de ir ajudar Caleb a abrir uma garrafa de vinho.

— Não, pode ficar com a sua parte — insisto para Bo. — Eu dividi de forma justa.

— Mas *isto* — diz ele, apontando para nós dois — não é muito justo. Você está fazendo tudo sozinha. Eu sou tipo aquela criança que pede para alguém botar o nome dela no trabalho da escola no dia da apresentação.

Olho a pilha dele, pensativa.

— Ok, tudo bem. Eu pego isso aqui e você fica com isso.

Pego umas balinhas de gengibre, que provavelmente só estavam ali para ajudar com meu enjoo, e entrego o jogo de vinte perguntas para Bo.

— Você pode ficar encarregado de fazer as perguntas — continuo. — Um pouquinho de responsabilidade.

— Maravilha.

Ele sorri.

Vou até a pia e pego um copo vazio, sentindo um pouco de calor.

— Você está bem? — questiona Sarah.

— Arrã, só estou com a sensação de estômago embrulhado.

Encho o copo de água e dou um gole.

— Que sensação? — pergunta Bo enquanto chega mais perto, olhando-me preocupado.

— Enjoo — respondo e tomo outro gole. — Às vezes aparece do nada.

O suor brota, o coração acelera. Tudo começa a ter um cheiro estranho e minha língua parece grande demais para a boca. Todos os sinais de que está na hora de correr para o banheiro.

— Já volto. Você vai ficar bem? — pergunto para Bo.

Ele estica o pescoço para trás, como se estivesse surpreso com a pergunta.

— Claro, vou sim. Pode ir, eu vou...

Nem o espero terminar antes de correr para o banheiro, lutando contra o vômito entalado na garganta.

12

Ouço uma batidinha na porta, abafada pelo som da descarga.

— Tá tudo ok aí, meu bem? — pergunta Sarah de fora do banheiro.

Solto um grunhido e apoio a testa nos azulejos frios da parede.

— Você precisa de alguma coisa? Um copo d'água?

— Sim — respondo com a garganta seca, limpando a boca com um pedaço de papel higiênico. — Água, por favor.

— Tá bom, o Bo já vai entrar.

Quê? De jeito nenhum! Não quero que ele me veja desse jeito…

— Ei — chama Bo, a voz carregada de ternura quando abre e fecha a porta atrás de si.

Sofro por dentro ao pensar em como deve estar minha aparência, toda encolhida ao lado da privada. A aversão de Sarah a sangue ou qualquer coisa nojenta está se mostrando uma baita inconveniência. Ela poderia pelo menos ter mandado Caleb em vez de Bo.

— Eu trouxe água e aquelas balinhas de gengibre. Sarah falou que pode ajudar. — Ele me entrega o copo e abre a embalagem de bala. — Quer uma?

Concordo com a cabeça, sem olhar para ele, e estico a mão. Bo deposita uma balinha dourada na palma da minha mão, depois joga a embalagem no lixo.

— Então isso acontece todo dia? — pergunta, abrindo uma gaveta embaixo da pia.

— Várias vezes por dia.

— Que droga, Win. Sinto muito mesmo.

Ergo o olhar quando ouço o som da torneira. Bo está segurando uma toalha debaixo d'água até deixá-la úmida. Depois fecha a torneira e torce a toalhinha duas vezes antes de dobrá-la em um retângulo perfeito.

Ele se ajoelha, agarrando a borda do armarinho para se equilibrar.

— Pronto — diz, afastando meu cabelo com delicadeza antes de colocar a toalha fria na minha nuca.

Tenho que admitir que ajuda bastante. Mas estamos quase colados, já que Bo é muito grande para o banheirinho de Sarah, e não sei se o embrulho no estômago ainda é por causa do enjoo ou por estar tão perto dele.

— Pode abrir a porta, por favor? — peço, permitindo-me mirar em seus olhos enquanto levo a toalha ao rosto. São olhos tão bonitos. Tão gentis. — Acho que preciso de um pouco de espaço.

— Claro, claro. — Ele solta um grunhido ao se levantar. — É só me avisar quando quiser ir embora. Sarah já pegou todas as suas coisas, e eu vou esperar aqui fora caso você precise de mim, ok?

— Ok, valeu — agradeço enquanto ele fecha a porta atrás de si.

Pressiono a toalha úmida na testa, deixando-a cair sobre as pálpebras fechadas e o nariz. Outro sintoma incrível. Fico com dor de cabeça toda vez que vomito. Pouco depois começo a sentir uma pressão atrás dos olhos que embaça minha visão e me torna sensível a sons muito altos.

Minha próxima consulta com a dra. Salim é daqui a pouco mais de um mês. Estabeleci isso como a data limite para continuar me sentindo como uma fábrica de vômito ambulante. Se o enjoo continuar depois disso, vou me entregar de vez. Vou me recolher à beira-mar como as mulheres doentes ou malucas faziam antigamente e dar um jeito nisso ou desfrutar de uma morte precoce.

Ou talvez eu peça à médica que receite o remédio que ela sugeriu.

Uma dessas duas coisas.

Quando o enjoo finalmente passa e termino de tomar a água, levanto-me devagar, lavo as mãos e enxáguo a boca. Saio do banheiro e me despeço baixinho de Caleb e Sarah enquanto Bo leva minhas coisas para o carro.

O ar gelado do inverno ajuda um pouco, e nem tento vestir o casaco antes de me acomodar no banco, sentindo o vento frio na minha pele quente e pegajosa.

— Quer que aumente o aquecedor? — pergunta Bo, fechando a porta do carro, a neve em suas roupas derretendo instantaneamente.

— Não precisa — respondo, apoiando o rosto no encosto do banco.

— Tudo bem. Pode aumentar se quiser.

Ele abre o GPS e digita o endereço que eu dou, depois dá partida no carro.

Em algum momento do trajeto de vinte minutos entre minha casa e a de Sarah, caio no sono.

Acordo com o som dos pneus esmagando os cascalhos do estacionamento do meu prédio. Ergo a cabeça e tento disfarçar enquanto limpo a baba do queixo. Bo para em uma vaga de visitantes, e eu tento recobrar os sentidos.

Mas o cochilo e o ar fresco ajudaram, não dá para negar. Já me sinto *bem* melhor.

— Foi mal, acabei dormindo.

— Pois é, percebi enquanto eu contava a longa história de quando vomitei na frente de todo mundo na escola. — Ele sorri para mim, com a mão no câmbio entre nós. — Mas acho que foi melhor assim.

— É mesmo. Quem sabe na próxima?

Tiro o cinto e olho para todas as minhas coisas no banco de trás.

— Obrigada pela carona — agradeço.

Então começo a calcular como vou fazer para carregar a cesta de presentes, minha bolsa e a planta que Sarah me implorou para ressuscitar. Sou especialista em carregar tudo de uma vez — é surpreendente o que é possível fazer com uma mão e meia e uma cabeça dura.

— Eu ajudo você — declara Bo, já desligando o carro.

Nem me dou o trabalho de recusar, embora provavelmente devesse. Faz semanas que não limpo o apartamento direito, com exceção de algumas louças e roupas, por causa do cansaço e do enjoo matinal, que infelizmente não aparece só de manhã. O trabalho consome quase toda a minha energia e, quando chego em casa, só quero dormir. Mal tenho forças para tomar banho.

Atravessamos o ar gelado da noite em direção à entrada dos fundos, uma porta de metal cinza com vidro rachado, que está assim desde que me mudei para cá. Começo a me encolher por dentro, pensando no estado dos corredores e do saguão do prédio. O cheiro de fumaça, o piso descascado, as luzes queimadas, o... *droga*.

O elevador quebrado.

— Não precisa, mas obrigada.

Tento pegar a cesta dele, mas não vou conseguir carregar a bolsa, o celular e as chaves com uma mão só. Certo, é só dar um jeito. Guardo o celular na bolsa e enfio a argola do chaveiro no polegar da minha mão menor. Pronto, agora a outra está livre para carregar a cesta. Moleza.

— Bem, já vou entrando — aviso, pegando a cesta e a apoiando na lateral do quadril. — Uma ótima noite pra você! — exclamo, um pouco animada demais.

Bo umedece os lábios e estreita os olhos para mim, depois para o saguão do prédio.

— Não tem elevador, né?

Estremeço.

— É, tecnicamente tem, mas não funciona há quatro anos. Então, não, foi mal.

— Qual andar? — pergunta ele, olhando para as escadas.

— Sexto — respondo baixinho.

Ele respira fundo.

— Vai ser um desafio e tanto.

Então ri secamente e coça a sobrancelha, apoiando a mão no quadril.

Vejo o banco de metal ao lado do elevador e faço sinal para que Bo me siga. Depois de me sentar, coloco a cesta no chão e cruzo as pernas, me remexendo com nervosismo.

— Ando tão cansada desde que descobri a gravidez, mas procurar outro lugar já está nos planos — conto, sem tirar os olhos do chão. — A verdade é que este prédio é um lixo. Também não sou fã da ideia de subir seis lances de escada durante toda a gestação. É capaz de eu acabar parindo no meio dos degraus.

Bo ri baixinho, mais como uma exalação do que qualquer coisa.

— E, claro, agora preciso morar em um lugar onde você também consiga entrar — continuo, olhando para ele.

Bo se vira para mim com um olhar hesitante, mas agradecido, eu acho.

— Eu sei que ainda não decidimos muita coisa, mas... você deve poder vir me visitar sempre que quiser e...

— Mas eu não quero só visitar, Win. Eu quero... — Ele balança a cabeça, respirando fundo. — Não sei como dizer isso sem parecer autoritário, mas eu também gostaria que o bebê ficasse comigo de vez em quando. Nos fins de semana ou uma noite ou outra. Quero ser tão presente no cotidiano dele quanto você.

O enjoo voltou com força total.

Um instinto maternal possessivo toma conta de mim. Sei que vou precisar de ajuda com o bebê, mas até então eu nunca tinha pensado que Bo poderia querer passar mais tempo com a criança. O que ele está pedindo vai muito além de uma mera ajuda. Tento acalmar o turbilhão de emoções que me invade antes de formular uma resposta. Meu lado racional sabe que é um pedido justo. Afinal, o filho também é dele. Mas, talvez de forma um pouco egoísta, nem cheguei a cogitar um cenário em que eu não fosse a *principal* responsável e Bo apenas um complemento. Um segundo genitor presente que nem todos temos a sorte de ter.

— Não sei quando vai dar — gagueio. — Eu quero amamentar. Nos primeiros meses, o bebê não vai poder passar mais do que algumas horas longe de mim.

— Hum, talvez a gente possa fazer as duas coisas? Mamadeiras e amamentação? — sugere ele, timidamente. — Bom, eu só consigo fazer *uma* delas.

Ele ri com nervosismo.

— Ouvi dizer que isso pode confundir o bebê e atrapalhar a produção de leite da mãe e... — Respiro fundo. — Calma, vamos dar um tempo. A gente não precisa decidir tudo agora. Eu só ia dizer que quero mudar de apartamento. Para algum lugar melhor e mais acessível com um aluguel que eu possa bancar. Este foi o único que consegui quatro anos atrás, então duvido que encontre algo *muito* melhor, mas vou tentar. Vou procurar algo mais acessível, aí a gente vê no que dá.

— Quanto você ganha no café? Se... se não for muito rude perguntar.

— Uns vinte mil por ano, e tiro mais seis mil no verão, como salva-vidas.

Bo apoia os cotovelos nos joelhos e depois coloca as mãos nas laterais do pescoço, imerso em pensamentos. As sobrancelhas estão crispadas, formando um vinco profundo no meio da testa, e a mandíbula está retesada, os dentes rangem.

— Nós vamos conversar sobre tudo isso, Bo. Eu prometo. Vai ser justo para os dois. Não quero excluir você da...

— Venha morar comigo — interrompe ele, seus olhos fixos em mim com uma expressão hesitante, mas de certo modo decidida. — Eu tenho um quarto livre e um escritório que pode virar o quartinho do bebê. Minha casa é pequena, mas bem confortável. Se você for morar lá, pode juntar dinheiro para se mudar para um lugar melhor depois. E aí vamos estar juntos nos primeiros meses de vida do bebê. Eu me sentiria muito mal se você tivesse que lidar sozinha com todas as noites sem dormir. Não quero atrapalhar sua rotina e a amamentação do bebê, então... é isso. O que você acha?

— Eu acho que você é praticamente um estranho — respondo, surpresa com as palavras que me escapam.

— Mas não vou continuar assim por muito tempo, não é? Existe jeito melhor de conhecer alguém? — Ele solta um pigarro. — E, além do mais, um monte de gente divide casa com completos desconhecidos, é normal.

— Mas e se a gente odiar? E se você me achar um porre? Ou se *você* for um porre?

— Bom, aí você pode ir morar com Sarah e Caleb, acho. Ou, sei lá, você fica na minha casa e eu vou morar num hotel.

— Não sei — respondo. — A gente já está em uma baita saia justa e agora vamos dividir casa também?

— Não precisa decidir agora, mas pense com carinho. Acho que pode funcionar. — Bo engole em seco e deixa o olhar recair na minha barriga por um instante. — Não tem muito o que eu possa fazer agora — acrescenta baixinho. — Não tenho como ajudar de outra forma, mas posso oferecer um teto que pode abrigar nós três. Se você se mudar mês que vem, podemos combinar de você passar um ano lá. Seis meses de gravidez, seis meses com o bebê. Depois disso a gente vê no que dá. Você pode economizar uma boa grana durante esse tempo. Talvez consiga até juntar o suficiente para dar entrada em um apartamento. Ou talvez você queira continuar lá mais um pouco, ou ir embora mais cedo... não sei. Só quero ajudar como puder, e essa me parece uma forma de fazer isso.

Penso na última vez que fui morar com outro cara. Jack também disse tudo o que eu queria ouvir. Que era o começo da nossa vida juntos. Um jeito de economizar dinheiro. "O que a gente tem a perder?", perguntou ele, os olhos escuros arregalados com uma empolgação que ele raramente mostrava, o cabelo preto espetado para todos os lados. Às vezes, Jack parecia tão cheio de vida que emanava eletricidade. E todos os dias cabia a ele decidir se iria usá-la para recarregar minhas energias ou drená-las por completo.

Fazia só umas semanas que morávamos juntos quando Jack gritou comigo pela primeira vez. A gente já tinha discutido antes, mas nunca daquele jeito. Eu queimei o jantar sem querer, e três horas depois ele ainda estava berrando comigo por desperdiçar a comida *dele* e empestear a casa *dele* com fumaça. E assim foi. Mesmo que eu pagasse quase todas as contas, era a casa dele, a comida dele, os móveis dele, a rotina dele. Eu me sentia uma invasora. Uma intrusa na minha própria casa.

— Eu quero pagar aluguel. Nem que seja só um pouquinho — declaro, olhando de um lado para o outro enquanto meu cérebro trabalha. — Também quero um contrato. Algo deixando claro que esse arranjo vai durar no mínimo um ano, e que se algum de nós tiver que sair antes disso, vamos nos ajudar com os custos da mudança e a encontrar outro lugar para morar.

Isso serve apenas para mim, claro. Até parece que esse cara vai preferir se mudar para um hotel em vez de me expulsar de sua casa.

— Claro, podemos fazer o que deixar você mais confortável.

— E eu gostaria de poder receber meus amigos lá. Sarah e Caleb. Quero me sentir em casa também.

Bo parece pensativo outra vez, a cabeça inclinada.

— Claro, Win — concorda, e me encara por um tempo longo demais. — A casa vai ser tanto minha quanto sua. Por mim, você pode pintar tudo de verde neon, se quiser. — Ele ri. — Tudo bem, talvez você possa me perguntar o que eu acho primeiro. Mas a verdade é que você poderia.

— Vou pensar no assunto — aviso, pegando a cesta no chão. Depois me levanto e esboço um sorriso para ele. — Mas eu agradeço a oferta, sério. Obrigada mesmo.

— Estamos juntos nessa, Win.

— Eu sei — concordo por reflexo.

Mas nem tenho certeza se acredito nisso. No momento, tudo parece incerto. Tudo mesmo.

— Por favor, me avise que você chegou bem — pede ele, apontando para as escadas.

— Entre aqui e o sexto andar? — pergunto.

— É. — Bo se reclina ainda mais no banco. — Vou ficar sentadinho aqui esperando até você me avisar que chegou — diz com teimosia.

Reviro os olhos, apoiando a cesta no quadril.

— Tá booom.

Atravesso o saguão e estou prestes a pisar no primeiro degrau quando me viro para perguntar:

— Você tem máquina lava e seca?

Um sorriso começa a se formar lentamente em seus lábios, mas é totalmente otimista.

— Tenho.

Concordo com a cabeça.

— E você gosta de plantas?

— Amo — responde ele imediatamente.

— Então tá — digo e me viro para encarar a subida que me aguarda.

— Então tá — repete Bo, e o otimismo em sua voz reverbera pelo saguão. — Estou sentindo que vai dar certo, Fred!

— Arrã, vai achando.

Duvido muito que eu vá topar ir morar com ele, mas não custa pensar no assunto.

13

Quinze semanas de gestação.
Bebê do tamanho de uma maçã.

— Dia de mudança! — grita Sarah toda animada assim que abro a porta.

Caleb está logo atrás, ao lado de dois homens que não conheço, ambos altos e musculosos, com ombros tão largos que mal passam pela porta. Eles sorriem e acenam com educação quando entram no apartamento.

— Quem são esses? — pergunto baixinho quando Sarah passa por mim.

Ela coloca uma caixa de papelão vazia diante da janela, depois se vira para me olhar. Está com shorts de ginástica e um suéter largo e fofo com uma estampa escrita Velaris. Acho que é de algum dos livros de que ela gosta, mas não tenho tempo de perguntar.

— Michael e Levi — responde-me Sarah, com a voz irregular.

Caleb se mexe atrás de nós, mostrando aos homens onde fica minha cômoda roxa. Os dois a levantam sem esforço e a carregam para fora do apartamento antes que eu possa admirar suas… *habilidades*.

— Você contratou gente para ajudar na mudança? — pergunto a Sarah, claramente irritada.

Eu tinha deixado claro que não queria essas coisas.

— De jeito nenhum! — rebate ela, e tem o descaramento de parecer ofendida. — Eles são nossos amigos.

É justamente por isso que Sarah gosta tanto de strip pôquer: ela não sabe mentir. Perdi as contas de quantas vezes tive que arrastá-la embora das festas quando éramos adolescentes, bêbada e pelada, enquanto Caleb estava em casa estudando.

Olho feio para ela.

— Eu falei que não queria isso, Sar. Se eu tivesse como bancar...

— Já vou interromper a gravidinha aí mesmo. Você não pode passar o dia subindo e descendo seis lances de escadas. Além do mais, Caleb e eu não estamos exatamente em forma, então o que a gente deveria fazer? Sofrer? Já torrei dinheiro com coisas muito mais inúteis.

— Posso muito bem subir e descer quantas escadas quiser — rebato.

Ela revira os olhos, começando a afastar as folhas da minha planta jiboia.

— Já vomitou hoje? — pergunta, com o rabo de cavalo balançando quando ela me olha como quem diz "o banheiro está habitável?".

Abro a boca para discutir, mas respiro fundo. A verdade é que estou apavorada com a ideia de passar o dia subindo e descendo escadas. Já fiquei esgotada só de empacotar tudo nas últimas semanas. Sem contar todo o processo de decidir o que eu pretendia manter e o que queria doar. Sarah veio me ajudar quase todos os dias, então eu não deveria ser tão ingrata. Ela fez muito por mim. Eu só gostaria de ter contratado a empresa de mudança com meu próprio dinheiro, sem precisar envolver meus amigos. Odeio me sentir um fardo.

— Tá bom, mas não deixe encostarem nas minhas plantas.

— Mas metade das suas tralhas são plantas — argumenta Caleb, apoiando o braço ao redor dos meus ombros. — Feliz dia da mudança. — Ele dá um tapinha no meu braço. — Não vou fingir que vou sentir falta deste lugar.

— Esnobes — provoco, e estendo a mão na direção de Sarah.

Ela chega mais perto e de repente nós três estamos em um abraço tão emaranhado quanto o das plantas no peitoril da janela.

— Obrigada, gente — murmuro com o rosto colado no ombro de Sarah. — Eu amo vocês e sou muito grata por tudo o que fazem por mim. Me desculpem por ser tão ruim em aceitar ajuda.

— Nós também amamos você — respondem eles ao mesmo tempo.

— Agora nos mostre como carregar suas plantas direitinho antes que você acabe estrangulando o pessoal da mudança — acrescenta Sarah.

O resto da manhã corre sem grandes problemas. Michael e Levi desmontam meus móveis, peça por peça, e Caleb ajuda a desmantelar a coisa monstruosa que era meu sofá-cama. Vamos deixá-lo na calçada caso alguém queira levá-lo, já que tem uma cama *queen size* no quarto de hóspedes de Bo.

Sarah, Caleb e eu fazemos duas viagens para carregar todas as plantas enquanto o resto das caixas é levado embora. Tudo o que tenho é embalado em pouco mais de duas horas. Caleb paga os caras da mudança e espera com o caminhão enquanto Sarah e eu subimos para ver se não esquecemos algo.

— Essas escadas filhas da puta — reclama Sarah, abrindo a tampa de sua garrafa d'água quando chegamos ao quarto andar. — Filhas da puta desgraçadas — repete sem fôlego, com o corpo curvado.

— É a última vez — digo e pego uma bala na minha pochete.

Ela está abastecida com biscoitos salgados, balinhas de gengibre, pastilhas para azia e chicletes — todos os truques que descobri para diminuir o enjoo nas últimas seis semanas. Mas nada parece adiantar agora. Tirando hoje, até que eu estava começando a me sentir melhor.

Enfim nos jogamos no chão diante da porta do apartamento, no piso marrom de linóleo descascado que reveste os poucos metros quadrados entre a entrada e a cozinha. Tomo alguns goles d'água e tento me concentrar na minha própria respiração, mas não adianta. Acho que é até poético vomitar aqui uma última vez.

Assim que volto do banheiro, dou uma olhada embaixo da pia e nos arredores para ver se não ficou faltando nada. Encontro um grampo de cabelo perdido, claro, e o guardo no bolso, mas todo o resto se foi. Vendido, doado ou empacotado no caminhão lá fora.

— Está acontecendo mesmo, né? — pergunta Sarah, dando tapinhas no chão ao seu lado conforme me aproximo.

— É — concordo, deslizando pela parede até me sentar.

— Como você está se sentindo?

— Já estou melhor — respondo, colocando um chiclete na boca.

— Eu estava me referindo a ir morar com Bo.

—Ah.

Verdade, ainda tem isso.

— Ainda está preocupada?

— Estou — confesso, com um suspiro. — Difícil não ficar.

— Pelo menos você vai estar mais perto lá de casa. São só dezoito minutos de caminhada, eu pesquisei.

Concordo, distraída, mascando com tanta força que até parece que estou com raiva do chiclete.

— Você pode ir morar com a gente quando quiser. Mas acho que essa é uma ótima ideia. Talvez seja um pouco esquisito no começo, mas vai ajudar vocês dois a se conhecerem melhor. E quando o bebê nascer, você vai precisar de uma mãozinha.

Estremeço.

— Desculpe... você entendeu o que eu quis dizer.

Aceno com a cabeça, dando-lhe um sorriso tranquilizador.

Cinco semanas antes, quando percebi que não dava mais para continuar neste apartamento, até cogitei aceitar a oferta de Sarah e me mudar para lá. Mas, no fim das contas, decidi que não podia fazer isso. Sarah e Caleb escolheram não ter filhos. Eu me sentiria muito culpada por atrapalhar suas rotinas sem crianças. Não conseguiria me perdoar.

— Eu conseguiria fazer isso sozinha — argumento, com meu orgulho implorando para ser reconhecido.

Sarah dá um peteleco no meu nariz.

— É claro que *conseguiria*. Mas a questão é que não precisa. Nossas mães tinham uma à outra, não tinham? Apenas imagine que Bo é a Marcie da sua June.

— Não é tão simples assim.

— Só porque você transou com a sua Marcie? Ou porque você quer repetir a dose? — pergunta Sarah em tom sugestivo.

Também, mas não só por isso.

— São só os hormônios.

— Os mesmos hormônios do Halloween ou os da gravidez?

— Os dois.

— Acho que você pode se dar um pouco mais de crédito. — Sarah se apoia em mim, nossos ombros ficam lado a lado. — Mas eu entendo que você não queira complicar ainda mais as coisas.

— Não é só porque eu dormi com Bo. Também tem a questão com Jack. Ele foi o único cara com que morei.

— Aquilo não vai se repetir, Win. Eu garanto — declara Sarah com firmeza, tomando outro gole de água.

— Eu sei que parece ridículo, já que Bo tem sido um anjo e eu larguei tudo para morarmos juntos como se fosse a coisa mais normal do mundo, mas tenho medo de ele se virar contra mim *do nada* igualzinho ao Jack fez.

— Quer brincar de pensar no pior que pode acontecer? — sugere Sarah.

Marcie sempre se oferecia para brincar disso quando a gente estava muito preocupada com alguma besteira. Agora que olho para trás, vejo que a gente realmente não precisava ter se preocupado com a maioria daquelas coisas.

Respiro fundo e concordo com a cabeça.

— Lá vai. Você se muda para a casa de Bo e tudo está indo bem, até que, certa noite, ele perde a cabeça e vira outra pessoa. Tipo o médico e o monstro. Igual a Jack. — Ela diz o nome com desprezo. — O que você faria?

— Iria embora na hora. Voltaria a pé ou de táxi para a sua casa.

— E depois?

— Hum...

Tento visualizar a cena na minha mente como a mãe de Sarah nos ensinou. Fingir que está mesmo acontecendo e dar asas à imaginação para pintar um cenário realista.

— Caleb provavelmente iria até lá buscar minhas coisas mais importantes — continuo. — Você e eu voltaríamos para pegar o resto quando Bo não estivesse em casa.

— E depois?

— Meu filho cresceria sem pai. Ou teria um pai que me assusta. Aí eu passaria a vida preocupada. Ansiosa caso Bo viesse visitar, nervosa quando fosse a vez de levar a criança para a casa dele. Se a situação piorasse, eu teria que contratar um advogado. Talvez Bo levasse a melhor, já que pode bancar um bom advogado. No fim eu poderia acabar perdendo, virar a pessoa que tem que implorar para ver o filho.

— Tudo bem — diz Sarah com delicadeza, fazendo carinho nas minhas costas. — Então isso é o pior que pode acontecer, né? Ou tem mais coisa?

Balanço a cabeça, enxugando a lágrima que escorre pelo meu rosto.

— Agora pense: você acha provável que isso aconteça? — pergunta ela com sinceridade.

— Não — respondo sem rodeios. — Não, não acho.

— E o que você acha que vai acabar acontecendo?

— Esse é o problema. Eu não sei. Não acho que Bo vá me dar trabalho, mas não o conheço tão bem para saber se isso é verdade. Quando estamos juntos, ficamos flertando e brincando, e é divertido, mas não passa disso.

— Então o negócio é esperar para ver.

— Pelo jeito a solução é a gente se conhecer melhor.

— Exato, e é justamente por isso que acho uma boa ideia você ir morar com ele. Bo quer ajudar, e acho que você não deveria desconfiar dele a menos que tenha motivos.

Penso na última vez que vi Bo pessoalmente, na noite em que me convidou para morar com ele. Estava vestindo um suéter de tricô azul-marinho debaixo do casaco de camurça, e as meias verdes apareciam sob a barra da calça jeans. Não era nem um pouco ameaçador, o que é impressionante, considerando sua altura.

Também penso nas mensagens que trocamos desde então. Como sempre sorrio quando recebo uma notificação dele, sabendo que estou prestes a ver algo engraçado ou fofo. As conversas diárias, os agradecimentos e a empatia pelos meus enjoos constantes. As dicas que está aprendendo no livro para pais de primeira viagem.

Ao longo das últimas semanas, fui me convencendo pouco a pouco de que essa era uma boa ideia, mas acho que uma dose de incerteza é inevitável. Sempre haverá um quê de desconfiança, considerando tudo o que passei. Duvidar das coisas é um dos mecanismos da autopreservação, afinal.

Sarah agarra meu joelho, reflexiva.

— Mas você não vai estar sozinha, Win. Eu vou estar bem aqui, na pior ou na melhor das hipóteses. Eu e Caleb sempre vamos estar com você, quer queira, quer não.

— Antes era eu quem cuidava de você, esqueceu? — pergunto enquanto puxo o tecido da legging com frustração.

— Eu sei disso. E ainda cuida. — Ela se aconchega em mim, e eu paro de puxar a calça. — Mas agora é a sua vez. A gente se reveza.

Estou prestes a dizer que é melhor a gente dar no pé antes que o dono do apartamento apareça para a vistoria, mas de repente ouvimos uma voz no corredor.

— Sarah? — grita Caleb da escada, parecendo tão angustiado que chega a ser cômico. — Ninguém atende o telefone. Está tudo bem?

Nós duas conferimos o celular ao mesmo tempo, depois trocamos um olhar. Dezenas de chamadas e mensagens ignoradas.

— Por favor, me perdoe — sussurra ela. — Desculpe! A Win está surtando e fiquei aqui para ajudar. Já, já eu desço.

Caleb aparece na porta, com o rosto vermelho e suado.

— Claro, pode me ignorar à vontade. — Ele ri e se joga no chão à nossa frente. — Vou só me deitar aqui e *morrer*.

— Ainda bem que vocês dois não querem ter filhos. Já pensou como a criança seria dramática?

— Espero que o DNA do Bo compense o *seu* — rebate Caleb, abrindo um dos olhos para me espiar.

Jogo o papelzinho do chiclete na cara dele.

Ficamos ali em silêncio por um tempo. Contemplo o apartamento vazio, que agora parece *tão* menor, enquanto Caleb tira um cochilo e Sarah acaricia seu ombro.

Nos quatro anos que morei aqui, tentei tocar a vida do jeito que dava. Arrumei um emprego para pagar as contas, esperei o verão chegar para me sentir mais como eu mesma, não me forcei a fazer *mais* ou ser uma pessoa *melhor*... porque tinha medo. Não avancei muito na vida. Estabeleci uma rotina estagnada e tolerável — segura, mas talvez até um pouco *demais*. Uma vida menos ampla do que a que eu pretendo levar daqui para frente. Talvez este seja o recomeço de que eu precisava para fazer acontecer.

Talvez sair um pouco da zona de conforto me faça bem.

Sarah e eu seguimos logo atrás de Caleb no caminhão de mudança até chegarmos a uma ruazinha tranquila e repleta de casas antigas e pitorescas. O sol resolveu dar as caras hoje, e lança seus raios no telhado preto coberto de neve da casa de número catorze. A casa de Bo.

Planejamos uma visita algumas semanas atrás, mas Bo estava cheio de trabalho, as nevascas estavam implacáveis e eu mal parava em pé de tanto cansaço, então acabamos deixando para depois.

A casa é uma *fofura*. Um bangalô em estilo Tudor com um telhado alto de madeira e o exterior revestido de pedras brancas.

— Você não me falou que ele morava na casa da Branca de Neve — comenta Sarah enquanto para o carro na rua.

Caleb já estacionou na frente da garagem e está abrindo a traseira do caminhão quando nos aproximamos.

— Será que os sete anões vão aparecer para ajudar? — pergunta Caleb, virando-se para nos olhar.

— Eu acabei de fazer a mesma piada — conta Sarah com a voz enjoada de tão doce, dando um tapa na bunda do marido. — Ué, cadê o Bo? — pergunta ela, olhando para a porta da frente.

— Ele vai passar o fim de semana todo fora em uma conferência de trabalho. É um evento que só acontece uma vez ao ano. Mas deve voltar amanhã. Ele achou que eu ia gostar de ter um tempinho para me instalar aqui sozinha.

Sarah me passa uma caixa cheia de plantas, entregue a ela por Caleb, que está parado ao lado do caminhão.

— Maravilha. Então vamos poder fuçar à vontade.

Ela mexe as sobrancelhas para cima e para baixo, e seu sorriso travesso volta com força total.

Cruzo a entrada de cascalhos e levo a caixa até a porta da frente. Digito o código que Bo me enviou mais cedo e a porta emite um bipe antes de se abrir sozinha. Sou saudada por um hallzinho de entrada adornado com lindos azulejos azuis e um capacho preto na soleira. Na parede caiada de branco, há um cabideiro com sapateira embutida. Vejo uma portinha estreita logo adiante, provavelmente um armário, e uma arcada à esquerda que leva à sala de estar. O cômodo parece rústico, como o de uma casa de campo, com janelas de moldura larga voltadas para a rua e uma lareira com cornija que, somadas às vigas do teto, conferem um aspecto confortável ao ambiente pouco decorado.

Pelo jeito, Bo não tem muitos pertences. Há alguns livros na mesinha de centro e uma arandela de cada lado da lareira, mas, fora isso, as paredes estão vazias. Um sofá cinza simples está no centro da sala, bem parecido com o da maioria dos caras solteiros que conheço, e mais adiante há uma poltrona ao lado da janela. Será que posso usar aquele cantinho para colocar minhas plantas? Elas pegariam bastante sol ali.

Resolvo explorar o resto da casa e entro no cômodo ao lado, que foi projetado para ser uma sala de jantar. No momento, porém, os únicos móveis são uma mesa escondida no canto mais afastado, com um monitor e pilhas de papel em cima, e um gabinete de mogno com uma coleção impressionante de discos de vinil. Deve haver centenas de discos enfileirados abaixo das caixas de som e da vitrola.

Até agora, nem tinha passado pela minha cabeça que o futuro pai do meu filho pudesse ter um péssimo gosto musical. Ou, pior ainda, que talvez fosse uma daquelas pessoas que nem gostam de música. Isso deveria ser levado em conta antes de sair por aí misturando seu DNA com o de outra pessoa. Mas então avisto um disco de Nat King Cole ao lado de uma coletânea de Fleetwood Mac e agradeço a Bo por ter bom gosto, pelo bem da criança que ainda nem nasceu.

Há outra arcada ao lado do escritório, e além dela está a cozinha de Bo, que parece ser o cômodo mais moderno da casa. As janelas retangulares compridas têm vista para o enorme quintal coberto de neve, e sob elas estendem-se armários cinza-escuros com bancadas de mármore branco, separados por um fogão de inox. No meio da cozinha tem uma ilha sem banquetas, com uma pia de cuba preta bem no centro. Os armários na parede oposta estendem-se em formato de L até chegar à outra arcada, que leva a um corredor iluminado. Entre os armários e a porta, há uma linda geladeira de inox com um dispenser de gelo.

Isso mesmo. Uma geladeira com *dispenser de gelo*! Alguém me segura porque eu vou ficar *insuportável*.

— Bom, a casa é linda e tudo, mas é uma tela em branco — comenta Sarah, aproximando-se por trás de mim antes de colocar uma caixa na bancada. — Com suas plantas e alguns retoques, vai ficar um arraso. — Ela joga o braço ao redor do meu ombro e dá um pulinho empolgado. — O que foi? Por que está com essa carinha triste?

— A ideia de ter um suprimento ilimitado de gelo me deixou um pouco emotiva — confesso, apontando para a geladeira.

— Suas prioridades continuam impecáveis como sempre — zomba ela, passando por mim em direção ao corredor. — Venha, vamos ver como é seu quarto.

Eu a sigo tocando gentilmente a geladeira quando passo. Já estou com saudades dela.

— Bo deixou as portas abertas para você poder conhecer a casa toda. Muito legal da parte dele — comenta Sarah por cima do ombro, desaparecendo no quarto mais afastado.

Espio a primeira porta à esquerda e vejo um quarto de tamanho razoável, com as mesmas paredes caiadas de branco e o piso escuro do resto da casa. Há uma cama simples de nogueira sob uma janela com persianas na parede oposta, um lustre no teto... e só. Meu novo quarto, imagino.

O cômodo ao lado é menor e tem paredes pintadas de cinza-claro, além de uma janela vertical comprida com vista para o quintal e um armário embutido. Também está completamente vazio, com exceção de alguns cabos de internet emaranhados no canto, um roteador e uma caixa de papelão com os dizeres "Para doação".

Percebo que este vai ser o quartinho do bebê e me apoio no batente da porta, admirando o interior com mais atenção. Vejo que o sol forma um pequeno arco-íris na parede ao lado do armário. Será que Bo acharia ruim se eu pintasse o quarto de amarelo? Acho que deixaria o ambiente ainda mais aconchegante.

Quando me viro para ir para o próximo quarto, vejo Caleb parado atrás de mim. Seus olhos estão fixos à frente, mas ele logo volta sua atenção para mim.

Trocamos um sorrisinho tímido e esperançoso.

— É o quartinho do bebê? — pergunta ele.

Aceno que sim.

— Você gostou?

— Gostei — respondo, e as lágrimas ameaçam vir à tona.

— É um ótimo quarto.

— Você acha mesmo? — pergunto com a voz embargada. Rio sozinha, enxugando uma única lágrima. — Que saco esses hormônios — reclamo. — Mas é um quarto legal mesmo, não é?

— Ei — chama Caleb, estendendo o braço.

Chego mais perto e me aconchego no peito dele, que me dá alguns tapinhas no ombro, depois o agarra e começa a me sacudir com uma risadinha zombeteira, mas gentil.

— Isso vai ser ótimo, Win — continua ele. — Esta casa é incrível e o quarto é perfeito. Não fique triste. Não chore.

— Eu não estou triste. É só que é uma baita mudança, sabe? — respondo, recuando alguns passos. — Acho que ver o quarto que meu bebê vai dormir me abalou um pouco.

— Eu entendo, mas...

Sarah aparece no corredor toda esbaforida, como se estivesse correndo, distraindo Caleb antes que ele possa concluir a frase.

— Encontrei camisinhas. Uma embalagem novíssima em folha — anuncia ela como se fosse uma repórter.

Foi uma entrada e tanto. Eu a observo impassível, analisando seus olhos arregalados e a expressão ensandecida.

— No meu quarto? — pergunto, confusa.

— Claro que não. Só tem literalmente uma cama e um colchão no seu quarto. Foi no quarto de Bo.

Ela dispara de volta para a porta de onde veio.

— Sarah, não! Saia daí! — Eu a sigo. — Pare de fuçar as coisas dos ou...

Engulo o resto da bronca quando me vejo no quarto de Bo. Ao contrário do restante da casa, o cômodo é a cara dele. Está cheio de objetos e itens de decoração.

A parede atrás da cabeceira é pintada de verde-escuro, a cama revestida de lençóis bege-acinzentados com um banco rústico de madeira na beirada. Um enorme tapete se estende pelo chão, parando diante de duas mesinhas de cabeceira com prateleiras abertas e gavetinhas na parte superior.

Na mesa de cabeceira da direita há uma coleção do que, à primeira vista, alguém poderia confundir com revistas de sacanagem. Mas na verdade são...

— Gibis — diz Sarah, com um risinho zombeteiro.

— Eu já vi o tipo de coisa que você lê no Kindle, então nem adianta julgar.

Ela faz menção de discutir, mas então para e abaixa a cabeça, dando-se por vencida.

— Será que ele me empresta isso aqui? — pergunta Caleb, saindo do closet de Bo com um peitoral de armadura e um elmo.

— Sosseguem, vocês dois! A gente não deveria mexer nas coisas dele.

— Será que ele gosta de usar fantasias na hora H? — teoriza Sarah, praticamente se jogando nos braços do marido antes de alisar a armadura no seu peitoral. — Isso pode ser interessante — acrescenta ela para mim, toda sorridente.

— Milady — diz Caleb, inclinando-se para beijá-la.

Sarah fica toda bobinha e começa a rir.

— Pelo amor de Deus, é sério isso? Agora vocês estão ridicularizando as coisas dele!

— Nada mais justo — rebate Caleb, tirando o elmo. — Não usamos mais nosso quarto de hóspedes para *aquilo* desde que descobrimos que é uma fábrica mágica de bebês.

— Não é assim que funciona — lamento baixinho. — Por favor, só... coloquem tudo no lugar.

— Win, estou começando a desconfiar que o pai do seu filho é um baita de um nerd — comenta Sarah, aproximando-se de mim enquanto Caleb sai de fininho.

Olho para o pôster emoldurado na parede ao lado do closet. É um desenho a lápis oficial da Enterprise de *Star Trek*.

— Bom, foi para isso que vim aqui, não é? Para conhecer melhor o cara. *Óbvio que é um nerd, não tem como negar.*

— Exatamente... E foi por isso que resolvi fuçar as gavetas dele.

— Puta merda — praguejo, pressionando entre as sobrancelhas. — Não é a mesma coisa!

— Diga-me, Winnifred June, o que leva um homem a comprar camisinhas?

Levanto a blusa e aponto para a barriguinha que começou a tomar forma entre meus flancos macios. Está mais para uma barriga inchada depois de tanto comer.

— Evitar que isso aconteça, quem sabe?

— Não, mas ele não usou as camisinhas. A embalagem ainda está intacta.

— Sarah, aonde você está querendo chegar? Ainda temos que tirar toda a mudança do caminhão e realmente não acho que a gente deveria estar aqui no quarto do cara enquanto discutimos a vida sexual dele. — Espio por cima do ombro quando ouço um baque vindo do closet onde Caleb se enfiou. — Sossegue o facho aí dentro! — grito para ele.

— Isso significa que Bo não está transando com mais ninguém — conclui Sarah, com um sorriso felino.

Caleb começa a rir lá de dentro e juro que posso ouvir o som de um sabre de luz sendo ligado.

— Ou talvez ele tenha transado *tanto* que ficou sem camisinha e teve que sair para comprar mais — argumento.

Vejo o rosto dela murchar. Sarah parece tão abalada com a ideia de Bo transar com outra pessoa que *quase* me sinto culpada por ter sugerido isso.

— Sar, eu sei que suas intenções são boas, mas Bo e eu não somos como os casais dos livros que você lê. Se ele quisesse transar *comigo*, nem precisaria de camisinha, né?

— É, minha lógica saiu pela culatra. Tenho que admitir.

— E eu não pretendo transar com ele, que é outro fator que você deveria estar levando em conta.

Bem nessa hora, Caleb sai do closet com algo nas mãos, rindo baixinho.

— Será que ele é alpinista ou…?

Sinto um nó na garganta quando vejo a corda preta e sedosa. Caleb a joga sobre os ombros como se fosse um boá emplumado.

Sarah tem um ataque de riso enquanto folheia um gibi ao lado da cama.

— Guarde isso *agora* e vá esperar no caminhão — sibilo. — E *você*. — Aponto para Sarah, mas nem sei o que eu pretendia dizer. — Só… venha ver o banheiro comigo. Nenhum de vocês tem permissão para pisar neste quarto de novo, estamos entendidos?

Os dois reviram os olhos para mim. Caleb volta para o closet e Sarah arma um beicinho enquanto guarda o gibi na prateleira. Espero os dois saírem do quarto antes de dar uma última olhada para ver se não tem algo fora do lugar. Depois fecho a porta e sigo Sarah até o banheiro no fim do corredor.

Nós duas mal cabemos lá dentro, já que o box de vidro ocupa quase todo o espaço. Os azulejos hexagonais pretos do piso combinam lindamente com as paredes brancas e com os ladrilhos dentro do box do chuveiro, com uma bancada embutida. Tem um gabinete pequeno embaixo da pia e um armarinho com espelho logo acima.

— Você vai ter que ir tomar banho de banheira lá em casa — diz Sarah, sentando-se na tampa da privada.

Tenho que admitir que eu não esperava ficar tão abalada com a falta de uma banheira, mas essa me pegou. Os banhos de banheira sempre me ajudaram a relaxar, desanuviar os pensamentos e pôr a cabeça no lugar. No último mês, também foi onde consegui descansar meu corpo exausto e dolorido.

— Acho que vai ser o jeito — concordo com um beicinho, abrindo e fechando a torneira da pia.

— Ou talvez você possa comprar uma banheira para cá? Bo obviamente tem como bancar. E acho que tem espaço.

Deixo escapar uma risada.

— Ah, claro. Vou começar a fazer uma lista de exigências. — Eu me empertigo e entro na brincadeira. — Querido Bo, obrigada por me deixar morar aqui, já que não consegui ser bem-sucedida por conta própria e você me engravidou. O que acha de reformar o banheiro? E, se não for incomodar muito, construir uma torre para eu dormir?

Sarah sorri para mim.

— Está bem — concede ela, chegando mais perto de mim.

Admiramos nosso reflexo no espelho e soltamos um suspiro melancólico.

— Além do mais, talvez o chuveiro seja necessário — acrescento, avistando as barras de apoio nas paredes. — Vou sentir falta de uma banheira, mas não *preciso* de uma.

— Você tem todo o direito de estar errada — brinca Sarah, ajeitando o cabelo enquanto admira seu reflexo com os lábios curvados e as sobrancelhas arqueadas.

Faço o mesmo, tentando dar um jeito na franja.

— A gente fazia isso todo dia — comenta ela toda emotiva, olhando para mim pelo espelho.

— Isso o quê?

— Dividir o mesmo espelho enquanto nos arrumávamos. Sinto saudade disso às vezes. E sinto muita falta do nosso antigo apartamento.

Eu também sinto. Sinto saudade de Marcie e da minha mãe dançando juntas na cozinha, rindo como garotinhas enquanto tomavam vinho. Sinto saudade do caos de quatro mulheres tendo que dividir o mesmo banheiro e o mesmo carro. Sinto saudade de me sentir jovem, ingênua e despreocupada. Passei muito tempo querendo virar adulta antes da hora. Esperando impacientemente para sair de casa e viver minha própria vida. Mas isso nunca aconteceu de verdade. Eu só fiquei mais velha. E agora olhe para mim. Nenhuma conquista.

— Você vivia roubando minhas maquiagens — lembro, tentando afastar a nostalgia que pesa no meu peito.

— Roubava mesmo, mas em troca eu sempre fazia trança em você — argumenta Sarah, enrolando uma mecha do meu cabelo. Ela umedece os lábios com um olhar distante enquanto gira a mecha nos dedos. — Eu, hum, falei com sua mãe ontem à noite.

— Falou?

Não é nenhuma surpresa que minha mãe tenha ligado para Sarah, já que não a respondo há mais de um mês, mas é estranho que minha amiga não tenha me contado antes. Normalmente, Sarah me manda uma mensagem na hora para dizer para eu deixar de ser besta e falar logo com minha mãe, porque cansou de ser pombo-correio.

— Ela está preocupada. Comentou que você não dá mais notícias.

— Entendi.

— Sei que não é nada fácil, Win. Eu sei como ela é. Mas você precisa contar para sua mãe. Ela está com saudade de você, e não acho que ela vá reagir mal a essa notícia. Seria uma baita hipocrisia da parte dela.

— Eu sei. E vou contar. É que está tudo tão caótico desde que descobri a gravidez. Tive que processar todas essas mudanças. Depois precisei fazer as malas e sair de casa. Mas juro que vou contar. Vou ligar para ela hoje mesmo.

— Tudo bem — concorda Sarah, soltando a mecha de cabelo, agora trançada. — Fico feliz.

Sorrimos uma para a outra, ainda de frente para o espelho.

— Acho que é melhor a gente ir ajudar Caleb — diz ela, curvando os lábios em um sorrisinho.

Dou risada, depois faço careta.

— Puta merda, é verdade. Eu tinha esquecido que ele estava lá fora.

E então saímos em disparada até o jardim.

15

Depois de horas descarregando caixas, desfazendo as malas e mudando móveis de lugar, decidimos dar o dia por encerrado. Sarah e Caleb foram embora assim que minha pizza chegou, me deixando sozinha para devorá-la no silêncio inquietante da casa.

Consigo fazer a vitrola funcionar depois de algumas tentativas e boto os lençóis na máquina ao som de Frank Sinatra, cantando a plenos pulmões para que a casa não pareça tão vazia. Entrego tudo o que tenho na performance, já que não preciso mais me preocupar com vizinhos, e rio sozinha quando o querido Frank cantarola que já foi pirata. Foi justamente por isso que eu vim parar aqui.

E, caramba, eu também vou me recompor e voltar à luta, do jeitinho que o senhor Sinatra sugere.

Deslizo pela casa, dançando com uma mão na saliência da barriga, parando algumas — várias — vezes para pegar cubos de gelo na cozinha.

Quando os lençóis terminam de bater na secadora e a última faixa do lado B toca, arrumo a cama e me acomodo para dormir.

Pego o celular e vejo se tem alguma mensagem nova de Bo. Ele quer saber se correu tudo bem, me ensina a abrir o chuveiro — pelo jeito o registro é meio temperamental — e avisa que vai voltar amanhã antes do almoço. Respondo rapidinho antes de abrir as mensagens da minha mãe. Começo a digitar um pedido de desculpas, mas então decido ligar de uma vez.

Ela atende na hora.

— Olha só quem resolveu dar sinal de vida — cumprimenta.

— Oi, mãe. Desculpe. Ando bem ocupada ultimamente, mas senti saudade.

— Sarah falou a mesma coisa. Mas mal abriu o bico. Guardando seus segredos como sempre. Imagino que seja por isso que você resolveu ligar? Ela não queria mais bancar o pombo-correio?

— Não é isso! Ok, tudo bem, ela me disse que você ligou ontem. Mas está tudo muito corrido mesmo. E, bem... eu preciso contar uma coisa.

Olho para o teto, reunindo forças para falar, e penso que essa seria uma ótima hora para ser interrompida por uma invasão alienígena ou outra situação catastrófica.

— Estou grávida — declaro.

Duas palavrinhas. Só isso. Simples. Fácil.

Agora já foi, não tem como voltar atrás.

Silêncio do outro lado da linha. Um silêncio ensurdecedor.

— Mãe?

— Estou aqui.

— Você... você ouviu?

— Ouvi o quê? Desculpe, estou vendo TV.

— Está vendo *La reina del sur*? Mãe, é na Netflix! É só pausar.

Algumas tradições nunca mudam, como a de ver novela todo domingo à noite. Sarah deve estar fazendo a mesma coisa na casa dela. Essa sempre foi a praia das duas, e às vezes eu e Marcie éramos convidadas a assistir junto. Mas não podíamos ficar perguntando: Ué, ele não tinha morrido? Quem é aquele? Como é que ela arranjou tempo para namorar no meio dessa carnificina? Esse cara não é o *padrasto* dela?

Ouço-a resmungar e sua poltrona rangendo quando ela pega o controle remoto.

— Tá, tá, tá. É que você ligou bem quando estava começando a ficar bom. A Teresa acabou de ligar para...

— Estou grávida — interrompo.

— Você? — pergunta ela de forma abrupta, depois dá uma risada surpresa.

Não sei por que o espanto dela me ofende, mas não consigo controlar.

— Eu mesma.

Ela parece se engasgar do outro lado da linha, uma mistura de choque e divertimento.

— Bom... quem é o cara?

Claro. Nada de *como você está se sentindo?* Ou *de quantos meses você está?* Ou... ok, a próxima pergunta provavelmente seria sobre o pai, mas as duas primeiras são mais importantes.

— O nome dele é Bo. É um amigo meu. Acabamos nos envolvendo em uma festa e... você sabe o resto da história.

Não é de todo mentira. Minha mãe não precisa saber que eu dei para o cara no mesmo dia que o conheci. Algumas coisas não devem ser compartilhadas com a mulher que começou a pregar para mim sobre a importância da castidade quando eu tinha apenas dez anos.

— Dois a zero para as mulheres McNulty contra o anticoncepcional — brinco sem muito humor.

— E aí? Ele é um *babaca* ou um sujeito decente?

Observo o lindo quarto em que estou, deitada na cama nova que ele me deu, e aceno com a cabeça.

— Ele é um cara legal. Nós, hum... na verdade, estamos morando juntos.

Ouço um suspiro do outro lado, uma mistura de alívio e satisfação.

— Ah, isso é maravilhoso, Winnie. Maravilhoso, maravilhoso mesmo.

Acho que eu deveria ter mencionado o contexto dessa mudança, mas será que preciso mesmo? Não quero que essa conversa tome um rumo ainda mais complicado.

— Desculpe, eu deveria ter ligado antes. Mas é que está tudo uma confusão. Eu sofri muito com o enjoo e...

— Como ele é?

— Caramba, hein? — reclamo antes de conseguir me conter.

— Ué, que foi? — rebate ela.

— *Mãe!* — Tento soar menos agitada do que me sinto. — Eu estava contando que tenho passado mal de tanto vomitar e você me interrompeu para perguntar sobre o cara. Bo é ótimo. Um sujeito incrível. Mas *sua filha* está precisando de alguns conselhos maternos.

— Desculpe, você tem razão. Também senti muito enjoo quando estava grávida de você, garotinha. É horrível, mas logo, logo tudo vai valer a pena.

— Tem alguma dica?

— A única coisa que adiantou para mim foi me empanturrar de salgadinho e refrigerante, mas acho que os médicos de hoje não recomendariam esse método.

— Será que foi por isso que minha mão nasceu assim?

— Winnifred June!

Dou uma risadinha, e minha mãe também ri do outro lado, por mais que tente esconder.

— O parto está previsto para 24 de julho — conto assim que paramos de rir.

— Ah, nossa. Então você já está de... *alguns* meses.

Há um toque de mágoa inconfundível na voz dela, e sei que a culpa é minha. Odeio vê-la chateada, mas também não posso mentir que gostaria de ter ligado antes. Se eu não tivesse esperado, se tivesse contado tudo a ela *antes* de vir morar com Bo, essa conversa seria um balde de água fria, um sermão com o intuito de me desencorajar.

Achei que você teria aprendido com meus erros. Não criei você assim. Como você vai sustentar esse bebê sozinha trabalhando em uma cafeteria? Que homem vai querer você agora?

E, claro, usei Bo como um disfarce seguro sem que ele saiba, deixando minha mãe acreditar que temos um relacionamento, mas o que os olhos não veem, o coração não sente. E isso vale para os dois.

— Completei quinze semanas de gestação ontem. — Faço uma pausa, sentindo uma pontada de culpa. — As coisas andam bem corridas mesmo, juro.

— Tudo bem, obrigada por me contar agora, então.

— *Desculpa*, mãe. Acho que fiquei com receio de contar para você. Eu ainda não estava preparada para encarar que isso é mesmo real.

— E agora? Já está preparada? — questiona ela.

— Não — respondo com sinceridade.

Ela suspira, e uma dose de compaixão retorna ao seu tom de voz.

— Eu também me sentia assim. Antes de eles colocarem *você* nos meus braços, parecia até que era tudo mentira.

— E aí tudo ficou maravilhoso? A maior bênção da sua vida? Um presente dos céus? — pergunto em tom teatral.

— Isso mesmo. Mas também foi assustador. E maravilhoso. E assustador outra vez. E isso vai se repetindo até... o fim da vida. E se você tiver muita sorte, um dia aquele bebê vai te ligar em uma noite qualquer de fevereiro para contar que você vai ser avó.

— Surpresaaa — cantarolo baixinho.

— Acho que é minha vez de visitar você no verão, hein?

— Eu ia adorar.

— Imagino que você vá estar com a agenda livre — brinca ela.

— Talvez seja melhor você vir em agosto, para ter certeza de que o bebê já nasceu. Não quero que você chegue antes do parto, vai que ele fica tímido e resolve continuar por lá?

E não quero você ao meu lado naquele quarto de hospital, penso.

— Bom, vou conversar com o Duncan para ver quando é melhor ir.

— Você trocou de cartomante? O que aconteceu com a Maureen?

— Não, *filha*, Duncan é o meu namorado. Estamos juntos há quase quatro meses. Já te falei sobre ele, é aquele que está todo bobo por mim! Ah! — Ela solta uma risadinha. — O meu é *bobo*, o seu é só *Bo*.

Duncan? Acho que nunca nem ouvi *falar* dele. Mas não posso dizer isso para ela sem arriscar outra briga igual à que tivemos sobre o tal de Travis ano passado. Minha mãe fica muito ofendida por eu não dar a mínima para a vida amorosa dela e não conseguir acompanhar todos os homens que entram e saem.

Sei que é muita hipocrisia da minha parte, porque nem ligo quando meus amigos passam o rodo ou engatam um relacionamento atrás do outro, mas odeio ver minha mãe passar pela mesma coisa. Sempre odiei. Quero que ela faça mais do que apenas dar tudo de si por um homem durante semanas ou meses e depois se sentir vazia quando eles dão no pé.

— Ah, tá. *Esse* Duncan. Mas por acaso ele é piloto ou especialista em viagem para saber qual é a melhor época para você vir para cá? — pergunto com certa petulância, devo admitir.

Minha melhor parte 143

— Ora, eu não posso simplesmente deixar o coitado para trás assim, Winnie — responde ela, rindo como se fosse uma ideia absurda.

— Jura? Nem por uns diazinhos para visitar sua filha e seu neto ou neta?

— Já falei que vou tentar, Win. Pare de encrencar com sua mãe.

Inspiro e expiro bem devagar.

— Claro, tudo bem. Então me avise quando decidir, ok?

— Pode deixar... — Ela estala os lábios como se buscasse outro assunto, mas pelo jeito não encontrou nada. — Bom, vou deixar você voltar para suas coisas.

— Tá bom, mãe.

Eu poderia pedir que ela falasse comigo mais um pouquinho. Poderia confessar que estou morrendo de medo, que eu adoraria poder voltar e avançar no tempo. Poderia dizer que estou precisando de um abraço bem apertado. Em vez disso, me limito a responder:

— Eu te amo.

— Também amo você, filha. Espero que você consiga descansar. Diga ao meu neto para pegar leve com você.

— Pode deixar. Tchau.

Desligo e apoio o celular no queixo, depois me viro para fitar o teto. Repasso a conversa na minha cabeça e fico aliviada, sabendo que quando se trata da minha mãe — a *rainha* das emoções imprevisíveis — poderia ter sido bem pior. Pelo menos agora ela já sabe. Posso riscar isso da minha longa lista de afazeres antes da chegada do bebê. E, quando penso nisso, acho que eu deveria mesmo anotar tudo o que tenho para fazer.

Estou prestes a declarar que o dia foi um sucesso, virar para o lado e dormir no meu colchão novo quando percebo que não conferi se a porta estava trancada. E, por mais que seja difícil resistir ao conforto dessa cama, não quero ser espancada enquanto durmo ou ter a casa invadida na minha primeira noite aqui. Então, com muito esforço, me arrasto para fora da cama e cambaleio no escuro até a porta da frente.

Vejo que está trancada de longe, mas mesmo assim vou até lá conferir. Sem querer acabo pisando em uma pilha de correspondências que devem ter sido enfiadas por baixo da porta.

Robert Durand, leio no primeiro envelope. E então percebo que até agora eu não sabia o sobrenome do pai do meu filho... Qual é o meu *problema*?

No meio do mar de folhetos e envelopes há um gibi, ainda meio amassado por causa da entrega. Pego a pilha com a intenção de colocar tudo na mesinha e voltar para o quarto, mas o gibi olha para mim com letras e cores chamativas demais para serem ignoradas. Ler um pouquinho antes de dormir até que viria a calhar, então levo o quadrinho para o quarto comigo.

Volto para a cama, ajeitando os travesseiros antes de me esparramar neles. *Aniquilador, edição 392*, diz a capa. Será que Bo tem todas as trezentas e noventa e uma edições anteriores? Só me resta especular, já que, ao contrário de Caleb, nunca entrei no closet dele. Talvez esteja recheado de coisas que nem imagino, tipo outras cordas.

Não. Esse é um pensamento perigoso. Não vou me aventurar por esses lados.

Tudo bem, nem sei quem é esse tal de Aniquilador — nem por que ele está tão incomodado pelo fato de o rei do inferno ter sido destronado por uma criatura malvadona seminua chamada Serinthina, mas caramba, fiquei fisgada desde a primeira página.

Tem uma tensão sexual latente rolando entre os dois "rivais", e eu estou amando cada segundo. Pelo que entendi, os dois têm medo de uma entidade imortal que só pode ser destruída se eles cooperarem — a contragosto, claro. Estou meio perdida no resto, já que não li as edições anteriores, e metade dos termos, nomes e lugares não significam bulhufas para mim. Mas... não tem como não gostar.

Na última página, depois da batalha, os dois flertam descaradamente e Serinthina dá a entender que eles já partiram para os finalmentes no Planeta Ice Berg. Eu culpo os hormônios da gravidez por abrir o Google correndo para pesquisar em que edição do gibi isso rolou.

E aí pago três dólares para baixar a edição cento e oitenta e um no meu celular. Só para ficar mais familiarizada com os interesses de Bo, claro.

Até parece que estou doida para ler sobre dois alienígenas tarados trepando no espaço.

Passei metade da noite acordada lendo as edições antigas de *Aniquilador* e paguei caro por essa decisão, já que tive que me esforçar muito para sair da cama. Estou de folga, mas quero dar um jeito nas coisas da mudança e me acomodar antes que Bo chegue. Uma coisa é ter caixas e plantas empilhadas no meu quarto, mas não quero deixar a cozinha e a sala bagunçadas. Não quero ser um estorvo.

Assim que coloco a última xícara da última caixa na lava-louças, a porta da frente emite um bipe e se abre, anunciando a chegada de Bo.

— Olá — diz ele, fechando a porta atrás de si.

— Oi — respondo enquanto coloco detergente na máquina, rindo. — Estou aqui na cozinha.

Quando fecho a lava-louças e me viro, Bo está encostado na parede, o casaco dobrado no braço e uma mala de viagem na mão.

— E aí, colega de quarto? — cumprimenta ele, abrindo um sorrisão contagiante.

— Bem-vindo de volta — digo, fazendo uma reverência ridícula da qual me arrependo na hora. — Sua casa é linda.

Os olhos de Bo passam por cima do meu ombro, admirando as plantas que pendurei diante da janela da cozinha.

— Adorei as plantas — comenta ele. — As de lá também.

E aponta para a sala de estar.

— Não é muito exagero? — pergunto, fazendo careta.

Ele encolhe os ombros como se tentasse parecer indiferente, mas é traído por uma contração sutil dos lábios.

— Imagina, de jeito nenhum — ele nega, mas seu tom oscila.

— Ai, meu Deus... eu exagerei mesmo.

— Tem mais do que eu imaginava, mas gostei. Juro.

— Eu bem que tentei avisar — argumento enquanto sirvo gelo em um copo. — Isso aqui foi uma bela surpresa, aliás.

— A geladeira? — pergunta, passando a alça da mala para a outra mão.

Deixo escapar uma risada.

— Não, besta. O dispenser de gelo.

— Por acaso você acabou de me chamar de *besta*?

— Se a carapuça serviu...

O que eu estou falando? Não é uma boa ideia tentar bancar a engraçadinha ou flertar depois de ter passado a noite em claro. Não que eu esteja tentando isso. Afinal, seria ridículo, não? Arrã, seria.

Olho para a mala dele, depois para o rosto, e então vejo as olheiras.

— Desculpe. Vou deixar você ir fazer suas coisas. Quer tomar um café? Posso preparar para você.

Bo assente.

— Por favor, eu ia adorar. Obrigado. Você precisa usar o banheiro para alguma coisa? Quero tomar um banho.

— Não, pode ir.

Vinte minutos depois, termino de preparar um expresso para Bo com a ajuda de sua máquina chique de café. Parece até que ele sentiu o cheiro, porque aparece assim que fica pronto. Está com uma bermuda cinza de basquete, moletom bege e *óculos* pretos de armação fina, o cabelo ainda molhado do banho.

Quase tenho um treco.

Ver Bo de óculos é um pouco demais para esse saco de hormônios em ebulição que eu costumava chamar de corpo.

— Aqui está o seu pedido — anuncio, entregando-lhe uma xícara de vidro transparente.

— Você é o máximo, obrigado.

Ele toma um longo gole, depois joga a cabeça para trás e solta um suspiro satisfeito.

— Fez um expresso? — pergunta.

— Você parecia cansado — respondo tímida, e Bo suspira outra vez.

— Sério, você é o máximo.

— E aí, quais os planos para hoje? — pergunto.

Pego alguns palitos de cenoura na geladeira e os sirvo em uma tigela, depois começo a mordiscá-los.

— Vou tirar o dia de folga porque passei o fim de semana todo trabalhando, e você?

Cubro a boca para não cuspir pedacinhos de cenoura enquanto falo.

— A cafeteria não abre nas segundas, então pensei em dar uma volta na praia antes de encontrar Sarah mais tarde. Sabia que você mora a dez minutos de uma das praias mais bonitas e contaminadas do sul de Ontário?

— Os peixes são quase radioativos mas, nossa, que vista linda — brinca Bo, saindo da cozinha.

— Aliás, preciso confessar uma coisa — começo, seguindo-o em direção à sala de estar.

Levo o copo d'água e a tigela com cenouras equilibrados na dobrinha do meu pulso e o vejo se acomodar na poltrona do canto, afastando delicadamente uma folha da minha samambaia antes de se ajeitar. Eu sento no sofá ao lado.

— Eu roubei sua correspondência — conto.

— Você me roubou no primeiro dia? Uau, isso que é começar com tudo — comenta ele, sorrindo. — Ganhou meu respeito.

— Peguei seu gibi do *Aniquilador* — continuo, agitando as mãos para um efeito dramático. — E não é que eu gostei? Uma leitura *surpreendente*.

O sorrisinho de Bo fica ainda maior, seus olhos dançando por todo o meu rosto.

— Você realmente leu?

— Arrã, e aí fui fisgada e li mais várias edições antes de finalmente cair no sono. Tive até que baixar um aplicativo no celular para conseguir ler o resto. Eu estava determinada.

— Eu tenho todos os gibis no meu quarto. Você poderia ter poupado um dinheirão.

— Hum, eu não queria invadir seu espaço. Mais do que já invadi... — acrescento com um tremor.

Ele fecha a cara de brincadeira.

— Você não está invadindo nada.

Em seguida toma um longo gole de café, e eu fico radiante ao vê-lo se balançar de um lado para o outro, como se nunca tivesse provado algo tão delicioso.

— Mas considerando que você ainda não se aventurou no meu quarto — continua Bo —, talvez seja melhor avisar que eu sou...

— Um baita de um nerd? — interrompo.

— Ai, essa doeu.

Ele começa a rir.

— Sarah resolveu bisbilhotar seu quarto, aí Caleb e eu fomos atrás. Tentei tirar os dois de lá, mas eles pareciam crianças em loja de brinquedo. Perdão.

— Eu deixei a porta aberta de propósito, Win. Imaginei que você acabaria entrando lá. Escondi tudo o que não queria que você visse.

— Tipo o quê? — pergunto, toda enxerida, abandonando qualquer resquício de educação.

— Ok, tudo bem, eu só escondi *uma* coisa.

— Estou curiosa!

— Ei, tenho o direito de guardar pelo menos um segredo — rebate ele, sorrindo para a xícara.

Hum... Seja lá o que for, deve ser mais interessante do que a corda, que ele nem se preocupou em esconder. *Não fale nada sobre a corda, Win. Mude logo de assunto.*

— Sabe, primeiro fiquei surpresa por você ser tão nerd, mas depois tudo começou a se encaixar... Faz todo o sentido — continuo, cruzando as pernas debaixo do corpo enquanto me reclino no sofá.

— Agora preciso saber o que isso significa!

— Primeiro, você é bom em matemática. É bonito demais para ser tão humilde assim, então, ou não era gato desse jeito na adolescência *ou* não fazia parte do grupinho dos populares. Imagino que você seja meio parecido com Caleb: alguém que só ficou bonito mais tarde e gostava de um montão de coisas nerds, e por isso não tinha garotas correndo atrás.

— É, no fim Caleb se saiu bem — comenta Bo, com uma sobrancelha arqueada, tomando mais um gole de café. — Sarah é uma pessoa incrível.

— E aí, acertei ou não?

— Infelizmente, sim. Além de ser nerd, eu ainda fazia parte da banda da escola. Uma combinação complicada. — Ele balança a cabeça e sorri baixando o olhar. — Tenho que admitir, achei que você demoraria *um pouco mais* para me desvendar. Jurei que eu estava conseguindo manter um certo ar de mistério.

— E estava mesmo, mas aí encontrei sua fortaleza da nerdice.

— Fortaleza da nerdice… entendi… — Ele morde o interior da bochecha, com um lampejo de travessura no olhar. — Então quer dizer que, se no Halloween a gente tivesse vindo para cá em vez de usar o quarto de visitas da Sarah, e se você tivesse visto os *pouquíssimos* itens colecionáveis que tenho, as coisas poderiam ter sido de outro jeito?

— Eu não disse isso.

Endireito os ombros, cruzando os braços com confiança.

— Ué, então o que isso faz de você? Uma stalker de nerds?

— Acho que só uma pessoa tarada mesmo.

Ele começa a rir, sua garganta estremece com o movimento.

— Parece que o plano para nos conhecermos melhor já está dando certo.

— Mas eu ainda continuo um mistério — argumento, agitando as sobrancelhas.

— Por enquanto — rebate ele, então seu olhar recai no meu suéter. — E já vamos começar agora… Você estudou em Harvard mesmo?

Faz tanto tempo que comprei esse agasalho em um brechó que já nem lembrava o que dizia no bordado.

— *Nãããoo*, não estudei em Harvard. Fiz faculdade em Lakehead, um curso focado em recreação ao ar livre, parques e turismo, voltado para o bem-estar do contato com a natureza. Basicamente, sou formada em levar as pessoas para dar uma voltinha de caiaque para ajudar a saúde mental.

— Não faça isso — diz Bo com seriedade.

— Isso o quê? — pergunto, meio confusa.

— Não se diminua assim. O que você estudou me parece muito legal e muito importante também. Não menospreze suas conquistas.

— Ah, hum... valeu.

— O que você queria fazer depois de se formar?

— Meu sonho era montar um acampamento de verão para crianças com deficiência. Um lugar criado para mostrar a elas como se adaptar, onde poderiam ter todo o tempo de que precisassem para aprender, algo que quase sempre lhes é negado. Mas obviamente isso não deu certo.

— Por quê?

— Por que o quê?

— Por que não deu certo? É uma ideia tão boa.

— Ah — gaguejo, e tomo um gole de água. — Hum, acho que a vida colocou uns obstáculos no meu caminho.

Bo me espera continuar a falar, sem tirar os olhos de mim. Começo a sentir um aperto no peito, um nó se formando na garganta. Mas é por isso que estamos aqui, não é? Para nos conhecermos melhor? Vou contar uma versão resumida da história. Ele não precisa saber de *tudo*.

— Bem, eu conheci um cara... Jack.

— Já odeio ele — diz Bo, curvando um dos cantos da boca.

— Você tem bons instintos — respondo, rindo de nervoso. — A gente se conheceu no segundo ano da faculdade. Ele estava cursando cinesiologia e nós parecíamos ter muita coisa em comum. Estávamos no mesmo grupinho de amigos, essas coisas. Até que, depois de uma noite regada a cerveja ao redor de uma fogueira, nós meio que começamos a sair. A gente se formou na mesma época, mas ele decidiu fazer mestrado.

Eu me remexo no sofá e olho de um lado para o outro, mas evito o rosto de Bo.

— Ele me chamou para morar com ele, e eu aceitei. Nosso relacionamento era normal até então, mas havia um ou outro sinal de alerta que decidi ignorar. Enfim... ele voltou a estudar em tempo integral, então alguém tinha que pagar o aluguel. Arranjei um emprego e praticamente joguei aqueles dois anos fora enquanto bancava tudo. Fui uma idiota, achei que éramos uma equipe e que logo seria a minha vez de correr atrás dos meus sonhos, mas... bom, você já deve imaginar. Quando o namoro acabou, voltei para cá, desesperada para fugir de tudo. Tive que recomeçar do zero e não podia me dar ao luxo de sonhar, então me contentei em trabalhar na cafeteria e como salva-

-vidas no verão. Aí o tempo meio que passou, o mundo seguiu em frente... e eu continuei no mesmo lugar.

— Ele parece um babaca completo, Win. Que chato tudo isso.

— Tudo bem, já faz tempo — respondo, indiferente.

O silêncio domina o ambiente. Resisto ao ímpeto de me voltar para Bo, sentindo os olhos dele fixos em mim. Depois do que parece uma eternidade, decido ceder e abrir um sorriso, só para deixá-lo mais confortável. Mas quando enfim encontro seu olhar, não consigo sorrir. Não dá.

Não quando Bo me encara desse jeito, como se tivesse entendido tudo o que escondi nas entrelinhas. Como se enxergasse todas as cicatrizes invisíveis que tentei encobrir.

— Ele não foi legal com você — declara, como se fosse um fato.

Simples. Triste. Verdadeiro.

Nego com a cabeça, um aceno tão sutil que uma parte de mim pode fingir que nem aconteceu.

Bo tensiona o maxilar e fita o chão por um instante antes de balançar a cabeça outra vez.

— Sinto muito — diz ele.

Solto uma respiração entrecortada, mordendo o interior da bochecha.

— Como eu disse, já faz muito tempo.

Ele concorda, depois coça o nariz.

Mude logo de assunto, tudo dentro de mim parece gritar.

— Você... fez faculdade?

Bo umedece os lábios e acena que sim, mas é como se sua leveza habitual tivesse se esvaído.

— Contabilidade e gestão financeira na universidade de Waterloo.

— Nossa, parece *tão* divertido — provoco.

Ele revira os olhos de brincadeira, mas ainda não sorri. Quase como se estivesse com a mente em outro lugar, e me pergunto se talvez... não esteja pensando *nela*.

— Você também teve um Jack na sua vida? — pergunto.

Bo solta o ar pela boca, com os lábios cobertos pela mão.

— Até onde Caleb contou para você? — questiona ele, me olhando como se tivesse sacado tudo.

Solto um muxoxo.

— Pega no flagra — digo baixinho, rindo de nervosismo. — Mas Caleb não me contou muita coisa. — Nada útil, pelo menos. — Acho que ele e Cora não são muito próximos.

— Escute, as coisas com Cora não foram fáceis, mas não quero insinuar que...

— Só para você saber, Sarah e eu a chamamos de filhote de satanás — interrompo. — Até na frente de Caleb. Ela sempre foi horrível com Sarah. Então, se estiver tentando ser diplomático por minha causa, saiba que não é necessário.

— Vocês não deveriam falar assim dela — responde Bo com delicadeza, inclinando-se na poltrona, as mãos se contorcendo sobre os joelhos. — Quer dizer... desculpe. Vocês podem chamá-la como bem entenderem. É só que...

Ele se cala de repente.

Torço os lábios, tomada por uma mistura de culpa e desconforto.

— Desculpe — peço, apenas.

Então pelo jeito ele ainda não superou a ex. Sinto uma tristeza inesperada despontar no meu peito. Não é ciúme, acho. Ou pelo menos não só isso. É mais complicado. Algo que me leva a questionar se em uma das experiências sexuais mais marcantes da minha vida, certamente a mais prazerosa, meu parceiro estava pensando em outro alguém. *Desejando* outra pessoa. Algo que me leva a questionar se eu fui... a que estava lá. A que estava disponível. Disposta até demais, me atirando nele até que finalmente cedesse. Sinto o peso esmagador de me perguntar se Bo gostaria que eu fosse ela. Os dois prestes a ter um bebê. Compartilhando o mesmo teto. Isso faz com que eu me sinta uma invasora. Alguém inferior.

— Eu não deveria ter falado assim dela. Nem Sarah. Você tem razão.

Bo coloca a xícara vazia na mesinha de centro, e posso ver que está escolhendo as próximas palavras com cuidado.

— Eu nem deveria ficar incomodado com isso. Não foi um relacionamento particularmente bom. Ela, hum, Cora... as coisas não deram muito certo entre nós.

Já está tudo desconfortável mesmo... então posso muito bem tentar conseguir umas respostas.

— Caleb mencionou que vocês ficaram noivos.

Assim que digo isso, Bo afunda o rosto nas mãos e começa a esfregar o queixo, as bochechas, a testa.

— É — concorda, franzindo o nariz. — *Tecnicamente*, sim.

— Tecnicamente? — repito quando ele olha para mim.

— Ok. A gente vai fazer isso mesmo, né? — pergunta baixinho. — Já vamos partir para os assuntos difíceis logo no primeiro dia.

Ele ri secamente.

— Desculpe — começo a dizer. — A gente não precisa falar sobre isso se você...

— Quer ir dar aquela volta na praia? Acho mais fácil desabafar quando estou caminhando, sabe?

Pior que sei. Foi por isso que fiz aquele curso na faculdade, de certo modo.

— Claro, vamos — concordo e me levanto do sofá. — Só preciso de uns minutos para me trocar.

Um pouco depois, ambos com roupas mais apropriadas, já estamos a meio caminho da praia. Andamos em silêncio até então, fazendo um ou outro comentário sobre os cachorrinhos fofos na rua ou sobre como o clima melhorou depois de um inverno implacável.

A praia está vazia quando chegamos. A areia parece enlameada, úmida e parcialmente coberta por poças meio congeladas de água. O costão rochoso está escondido sob uma camada de neve que já começou a derreter sob os raios dourados de sol. O gelo que reveste a superfície do lago é tão fino que chega a ser transparente, cheio de rachaduras. O céu é de um azul opaco, pontilhado por nuvens esparsas, como se um pintor tivesse tentado limpar o pincel no horizonte.

Um dia perfeito de fim de inverno, que parece trazer um prenúncio esperançoso de que a primavera está para chegar.

Sinto o gelo derreter nos meus ossos exauridos. Os raios de sol, o canto dos pássaros, a brisa que não fustiga minha pele com seu sopro frio. Um sinal de todas as coisas boas que virão quando o inverno terminar. Quando eu puder passar meus dias ao ar livre, sentindo-me mais como eu mesma.

Quando chegamos à beira da água, Bo parece começar a organizar os pensamentos outra vez. Aprendi minha lição, então espero até que ele compartilhe o que quiser. Eu não deveria ter me intrometido, até porque também não estou pronta para contar muitos detalhes sobre meu relacionamento com Jack.

Pego algumas pedras na margem e as ofereço a ele na palma da mão. Bo pega uma, sorri com educação e a arremessa. Nós a observamos deslizar sobre o gelo antes de cair na água. Atiro uma também, que pousa bem no meio do lago, e vejo a superfície ondular conforme ela afunda.

— Recebi o diagnóstico alguns meses depois que Cora e eu terminamos pela terceira vez — conta Bo com a voz trêmula, mas firme. — A gente passou o relacionamento todo fora de sintonia. Nós tentávamos... Eu tentava ignorar o fato inevitável de que a gente simplesmente não dava certo junto. Começamos a namorar com vinte e três anos, e era tudo mais simples quando éramos apenas duas pessoas da mesma área profissional, focadas em avançar na própria carreira. Mas, depois de um tempo, era difícil nos encaixarmos fora do trabalho, nos fazendo enxergar que não éramos tão compatíveis assim.

Ele umedece os lábios, com o cenho franzido em concentração enquanto fita a superfície da água.

— Minha nossa, é ridículo repetir isso em voz alta... mas acho que talvez ela nunca tenha me amado tanto quanto eu a amei?

Bo diz isso como se fosse uma pergunta, e me olha como se eu tivesse a resposta. Mas não tenho.

Acho até que já falei mais do que deveria. Reduzi Cora a uma vilã estereotipada em vez de enxergá-la como alguém que passou *anos* ao lado de Bo. Apesar do modo como ela tratou Sarah ou a mim, a verdade é que não a conheço muito bem. Mas Bo, sim, e claramente a amava.

— Eu sei que havia milhões de motivos para eu não ligar para ela quando descobri o câncer, mas... liguei mesmo assim. Eu estava assustado pra *caralho* e... sozinho. *Nunca* me senti tão sozinho.

Ele solta uma risada seca e apoia a mão no queixo enquanto range os dentes.

Pego mais umas pedras no chão e ofereço outra a Bo, que acena brevemente antes de arremessá-la tão longe que mal consigo vê-la pousar.

— Eu poderia ter ligado para um amigo, mas não tinha certeza se algum deles saberia como me ajudar. Eu precisava de companhia, de uma dose de amor bruto, o que Cora sempre teve de sobra.

Entrego-lhe outra pedra, e ele a arremessa, mais fraco dessa vez. Depois enfia as mãos nos bolsos e endireita os ombros, respirando fundo.

— Eu queria ligar para o meu pai, mas fiquei com receio de colocar mais um fardo nas costas dele, que ainda nem tinha superado a morte da esposa, décadas antes do meu diagnóstico, então não tive coragem de contar que talvez também estivesse prestes a perder seu único filho. Mas Cora estava lá quando eu não sabia para quem ligar, e sempre serei grato a ela por isso.

— Fico feliz por ela ter estado lá quando você precisou — digo baixinho.

E é verdade. Mas não diminui a dor no meu peito. Talvez seja culpa. Ciúme, quem sabe. Ou, mais provavelmente, os dois.

— Depois de um mês de tratamento, Cora meio que decidiu que a gente ia se casar. Sei que isso me faz parecer um idiota, mas eu simplesmente topei. Tudo parecia tão incerto e instável e, de repente, a mulher que eu amo me diz que escolheu ficar ao meu lado pelo resto da minha vida. Eu queria essa estabilidade.

É como se um raio percorresse meu corpo, atingindo meu peito com um golpe leve, mas inegável. *A mulher que eu amo.* No presente. Bo ainda ama Cora.

— Mas aí a quimioterapia não estava adiantando e o câncer continuava progredindo, então a única solução era amputar. E, mesmo assim... não parecia haver muita esperança.

Voltamos a caminhar em um ritmo tranquilo, seguindo em direção ao píer com o pequeno farol e as docas vazias onde ficam os barcos dos moradores locais durante o verão.

— Aí acho que de repente foi demais para ela suportar. Ela parou de ir às consultas. Parou de me visitar. Até que, um dia, também parou de atender minhas ligações. Eu saquei que ela precisava se afastar de tudo aquilo, e nunca mais conversamos. Não teve um desfecho, mas... para ser sincero, uma parte de mim acha que foi melhor assim. Ela esteve ao meu lado quando precisei e, no longo prazo... acho que acabou me fazendo um favor.

— Não sei se foi um favor ela ter te abandonado quando você mais precisou. É muita covardia. Ela deveria pelo menos ter falado na sua cara que não conseguia mais lidar com a situação. Permitir que você tivesse um... desfecho adequado.

Bo encolhe os ombros.

— Ela já tinha terminado várias vezes antes. Era eu que sempre tentava dar um jeito, que sempre insistia para a gente voltar. Talvez ela soubesse que essa era a única solução. Ela teria que me machucar, e só assim eu a deixaria ir. E duvido que muitas pessoas continuariam ao meu lado naquela situação, quando o pior cenário parecia inevitável.

"Eu continuaria", penso. E logo me repreendo por insinuar que sou moralmente superior a Cora, ainda que apenas dentro da minha cabeça. A verdade é que não sei o que faria no lugar dela. Mas duvido que o abandonaria assim. Nem entra na minha cabeça como alguém seria capaz de fazer uma coisa dessas. Só de imaginar como deve ter sido me deixa à beira das lágrimas, me faz querer segurar a mão de Bo ou aninhá-lo junto ao peito e fazer carinho na cabeça dele. Protegê-lo de tudo isso, como se eu tivesse o poder de mudar o passado.

— Quando você contou ao seu pai? — pergunto.

— Umas seis horas antes da cirurgia... — confessa ele, então expira pela boca e desvia o olhar, acanhado.

Solto um grunhido.

— *Puta merda.*

— Pois é... também não me orgulho.

— E como ele reagiu?

— Hum, não muito bem — responde Bo em um tom mais agudo que o normal, um pouco de humor retornando a suas feições. — Ele me xingou de tudo quanto é nome que sabia em francês, que é a língua materna dele, então pegou o primeiro voo para cá. Passou três meses comigo depois da cirurgia. Eu não teria conseguido voltar para casa sem a ajuda dele. Nem sei o que eu teria feito, para ser sincero.

— Ele parece um ótimo pai — comento enquanto Bo se abaixa para pegar uma coisa na areia. — E eu sabia que ele morava na França, mas não sabia que era francês mesmo.

— É, minha mãe era daqui e meu pai é de uma cidadezinha bem perto de Paris. Eles tocavam na mesma orquestra em Toronto e se casaram dez dias depois de se conhecerem.

— *Mentira!* — respondo, com uma risada chocada.

— Pois é, e os dois tinham apenas dezenove anos na época, mas só me tiveram dez anos mais tarde.

— Que loucura.

— Meu pai conta que assim que viu minha mãe, ele simplesmente soube. Olhou para ela e viu o resto de sua vida passar diante dos olhos.

Bo fica em silêncio, com uma expressão doce e nostálgica enquanto sorri para mim. Imagino que esteja pensando em Cora e tudo o que poderiam ter vivido juntos.

— Você deve sentir saudade dela — digo, referindo-me à mãe dele.

Mas sei que isso pode se aplicar a Cora também. Às vezes, o passado que nos assombra não é o de alguém que já morreu. Sei muito bem disso.

— Sinto — concorda Bo, seguindo em direção à trilha. — Mas eu era muito novo quando aconteceu.

— Sinto muito — digo, andando no mesmo ritmo que ele. — Você tem alguma lembrança dela?

— Não — responde, sem rodeios. — Mas meu pai sempre me contava várias histórias e mostrava fotos. Ele guardou tudo dela, como a coleção de vinis. Quase todos os discos lá em casa eram dela.

Ele para de repente, esticando o braço para me impedir de avançar.

Olho para a trilha, esperando que um gambá ou um bicho perigoso saia dos arbustos, mas nada acontece.

— Você ouviu isso? — pergunta Bo com urgência, mantendo a voz baixa.

Ele vira, olhando com desespero para todos os lados.

— Não! — sussurro, afastando-me enquanto ele se debate no lugar. — O quê....

— *Merda*, cadê?

— Cadê o quê? — pergunto, agora mais alto.

— Acho que ouvi um ganso.

Paro na hora, raspando a sola dos sapatos na trilha. Lanço um olhar incrédulo para Bo, e meus lábios se curvam em um sorriso que trato de reprimir antes que vire uma risada.

— Nós estamos em uma praia no Canadá, Bo — digo, ainda aos sussurros, sabe-se lá por quê. — É claro que você vai ouvir gansos.

— Eles me odeiam.

De repente ouvimos um som na água e Bo se vira para olhar, com o pescoço todo encolhido.

— Eles te odeiam?

— É, eles *sempre* atacam minha perna. Não sei se eles gostam do brilho da prótese, ou se todos os gansos são uns babacas capacitistas, mas juro que sempre dão um jeito de me atacar.

Tento conter o riso. Juro que tento. Mas falho miseravelmente e explodo em gargalhadas.

— Desculpe, como é que é?

Bo se abaixa e pega uma pedra maior que sua mão, pronto para atacar.

— Você não pode fazer isso — aviso, então arranco a pedra da mão dele e a jogo no chão.

Nossos dedos se tocam por um instante, mas meu coração acelera tanto no peito que parece até que o cara me encostou na árvore mais próxima e começou a arrancar minhas roupas. *Malditos hormônios*.

— Nada de fazer patê de ganso, meu jovem. Tenho quase certeza de que esta é a lei mais sagrada do Canadá, e não vou levar o bebê para visitar o pai na prisão.

Bo faz sinal para eu ficar quieta, depois se vira na direção do lago antes de dar uma volta completa sem sair do lugar, como um guarda-costas.

Começo a rir da cara dele, ainda mais alto dessa vez.

— Pare com isso! — exclama Bo, sua própria risada se libertando. — Não tem a menor graça!

Balanço a cabeça e continuo seguindo a trilha que leva à casa.

— Venha — chamo, alguns passos à frente. — Eu protejo você se algum ganso assassino cruzar nosso caminho.

— Olha que eu te jogo em cima deles — avisa Bo.

— Quero ver você me pegar.

17

Depois que voltamos da caminhada, Bo foi para o quarto atender uma ligação enquanto eu me arrumava para encontrar Sarah. Ele ainda estava ao telefone quando nós duas saímos para almoçar e comprar itens de decoração para meu quarto. E como sempre acontece quando o assunto é brechó, acabei encontrando tudo o que procurava e *muito* mais.

Incluindo um brinquedinho de empilhar colorido para o bebê e uns enfeites para a sala de estar. Também comprei quadros pintados em aquarela, castiçais de cerâmica, velas e um porta-retratos turquesa lindo do tamanho certinho da foto do ultrassom, que tratei de colocar na cornija da lareira.

Bo não pareceu se incomodar com os novos itens. Quando ajeitei o último enfeite e recuei para admirar minha obra, olhei para trás e lá estava Bo, encostado na parede como de costume, sorrindo com ternura. Não para mim, e sim para o novo porta-retratos.

Achei que seria legal ter a foto em algum lugar da casa. Um lembrete do motivo de estarmos aqui, dividindo o mesmo teto.

Depois disso, levei para o quarto a pilha de gibis que Bo tinha separado para mim e passei horas lendo. Agora, depois de devorar seis dos oito gibis, minha barriga roncou para me avisar que está na hora do jantar. É aí que começa o problema.

Não tem muito como errar em relação ao jantar, certo? É uma coisa simples. Mas esta é a primeira vez que vamos jantar juntos, e tenho a impressão de que vamos estabelecer um tipo de precedente para todos os que virão depois. Não faço ideia do que Bo costuma comer. Até agora só o vi devorar doces, biscoitos ou salgadinhos.

Será que ele só come alimentos de uma determinada cor? Será que odeia frutas e verduras? Será que gosta de pimenta? Tem alergia a alguma coisa? Por acaso vou matá-lo por acidente se cozinhar ovos, soja, nozes ou frutos do mar?

E será que seria muito presunçoso cozinhar para nós dois? Ou falta de educação se cozinhar só para mim? Que horas ele costuma jantar? Será que já está muito tarde? Ou ainda é muito cedo? Estou enfurnada no quarto desde as quatro, então talvez ele já tenha até jantado. Mas não estou sentindo cheiro de comida, e olha que desde que engravidei meu olfato ficou superpotente. Pareço até um cão farejador. Poderiam me usar para solucionar crimes. Casos arquivados há décadas.

Por acaso vou ficar ofendida se Bo não tiver me esperado para jantar? Acho normal que cada um tenha suas próprias coisas, mas seria melhor se estabelecêssemos uma rotina, não? E também tem a questão do mercado, afinal, precisamos de *comida* para cozinhar. Será que vamos fazer as compras juntos? Ou separados? O que sai mais em conta? Vai mudar alguma coisa quando eu estiver de licença-maternidade e só ganhar meio salário?

— Win? — chama Bo do outro lado da porta, dando duas batidinhas.

— Humm, oi? — respondo, tentando soar calma.

Mas não sou nada convincente.

— Está com fome? Eu fiz sopa — diz ele, abrindo uma fresta para poder entrar.

Afasto o cabelo do pescoço e engulo em seco, sentindo uma onda de calor repentino. É muita coisa para processar. Muita coisa para definir. Expectativas que vou frustrar sem nem perceber. Jack *odiava* chegar em casa e descobrir que eu não tinha preparado o jantar. Era até esquisito vindo de alguém que adorava sair por aí falando sobre como as mulheres eram oprimidas pela *sociedade*, mas dentro de casa vivia fazendo eu sentir que tinha deveres a cumprir e certos papéis a desempenhar. Tudo em relação a Jack parecia performático.

Será que é a mesma coisa agora? Isso de Bo preparar uma sopa? É algum tipo de... encenação?

— Está tudo bem? — pergunta ele, estudando meu rosto atentamente com a mão agarrada no batente.

Paro de morder os lábios, mas começo a balançar as pernas sem parar.

— Você tem alguma alergia? — pergunto.

— Não.

Bo entra no quarto, apoia o ombro na parede ao lado da cômoda e cruza os braços.

— E você?

— Não — respondo. — Geralmente você cozinha ou pede comida? Que horas costuma jantar? Mais ou menos por agora?

— Eu gosto de cozinhar, mas não sou nenhum especialista. Quase sempre janto lá pelas seis, já que saio do trabalho às cinco. Está tudo bem mesmo? Você parece um pouco...

— Acho que estou surtando um pouquinho. Muito obrigada por cozinhar, mas não sei quais são as expectativas daqui em diante. Sei lá, já faz um tempo que não divido casa com ninguém, então...

Bo assente, pensativo, com os olhos fixos no abajur na mesinha de cabeceira.

— Pelo jeito você está lutando com o mesmo dilema que eu estava uma hora atrás.

Bo aponta para a cama e eu concordo com um aceno, chegando para o lado para abrir espaço para ele se sentar.

— Não quero passar por cima das suas vontades — continua Bo, com os cotovelos apoiados nos joelhos, as mãos cruzadas sobre o colo. — Se você quiser que seja cada um por si, cada um compra e cozinha o que quiser, os dois compartilham os itens básicos e depois rachamos as contas, por mim tudo bem. Mas acho que faria mais sentido tentar uma abordagem diferente.

— Diferente como? — pergunto.

— Com menos coisas separadas. Acho que encontrei uma boa solução para a parte financeira, a divisão de contas e tal. Agora, em relação às coisas da casa, tipo cozinhar e lavar a roupa, acho que podemos nos revezar.

— Então eu preparo o jantar dia sim, dia não?

— Mas às vezes você fica até tarde para fechar a cafeteria, né? Que tal se eu ficar com a parte da cozinha, já que meu horário é sempre igual?

— E o que eu faço?

— Lava a louça?

— E o resto da casa? Você é maníaco por limpeza? Tem alguma dica? Alguma tarefa que você odeia e prefere que eu faça?

— Depois da cirurgia, contratei uma pessoa para vir fazer faxina uma vez por semana, então eu e você só temos que manter nossas coisas arrumadas.

Acrescento isso à lista de despesas e fico me perguntando quanto Bo gasta para manter esse estilo de vida. Será que ele faz compras naquelas mercearias cheias de produtos orgânicos ou naqueles mercados que vendem de tudo, desde leite até móveis para o jardim? Talvez esse seja um fator determinante para escolher o melhor caminho a seguir. Será que consigo bancar *metade* do que ele gasta?

— E em relação a dinheiro? — pergunto. — Dividir meio a meio parece a coisa certa a fazer, mas não sei quanto você gasta por mês.

— Minha sugestão é um pouquinho mais complexa que isso.

Olho meio confusa para ele, esperando que continue a falar.

Bo se ajeita na cama e pega o celular no bolso de trás.

— Sei que você queria rachar as contas, e não pense que estou rejeitando isso, mas acho que esta solução pode funcionar melhor.

Ele vira a tela do celular e me mostra um gráfico de pizza seguido por uma lista de números que não fazem o menor sentido para mim.

Encaro a tela por alguns segundos antes de desistir.

— Tá, o que isso significa?

Bo chega mais perto, nossas coxas ficam coladas, e começa a apontar para o celular com entusiasmo.

— Ok, esta é a nossa renda anual combinada. — Ele circula todo o gráfico com o dedo. — E esta fatia é a porcentagem de renda que vem de mim.

Então aponta para uma fatia roxa no gráfico, muito maior do que o resto. Seu joelho resvala no meu e tenho que me esforçar para ouvir o que está dizendo. Ainda bem que meus professores de matemática não eram bonitos assim. Eu nunca teria me formado.

— Esse programa divide tudo de forma proporcional. Eu coloquei uma estimativa das nossas despesas mensais, incluindo duas poupanças separadas. Uma delas é para cobrir os custos de moradia e mudança que você vai ter no futuro, seja lá o que decida fazer. A outra é para o bebê: móveis, roupinhas, fraldas etc. Depois disso multipliquei o total das despesas por cada uma das nossas porcentagens para ver quanto cada um vai ter que desembolsar por mês.

Concordo com a cabeça, ainda olhando para a tela, e de repente vejo meu nome embaixo do gráfico, destacado em verde.

— Esse valor aqui, seiscentos e setenta e quatro, é meu?

— Isso — confirma Bo.

— Nossa, mas é muito baixo para cobrir aluguel, alimentação, contas e tudo o mais. Não pode ser.

— Mas é. As porcentagens não mentem.

— Você forjou os números, só pode!

Bo ri baixinho.

— Juro que não forjei nada. Posso fazer as contas de novo para você ver, mas as únicas despesas que deixei de fora são as do meu carro, porque não sei se você vai querer usar ou não. Mas posso acrescentar isso também, se você quiser.

— E o que eu faço com o resto do meu salário? Eu deveria contribuir mais nas despesas, já que vai sobrar dinheiro.

— Bom, eu não incluí seu plano de celular. Nem dinheiro para trivialidades. Nem outra poupança. Você pode investir um pouco, se quiser. — Bo dá de ombros. — E quando você estiver de licença, vamos reajustar as porcentagens para continuar tudo justo.

Arranco o celular da mão dele e vou rolando a tela até chegar ao valor abaixo do meu.

— Robert! Três mil novecentos e noventa e dois? — Suspiro alto, olhando feio para ele. — É muito desigual!

Bo arregala os olhos e arqueia as sobrancelhas.

— Robert? — repete ele, com um sorrisinho. — Agora eu sou Robert?

— Sei lá, *Bo* parece muito informal, considerando que pelo jeito você virou meu *sugar daddy*! — respondo, exasperada.

Ele revira os olhos.

— É sério, eu quero que seja uma divisão justa. Já estive do outro lado, então sei como é bancar tudo enquanto a outra pessoa se aproveita de você. Não demora para que você comece a se ressentir de tudo que a pessoa *não* faz.

— E está extremamente justo, Fred. Esses valores são proporcionais. É equidade, não igualdade. Pode confiar. Se dependesse só de mim, você pagaria ainda menos. *Nada*. Sua renda representa uns quinze por cento do total combinado, certo? E ter você aqui aumentou as despesas em apenas seiscentos e trinta dólares, o que a sua parte já cobre. Não que isso me pareça justo, considerando que você também está gestando meu filho, mas estou disposto a ceder.

Resmungo baixinho, olhando para a diferença gritante entre os dois valores. Eu só represento *quinze* por cento da renda combinada. Não sou lá grande coisa em matemática, mas isso significa que Bo deve ganhar em torno dos cem mil por ano. Não imaginei que isso me deixaria tão abalada. Tenho muito pouco a oferecer.

— Bo, você tem certeza? Certeza mesmo? Parece um exagero.

— Tenho — concorda ele, com um aceno enfático. — Estou inteiramente, definitivamente, absolutamente... e qualquer outro advérbio de sua preferência... certo disso.

Seu sorriso travesso me acalma um pouco. Vejo a forma como Bo inclina a cabeça para me olhar e assente como se tentasse me convencer a fazer o mesmo. Tudo isso parece tão... sem importância para ele. Como se realmente não fizesse qualquer diferença.

— Sou uma sanguessuga — queixo-me com um suspiro, sem tirar os olhos dos dele, e nossos rostos ficam tão colados quanto a diferença de altura permite.

— Você não é sanguessuga coisa nenhuma. É um ativo.

Ele bate o ombro contra o meu, tentando me arrancar um sorriso.

— Um ativo? — repito, confusa.

— Claro. Você com certeza aumentou o valor da casa quando botou os enfeites naquela sala sem graça. Isso sem contar que, graças a você, o número de membros desta casa vai aumentar em cinquenta por cento. Além disso, você ajuda a elevar o moral — provoca Bo, com uma piscadela.

— Ajudo, é?

— Arrã. Sua contribuição para a *energia* da casa vale no mínimo algumas centenas de dólares.

— Claro, claro.

Dou um suspiro, depois pouso a mão na minha barriga faminta. Os olhos de Bo recaem ali, e vejo a ternura em seu olhar.

— Olha, eu sei que a gente ainda não se conhece tão bem, e você pode duvidar de mim o quanto quiser, mas juro que é uma divisão justa. Posso repassar os números com você no meu computador, mas, de qualquer forma, é o máximo de dinheiro que me sinto confortável em aceitar de você. Sou muito bom no que faço e sempre tento ser honesto, mas confesso que até pensei em forjar os números quando vi a sua parte. Eu quero fazer tudo o que puder para tornar a sua vida mais fácil, Win. Se dependesse de mim, você largaria o emprego, botaria os pés para cima e passaria os próximos meses só relaxando.

— Você quer uma mulher bancada por você, isso sim — brinco.

— Eu quero manter *você* aqui comigo. — Ele fica pálido assim que as palavras escapam de seus lábios. — Eu, hum, quis dizer que quero manter você feliz aqui nesta casa e…

— Tudo bem — interrompo. — Eu topo seguir com seu acordo, mas se alguma coisa mudar… se em algum momento você começar a ficar com raiva de mim ou…

— Isso é impossível.

— Tá, mas *se* acontecer…

Bo relaxa os ombros e solta o ar de uma vez.

— Obrigado.

— Ué, não sei por que você está *me* agradecendo. Eu estou cheia da grana agora. Tenho uma geladeira que faz gelo e mil dólares sobrando para torrar todo mês.

Bo começa a rir olhando para o teto.

— Ok, esbanjadora, agora que resolvemos isso… que tal uma sopa?

Ele se levanta e estende a mão para mim.

Coloco minha mão menor na palma da mão dele e vejo os cantinhos de seus olhos se enrugarem quando ele a segura, envolvendo-a por completo.

⚘

Não é um especialista na cozinha uma ova! Depois de devorar três pratões de sopa de abóbora — que Bo fez do zero, devo acrescentar —, começo a lavar a louça. Sei que parece idiota, considerando que aqui tem uma máquina para isso, mas decido lavar tudo à mão. Acho que parte de mim sente que é a coisa certa a fazer, já que Bo acabou de preparar uma sopa à moda antiga.

Um solo de guitarra estridente reverbera do outro cômodo enquanto lavo os pratos, ficando cada vez mais alto.

— Você se incomoda? — pergunta Bo, pelo vão da porta.

— De jeito nenhum! — grito para me fazer ouvir, balançando a cabeça no ritmo da música. — O que está tocando?

— Rush... era uma das bandas preferidas da minha mãe.

— Sua mãe tinha bom gosto — comento, sorrindo por cima do ombro enquanto lavo uma cumbuca.

Bo lança um olhar inquisitivo para as minhas mãos, mas não diz nada. Eu fico grata por isso. Odeio que tentem controlar o que eu faço, por mais insensato que seja. Sentir que tenho controle sobre alguma coisa é tudo de que preciso neste momento.

Coloco a cumbuca no escorredor e pego um copo na bancada. Sorrio sozinha quando pego a esponja com minha mão menor e a enfio dentro do copo. É basicamente a maior vantagem de ter uma mão menos desenvolvida. Se fizessem um comercial sobre isso, diriam que tenho uma esponja embutida. Ou, se eu fosse um brinquedo, que estou sempre pronta para desferir um golpe de caratê.

— Quando você terminar aí, talvez a gente possa brincar com aquele jogo de perguntas que Sarah nos deu — sugere Bo, coçando a nuca. — Se você não estiver muito cansada, claro.

— Podemos, sim! — concordo, e sorrio para ele.

Estamos mandando bem nessa história de morar juntos, penso. Primeiro dia e já resolvemos as finanças, desabafamos sobre nossos antigos relacionamentos e estabelecemos uma rotina. Não tem como não sorrir enquanto termino de lavar a louça, cantarolando ao ritmo da música.

Seco as mãos e dou um pulinho no quarto para vestir uma calça de moletom. Meu corpo não mudou muito até agora, mas já comecei a notar que meus jeans ficam muito apertados no fim do dia.

Já confortável, encontro Bo fazendo sudoku na sala de estar, com uma expressão pensativa no rosto. A agulha chega ao fim do disco na vitrola, enchendo o cômodo com um zumbido estático dos alto-falantes.

— Quer que eu vire o disco? — pergunto, chegando mais perto do sofá.

— Ah, oi, desculpe. — Bo coloca o lápis e o livro de sudoku na mesinha de centro. — Nem ouvi você chegando. Não, não precisa.

— Não precisa parar por minha causa — aviso, e me acomodo na outra ponta do sofá.

— Eu já terminei, só estava aqui à toa.

— Nossa, tomei tanta sopa que já posso morrer feliz.

— Como você tem se sentido nesses últimos dias?

— Antes da mudança estava muito melhor. Aí acho que, de tanto subir e descer escada, acabei piorando, mas depois disso passou. Livre de enjoos.

— Vai ver já está na reta final. Foi o que a médica falou, não foi? Que talvez passasse no segundo trimestre de gravidez?

Bo se ajeita no sofá, com os braços estirados no encosto. Viro de lado para ficar de frente para ele e cruzo as pernas debaixo de mim.

— Espero que sim. — Olho para ele com expectativa, vendo as cartas ao lado. — E aí, vamos começar?

Bo se estica para pegar uma caixinha branca no braço da poltrona, onde está o baralho com as vinte perguntas. Ele abre a tampa e lê as instruções.

— Tem uma ordem sugerida. Vamos seguir?

— Não, vamos jogar no modo foda-se. Pode embaralhar.

Ele abre um sorrisinho, balança a cabeça e pega o baralho.

E eu *sei* que é ridículo, mas Bo embaralha as cartas de um jeito muito sexy. Elas parecem minúsculas naquelas mãos enormes, e ele as mistura com um impulso dos polegares, deslizando-as umas entre as outras. Talvez strip pôquer seja mesmo uma boa ideia, afinal.

"Não, Win. Não! Foco."

— Pronto — anuncia ele, tirando uma carta do topo da pilha. — Preparada?

— Como nunca — respondo, ajeitando a gola da camisa antes de colocar as mãos no colo.

— Você queria ser famoso? Se sim, pelo quê? — lê Bo em voz alta. — Minha vez?

— Pode ir.

— Eu não ia gostar de ser famoso. Não sei se minhas opiniões têm tanto valor assim, e sinto que hoje em dia espera-se que as pessoas famosas tenham uma opinião formada sobre tudo. Vinte anos atrás, as celebridades não passavam de celebridades. Agora andam para cima e para baixo falando sobre preservar o meio ambiente e visitando a sede das Nações Unidas como se não tivesse gente mais qualificada para isso.

— Mas não é um jeito de usar a própria fama para ajudar? Eles têm a atenção do público. Por que não se aproveitar disso?

— Bom, não tem nada errado em querer ajudar... e entendo que eles sejam muito influentes aos olhos do público, então provavelmente deveriam ajudar mesmo. Só não acho que eu gostaria de receber esse nível de atenção. Prefiro ser trilhardário, mas sem a parte da fama. Aí posso doar meu dinheiro para os fins adequados. Para pessoas que vão saber direcioná-lo para fazer o bem. Eu ia preferir ficar nos bastidores.

Concordo com um aceno, sem tirar os olhos do meu colo enquanto reavalio minha resposta.

— A menos que... — continua Bo, e volto minha atenção para ele. — Eu fosse o Andy Serkis.

— Quem é esse?

— Exatamente — responde Bo, com um sorriso satisfeito. — É um ator mais conhecido por interpretar personagens gerados em CGI. Ele foi o Gollum em *O senhor dos anéis* e o Snoke em *Star Wars*. E também participou de um monte de filmes da Marvel. O cara já teve vários papéis dos sonhos, mas aposto que consegue dar uma volta na rua com a família sem ser reconhecido.

— Nossa, você só sairia arrastado de um set de filmagem desses.

— Eu estaria lá até agora. Daria um jeito de morar lá escondido. Ou roubaria todos os adereços que não estivessem pregados na parede.

— Caramba, imagina como ia ficar seu quarto com todos aqueles itens colecionáveis.

— Viu? Poderia ser bem pior. — Bo suspira baixinho, ainda sorrindo. — E você?

— Acho que eu ia gostar de ser famosa, talvez mais para o lado criativo e menos conhecido da coisa. Tipo diretora de cinema ou roteirista ou sei lá, algo que me permitisse ir a todos os eventos e conhecer pessoas legais, mas em que o foco fosse o meu trabalho, e não a *fama*. Como você mesmo falou, é muita exposição pública.

— Acho que consigo imaginar você como diretora.

— Sério? Por quê?

— Você passa um ar de autoridade.

Solto uma risada estrangulada.

— Eu?

— É, *você* — enfatiza Bo, estreitando os olhos de brincadeira. — Você é firme... parece alguém capaz de manter a calma sob pressão, e eu admiro muito isso.

— Calma — repito, incrédula. — Eu? Por acaso você esqueceu que umas horas atrás eu surtei por causa de um simples jantar?

— Mas aí é que está. Você expressou suas preocupações e a gente se resolveu. Nosso trabalho em equipe melhorou. É isso que uma boa diretora faz.

— Ah, sim, e disso você entende, né? Tem *tanta* experiência em sets de filmagem...

— Exatamente.

— É isso, então? — pergunto, e observo Bo guardar o baralho de volta na caixa. — Respondemos a primeira pergunta?

— Arrã. — Ele coloca a caixa na mesinha de centro. — Só mais dezenove perguntas e estaremos apaixonados um pelo outro — brinca, agitando as sobrancelhas de um jeito sugestivo antes de olhar o relógio. — Quer ver um filme ou algo assim? Posso pegar meu notebook.

— Claro — concordo. — Aí você pode me apresentar esse tal de Andy.

— Ok, quais dos filmes dele você ainda não viu?

Eu o encaro em silêncio.

— Quais você ainda não viu, Win? — repete Bo, preocupado. Olho para o teto, fingindo que nem é comigo. — Você... você nunca viu *O senhor dos anéis*? — pergunta ele bem devagar, a voz quase trêmula.

Nego com a cabeça e deixo escapar uma risada quando a expressão de Bo rapidamente muda de puro terror para choque e diversão. Ele olha para o relógio outra vez, depois para mim e para a mesinha de centro, como se estivesse calculando alguma coisa. Depois dá outra olhada no relógio. É estranhamente adorável ver o quanto essa informação o abalou.

— Ok, se a gente começar *agora*, conseguimos terminar a versão estendida do primeiro filme antes de meia-noite.

— *Meia-noite?* — repito, cansada só de ouvir. — Quantas horas tem esse filme?

— Acho que é melhor você nem saber.

Ele se levanta depressa e começa a contornar o sofá, mas então se detém.

— Eu não acredito que vou ter um filho com uma virgem de *O senhor dos anéis* — comenta, quase em um sussurro. — Isso é incrível...

E então sai correndo em direção ao quarto.

— Juro que você parece mais empolgado agora do que quando transou comigo! — grito.

— Quer saber a verdade? Talvez você esteja certa! — responde ele de volta do corredor.

Aguento firme por duas horas de filme antes de apoiar a cabeça no ombro de Bo e cair no sono.

Dezesseis semanas de gestação.
Bebê do tamanho de uma laranja.

Nos últimos dias, Bo e eu estabelecemos uma rotina confortável. Estou no turno da manhã esta semana, então acordo cedo, preparo um bule de café e deixo um pouco para ele antes de sair para trabalhar. Vou para a natação depois do trabalho e chego em casa quando Bo está começando a preparar o jantar. Comemos juntos no sofá enquanto conversamos sobre nosso dia — mas juro que não sei explicar com o que ele trabalha. Fico perdidinha assim que ele começa a falar sobre dados e finanças.

Ainda assim, Bo parece tão empolgado em ter alguém com quem compartilhar seu dia que tanto faz se eu apenas sorrir e acenar como se tivesse entendido. Gosto de como o rosto dele se ilumina ao falar do trabalho. Isso me inspira a pensar no que eu gostaria de fazer depois que o bebê nascer. O acampamento pode ser um sonho muito distante da realidade, mas talvez eu consiga encontrar outra coisa que me deixe realizada nesse meio-tempo.

Depois do jantar, lavo a louça ao som de algum disco que Bo escolheu na coleção da mãe. Ontem ouvimos uma coletânea com as melhores da Etta James, e anteontem foi a vez de *The Joshua Tree*, do U2. Joanna, assim como o filho, tinha um gosto bem eclético. Passei um bom tempo pensando nela enquanto lavava a louça e ouvia as músicas.

Fico me perguntando se ela sabe sobre o bebê de alguma forma, como espero que Marcie saiba. Gosto de imaginar que as duas estão lá no céu, no éter, na vida após a morte — chame como quiser —, orgulhosas enquanto nos assistem trilhar nosso caminho como pais.

Quando termino de lavar a louça e deixo os devaneios de lado, escolhemos uma carta no baralho. As perguntas são um ótimo jeito de tentar entender como funciona a mente brilhante, embora estranha, de Bo. Até agora, o que mais me chamou a atenção é que ou ele tem opiniões muito fortes sobre alguma coisa ou é totalmente indiferente, sem meio-termo.

Uma pessoa chega na casa dele de mala e cuia e quarenta e seis plantas e ele nem pisca. Mas basta defender suco de laranja com gominhos que o cara parece pronto para ir para a guerra.

A pergunta de ontem — qual é a sua opinião mais polêmica? — o fez sair de alguém tranquilo e agradável para o rei do bate-boca em questão de minutos. Eu estava só brincando quando sugeri que suco de laranja com gominhos era tão bom quanto o sem gominhos, senão melhor. Jamais imaginei que isso o faria perder o controle. Mas, ah, foi divertido de ver.

Eu realmente *amei* ver Bo quase arrancar os cabelos e ajeitar os óculos sem parar enquanto andava em círculos pela sala. Ele beirava a histeria, reclamando sobre como os gominhos são nojentos e que, palavras dele, *qualquer pessoa que se preze* não deveria se sujeitar a tomar suco cheio de pedaços de fruta.

A opinião polêmica dele foi que pipoca de cinema é superestimada e nem é tão mais gostosa assim que a de micro-ondas para justificar a diferença de preço.

Não sei como sobrevivemos à nossa primeira discussão.

Mas essa nova rotina, por mais legal que seja, está suspensa por hoje. Bo vai receber uns amigos aqui mais tarde, e eu ainda não decidi se vou aparecer para dar um oi ou se vou passar a noite toda enfurnada no quarto.

Ele me perguntou um milhão de vezes se não tinha problema mesmo convidá-los para vir aqui, e eu lhe garanti um milhão de vezes que estava tudo bem. Ainda assim, a ideia de conhecer os amigos dele me deixa nervosa. Nem sei se *devo* fazer isso. Talvez seja melhor deixá-los aproveitar a noite em paz. Mas será que não é falta de educação ignorá-los? Como alguém se apresenta em uma situação dessas?

Oi, gente! Meu nome é Win. Estou grávida do amigo de vocês. Ele ficou com pena de mim e me convidou para vir morar aqui. Sim, a gente já se viu pelado. E não, ainda não decidi se quero repetir a dose, porque vai que isso só complica ainda mais as coisas? Além disso, nem consigo pensar direito porque esses malditos hormônios estão me deixando com tanto tesão que tenho que trocar a pilha do meu vibrador toda noite, e para piorar o amigo de vocês fica tão gostoso de óculos que às vezes eu acho que vou ter um treco. Ah, e por acaso vocês sabem se ele ainda é apaixonado pela ex? Ele fala dela para vocês? Estou meio perdida em relação a isso e não sei como abordar o assunto. Enfim, espero que vocês se divirtam muito esta noite!

É, acho que dá para melhorar um pouquinho.

Os amigos dele vão vir aqui para jogar jogos de tabuleiro. Ou melhor dizendo, um jogo só. Bo murmurou o nome bem baixinho enquanto arrumava a cozinha, e seu sorrisinho travesso deixou claro que estava sendo evasivo de propósito, então joguei a toalha e decidi me esconder no quarto.

Foi muito fofo vê-lo arrumar a casa para receber os amigos. As tigelas de salgadinhos na bancada, a mesa que ele arrastou para a sala de jantar, a toalha preta que ele ajeitou várias vezes até ficar no lugar certo.

Quanto mais vejo Bo no dia a dia, mais percebo que ele se importa *muito* em deixar todo mundo confortável.

E não só em coisas mais concretas, como arrumar a casa para os amigos. É o jeito como Bo fala com os clientes ao telefone. A forma segura, paciente e confiante como trata todas as preocupações que eles possam ter. Nunca com arrogância ou superioridade por ter habilidades que muitos não têm. Ele realmente quer o melhor para essas pessoas.

Além disso, tem tudo o que Bo faz por mim, como me trazer um copo de água gelada e um gibi novo todas as noites antes de dormir. Ou o travesseirão de corpo que encontrei no meu quarto ontem quando cheguei do trabalho, com um bilhete que dizia "para a melhor futura mamãe do mundo".

Quando fui agradecer, ele me contou que, segundo o livro para pais de primeira viagem, eu começaria a ter dificuldade para dormir nessa fase da gravidez. Mas, verdade seja dita, tenho dormido feito pedra desde que vim morar aqui. Ainda assim, foi de uma gentileza sem tamanho.

Está na cara que Bo é o tipo de pessoa que cuida dos outros. Parece natural para ele. Fico feliz em saber que meu filho terá um pai que faz de tudo pelas pessoas com quem se importa.

— Win? — chama Bo do outro lado da porta, com uma batidinha.

— Pois não? — respondo, largando a agulha de crochê.

Bo abre a porta bem devagar, depois entra e a fecha atrás de si. Parece prestes a me perguntar alguma coisa quando seu olhar recai no objeto ao meu lado no colchão.

— O que é isso? Você faz tricô?

— Crochê — corrijo.

— Jura? — pergunta, arrastando as sílabas. — Que legal! Eu não fazia ideia!

— Até onde sei, crochê não é visto como um hobby tão legal assim — comento secamente.

— O que você vai fazer? — questiona ele, me ignorando.

— Ah, pensei em fazer uma mantinha para o bebê. A ideia é crochetar uma fileira a cada semana de gestação. Usei esse tom lindo de malva para as semanas em que ainda não sabia que estava grávida — conto, mostrando o que já fiz até então. — E a partir de agora vou acrescentar uma cor que represente o que senti a cada semana.

Bo assente, admirando a manta quando a estendo sobre o colchão.

— E qual foi a cor da vez?

— Cinza — respondo.

Vejo o rosto dele murchar.

— Mas é um cinza bonito! — acrescento. — Do mesmo tom das pedras que atiramos no lago. Acho que é uma boa forma de lembrar do nosso primeiro dia morando juntos.

Bo respira fundo, endireitando a postura.

— Nossa, essa manta vai ser enorme.

— Pois é — bufo. — Eu deveria ter feito igual a todo mundo e preenchido aqueles diários da gestação e do bebê.

— Não, a ideia da manta é mais original. Mas, se você quiser, eu posso fazer o negócio do diário.

— É, pode ser. — Sorrio para ele. — Hum, você precisa de alguma coisa?

— Ah, verdade! — Bo solta uma risada, coçando a testa com a mão, a outra apoiada no quadril. — Preciso, sim. O pessoal já chegou e ainda nem começamos a jogar, mas achei que talvez... Talvez eu pudesse apresentar vocês? Tudo bem se você não quiser. Só acho que eles iam gostar de finalmente conhecer a pessoa de que tanto falo.

Ele fala de você para os outros! Dã, é claro que fala — vocês moram juntos e vão ter um filho.

— Claro, pode ser — concordo, já me levantando.

Bo me conduz até o corredor, e já estamos quase na cozinha quando ele se vira e curva o pescoço para sussurrar:

— E... vê se tenta pegar leve com ele.

— Ele quem?

Olho para a mesa improvisada no meio da sala, rodeada de homens que ainda não conheci e, entre eles, para meu espanto, um rosto muito familiar.

— Caleb?

Lá está ele, com a maior cara de culpa do mundo, todo encolhidinho, e ainda tem a audácia de *acenar* para mim.

— Oi, Win — cumprimenta num fiapo de voz.

— Hum, oi? O que... o que você está fazendo aqui?

O olhar de Caleb recai na mesa, depois em Bo, antes de enfim voltar para mim.

— Só um minutinho, gente.

Ele se levanta de salto e avança na minha direção, depois me arrasta pelo cotovelo até o corredor.

— Win, preste atenção, eu...

— C-Caleb — gaguejo o nome dele em meio a uma risada estrangulada. — O que está...

— Eu juro que vou explicar tudo, mas primeiro você precisa me *prometer* que não vai contar para Sarah.

Cruzo os dedos atrás das costas e concordo com a cabeça. *Rá, até parece que eu prometeria uma coisa dessas.*

— Estou falando muito sério. Nós somos amigos há *quinze* anos, Winnifred McNulty. E nunca te pedi nada, mas agora estou pedindo. Por favor, por favorzinho, não conte para Sarah que eu jogo Dungeons & Dragons. Ela *nunca* vai sair do meu pé. Vai passar o resto da vida rindo da minha cara.

— Caleb! — Empurro o ombro dele com minha mão menor. — Onde ela acha que você está agora?

— Na academia.

— Meu Deus! Mentiroso! Traidor! — exclamo, sem fôlego. — Você *fingiu* que nunca tinha vindo aqui no dia da mudança? — pergunto em sussurro arfante. — Que outras mentiras você contou?

— *Tecnicamente* nunca falei que não tinha vindo. Essa foi a única mentira, juro. Só quero viver em *paz*, Win. É tudo que eu peço.

— Caleb — digo, com uma risada incrédula. — Você acha mesmo que vou *mentir* para minha melhor amiga sobre o paradeiro do marido dela?

— Não precisa mentir. É só não... contar.

— Caleb!

— Ei, eu *entendo*, ok? Também não quero mentir para ela, mas... — Caleb enxuga a testa, depois apoia a mão no quadril. — Lembra quando comprei aquele lego de Star Wars ano passado? O da Estrela da Morte? Que é feito para *adultos*, aliás... — Ele suspira, todo cabisbaixo. — Depois disso, Sarah passou um mês me chamando de Chew*babaca*. Um mês!

Deixo escapar uma risada.

— Tudo bem, mas acho mesmo que ela só queria ser carinhosa. Além do mais...

— E quando sugeri que a gente fosse naquela feira medieval quando tínhamos, o que, uns dezoito anos? Até hoje ela me manda os anúncios para tirar uma com a minha cara. Chegou até a cadastrar meu e-mail em vários sites para eu ficar recebendo propaganda disso. E já faz dez anos!

Preciso confessar que eu ajudei a cadastrar o e-mail dele nesses sites, mas...

— E aquela vez que...

— Tá, tá, já entendi o que você quer dizer.

— Eu amo minha esposa mais do que tudo no mundo. Você sabe disso. E sei muito bem que zombar dos outros é o jeito dela de demonstrar amor.

É uma das coisas que mais gosto na Sarah... desde que *eu* não seja o alvo da piada. Então eu queria evitar isso um pouco. Queria manter um ar de sujeito descolado, se possível.

Concordo com um aceno, mas meus lábios se contorcem enquanto tento reprimir uma risada. Mas não dá. *Não dá.*

— *Win.*

Caleb diz meu nome quase como um apelo.

Uma risadinha escapa dos meus lábios.

— Win!

— Tá bom, desculpe! É que, sei lá, acho que Sarah não seria cruel em relação a isso. Quando você colocou aquela armadura de cavaleiro do Bo, ela pareceu gostar até demais.

Caleb resmunga algo baixinho.

— O que foi que você falou?

Ele repete, mas ainda não dá para ouvir.

Olho feio para ele.

— Qual é, cara? Fala logo!

— Eu não sou um cavaleiro, ok? Sou o... Eu sou o bardo.

— Bardo? O cara que faz música e poesia?

Caleb faz cara de espanto, as sobrancelhas levemente arqueadas.

— Ele mesmo. Estou surpreso que você saiba disso.

— Hum, e o que isso significa? Você tem que... cantar? Céus, que tipo de jogo é esse?

— Mais ou menos. Eu uso a música para controlar os meus... poderes.

Cubro a boca com as mãos, mas já é tarde demais.

— Win!

— Desculpe, mas é engraçado! Você não faz *ideia* de como é hilário ouvir você falando essas coisas.

— Viu? *É justamente* por isso que...

— Ok, ok. Já entendi. Juro que eu não vou rir da sua cara. Mas agora tenho que ir lá conhecer os amigos do Bo, certo? Você já deixou os coitados esperando um tempão, vai que eles... que eles... — Tenho um acesso de riso. — Vai que eles estejam precisando das suas musiquinhas mágicas?

Caleb joga os braços para cima em um gesto exasperado, depois sai arrastando os pés pelo corredor. Vou atrás dele, já pegando o celular para mandar uma mensagem para Sarah.

>**EU:** Vem pra casa do Bo agora! O Caleb tá aqui.
>**NERDS** mentirosos.

Não é a melhor mensagem do mundo, mas foi o que deu para digitar no curto trajeto até a sala cheia de amigos de Bo. A conversa morre assim que piso lá. Bo olha para Caleb, depois para mim, com um sorrisinho presunçoso no rosto.

— Oi, gente — cumprimento, e me aproximo com cautela para espiar o mapa estendido sobre a mesa.

Ao lado do meu amigo carrancudo está um senhor encorpado que me lembra um buldogue, com um rosto astuto e papada no queixo. Bo está na cabeceira da mesa, concentrado em ajeitar as peças do jogo, e à minha esquerda, de frente para Caleb, estão mais três caras.

O mais próximo de Bo tem pele negra e um sorriso gentil, mas apreensivo, cabelos pretos cortados bem rentes e uma estrutura franzina. Os outros dois parecem ser um casal, sentados bem perto um do outro, um deles com a mão na coxa do que está mais perto de mim. Os dois têm ombros largos e são musculosos, um com a pele bronzeada e cabelos castanhos compridos, o outro pálido e com a cabeça raspada.

— Sou a Win — continuo, acenando com a mão esquerda. — Não quero atrapalhar, só vim dar um...

— E não é que você é um espetáculo mesmo? — diz o senhor mais velho com um forte sotaque escocês. Ele se levanta, com um sorriso radiante no rosto, e contorna a cadeira para me cumprimentar. — Bo bem que falou, mas não acreditei.

Rio baixinho, e estendo a mão para apertar a dele.

— Meu nome é Hamish, mas pode me chamar de...

— Ok, já chega — interrompe Bo e se empertiga, parecendo se elevar ainda mais sobre a mesa. — Qual é, cara? — Ele ri. — Esqueceu que eu pedi para você agir naturalmente?

O homem corpulento curva os lábios em um sorriso atrevido.

— Desculpe — diz, com um sotaque cem por cento canadense. — Eu gosto de testar meus personagens em voz alta. Consegui enganar você?

— Com certeza — respondo, achando graça, e olho para Bo com um sorriso perplexo.

— Walter — diz o sujeito, chamando minha atenção de volta para ele. Depois aperta minha mão, e eu retribuo.

— É um prazer conhecer você, Walter.

— Digo o mesmo. — Ele pisca para mim com o rosto tomado de alegria. — E pelo jeito você já conhece Caleb, porque ele voltou para a mesa com cara de quem acabou de receber uma joelhada nos países baixos, mas acho que ainda não conheceu...

E então Walter aponta para o outro lado da mesa.

— Adamir — apresenta-se o cara tímido perto de Bo, derrubando algumas peças quando estica a mão para me cumprimentar.

Bo corre para arrumá-las.

— Oi, Adamir — respondo em um tom tranquilizador. — É um prazer conhecê-lo.

— Meu nome é Jeremiah, mas pode me chamar de Jer — diz o cara fortão ao lado de Adamir. — E este é Kevin, meu marido.

— É um prazer conhecer vocês dois.

Cumprimento os dois com um aperto de mão e um pedido de desculpas estampado no olhar, pois sei que quando recolher a mão eles provavelmente vão sentir meus dedinhos curvados fazendo cócegas em suas palmas.

Ainda bem que apertos de mão não acontecem o tempo todo.

— Preciso dizer que você está *radiante* — elogia Kevin, com o queixo apoiado na mão. — Deixe-me perguntar uma coisa... tem até uma aposta rolando. Estava muito escuro quando você conheceu Bo? Ou você é só uma alma muito gentil e caridosa?

Na outra ponta da mesa, Bo ri e cruza os braços, o queixo erguido com orgulho.

— A gente estava em uma sala *muito* iluminada — respondo, dando uma piscadela para Bo. — Pena que nem tive tempo de descobrir como ele era antes.

Todos caem na gargalhada.

— Já gosto dela — comenta Walter, dando uma cotovelada em Bo enquanto volta para seu lugar.

— Eu também, por incrível que pareça — responde Bo, me observando da cabeça aos pés.

Ele diz isso de um jeito tão sincero e natural que parece até que escolheria me ter por perto mesmo que as circunstâncias não o obrigassem. O sentimento se aloja no fundo do meu peito, como gravetos sendo colocados em uma fogueira.

Dou uma última olhada no cômodo antes de me despedir. Vejo aquele grupo de pessoas tão distintas entre si e me coço para saber o que os uniu. Que partes de Bo eles conhecem, e quantas delas estariam dispostos a compartilhar comigo.

— E como vocês se conheceram? — pergunto a ninguém em especial.

— Conheci Bo em um grupo de apoio. Somos gêmeos de câncer, infelizmente — conta Walter. — Naquela época a gente andava meio mal das pernas... literalmente, no caso de Bo. Eu ainda tenho as duas.

Walter mal termina a piada e já começa a rir — uma risada ofegante e alegre que me contagia.

Bo morde o lábio e balança a cabeça, e o sorriso desponta aos poucos.

— Ele está esperando para contar essa piada há séculos — diz, sem tirar os olhos de mim enquanto se inclina sobre a mesa para entregar os dados a Caleb.

Dá para ver que ele está gostando de me ver interagir com seus amigos, como se tentasse decidir se me encaixo aqui.

Será que me encaixo?

— Eu conheci Bo na faculdade — conta Adamir, levantando a mão para falar, como se estivesse em sala de aula. — Ele era o professor assistente de economia no meu primeiro ano.

Professor Bo? Acho que gostei disso. É, consultei o andar de baixo. Gostei mesmo.

— A gente trabalha junto — diz Jeremiah.

— Jer é meu chefe — explica Bo, colocando uma ficha na mesa. — Ele está tentando ser humilde, mas na verdade é o mandachuva.

— É, ok, tudo bem. Mas aqui sou só seu colega de trabalho, amigo e... — Ele tira uma espada imaginária do cinto. — *Guerreiro* — acrescenta em um tom dramático, desferindo um golpe.

— Caramba, eu quero ficar no time *dele*! — comento, aos risos.

— Ah, que fofa! Parece eu quando comecei a jogar — diz Kevin ao meu lado. — Só estou aqui porque Bo precisava de mais um jogador e meu marido me *obrigou* a vir. Mas não tenho do que reclamar. Adoro uma oportunidade para ser dramático.

— Quando vocês começaram a jogar? — pergunto, sem tirar os olhos de Caleb.

— Acho que a mensagem foi mais ou menos assim... — interrompe Jer antes que Caleb tenha a chance de responder. — "Oi, cara, eu tô com câncer... *emoji de rapaz encolhendo os ombros*. Vou precisar tirar uns dias de folga. Talvez para sempre... *emoji de interrogação*. Antes que me pergunte, já que está todo mundo perguntando, se você quiser me ajudar, pode vir jogar D&D comigo. Eu sempre quis jogar. Preciso de, no mínimo, cinco jogadores, e já arranjei três. Será que Kev não topa vir também? Enfim, espero voltar logo para o trabalho... *emoji de dedos cruzados*."

Olho para Bo boquiaberta, mas também achando um *pouquinho* engraçado.

Ele me lança um olhar presunçoso, como se não estivesse nem aí.

— Eu fiz o que tinha que fazer.

— Você usou o câncer para convencer seus amigos a jogar Dungeons & Dragons?

— Foi exatamente isso que ele fez — concorda Walter. — E olha que eu também tive câncer.

— Bom, eu queria jogar mesmo — confessa Adamir baixinho.

— E você? — pergunto para Caleb.

— Hum, eu só entrei em setembro — murmura ele. — Já falei. Eu não sabia nada além disso. Tirando todas as coisas sobre Bo que você contou para Sarah — acrescenta em tom incisivo.

Acho que mereci, mas ainda assim o fuzilo com os olhos.

— A gente jogava com um outro amigo nosso do grupo de apoio — explica Bo com uma expressão comedida, coçando o rosto. — Mas ele faleceu em junho.

Walter e Bo trocam um olhar triste e bondoso, como se para tranquilizar um ao outro.

— Sinto muito — digo para todos na mesa.

Walter dá alguns tapinhas nas costas de Bo.

— Vamos ficar bem. E, além disso — diz, voltando sua atenção para Caleb —, temos sorte de ter Caleb aqui com a gente agora.

Concordo com um aceno e olho mais uma vez para todos aqueles homens reunidos ali, sem saber a hora certa de me retirar. Adamir empilha alguns dados na mesa enquanto Kevin e Jer se olham com ternura, aos sussurros. Bo coloca uma última pecinha no mapa e acena para si mesmo, como se agora tudo estivesse no lugar. Leio os lábios de Caleb me perguntando *Você contou para ela?*, e trato de desviar o olhar.

— Enfim, foi um prazer conhecer vocês, mas já está na hora de eu...

A campainha toca, me interrompendo.

— A pizza deve ter chegado mais cedo — teoriza Bo, depois dá a volta na mesa e passa por mim em direção à porta da frente.

— Não é a pizza, né? — sussurra Kevin para mim, o rosto dominado por um sorriso radiante.

Ele gosta *mesmo* de um drama. Já adorei esse cara.

Nego com a cabeça, um sorriso velado brincando nos lábios.

— Caleb? — grita Sarah atrás de mim, avançando a passos furiosos. — Caleb Andrew Linwell, desde quando isso aqui é uma aula de kickboxing?

— É agora que eu dou no pé — aviso a Kevin, apontando na direção do meu quarto. — Adorei conhecer todos vocês! Acabem com a raça desse dragão! Fujam das masmorras! — grito, correndo para o meu quarto antes de ser alvo do olhar fulminante de Caleb.

Sei lá, vai que ele resolve me atacar com uma daquelas... musiquinhas mágicas?

19

Vou falar mesmo. Não estou nem aí. Dungeons & Dragons é legal pra caralho.

Depois de soltar os cachorros para cima de Caleb na frente de todo mundo por ele ter passado meses mentindo, Sarah veio ao meu quarto e me arrastou de volta para a sala. Minha amiga não é de deixar a plateia na mão, e com base nas gargalhadas e exclamações que ecoavam pelo corredor, dava para perceber que aqueles caras a estavam adorando. Nos primeiros dez minutos de sessão, fiquei fazendo crochê enquanto Sarah arrancava as cutículas e tirava fotos escondidas de Caleb, rindo baixinho sempre que era a vez dele de falar.

Mas aí, e não sei exatamente quando aconteceu, nossa atenção foi fisgada. Bo começou a contar uma história tão elaborada que nos deixou boquiabertas, passando o balde de pipoca de uma para a outra enquanto os rapazes travavam uma batalha contra um metamorfo com penas de corvo e seu pequeno exército de ladrões para defender a estalagem local.

— Meu marido é um herói — sussurrou Sarah para mim, com os lábios entreabertos de admiração.

Eles eram mesmo muito convincentes.

Fiquei toda boba e vermelha só de ver Bo comandar aquela mesa. A facilidade com que ele se adaptava a qualquer decisão dos jogadores, a forma simples como os instruía e os deixava conduzir a história. E quando ele fazia a voz do vilão com penas de corvo então? Sem condições.

A expressão maligna que dominava suas feições? A rouquidão e o tom grave e profundo de sua voz? Eu teria até engravidado outra vez, se fosse possível.

— O que isso diz sobre nós? — sussurrei de volta para Sarah quando a vi se abanar com as mãos.

— É melhor a gente nem pensar muito nisso — respondeu ela, soprando um beijo para Caleb.

Pelo jeito, ele não ia mais dormir no sofá.

Ficamos mais três horas ali até Bo anunciar que a sessão havia chegado ao fim, e só então os demais abandonaram seus personagens e voltaram ao mundo real. Sarah e eu começamos a reclamar em voz alta, como sempre fazíamos quando um capítulo de nossas novelas terminava com gancho.

— E a mulher do pântano? *Ela* é a princesa morta? É ela que está com a espada da erudição? O que vai acontecer agora? — pergunta Sarah, o desespero estampado nos olhos.

— Acho que vamos ter plateia daqui para frente, rapazes — comenta Walter, guardando os dados em uma caixinha de madeira.

Bocejo e levanto os braços para me espreguiçar. Bo pisca para mim, como se meu bocejo fosse um sinal para ele botar todo mundo para fora. Não era a minha intenção, mas aprecio o gesto.

— Walter, mês que vem vai poder ser na sua casa mesmo? — pergunta Bo, arrumando a mesa.

— Hum, então... — começa Caleb. — Que tal se a gente fizer lá na minha casa? Agora que... — Sua voz some quando ele olha de relance para Sarah.

— Agora que você não tem mais medo de que sua esposa descubra? — completa Jer, achando graça.

Caleb suspira alto. Ninguém dá uma colher de chá para o coitado.

— Ah! Vamos, por favor! Podem mesmo? — pergunta Sarah, dando pulinhos de alegria ao lado de Caleb. — Eu posso pegar uns enfeites do Halloween para decorar a mesa! E podemos servir cerveja e comidinhas temáticas.

— Por mim, tudo bem — concorda Walter, e olha para minha amiga com uma expressão cheia de ternura.

Caleb sorri e dá um beijinho na testa de Sarah, mas quando está prestes a se afastar, ela o puxa pela camisa e tasca um beijão na boca dele. E aí eles dão um jeito de constranger todo mundo. Sarah deixa escapar um suspiro ofegante enquanto Caleb começa a deslizar as mãos cada vez mais para baixo.

— Parou, parou, parou! — exclamo, chegando mais perto para separar os dois. — Já chega.

— Sabe, Win — diz Caleb, todo presunçoso enquanto ajeita a camisa —, acho que você tinha razão. — Ele dá uma secada na bunda de Sarah conforme ela caminha na direção de Bo com as pernas ainda bambas depois de assistir à batalha. — Sarah gostou *mesmo* disso.

— Ah, meu Deus, o que foi que eu fiz? — pergunto tão baixinho que só eu posso ouvir.

Por fim, todo mundo começa a ir embora. Não param de conversar um minuto enquanto Bo os acompanha até a porta e depois fica parado ali, provavelmente congelando, antes de se despedir outra vez.

— Aqueles dois não vão conseguir esperar nem chegar em casa — comenta Bo, fechando a porta atrás de si.

Espio pela janela e vejo Caleb e Sarah praticamente se comendo no capô do carro deles.

— Ninguém mandou eu dar com a língua nos dentes. Pode deixar que assumo a culpa se os vizinhos reclamarem.

Eu me acomodo na poltrona e Bo parece recalcular a rota quando percebe, sentando-se no braço do sofá. Ele começa a esfregar a coxa e chega a tremer quando usa as duas mãos para envolver o ponto onde começa a prótese.

— Está tudo bem? — pergunto.

— Está, sim. Só um pouquinho apertada. O volume do coto varia ao longo do dia. Trocar a meia que uso por baixo ajuda, mas nem tive tempo de fazer isso hoje. Agora é melhor esperar a hora de dormir.

Ainda não vi Bo sem a prótese. Depois de pesquisar no Google, descobri que era bom tirar sempre que possível, para deixar o membro residual respirar. Até porque ele mencionou que a prótese nova, feita sob medida, chegaria no fim de março. Disse que era um presente de aniversário atrasado para si mesmo.

— Você não precisa ficar usando só por minha causa, tá? Se estiver desconfortável...

— Não preciso? Você não vai ficar horrorizada de me ver mancando pela casa?

Ele esboça um sorriso, mas seus olhos o denunciam: um quê de hesitação, uma pitada de angústia.

— Claro que não — respondo. — De jeito nenhum — acrescento para enfatizar.

Ele assente, mas não faz menção de tirar a prótese.

— Então — começa a dizer naquele tom que deixa claro que quer mudar de assunto. — Pelo jeito Sarah virou fã de RPG.

— Aposto que ela vai falar umas sacanagens bem malucas na cama hoje — comento, fazendo careta.

Uma risada escapa de Bo, que se vira de lado e cai de costas no sofá com um grunhido, esparramando todos os quatro membros sobre o estofado. Na hora me imagino deitada em cima dele, pensando em como seu corpo poderia me envolver por completo, e tenho que piscar para afastar a imagem da minha cabeça.

— Eu pagaria uma boa grana para ouvir umas sacanagens inspiradas em Dungeons & Dragons — diz ele com um sorrisinho torto.

— Sarah vive lendo livros de putaria, então criatividade é o que não falta... mas vai ser assustador.

— Parece que ela adorou ver Caleb salvando aquele taberneiro — lembra Bo, me olhando de relance.

— Adorou mesmo. Disse até que ele era um herói.

Vejo a garganta dele estremecer quando ri.

— Em outubro rolou uma missão secundária e Caleb teve que flertar com uma bruxa para... — Ele se detém, balançando a cabeça. — Deixa pra lá.

— Ah, não! Agora você *tem* que me contar. — Meu sorriso fica ainda maior. — Por favor, eu preciso saber.

— Você vai ter que jurar que não vai contar para ele nem para Sarah. Tenho uma reputação a zelar... não posso ser pego dando com a língua nos dentes.

— Eu juro!

E dessa vez é para valer.

— Ele falou...

Bo começa a rir descontroladamente, seu corpo todo sacudindo, as mãos apoiadas na barriga. Ele tenta terminar a frase algumas vezes, mas toda hora é interrompido por uma nova leva de risadas.

— Conta logo!

— Caleb me olhou no fundo dos olhos e disse: "Se você fosse uma pedra, nem o rei Arthur seria capaz de tirar minha espada de dentro de você".

— Não! — grito, cobrindo a boca com a mão.

— Nem o rei Arthur... — repete Bo, e o rosto dele fica vermelho enquanto tenta recobrar o fôlego.

Temos um acesso de riso tão incontrolável que nem consigo respirar, segurando a barriga com as duas mãos enquanto tento acalmar os ânimos. Imaginar Bo como uma bruxa a ser seduzida já é impagável, mas acho que essa é minha nova frase favorita. Ainda não tenho tatuagem, mas estou começando a mudar de ideia. Pensando bem, acho que quero essa frase na minha lápide. Afinal, vou *morrer* se não puder contar a Sarah.

Mas serei forte.

— Puta merda — digo e enxugo as lágrimas, quase sem voz de tanto rir.

— Na hora eu nem soube o que fazer! — continua Bo, voltando a se acomodar no sofá. — Eu rolei o dado e a bruxa foi seduzida, então acho que funcionou, não é?

— Caleb se superou nessa, tenho que admitir.

Tento respirar fundo, mas a risada volta outra vez, me tirando o fôlego.

— Achei que o coitado do Adamir fosse desmaiar.

— Eu gostei muito dos seus amigos — conto, respirando fundo para me acalmar. — Eles parecem bem legais. Todos diferentes entre si, amei.

— Até do Walter? — pergunta Bo.

Ele se empertiga e me estuda com atenção, os olhos colados no meu rosto com uma apreciação sincera que me pega desprevenida e me tira o ar. Levo as mãos ao rosto, sentindo-o arder. Ah, então é por *isso* que ele está olhando. Estou toda vermelha.

— Principalmente do Walter — respondo antes de limpar a garganta. — Ou será que devo chamá-lo de *Hamish*?

— Você fica assim às vezes — comenta Bo, dando duas batidinhas no próprio rosto.

— Assim como? Vermelha? — pergunto e já desvio o olhar, porque às vezes piora quando alguém percebe. Principalmente se o alguém em questão for um cara lindo. — É, mas acho que todo mundo fica assim, não? — continuo, com a voz mais leve.

— Só quando estão com vergonha, mas você fica vermelha sempre... até quando está feliz.

— É um saco — confesso, afastando o cabelo do pescoço.

— Eu adoro — rebate Bo, e me viro para olhar. — Parece até que marquei um ponto. É o único jeito de saber se você gostou mesmo das minhas piadas, ou se... bom, você sabe...

Ele engole em seco e pisca algumas vezes.

— Sei o quê? — pergunto, a cabeça inclinada.

Bo alisa o cabelo, depois chega para a frente e coça a nuca. Olha para o lado com o rosto contorcido, como se não acreditasse que ia mesmo dizer aquilo.

— Você, hum, ficou vermelha no Halloween.

Eu fiz *muita* coisa no Halloween. Estreito os olhos, começando a esboçar um sorriso.

— Quando você... gozou — acrescenta ele, com a mandíbula tensa e os olhos fixos no meu pescoço, onde sem dúvida começo a corar.

Ah.

— Desculpe — pede ele, e um vinco se forma entre suas sobrancelhas crispadas. — Não sei por que falei isso.

Eu diria a ele que está tudo bem, para não se preocupar, mas um nó cada vez maior parece se formar na minha garganta. Não sinto nada além da pulsação inquietante no meu pescoço.

— A gente devia ir para a cama — declara Bo enquanto me admira dos pés à cabeça, depois se inclina para longe, como se tentasse resistir.

Como se tentasse se controlar.

Lanço um olhar curioso para ele, sem saber se percebeu o que acabou de me propor, talvez de forma inconsciente.

— Ah, não... não *juntos*. Desculpe, não foi isso que eu... — Ele afunda o rosto nas mãos, depois as desliza pelo cabelo, deixando-o todo bagunçado.

— Foi mal — diz, por fim rindo. — Viu só? Foi por isso que você teve que tomar a iniciativa aquele dia.

Foi por causa da timidez dele? Até então eu estava achando que o Bo simplesmente não estava interessado. Mas, seja como for, não é uma boa ideia. Engulo o nó na minha garganta.

— Nós, hum, nem chegamos a conversar sobre o assunto.

Bo me lança um olhar inexpressivo, seu lábio inferior projetado em um beicinho.

Droga, vou mesmo ter que falar tudo em voz alta. Respiro fundo. Inspira, expira.

— Não acho que seria sensato nos envolvermos fisicamente daqui em diante.

Pronto. Simples e direto.

— Não? — responde Bo na lata.

Não?

Como assim, não?

Que *porra* isso significa? Ele discorda? Que tipo de relação ele achou que a gente ia ter?

— As coisas já são complicadas como estão... — continuo, devagar.

— Certo.

— E acho que sexo só deixaria ainda mais complicado.

— *Certo.*

Ele umedece os lábios, assentindo sem parar.

— Minha maior preocupação é que o sexo possa levar a algo mais *sério* entre nós, e se *isso* acabar mal... pode ser impossível dividir um teto e nossas responsabilidades como pais.

— Certo — repete Bo.

— Certo — ecoo secamente.

— Desculpe — pede ele, se endireitando. — Só estou tentando processar.

— Ué, por quê? O que você estava querendo? — pergunto antes de conseguir me conter.

Ele olha para o teto, distraído, esfregando as mãos entre os joelhos. Quando enfim parece pôr a cabeça no lugar, me lança um olhar tão intenso que me deixa inquieta. Por onde seus olhos passam, sinto minha pele queimar, até que todo o meu corpo parece arder em chamas.

— Para ser sincero — começa a dizer, com seu olhar hesitante, mas ainda fixo ao meu —, não sei. Acho que nem cheguei a pensar em estabelecer regras. Isso é tudo tão novo, e para falar a verdade...

— Mas ter regras é bom, não? — interrompo.

Se eu tivesse que apostar, diria que ele concluiria a frase com "ainda não superei minha ex". Algo que, para ser sincera, não sei se estou pronta para ouvir.

— É bom a gente conversar, definir limites e tudo o mais... — continuo. — Para nos manter seguros. — Estou inquieta, falando a mil por hora, sem nem fazer muito sentido. — Assim, vamos continuar focados em manter uma boa relação pelo bem dessa criança. Podemos simplificar as coisas em uma situação já tão complicada. Esse é o objetivo, não? Sermos bons pais.

— Esse é o objetivo — concorda Bo, os lábios franzidos enquanto assente com firmeza. — Claro.

— Então pronto. Apenas amigos com um feto em comum.

Eu me recosto na poltrona, fungando apenas uma vez. Vejo Bo apoiar a mão no rosto e coçar a orelha, sorrindo sozinho como se guardasse um segredo.

— O que foi? — pergunto. — Que cara é essa?

— Nada, não — responde ele, abaixando a mão. — Eu ouvi o que você falou, já entendi — acrescenta, com a voz mais aguda.

— Bo... — sussurro bem baixinho.

Como se tentasse dizer, e espero que ele entenda, para não mentir para mim.

Bo contorna o lábio inferior com o polegar, depois volta a fitar o teto.

— Já que vamos ser só amigos e nada mais... você poderia me fazer um favor?

— Hum, claro. — respondo com uma confusão evidente na minha voz.

— Dá para fazer menos barulho, por favor? À noite?

— Quê? — pergunto, segundos antes de me dar conta, e meu coração quase salta pela boca.

Sinto meu rosto arder, ficando vermelho por todos os motivos habituais.

Bo também percebe, e vejo seus lábios se curvarem ligeiramente.

— Sabe como é — continua ele. — Casa velha, paredes finas. Belos gemidos vindos do corredor que quase me fazem arrancar os cabelos.

Não, *não*. Isso não pode estar acontecendo. Eu me *recuso* a acreditar.

Bo não tira os olhos de mim, estreitando-os quando encaro a parede atrás dele, desejando me teletransportar para bem longe daqui, para outra galáxia.

Isso está mesmo acontecendo.

Devo ter sido uma baita babaca em vidas passadas para merecer uma coisa dessas. Uma magnata do petróleo. Uma ditadora corrupta de uma pequena nação. Um mosquito transmissor de malária. A pessoa que teve a ideia de botar lâmpadas fluorescentes em provador de shopping.

Concordo com um aceno, a mandíbula travada e os lábios entreabertos.

— Arrã — choramingo sem querer. — Pode deixar.

Então fico de pé, e sinto as pernas bambas.

Vou embora. Fugir para bem longe.

Ele pode ver a criança quando ela fizer dezoito anos, isso se eu sobreviver a essa humilhação. Nem olho para Bo quando passo por ele e sigo em direção à porta da frente, calçando as botas antes de pegar o casaco.

— Win — chama Bo, rindo enquanto vem atrás de mim.

— Não — respondo bruscamente, segurando a maçaneta.

Bo coloca a mão sobre a minha, me impedindo de escapar.

Não olho para ele. Não quero ver esse nerd enorme com ouvidos supersônicos, rosto ridiculamente lindo e mãos gigantes e quentes. Ele que se foda. Eu o *odeio*.

Quanto será que ele ouviu?

— Win... — diz Bo outra vez, com um quê de divertimento na voz que me irrita profundamente.

— Por favor, me deixe ir lá fora morrer de frio.

Apoio a testa na madeira da porta.

— Não posso deixar você fazer isso, docinho.

— Não me chame assim — sibilo.

— Desculpe — recua Bo, afastando a mão e dando um passo para trás.

Levanto a testa, depois a apoio na porta outra vez, meu rosto ligeiramente virado para ele.

— Você ouviu muita coisa?

Só que na verdade quero dizer, por acaso você ouviu quando deixei seu nome escapar? Ou quando fiz isso outra vez, ao perceber que chamar seu nome era o suficiente para quase me fazer chegar lá?

Bo apoia o braço no batente da porta e chega mais perto, diminuindo a distância entre nós só um pouquinho, mas basta para que eu o sinta por *toda a parte*.

— Ouvi o suficiente para saber que você também pensa no Halloween.

Merda, merda, merda.

— Bem, é que... — Tento inventar uma desculpa, apesar da vontade de morrer ali mesmo. — Foi a última vez que eu transei, ué. Vou pensar em quê?

— Na melhor transa da sua vida — sugere ele, provocando. — A menos que... — Ele abaixa o braço e chega mais perto, com um ar presunçoso. — Aquela também tenha sido a melhor.

— Arrã, vai sonhando.

Bo dá um suspiro e olha para o chão antes de se endireitar, esfregando o rosto com as mãos.

— Mas acho que você tem razão — diz, com a voz distante. — Em relação às regras... a seguir em frente. Acho que é o melhor a fazer.

Mas...

Espero em silêncio, como se nossos pés estivessem conectados por uma cordinha fina.

Mas ele não diz mais nada.

Eu não deveria ficar decepcionada, certo? Seria ridículo ficar triste com isso. Eu sugeri as regras, afinal. Foi ideia minha.

— Tudo bem... — respondo.

Pressiono a orelha contra a porta, virando ainda mais o rosto na direção de Bo, embora não consiga olhar para ele por muito tempo.

— Desculpe mesmo — pede Bo. — Era melhor eu ter ficado quieto.

— E continuar me ouvindo toda noite? De jeito nenhum...

Bo me lança um olhar cheio de compaixão, os lábios curvados em um sorriso enquanto respira fundo.

— Vem cá.

Ele estica a mão e me puxa para mais perto dele, envolvendo meus ombros com um dos braços, o outro apoiado atrás da minha cabeça para me manter no lugar. Começo a resmungar, ainda irritada, e mantenho os braços rígidos ao lado do corpo.

Mas não tem como não sentir o cheiro dele. Aquele aroma almiscarado de canela tão característico. Doce, caloroso e convidativo. E deixando claro, mais uma vez, por que essas regras são tão necessárias.

— Nós vamos dar um jeito, Win — garante Bo, apoiando o queixo no topo da minha cabeça. — Regras, planos, limites... tudo vai se ajeitar. — Ele suspira, me puxando para ainda mais perto. — Mas me desculpe mesmo por ter feito essa brincadeira com você. Não foi legal. Se você precisar de alguma coisa para se sentir mais confortável, é só falar que eu faço.

— O que eu preciso mesmo é de paredes mais grossas — murmuro com o rosto colado no peito dele.

— Vou chamar alguém para dar um jeito nisso — promete Bo, afrouxando o aperto antes de se afastar.

Ainda não consigo olhar para ele, então fito o chão entre nós, observando os sulcos na madeira escura.

— Eu também quero me desculpar — digo, acanhada. — Por você ter me escutado. Não foi... São os hormônios da gravidez... eles estão me deixando... — Fico quieta de repente, endireitando os ombros. — Desculpe.

— Você vai se sentir melhor ou pior se eu disser que gostei?

Melhor.

— Pior.

— Então eu odiei.

Bo estica a mão e ergue meu queixo com delicadeza, o polegar pressionado no meu rosto. Devagar, levanto os olhos para encará-lo.

— Eu realmente sinto muito por ter feito você se sentir envergonhada. Mas saiba que não tem por que sentir vergonha. Estou feliz por termos esclarecido as coisas. Foi quase impossível me manter longe do seu quarto, mas agora, com as regras, eu...

Eu o interrompo ao dar um passo para trás, afastando a mão dele do meu queixo trêmulo, com as costas coladas na porta da frente, ao lado dos casacos pendurados.

— Só...

Pare de falar, imploro com um olhar. Não está ajudando em nada. Inspiro lentamente, permitindo que meus olhos se fechem devagar.

E aí a coisa piora.

Assim que fecho os olhos, minha mente é inundada de imagens de Bo entrando no quarto e prendendo meus braços contra a cama antes de jogar o vibrador longe e usar a boca para concluir o serviço. Imagino os dentes dele mordiscando minha pele, os lábios beijando minha barriga, a língua lambendo meus seios. Quase consigo ouvir os gemidos que ele deixou escapar quando se aliviou sob meu corpo.

Fecho as pernas com força e abro os olhos com uma teimosia renovada. Tento me obrigar a encarar a realidade. O que eu sei que é verdade *versus* o que eu *gostaria* que fosse.

Sei que Bo é um cara legal.

Sei, para meu sofrimento, que ele é muito bom de cama.

Mas também sei que ainda não superou totalmente a ex.

E sei que transar com ele de novo seria um pouco demais para o meu coração aguentar. Seria tão fácil me apaixonar por ele agora, considerando a proximidade e as circunstâncias entre nós. E não acho que Bo esteja pronto para isso. Na verdade, acho que ele nem quer se envolver comigo dessa maneira. Acho que ele ainda quer *Cora*, mesmo depois de tudo. Talvez Bo seja leal até demais. O que dificulta ainda mais as coisas: até os defeitos dele são qualidades.

Não posso confundir estar aqui com ser desejada.

Não posso me convencer de que ele me escolheria no lugar da ex.

Não posso me apaixonar por alguém cujo coração já tem dona.

— Você pode trazer alguma garota para cá — sugiro, fingindo que não estou nem aí. — Uma bem barulhenta. Assim vamos ficar quites e podemos esquecer essa história.

Vejo o rosto dele murchar, depois uma expressão rígida endurece suas feições. Nunca o tinha visto assim, mas não gostei. Não combina nem um pouco com ele.

— Isso faria você se sentir melhor, me ouvir transar com outra pessoa no quarto ao lado? Sério? — pergunta em tom áspero.

— Claro, por que não? — respondo, com uma indiferença que não sinto.

Ele leva a mão ao rosto, suspirando alto enquanto pressiona o ossinho entre os olhos.

— Já está tarde. É melhor a gente ir dormir.

Concordo com um aceno, cruzando os braços. Faço menção de andar, mas minhas pernas se recusam a obedecer.

— Desculpe *mesmo*, Win. Eu não queria...

— Está tudo bem — interrompo, endireitando os ombros. — É um assunto delicado, mas já resolvemos. Somos amigos, não somos?

Bo começa a se afastar, ainda de frente para mim, até trombar no encosto do sofá. Ele se senta ali e assente, com um ar derrotado.

— Amigos... Isso sempre.

Depois sorri de leve, com uma expressão desconfortável e apaziguadora no olhar. Isso me incomoda, ver que mesmo agora ele tenta me tranquilizar.

E pela primeira vez na vida, desejo que um homem seja *mais* babaca.

— Bem, boa noite, então — despeço-me, passando por ele em direção aos quartos.

Pressiono a mão na testa quando chego ao corredor, estremecendo ao toque.

Então alcanço a maçaneta e paro de repente.

Continuo imóvel, dividida entre minhas vontades e certezas, esperando que ele me traga aquele copo de água gelada costumeiro e se deite na cama ao meu lado, inofensivo em sua aproximação. E então me pergunto, em desespero, se ele também sente essa tensão entre nós, que nos atrai como um ímã, como uma corda. Todas essas amarras que nem deveriam estar lá.

Penso em todas as razões, todos os motivos, e os puxo, um por vez, como quem dedilha as cordas de um instrumento. Tento me lembrar, como faço há anos, que a razão precisa superar meu coração imprudente.

Então vou para a cama.

Sozinha.

No mais absoluto silêncio.

Isso vai ajudar. Sempre ajuda.
    Cada segundo deslumbrante de sombras tremeluzentes e azuladas projetando-se no fundo da piscina. Os respingos da água entre uma braçada e outra quando emerjo a cabeça para respirar. O cheiro de cloro e a sensação dos ladrilhos sob meus pés quando me impulsiono para a próxima volta.
    Não paro de repetir que isso vai ajudar, mas a tensão parece cada vez maior.
    Está acumulada desde ontem à noite. Depois de me revirar na cama por horas, decidi que o único jeito seria passar a manhã na piscina e usar a tensão como combustível. Levar meu corpo ao limite, buscar uma liberação catártica.
    Embora a sensação de paz sempre seja maior em rios, lagos e mares, nadar em qualquer lugar me ajuda a me sentir mais aliviada.
    Menos hoje, pelo jeito.
    Já dei quase vinte voltas na piscina, e ainda não sei quantas vão ser necessárias para recobrar a calma, mas o número parece aumentar a cada braçada. Vou nadar até me esquecer da conversa que tive com Bo na noite anterior, ainda tão vívida na minha lembrança. A humilhação de dividir o teto com alguém que sabe que você se tocou pensando nele, que a *ouviu* fazer isso.
    E, além disso, vou nadar até reunir o autocontrole necessário para saber que Bo *gostou* de me ouvir e ainda assim não tomar a decisão imprudente e impensada de dormir com ele outra vez.

Meu braço direito rompe a superfície da água, abrindo uma fenda à minha frente a toda velocidade, e depois é a vez do esquerdo.

Direito, esquerdo.

Não transo desde o Halloween.

Mas e... Bo?

Direito, esquerdo.

Ele não vai mesmo levar outra garota para casa, vai?

Direito, esquerdo.

E se ele perceber que eu blefei?

Direito, esquerdo.

Quando alcanço a borda da piscina, me impulsiono para fora da água e respiro fundo enquanto tiro os óculos de natação, cobrindo os olhos com ambas as mãos. *Merda*. Isso definitivamente não está ajudando.

Só consigo ver o rosto de Bo, o braço apoiado no batente da porta, seu corpo tão próximo do meu. Visualizo seus lábios repetindo que foi quase impossível se manter longe do meu quarto, várias e várias vezes até sentir vontade de gritar: *então por que não entrou?*

Eu poderia pedir a Sarah para eu dormir lá hoje... Passar um ou dois dias na casa dela pode me ajudar a acalmar os ânimos. Mas será que vou ter que fazer isso toda vez que achar Bo atraente? Já sou adulta, pelo amor de Deus. Nós transamos. É normal que essas vontades não tenham sumido só porque a situação mudou.

Mas não dá para continuar assim, ou vai tudo desmoronar.

Estou cada vez mais desconfiada de que meu autocontrole pode ser a primeira coisa a ruir.

— Win? — chama uma voz grave e amigável, ecoando pela piscina.

Eu me viro para trás, avistando um rosto familiar na torre do salva-vidas.

— Cam? — respondo com um sorriso largo.

Treinei Cam em Westcliff Point três anos antes, e desde então ele volta todo verão para trabalhar como salva-vidas. É raro eu encontrar a galera de lá no resto do ano, e sempre fico um pouco abalada quando acontece. Mas Cam é um doce, por mais que o momento não seja dos melhores.

— Bem que eu achei que era você — comenta ele, e covinhas aparecem quando afasta o cabelo acobreado do rosto.

— Oi!

Giro as pernas e fico de pé, depois olho para o meu maiô. Será que ele vai perceber minha barriguinha de grávida? O maiô é bem apertado, mas mesmo se ele suspeitar, duvido que pergunte alguma coisa.

— Como vai? — digo.

— Tudo certo, mas bem corrido. Estou trabalhando como salva-vidas aqui e dando aula de natação. E você?

— Tudo bem também — respondo enquanto ele desce a escadinha da torre. — Ainda trabalhando na cafeteria.

Cam para a poucos metros de mim, puxando o cordão do apito em seu pescoço.

— Que engraçado esbarrar com você assim... pensei em você esses dias.

Hum... talvez seja melhor contar para ele que estou grávida.

— Comecei a dar aula para um garotinho, Henry. Ele tem uma mão igual à sua. Aí eu contei que tenho uma amiga que é a melhor nadadora que conheço, e ele ficou tão empolgado que parecia que ia pirar.

Faço beicinho e deixo escapar um suspiro de fofura.

— Sério? — pergunto, alongando a palavra.

— Arrã. É uma graça. É muito legal dar aula para ele. Conversei com os pais dele depois da primeira aula, aí eles comentaram que estavam tentando encontrar uma colônia de férias para o menino. Na hora pensei em você e lembrei da ideia que você contou para mim e para Casey ano passado. Seu acampamento, sabe? — Ele afasta o cabelo do rosto outra vez e ajeita o apito, com os olhos perdidos em pensamentos. — Como chamava mesmo? Acampamento...

Acampamento Soucapaz. Um nome meio óbvio, claro, mas é voltado para crianças.

— Ah, era só uma ideia... — respondo com um dar de ombros, esticando o braço sobre a barriga para segurar meu cotovelo. — Nem lembro direito. Acho que bebi demais.

Seis cervejas, mas *é claro* que lembro. Foi incrível falar sobre o acampamento de novo. Essa foi a única vez que toquei no assunto nos últimos anos, exceto quando contei a Bo.

— Que pena. Os pais do Henry iam adorar algo assim.

Sorrio apesar do aperto no peito, que não dá trégua.

— Como ele está se saindo na natação?

— Está indo bem. Mas, já que você está aqui, posso pedir uma ajudinha?

Aceno de forma enfática.

— Ele já domina a maior parte da técnica, mas compensa demais com a mão direita, a maior, e acaba saindo um pouco da raia. Tentei de tudo, mas não adiantou. Você tem alguma sugestão?

— Que tipo de nado?

— Praticamente em todos, mas piora quando ele nada peito.

— Hum, é difícil sugerir alguma coisa sem ver na prática. Que dia é a aula dele?

— Toda terça à noite.

— Vou estar de folga na terça que vem. Aí posso dar um pulinho aqui, se você quiser.

— Sério? — pergunta Cam, curvando os joelhos para ficar na mesma altura que eu.

Dá para ver que está quase explodindo de alegria.

Concordo com a cabeça, surpresa com sua reação, e de repente ele me levanta e me rodopia no ar.

— Seria incrível! — Cam diz e me coloca no chão, ainda segurando meu ombro enquanto recupero o equilíbrio.

— Não tem de quê — respondo, achando graça.

— Posso mandar os detalhes por mensagem? Acho que ainda não tenho seu número.

— Claro, pode ser.

Cam me entrega o celular e eu anoto meu número, salvando meu contato como *Winnie, a maravilha de uma mão só* — porque parecia a coisa certa se fazer.

E, de repente, percebo que meu humor melhorou.

— Henry vai adorar conhecer você. Aliás… — Cam sorri quando vê as informações de contato na tela. — O nome combina direitinho. Eu a descrevi como se você fosse uma super-heroína.

— Bom, espero não decepcionar o menino.

— E tem como? — Ele pisca para mim antes de se voltar para a piscina. — Cacete, ainda bem que ninguém decidiu se afogar por agora. Hum, acho melhor eu voltar para lá.

Então aponta por cima do ombro.

— Arrã, verdade. Acho que vou nadar mais um pouco. Clarear as ideias.

— Você devia levar a sério essa história de acampamento, Win — comenta Cam, afastando-se devagar. — Acho que poderia ser bem legal! Pense nisso.

E eu penso mesmo.

Penso tanto que até esqueço a noite anterior e tudo o que poderia ter acontecido. Na verdade, depois de tomar banho, me vestir e pegar o ônibus para casa, não penso em nada além do acampamento, e minha mente é tomada por uma sucessão de ideias, dúvidas e anseios. E, de repente, penso em outro assunto que gostaria de tratar com Bo.

Às vezes esqueço que ele é especialista em finanças.

Bom, mas pelo menos não é *coach*.

Tudo tem limites.

Quando chego em casa, Bo está ao telefone com um cliente, girando na cadeira enquanto batuca a sobrancelha com a pontinha de um lápis. As pernas e os braços compridos estão todos esticados enquanto ele se reclina no encosto, quase tombando.

Deixo as coisas no sofá antes de caminhar na direção da mesa, cheia de energia. Bo vira a cabeça e me observa, curioso, soltando uma série de murmúrios para concordar com o que a outra pessoa está dizendo do outro lado da linha.

— Que foi? — pergunta com um movimento silencioso dos lábios, abrindo um sorriso para combinar com o meu.

— Eu tive uma ideia — sussurro, pairando sobre ele na cadeira. — Mas... preciso da sua ajuda.

Ele olha o relógio e acena com a cabeça, levantando um dos dedos.

Depois de esperar pelo que parece ser uma eternidade, começo a roer as unhas, ansiosa. Bo confere o relógio outra vez, desculpando-se com um revirar de olhos direcionado ao telefone antes de girar o pulso com o dedo levantado, como se para pedir que o cliente acabe logo.

Perceber que estou ali atrapalhando enquanto ele trabalha me enche de vergonha. Estou agindo como se tivesse o direito de tomar o tempo dele, o que não poderia estar mais longe da verdade. Até porque o trabalho *dele* paga a maioria das *minhas* contas.

— Desculpe, podemos deixar para depois — aviso e começo a me afastar.

Bo agarra meu antebraço com força, derrubando o lápis no chão.

Ah, não. Logo agora que eu tinha conseguido tirar *aquilo* da cabeça...

— Hum, Odette? Desculpe interromper, mas minha colega de trabalho, Fred, acabou de me lembrar que tenho uma reunião urgente. Então vou ter que ir.

Ele assente com a cabeça, os olhos fixos na tela do computador enquanto a mão ainda segura meu braço.

Paro um instante para admirar as veias nos braços de Bo. São de um tamanho invejável, mas a força e a definição delas não me passam despercebidas. Sei que é irônico eu ter um pouquinho de tara em mãos, mas, em minha defesa, nunca tinha pensado nelas como algo além de membros antes de conhecer Bo.

E eu até conseguiria me desvencilhar de seu aperto, mas não quero.

— Arrã, arrã. Claro, pode deixar. Vou dar uma olhada nisso. Boa sorte com a mudança. Ok, tchau.

Bo larga o telefone na mesa com um baque e se vira para mim com os olhos cheios de ansiedade e empolgação, antes de me soltar.

— O que aconteceu? Que ideia é essa?

Pego uma das cadeiras dobráveis usadas para jogar RPG ontem à noite e a arrasto até a mesa.

— Eu quero que você me ajude com dinheiro.

— Jura? — Ele agarra os braços da cadeira e dá um chutinho no ar. — Até que enfim!

Dou risada, um *pouquinho* ofendida.

— Nossa, eu sou tão ruim com dinheiro assim?

— Não, desculpe. É só que... estou feliz por você ter vindo me pedir ajuda. Gostei disso.

Não fique vermelha.

— Quero descobrir como funciona um empréstimo para negócios. Como abrir uma poupança e começar a traçar planos para o meu acampamento. Não me importa se vai demorar dez anos ou mais, só quero começar o quanto antes. Por favor, me diga o que preciso fazer.

Bo abre um sorriso gentil e caloroso, e ruguinhas se formam ao redor dos olhos conforme as sobrancelhas são arqueadas. Depois ele assente uma vez, umedecendo os lábios.

— Aí, sim, caralho! Hora de fazer umas contas.

Depois de uma hora, pergunto a Bo se não é melhor ele parar e dar atenção a seus clientes e responsabilidades de verdade. Quando o telefone dele toca pela segunda vez enquanto estou na cozinha buscando um lanche, pergunto se não precisa mesmo atender. Nas duas vezes, ele me dispensa com educação e volta a se concentrar na planilha que criou para mim.

Três horas e meia depois, há um arquivo intitulado *WinniFRED McNulty* em sua área de trabalho, e eu recebo um novo orçamento mensal, uma lista de coisas a fazer antes de entrar em contato com os bancos e dois prazos diferentes para pedir o empréstimo, a depender do quanto estou disposta a economizar.

Já é um começo.

Um *ótimo* começo.

— Isso é legal demais, Win — comenta Bo, desligando o notebook.

— Nem sei como agradecer, juro. Acho que é a primeira vez que alguém leva essa ideia a sério.

— Não precisa me agradecer. Isso não é nada perto do que você merece. Além de ser uma ideia fenomenal, também é um excelente plano de negócios... Quem decidir investir nisso vai se dar muito bem.

— Com base na sua experiência, você acha mesmo que sou... capaz? — pergunto, claramente insegura.

— Claro que é. Pode até falar: "Assim como meu acampamento, eu soucapaz". Entendeu, entendeu?

Bo ri longamente da própria piada, depois se levanta da cadeira para se espreguiçar. Ele se veste com elegância durante o expediente, sempre com um suéter de tricô e calças jeans escuras, embora eu nunca o tenha visto fazer uma videochamada.

Sinto uma vontade repentina de enfiar a cara em cada um de seus infinitos suéteres para ver qual é mais macio.

— Sério mesmo? — pergunto com um suspiro, soltando uma risada fraca enquanto o sigo até a cozinha.

— Ei, agora eu tenho todo o *direito* de fazer piadas de pai — defende-se ele, com a cabeça enfiada na geladeira.

— Ah, claro, como se já não fizesse antes.

Bo fecha a geladeira, estica os lábios para o lado ao olhar para mim, e uma ideia se forma atrás de seus olhos castanho-esverdeados.

— Você já tem algum plano para o almoço hoje? Com Sarah ou algo assim?

— Nadinha, por quê?

— Não estou a fim de comer nada do que tem aqui. Quer sair para almoçar?

— Uuuh, a gente pode comer hambúrguer? Eu estou com desejo de ketchup.

— Só ketchup? — pergunta Bo por cima do ombro, atravessando o corredor até o seu quarto.

— Arrã, em uma xícara, de preferência — respondo quando ele aparece de volta, com o baralho em mãos.

— Vamos jogar agora, já que pulamos ontem à noite. — Ele se detém no meio do caminho. — Peraí, você quer uma *xícara* de ketchup?

— Ei! — digo na defensiva, cobrindo a barriga com um gesto protetor. — Não fale assim! A criança vai ouvir.

Bo se abaixa, e o sorriso travesso volta com força total.

— Bebê, fala pra sua mãe que você quer sorvete ou suco de abacaxi ou, sei lá, picles. Ketchup é uma escolha muito esquisita.

Depois se endireita e passa reto por mim, seguindo em direção à porta de entrada. Vou atrás, bancando o papel de ofendida, boquiaberta e com a mão estendida sobre o peito.

— Que coisa feia! — exclamo, calçando minhas botas de inverno. Bo segura o casaco para mim, e eu enfio os braços nas mangas. — A primeira vez que você fala com a criança é justo para criticar o que ela quer comer?

— Não é a primeira vez — rebate Bo, pegando as chaves no gancho antes de abrir a porta.

Só quando entro no carro e coloco o cinto é que ele está perto o bastante para eu responder.

— Como assim? Que outra vez foi essa?

— Quando você caiu no sono vendo *O senhor dos anéis*. Eu tinha que compartilhar todo o meu conhecimento com alguém. Além do mais, assim que o filme terminou, tive que explicar que ele ia sentir tudo chacoalhar um pouquinho lá dentro.

Eu o encaro sem entender.

— Como você acha que chegou na cama aquele dia? — pergunta Bo, estreitando os olhos.

— Sei lá, achei que eu era meio sonâmbula.

— Não, você estava apagadinha — explica ele, ligando o carro.

— Você me carregou até a cama?

— Arrã — responde Bo com o braço apoiado no encosto do meu banco enquanto dá ré na garagem. — Desculpe, você achou ruim? Eu tentei acordar você.

— Não. — Engulo em seco, admirando seu maxilar bem definido enquanto ele presta atenção na rua. — Não tem problema.

Seguimos em silêncio por alguns minutos, embalados apenas pelas propagandas do rádio. Cantamos um jingle em sintonia, começando e parando ao mesmo tempo, sem dizer mais nada.

— A gente já passou por *todos* os fast-foods da cidade — comento dez minutos depois.

— Faça-me o favor. Acha mesmo que vou levar a mãe do meu filho para comemorar no McDonald's? — pergunta, com um muxoxo. — Confie mais em mim.

— Comemorar? — repito. — O que vamos comemorar?

— Seu novo plano. O bebê que você está esperando. Você, em geral.

Fico vermelha na hora.

Bo percebe, mas desvia o olhar, a mandíbula tensa enquanto mantém os olhos fixos na estrada.

No exato segundo que eu pergunto:

— Quer conversar sobre ontem?

MINHA MELHOR PARTE

Bo diz:

— Desculpe por ontem.

— Está tudo bem — respondo, cheia de confiança. — É normal que a tensão aumente, dadas as circunstâncias. Acho que estamos fazendo um ótimo trabalho, mas não tem como evitar um certo... constrangimento. O importante é a gente continuar tentando se conhecer melhor como amigos.

— Ainda assim, eu não deveria ter falado que...

— Acho que eu vou me sentir melhor se a gente simplesmente fingir que você não falou nada.

— Ok — concorda ele, e agarra o volante com força. — Posso pedir desculpa mais uma vez?

Ele se encolhe e vira o rosto para mim por um instante, seus olhos estampados com uma doce timidez.

— Só mais uma — eu cedo.

— Desculpe — pede ele com fervor, como se estivesse se segurando há muito mais do que meros segundos. — A partir de agora vamos fingir que o bebê veio de uma concepção imaculada, e você vai ser minha amiga assexuada Fred, se é isso que você quer.

Ouço um zumbido agudo na minha orelha. Acho que é minha libido clamando por misericórdia.

— Acho que vai ser melhor assim.

Quando Bo troca a marcha, o nó de seus dedos resvala na lateral da minha coxa. Foi sem querer, mas ainda assim tenho que cerrar os dentes para me controlar.

— Quer brincar do jogo de perguntas enquanto não chegamos no restaurante? — sugere ele.

Bo enfia a mão no bolso interno do casaco e estende o baralho para mim, alternando-se entre olhar para a estrada e para o meu rosto.

— Pode ser — concordo, e escolho uma carta.

21

O universo está tirando onda com a nossa cara.

— Ei, eu vi isso — repreende Bo, olhando para mim antes de voltar a atenção para a estrada. — Nada de escolher outra carta. O que diz aí?

— É melhor você nem saber — digo, soltando o baralho no colo.

— Vamos acabar vendo todas as cartas cedo ou tarde, não?

— Eu sei, mas...

— Então nada de escolher outra carta — repete Bo, sinalizando antes de mudar de faixa. — Nova regra.

— Tá, que seja. — Pego a última carta do baralho e a coloco sobre meu joelho trêmulo. — "Qual foi sua experiência sexual mais marcante? O que você aprendeu com ela?"

Bo não ri, mas dá para ver que queria.

— Ótima pergunta — diz ele secamente.

— Maravilhosa. Nem é como se fosse justamente o que queremos evitar.

— Um timing impecável, impressionante.

— Pode deixar que eu vou primeiro — me ofereço, batucando o joelho com a carta.

Quanto mais rápido respondermos, mais rápido podemos esquecer tudo isso. E com sorte encontrar um lugar para comer.

— Bem... não tem *nada* mais marcante do que a vez em que eu engravidei — brinco sem muito ânimo.

Mas deixo de fora que também nunca tive outra experiência sexual igual àquela. A intimidade compartilhada com alguém que eu mal conhecia. A confiança que eu tinha nele, apesar de ser quase um estranho. A forma como ele beijou minha mão volta à minha mente com muito mais frequência do que eu gostaria de admitir. Penso em como isso fez eu me sentir desejável. Como percebi que ele me queria não apesar das minhas diferenças, mas também por causa delas. Mas não posso admitir isso em voz alta; é íntimo demais. É verdadeiro demais.

— E com essa experiência eu aprendi a tomar o anticoncepcional na hora certa, claro — acrescento.

— Você faria isso? — pergunta Bo, com os olhos fixos à frente.

— Isso o quê?

— Se pudesse voltar atrás, você teria tomado seu anticoncepcional na hora certa? Para evitar tudo isso?

Não há um pingo de julgamento em sua voz, apenas curiosidade.

— Ah, eu, hum...

Começo a roer a unha enquanto penso na resposta. Por mais inesperado que tenha sido, por mais irreconhecível que minha vida tenha se tornado, duvido que eu mudaria alguma coisa. Passei tanto tempo sem rumo. De cabeça baixa, me deixando levar pela rotina, sem planos concretos para o futuro. Mas agora estou de cabeça erguida. Ansiosa pelo que está por vir, por mais inusitado e amedrontador que seja. Planejar uma vida que já não é mais só minha me ajudou a despertar.

— Se for uma pergunta muito pessoal, você não precisa respon...

— Não — interrompo. — Eu não teria decidido engravidar por conta própria. Teria sido injusto com você. Mas se eu tivesse a opção de voltar atrás agora, não mudaria nada. Eu precisava disso.

É uma confissão boba, mas totalmente verdadeira. Eu precisava *mesmo* disso.

Uma parte mais profunda de mim percebe que eu também precisava de Bo. Alguém que me compreendeu desde o primeiro segundo em que estendi a mão, em um nível muito mais profundo do que a maioria das pessoas. Alguém bondoso, compassivo e trabalhador. Alguém que acredita em mim.

Acho que isso basta. Ter um amigo que acredita em mim. Bo não me deve nada além disso.

— Eu também não — declara Bo com firmeza, mesmo sem eu ter perguntado. — Eu não voltaria atrás.

Sua voz me envolve como uma água cálida e sedosa, relaxando cada um dos meus músculos. Dissipando uma preocupação que mantive escondida até de mim mesma.

— Você escolheria isso? — pergunto, sentindo as lágrimas pinicando meu nariz.

Mas na verdade quero perguntar: "Você me escolheria? Escolheria a mim?".

— É, acho que escolheria. Sei que o momento não é dos melhores, mas se alguém enfileirasse todas as pessoas do mundo com quem eu pudesse ter um bebê, eu escolheria você de novo. Você vai ser uma mãe maravilhosa, Win.

Ele me escolheria de novo.

Entre todas as pessoas do mundo.

Eu sei que Bo não está pensando *nele*, e sim na criança. Mas não deixa de ser uma sensação incrível saber que ele acha que vou ser uma boa mãe, quando tantas vezes eu mesma duvido de mim. Não sei nem se vou conseguir ser mãe, que dirá boa.

— Argh! — exclamo, enxugando a lágrima que caiu antes mesmo de Bo concluir a frase. — Pare de ser tão bonzinho comigo. Estou morrendo de fome e essa criança está determinada a me transformar em um caos sentimental ambulante. Estou fragilizada.

— Quer escolher outra pergunta no baralho? — sugere ele, sorrindo para si mesmo quando pega a saída da rodovia. — Temos mais uns cinco minutos à toa.

— Ei, ei, ei — reclamo, ainda fungando. — Estou vendo você tentando fugir da resposta.

Ele umedece os lábios, parecendo acanhado.

— Mesma resposta. Nós dois.

Falei muito mais coisa na minha vez, mas a resposta de Bo tem mais peso, de alguma forma. Tento ignorar meu coração se contorcendo no peito. Não tenho outra escolha.

— Mesmo motivo? — pergunto. — O bebê?

— Mais ou menos... O bebê é um fator muito importante, *óbvio*. Mas aquilo também teve um significado para mim.

Vejo o peito dele subir e descer com uma respiração ofegante.

— Significou o *quê*? — pergunto, tão baixinho que nem sei se consegue me ouvir.

Ele cerra o maxilar e se vira para mim, os lábios curvados em um sorriso nervoso que logo se esvai.

— Eu contei que depois da cirurgia não me envolvi com mais ninguém. E acho que comecei a acreditar que continuaria desse jeito para sempre. Que ninguém mais ia me querer *assim*.

— Mas você é *você* — declaro, tolamente.

Bo ergue o queixo, abrindo um sorriso todo convencido.

— Se quiser elaborar mais sobre o assunto, vou adorar ouvir...

— Não enche — rebato, sentindo o rosto corar.

Ele afrouxa o aperto no volante e desliza a mão pelo couro.

— Você fez eu me sentir desejado *de verdade* — confessa Bo com tanta sinceridade que sua voz reverbera no meu peito, ecoando como em um túnel abandonado. — Você... — Ele ri com nervosismo. — Cacete, por que é tão difícil descrever?

Eu sei o que é, o fato de que ele não consegue encontrar as palavras certas para dizer. Porque eu também senti. Então *por que* ele foi embora naquele dia?

— Você se sentiu visto? — sugiro, cerrando os dois punhos no meu colo.

Ele assente.

— E compreendido — acrescenta. — É só que... sei lá. — Ele ri baixinho, olhando para o outro lado. — Graças a isso, senti que talvez eu seja bom como estou. Assim mesmo.

— Quando você beijou minha mão... eu me senti exatamente desse jeito — sussurro. — Ninguém tinha feito isso antes.

Bo me lança um olhar breve, com o rosto contorcido de tristeza. Como se desejasse não ter sido o primeiro, o que me parece incrivelmente altruísta da parte dele. Eu, por outro lado, adorei saber que fui a única que lhe transmitiu essa aceitação. Talvez, se eu revelar tudo o que aquela noite significou para mim, isso possa me redimir um pouquinho. Mas a verdade é que ele merece saber, de um jeito ou de outro.

— Foi a primeira vez que alguém deu atenção para essa parte de mim durante o sexo. Nenhum dos caras com quem me envolvi, nem mesmo meu ex, me incluiu por completo em sua luxúria. Mas me senti inteiramente desejada por você, Bo. Não apenas as melhores partes.

Em silêncio, entramos no estacionamento do restaurante.

— Você merece se sentir assim em *todas* as experiências — declara ele com firmeza enquanto estaciona, girando o corpo para me encarar. Sinto a garganta apertar ao ver a intensidade nos olhos dele, e chego a ficar tonta.

— Obrigado por me proporcionar essa sensação, mesmo quando ninguém a tinha proporcionado a você.

A parte mais estranha é que não fiz nada de mais. Acho que me envolver com Bo foi uma das coisas mais *fáceis* que já fiz. O que, em uma vida repleta de desafios cotidianos, não é pouca coisa.

—Acho que encaramos essa questão com *muita* maturidade — comento, erguendo o queixo para tentar chamar sua atenção.

Bo concorda com um aceno, e seu ar feliz e despreocupado retorna aos poucos, despontando em seus olhos antes de chegar aos lábios.

— É, também acho.

— Nossa, eu *preciso* comer — sussurro, olhando na direção do restaurante.

— É, eu também — responde Bo, com um olhar imperturbável fixo em *mim*.

Deveriam distribuir prêmios para quem consegue atingir esse nível de autocontrole, eu penso, e então abro a porta do carro.

22

Estamos sentados à mesa nos fundos de um restaurante lotado de gente rica com roupas de ginástica elegantes, de marcas como Lululemon e L.L. Bean. Basicamente como eu quero ser quando crescer e estiver nadando na grana.

As paredes são revestidas de tijolinhos vermelhos, com obras de arte penduradas em um painel de madeira que se estende por todo o restaurante — todas estão à venda e parecem ter sido feitas por artistas locais. O teto é cheio de lustres variados, feitos de cestos reciclados, ao que parece. O ambiente é uma graça.

— Não tem cardápio? — pergunto, vasculhando a mesa.

— Aqui você pode pedir o que quiser. Até mesmo uma xícara de ketchup.

— Quê? Que tipo de restaurante serve todo tipo de coisa? — pergunto, admirando o carrinho de bebê da mesa ao lado.

Parece bem caro, e eu sempre me sinto um pouquinho envergonhada por desejar coisas refinadas, mas ainda assim me permito desejá-lo. Acho que é o que acontece depois de uma vida regada a roupas usadas e achados de brechó. Às vezes, só quero esbanjar e comprar algo bonito para mim. Tipo a jaqueta verde, magenta e azul-petróleo da mulher da outra mesa, que está fechando o zíper enquanto sua família se prepara para ir embora.

— Seus olhos não param quietos — comenta Bo, sorrindo. — O que você tanto olha aí?

— Ah... só cobiçando umas coisas.

Ele abafa uma risada.

— Muito bíblico da sua parte.

— Vai ver é por isso que nunca tive dinheiro. O universo sabe que eu torraria tudo em um piscar de olhos. Mas agora que tenho um pouco sobrando, tudo bem eu gastar uma parte com coisinhas para o bebê, né? Tipo aquele carrinho? Porque ele é lindo demais.

Com um movimento do olho, aponto para onde Bo deveria se virar.

— Sabe, a gente sempre se refere à criança como *o bebê*, aí fico me perguntando se não deveríamos chamar de outra coisa. Dar um apelido, talvez. Até a gente descobrir o sexo e escolher o nome.

— Acho que quero escolher um nome bem neutro. Também acho que prefiro que o sexo seja surpresa.

— Já não tivemos surpresas demais? — pergunta Bo, abrindo um sorriso.

Minha barriga ronca, tirando minha concentração.

— Como vamos fazer o pedido se não tem cardápio? A gente espera aqui ou tem que ir até o balcão?

— Já, já ele vem — responde Bo, meio evasivo. — Então, não vamos descobrir o sexo do bebê?

— Se estiver tudo bem por você.

— Claro, como você preferir.

— Tem algum nome de que você goste? — pergunto.

Bo inclina a cabeça imerso em pensamentos, projetando o lábio inferior para a frente.

— Não, mas tem um monte de nome que eu *não* gosto.

— Uh, eu também. Nada de nome de ex ou de gente escrota da época de escola. Nada de homenagear personagens de filmes e séries. Nada de colegas de trabalho péssimos ou gente maldosa que trabalha com atendimento ao cliente.

— Esse último foi bem específico — comenta Bo, servindo dois copos de água da garrafa sobre a mesa.

— Brittany, da loja Staples, sabe muito bem o que fez.

— E quanto a homenagear alguém da família? — pergunta ele. — Como se chamava a mãe de Sarah? Ela era importante para você, não era?

— Marcie. E, sim, ela era. Mas preciso ter cuidado, porque minha mãe sempre sentiu um pouco de ciúmes da minha proximidade com Marcie. As duas eram melhores amigas, mas acho que minha mãe sentiria ciúme se eu escolhesse esse nome.

— Como sua mãe se chama? — questiona Bo, parecendo desconfortável. Entendo essa sensação. É estranho estar tão envolvido com uma pessoa e não saber muito sobre ela. — Talvez qualquer dia desses a gente possa traçar nossa árvore genealógica ou coisa assim.

— Ela se chama June.

— Um belo nome.

— É meu nome do meio — conto, tentando avistar o garçom. — Qual é o seu?

— Tenho dois. Robert Hugo August Durand.

Fico totalmente imóvel.

— August? — repito.

— Arrã, em homenagem ao mês em que meus pais se conheceram. Agosto.

Meu coração vibra. *É isso.*

Marcie faleceu em agosto. Sarah comentou que a chegada do bebê deixaria esse mês menos triste. E minha mãe e eu também temos um mês no nosso nome: June, junho. Então acho que pode ser o nome perfeito. Uma homenagem a todos nós: Bo e os pais dele, minha mãe, Marcie e eu.

— Eu *amei* esse nome — admito.

— August — repete Bo com um aceno, os lábios crispados antes de se curvarem em um sorriso radiante. — Por acaso... — Ele ajeita a postura com o semblante tomado de presunção. — Por acaso a gente acabou de escolher o nome do bebê?

— August — sussurro baixinho, só para ver como soa.

— Deveria ser proibido ser tão bom em escolher nomes — comenta Bo, todo arrogante. — August... parece perfeito, não acha?

— Acho, sim — concordo, sorrindo.

Não pode ser tão simples assim, pode?

— Ah, aí estão vocês! — chama uma voz familiar da porta da cozinha.

Olho para a outra ponta do restaurante e vejo Kevin saltitar na nossa direção.

— Kevin? — pergunto para Bo, com um sorriso ainda maior enquanto me levanto para dar oi.

— Ele é o dono do restaurante. Prepare-se para tirar a barriga da miséria.

Kevin me dá um abraço apertado antes de se afastar.

— Fiquei sabendo que você está doida para comer ketchup, meu bem.

— Quando foi que você... — Começo a dizer a Bo, mas minha barriga ronca para me interromper. — Pensando bem, acho que o bebê mudou de ideia. Quero comer queijo. Todo o queijo que tiver.

— Mas talvez seja melhor evitar alguns tipos de queijo — aconselha Bo, levantando o dedo antes de usá-lo para coçar a orelha. — Tudo que não for pasteurizado, essas coisas.

Lanço um olhar curioso para ele.

— É o que diz no livro para pais de primeira viagem — explica. — Nada de queijos não pasteurizados.

Kevin se vira para mim, com um ar estranhamente calmo.

— Posso expulsá-lo do restaurante, se você quiser.

— Pior que ele deve estar certo. Ele é muito melhor nesse lance de gravidez do que eu.

— Ok, vou trazer todos os queijos *seguros* que eu tiver. Mas o que você tem em mente? Uma tábua de frios? Pizza? Queijo-quente? Macarrão com molho de queijos?

— Uh, sem dúvida o macarrão.

— Quer um pouco de molho de tomate também? Para matar a vontade de ketchup?

— Por favor! — concordo, inclinando o corpo. — Mas não vai dar muito trabalho, né?

— De jeito nenhum — garante-me Kevin, puxando a cadeira para eu me sentar. — Agora vocês pombinhos podem ficar à vontade enquanto vou preparar o almoço e...

Ele aponta para Bo.

— Vou querer o mesmo que ela.

— Maravilha.

— Por acaso ele acabou de nos chamar de pombinhos? — sussurro quando Kevin some de vista.

— Não sei, chamou?

Aceno que sim, e vejo a mulher da mesa ao lado pegar o bebê no carrinho antes de aninhá-lo junto ao peito. Ela embala a criança no colo, segurando-a com uma das mãos enquanto garfa a salada com a outra.

Tento imaginar se também vou conseguir fazer isso, levando uma mão ao ombro em um gesto inconsciente.

— Está tudo bem? — pergunta Bo com a voz baixa e delicada.

Balanço a cabeça, abaixando a mão.

— Desculpe... não foi nada.

Bo olha para a mesa ao lado, para o bebezinho nos braços da mãe, e de volta para mim. Depois aperta os lábios e assente, um pouco cabisbaixo.

— Estou com medo de nosso filho ser muito fã de esportes... corrida, futebol ou algo assim... e eu não conseguir acompanhar.

Volto a atenção para ele, desperta do meu devaneio.

— Quê? Não, Bo. Sua prótese nem serve direito e ainda assim você está se saindo muito bem. Logo, logo vai ter uma melhor e vai conseguir correr e fazer tudo o que quiser. Isso sem contar que você chuta com o pé direito, não com o esquerdo. Mesmo se aparecer algum problema, a gente vai dar um jeito.

— Mas fico com medo de a criança ficar com vergonha de mim. Por ter um pai diferente dos outros.

— Claro que não, ele vai ser *nosso* filho. Uma pessoa gentil e cheia de empatia e...

Eu me interrompo ao ver o sorrisinho orgulhoso de Bo.

— Pode continuar — pede ele, provocando.

Não quero.

— O que você estava dizendo mesmo? — insiste ele, abrindo um sorriso atrevido antes de tomar um gole de água.

— Ei, por acaso você me enganou para tentar *me* tranquilizar?

Bo balança a cabeça, apoiando os cotovelos na mesa antes de se aproximar.

— Talvez...

— Como... como você percebeu? Eu...

— Você fechou a cara quando a mulher pegou o garfo de novo — interrompe ele.

Desvio o olhar, sentindo-me previsível *demais* para o meu gosto. Mas uma parte minha se enche de gratidão. É muito melhor ser entendida sem ter que revelar minhas inseguranças em voz alta. Não é justamente isso que qualquer pessoa quer? Ser vista e ouvida? Sentir-se validada, mesmo quando esse desejo não é manifestado?

— É, mas para mim é diferente. Não é a mesma coisa.

— Por quê?

— Pense em todas as coisas que normalmente só são ditas para as mães. "Vai ter que botar as mãos na massa!" ou então "Vai precisar de uma mãozinha extra para dar conta de tudo!".

Prendo o cabelo atrás da orelha antes de continuar:

— É muito intimidador. Tem um monte de coisa que não consigo fazer nem por mim, que dirá por outra pessoa. Você mesmo viu minha dificuldade com botões.

— Mas vamos encontrar soluções, não vamos? Vamos fazer dar certo. Você mesma disse, vamos dar um jeito juntos.

— É, eu sei — concordo, mas sei que não soa convincente.

— Saiba que eu a acho muito mais capaz do que você pensa que eu sou — argumenta Bo. — Talvez o que nos falte em membros seja compensado com entusiasmo e inteligência. Por acaso você conhece mais alguém capaz de nadar, criar um plano de negócios e escolher o nome do filho antes da hora do almoço?

Para ser justa, estamos almoçando bem tarde.

— Mas fizemos quase tudo juntos, então nem posso levar o crédito.

— E vamos continuar assim, trabalhando juntos. Esse é o objetivo, não é? — pergunta Bo, apontando para nós dois. — Ser uma boa equipe?

— É — concordo, mais convincente dessa vez.

— Win, Bo e Gus vão dominar o mundo — brinca ele em um tom ridiculamente teatral.

— Gus? É sério isso? Não faz nem dez minutos que escolhemos o nome e você já inventou um apelido bobo para a criança?

— Ué, por acaso você prefere *Aug*? Isso nem é apelido. Parece até o som que a gente deixa escapar quando bate o dedinho na quina da mesa.

Reviro os olhos, mas não tem como não sorrir.

— Você sabe que estou certo — continua Bo, todo convencido. — Anda, pode admitir que você adorou.

Suspiro alto. Não sei se adorei o apelido ou o fato de *ele* ter adorado.

— Adorei mesmo. É fofo.

— Claro que é.

— Se a comida não chegar logo, vou ter que comer minha *outra* mão — comento, abrindo o guardanapo.

— Não seja boba — responde Bo, de forma exagerada. — Você pode comer a minha. É bem maior.

23

Dezessete semanas de gestação.
Bebê do tamanho de uma pera.

— Mandou bem, cara! — elogio, ajoelhando-me na parte rasa da piscina. — Agora eu quero que você feche a mão assim, ó — instruo, e ajudo Henry a cerrar o punho da mão maior. — Perfeito! Agora é só nadar igualzinho a antes. Quero ver se isso ajuda.

Henry assente com a cabeça, fazendo joinha com as duas mãos antes de pular de barriga e nadar até a outra ponta da piscina. Cam o acompanha do lado de fora, gritando incentivos.

A mão menor de Henry é bem parecida com a minha, apenas com o polegar um pouco menos desenvolvido, e a dele é a esquerda, não a direita. Por isso precisamos fazer algumas tentativas até encontrar uma abordagem que funcione.

Mas enfim conseguimos.

Quarenta minutos depois, ele já aprendeu a nadar em linha reta e parece até *mais rápido* do que antes.

Graças a mim.

— Você arrasou hoje, Henry! — elogio, ajoelhada na beira da piscina.

Ele ri e sacode a cabeça para tirar a água, como um cachorrinho.

— Eu nadei tão rápido!

— Nadou mesmo!

Abro um sorriso quando vejo Cam se aproximar.

— E nem trombei na raia dessa vez! Fui retinho, igual a uma flecha!

— Igualzinho! — concordo enquanto contraio minhas bochechas, sorrindo tanto que chega a doer. — Você mandou muito bem mesmo, cara.

— Obrigado, Winnie! — exclama ele, esticando os braços para me abraçar. — Vou ser um nadador igual a você — sussurra antes de se afastar.

Eu me levanto e observo Henry seguir na direção dos pais, que o esperam do outro lado da porta de vidro.

Aceno para Cam e faço menção de voltar para o vestiário, mas ele me impede.

— Ei, espere aí. Quero que você conheça os pais do Henry. Eles vão querer agradecer.

— Ah, não, acho melhor eu...

— Deixa disso, Win. Venha.

Cam ergue o braço para me chamar, bem na frente dos pais de Henry. Agora seria muita falta de educação não ir com ele.

Enrolo a toalha no corpo e sigo atrás de Cam. Eles conversam animadamente quando me aproximo, e Henry está explodindo de orgulho enquanto a mãe o cobre com a toalha e o abraça.

— Oi — cumprimento com um aceno tímido.

— Tonya, James, essa aqui é a Win.

— Win é a melhor nadadora do mundo! — grita Henry.

Os pais dele acham graça.

— Nós percebemos mesmo — diz Tonya, rindo para mim. — Muito obrigada por ter vindo. Deu para ver daqui o quanto ele ficou mais confiante.

— E Cam comentou que você vai abrir um acampamento? — acrescenta James.

— Ah, bem, ainda não. Por enquanto não passa de um sonho, mas nós já começamos a fazer planos. O próximo passo é arranjar investidores, depois encontrar um terreno apropriado. Ainda falta muito, mas... quem sabe um dia.

Eles parecem murchar.

— Desculpem. Mas eu vou *adorar* receber Henry no meu acampamento. Quem sabe daqui a alguns anos, hein, cara?

Henry assente e abre um sorrisão banguela para mim.

O pai dele, James, pigarreia antes de falar:

— Hum, eu não costumo fazer isso, mas... — Ele pega um cartão de visita na carteira e me entrega. — Se você está procurando investidores, entre em contato comigo.

Aceito o cartão, hesitante.

— Nós ficamos impressionados com o que você conseguiu fazer em uma hora — continua ele. — Outras crianças deveriam ter essa mesma oportunidade.

— Ah, eu...

Quase começo a me diminuir. Quase digo que sou desqualificada, amadora e incapaz. Quase devolvo o cartão de visitas. Mas me interrompo a tempo.

Talvez seja pela expressão esperançosa dos pais ou pelo sorriso radiante de Henry. Talvez seja por Bo ter me garantido que sou capaz. Que esse sonho *é possível*. Mas acho, acima de tudo, que é por minha causa. Por como tenho me sentido mais forte ultimamente.

Hoje me permito ter orgulho de tudo o que ensinei a Henry, dos anos de estudo que me prepararam para isso, da vida que levei com a minha mão e das experiências que acumulei só por tê-la. Mantenho a cabeça erguida.

— Obrigada — agradeço. — Com certeza vou entrar em contato. Obrigada — repito, porque não resisto. — Adorei conhecer você, cara. Você vai se sair muito bem com o sr. Cam aqui.

— Obrigada de novo — despede-se Tonya enquanto acompanham Henry em direção aos vestiários.

Cam fecha a porta e sorri para mim com cara de *Viu, não falei?* Admiro o cartão de visita e fico sem fôlego ao ver o que diz: *James Burrough, presidente da Burrough Participações Financeiras.*

— Win, acho que seu acampamento vai se tornar realidade.

— É, mas ele ainda pode mudar de ideia, e eu ainda nem fiz a proposta e...

Eu me interrompo outra vez, lembrando que nem tudo que é bom tem algo ruim por trás. Posso passar a vida toda esperando o pior acontecer, ou posso tentar adotar uma visão mais otimista. Buscar a gratidão e deixar o ceticismo de lado.

— Isso... isso é muito legal, não é? — continuo. — Ter encontrado você aqui por acaso, depois conhecer Henry e os pais dele...

— É muito legal mesmo — concorda Cam, dirigindo-se aos vestiários. — Você falou no plural agora há pouco. Por acaso tem um sócio ou algo assim?

— Falei?

— Arrã. Você disse "nós já começamos a fazer planos" quando a Tonya perguntou.

— Ah, era o... — Tento rotular minha relação com Bo, mas no fim acabo escolhendo a resposta mais simples: — O cara que divide a casa comigo. Ele trabalha no setor financeiro e está me ajudando com isso.

— Ah, entendi — responde Cam, sem tirar os olhos de mim enquanto sorri. *Ah, não.* Eu conheço essa cara. — Você quer sair para tomar uns drinques, então? Ou jantar, talvez?

Eu sabia.

Faço uma careta, dando um tapinha no ombro de Cam antes de recolher a mão.

— Entããão, eu e esse cara meio que...

— Já entendi — diz Cam, rindo baixinho. — Uma situação complicada, imagino?

— Você nem imagina o quanto.

— Quer sair para tomar uns drinques *como amigos* e falar sobre isso, então?

Dou risada, olhando para o teto.

— É que eu também não posso beber.

— Ah — surpreende-se Cam, baixando o olhar para minha barriga.

— Pois é...

— Do cara que mora com você?

— Arrã.

— É, *bem* complicado mesmo — concorda ele, ainda sorrindo.

— É mesmo.

— Então nada de trabalhar como salva-vidas este ano? — pergunta ele.

Nego com a cabeça.

— Este ano não vai dar.

— Que pena, a gente vai sentir sua falta.

— Eu também vou.

— Sabe, se você tiver interesse, acho que os pais de Henry iam gostar que você desse mais aulas para ele. Estou com a agenda bem cheia, então nem vai fazer muita diferença. São duzentos dólares por semana, já descontando o aluguel da piscina.

— Duzentos? — repito, quase berrando. — Por uma hora de aula?

— Estou falando... — comenta Cam, jogando a toalha sobre o ombro. — James tem dinheiro de sobra para o acampamento.

— Eu ia adorar dar aula para o Henry — confesso. — Você tem certeza?

— É só você não esquecer de mim quando estiver contratando professores para o seu acampamento — responde Cam, com uma piscadela.

— Pode deixar — concordo, retribuindo o sorriso.

— Ótimo, vou mandar uma mensagem com os detalhes — avisa ele. — A gente se vê por aí, Win.

— Obrigada — grito enquanto ele some de vista.

24

Dezenove semanas de gestação.
Bebê do tamanho de uma manga.

— Se você pudesse se teletransportar para qualquer lugar do mundo, para onde iria? — pergunta Bo antes de tomar outra colherada de sorvete.

Respondemos à última pergunta do baralho semana passada, depois de um mês de convivência. A rotina é sempre a mesma: toda noite, depois de jantar e lavar a louça ao som de um disco diferente, escolhemos uma pergunta para responder. Nos dias mais tranquilos, embalados por jazz ou soft rock, Bo faz seu sudoku no sofá. Em outros dias, quando a música é mais agitada, ele finge tocar guitarra ou bateria para me divertir enquanto termino de lavar os pratos.

Depois que tiramos a última carta, Bo começou a inventar perguntas por conta própria.

Mas devo dizer que o jogo de *Vinte perguntas para se apaixonar* cumpriu o que promete.

Estou perdidamente apaixonada por Bo. De um jeito platônico, claro. Ou quase isso. Os hormônios primitivos de grávida às vezes discordam sobre essa teoria de amor platônico. Geralmente quando Bo massageia meus pés enquanto assistimos a algum filme, ou quando o flagro espiando meu decote, ou então quando ele... sei lá... *respira* perto de mim.

Apesar disso, estamos muito comportados.

— Uuh, essa é boa — comento, pegando a colher enquanto ele segura o pote para mim. — Algum lugar quente, com certeza na praia. Mas não pode ser muito perto, senão eu poderia simplesmente comprar uma passagem baratinha de avião. Talvez a Grécia? É, a Grécia.

— Eu ia escolher a Grécia também — diz Bo, pegando a colher de volta. — Quero conhecer o templo de Poseidon.

— Claro — respondo, achando graça. — A gente pode ir junto.

— Maravilha, então — concorda ele, com a boca cheia de sorvete.

— Ah, a médica ligou, aliás. O próximo ultrassom é daqui a duas semanas.

— Como você está se sentindo? — pergunta Bo.

— Hum, estou um pouco nervosa, mas também animada para ver Gus.

— Que dia vai ser?

Solto um muxoxo, tentando me lembrar.

— Sabe que eu não sei? Acho que vai cair em uma sexta-feira. — Levanto para pegar o celular. — Dia dez, talvez?

— Meu pai já vai estar aqui, então — comenta Bo, dando outra colherada antes de me devolver o pote. — Se ainda estiver tudo bem por você?

— Bo, já falei que está tudo ótimo. Várias e várias vezes. Estou empolgada para conhecer seu pai.

— Eu só queria ter certeza — defende-se ele, erguendo as palmas das mãos. — Mas vou estar de folga nesse dia. Então talvez a gente possa deixar meu pai em algum lugar durante a consulta.

— Não precisa, você pode ficar com ele. Aproveite a companhia dele.

— Tá doida? Até parece que eu vou perder esse ultrassom. Não é por agora que eles começam a ter carinha de bebê mesmo? Em vez de parecer um grãozinho de feijão?

— Acho que é. — Raspo o restinho de sorvete no pote, depois o coloco na mesa de centro. — E como você está se sentindo agora que está beirando os trinta, velhinho? — pergunto, esticando os pés no colo dele.

Bo revira os olhos diante do apelido e da minha exigência silenciosa por massagem nos pés.

— Quer saber? Estou bem. Pensei nisso esses dias, e a verdade é que estou grato por ainda estar vivo e ansioso por tudo o que está por vir. Ano passado meu aniversário foi horrível, bem nos tempos sombrios — responde, com uma risada seca.

Bo começou a se referir àquela época como os *tempos sombrios*. Consegui pescar uma ou outra informação sem me intrometer muito. Depois que ele recebeu o aval para se virar por conta própria, três meses depois da cirurgia, o pai voltou para a França e ele passava a maior parte do tempo sozinho, ao que parece. Tirando a sessão de RPG com os amigos uma vez por mês, quase não via gente.

— Pois é, vamos ficando mais sábios com a idade — comento, estalando o pescoço enquanto ele massageia meu pé.

— E mais bonito — acrescenta Bo.

Abafo uma risada.

— Arrã, claro.

Ele envolve meu calcanhar, aumentando a pressão dos dedos antes de soltar. Deixo escapar um gemido não tão sutil, mas estou extasiada demais para me importar.

— Bem aqui? — pergunta ele, brincalhão.

— Preciso comprar uns sapatos novos para trabalhar.

— Você precisa contar para eles que está grávida, isso sim — rebate Bo.

— Aí eles vão começar a me tratar diferente e…

— Ah, sim, vão oferecer um banquinho para você se sentar? Ou talvez intervalos mais longos? Nossa, que horror.

— Olha lá, hein? Para você levar um chute agora é um movimento só.

Eu me esparramo ainda mais no sofá, fechando os olhos enquanto Bo envolve meus tornozelos com suas mãos enormes e começa a massagear.

— Posso pesar o clima?

— Quando quiser — respondo.

E é sincero. Estou tão desesperada para descobrir tudo o que Bo tem guardado que o deixaria dizer qualquer coisa. Acho que ele poderia revelar suas partes mais sombrias e eu ainda estaria aqui, ouvindo atentamente cada palavra.

— Não consigo parar de pensar que, quando eu fizer trinta, vou estar mais velho do que minha mãe quando morreu. Eu *odeio* isso.

Eu me endireito devagar, me erguendo para encará-lo. Bo observa a lareira do outro lado da sala, distraído, com as mãos ocupadas em massagear meus tornozelos. Cogito recolher os pés, mas isso parece ajudá-lo a se distrair enquanto seus pensamentos correm soltos, como a vez em que jogamos pedras no lago.

Talvez Bo precise de distrações físicas para conseguir se abrir.

— Deve ser uma sensação muito estranha. Sinto muito — digo com delicadeza.

— É uma coisa absurda viver mais do que a pessoa que me deu a vida — diz ele, com a voz distante.

— Isso é uma citação de algum lugar?

— Não — responde Bo com os ombros encolhidos, e um vinco se forma na testa dele. — Só algo em que estive pensando ultimamente.

Você é genial, quero dizer.

— Nós nunca conversamos sobre a morte da sua mãe. Quer falar sobre isso? — pergunto.

— Agora não, se você não se importar.

Ele abre um sorriso melancólico quando olha para mim, dando um tapinha no meu tornozelo para mostrar que terminou.

Tiro os pés do colo dele e me ajeito no sofá, cruzando as pernas. Apoio o rosto na mão com o cotovelo encostado no sofá.

— Claro, como for melhor para você.

Bo me observa de relance com a gratidão estampada nos olhos, que parecem implorar para que eu mude de assunto.

— Você está ansioso para ver seu pai?

— Estou, sim. E não vejo a hora de vocês dois se conhecerem.

Fecho a cara e afundo ainda mais o rosto, sentindo o coração apertar.

— Hum, espero que ele goste de mim.

Bo assente, coçando o queixo.

— Ele vai *amar* você.

O aperto no peito aumenta, como se meu coração fosse explodir de tanta alegria. Tenho que esfregar a palma da mão sobre o peito, tentando apaziguar a sensação. Não sei quando meus sentimentos por Bo começaram a ficar dolorosos, mas não tem o que fazer. É como um anseio reprimido.

Um lembrete dos limites e regras que devemos respeitar. Mas ainda é melhor do que ficar vermelha.

A música que ecoa da sala de jantar morre de repente, e então o braço da vitrola se encaixa no lugar, anunciando que está na hora de virar o disco.

— Quer que eu vá? — me ofereço, apontando por cima do ombro.

— Não, pode deixar que eu vou.

Bo se endireita no sofá e ajeita as calças, puxando o tecido enfiado no encaixe da prótese. De vez em quando, ele tem andado sem a prótese pela casa. Quase sempre assim que sai do banho ou quando acaba de acordar. Gosto quando isso acontece. Tenho a impressão de que aumenta a confiança dele.

— Fred? — chama Bo, capturando minha atenção.

Vejo-o colocar um novo disco na vitrola e posicionar a agulha. Ele gira um botão e a música começa, uma orquestra com instrumentos de corda. Então Bo se vira para mim com um brilho no olhar, os lábios contraídos em uma linha fina.

Ele estende a mão.

— Venha dançar comigo.

Meu coração parece prestes a sair pela boca e dar uma cambalhota na sala. Mais um motivo para negar, acho.

— Eu não sou muito de dançar.

— Ué, por quê? Tem dois pés esquerdos? — pergunta, sorrindo com malícia. — Já é mais do que eu.

Faço questão de revirar os olhos de um jeito bem dramático.

— Ah, qual é... *por favor?* — insiste ele.

Estou ferrada. Bo pode me convencer a fazer qualquer coisa, basta acrescentar um *por favor* tão doce e sincero no final, o que me assusta.

— Eu não sei dançar — aviso, juntando-me a ele assim que Frank Sinatra começa a cantar "Strangers in the Night".

— Pode deixar que eu conduzo — tranquiliza-me Bo, segurando minha mão menor e me puxando para mais perto. — Pela primeira vez — murmura.

Dou um empurrãozinho no ombro dele antes de deitar o rosto em seu peito, ao lado da minha mão.

— Assim? — pergunto.

— Perfeito — diz Bo, e usa o outro braço para envolver minhas costas.

Então começamos uma dança lenta de um lado para o outro, girando em círculos enquanto a música ecoa pela sala.

— Até que não é tão ruim — sussurro, sentindo o peito dele subir e descer.

Quando chega o refrão, ao batucar intenso da bateria e ao estrondo das trompas, Bo segura minha mão menor com mais firmeza e me empurra para longe, me fazendo rodopiar enquanto solto um gritinho surpreso.

— Você tem um talento nato — comenta ele quando me puxa de volta, com a mão pousada perigosamente perto da minha lombar.

— Nem pense em me girar de novo — aviso, aos risos, com o rosto colado no peito dele.

Há algo muito íntimo em estar tão perto de alguém sem nenhuma expectativa ou razão além de *querer* estar ali. Algo muito natural sobre a forma como nos mexemos em sincronia, sem pressa de nos afastarmos. Algo inerentemente seguro em estar nos braços dele.

Às vezes Bo comete um deslize e me dá uma secada, com os olhos fixos em mim e o maxilar retesado, mas não fez avanços desde que concordamos em ficar só na amizade. Ele é respeitoso demais para tentar qualquer coisa. Além disso, tenho certeza de que as *minhas* olhadas causaram muito mais estrago nessas últimas semanas.

Então, quando ele me puxa ainda mais para perto, com o queixo no topo da minha cabeça e os braços ao redor do meu corpo, mais como um abraço do que uma dança, não tento me opor, e apenas me entrego ao conforto cálido e seguro de seus braços.

— Vamos dançar só mais uma? — pede ele, com a voz embargada, e eu concordo com um aceno.

E então vem outra música, e mais outra, até que eu perco a noção do tempo. Por fim, quando o estalido da vitrola indica que está na hora de virar o disco, nenhum de nós faz menção de ir até lá, e Bo me abraça ainda mais forte.

— Está tudo bem? — sussurro com o rosto aninhado em seu peito, quebrando o silêncio.

— Só estou tentando achar as palavras certas — começa a dizer, apoiando a bochecha no topo da minha cabeça, o nariz afundado no meu cabelo. — Para agradecer por tudo o que você fez.

Bo diz isso como se fosse grato por cada coisinha, por menor que seja, e sinto minhas lágrimas ameaçando vir à tona.

— Eu que preciso agradecer — respondo. — Por me deixar morar aqui, por ser tão gentil comigo, por... — Quase digo *por me amar*, mas consigo me conter a tempo. — Por ser um amigo tão bom.

— Win, acho que você não entende. No último ano, passei meu aniversário sozinho no sofá, bêbado e infeliz. Eu estava tão, tão sozinho... me sentia incompleto, como se fosse apenas metade do que deveria ser. E... — A voz dele fica embargada, e Bo limpa a garganta antes de continuar: — Eu já tinha perdido todas as esperanças. — Ele funga, e eu luto contra a vontade de afastar o rosto e olhar para ele, de enxugar as lágrimas que podem estar ali. — Mas aí eu conheci *você*.

— Se as coisas estavam tão ruins assim, como você foi parar naquela festa de Halloween boba?

Como foi que tive tanta sorte?

— Por acaso você já se sentiu tão triste que já não ligava para mais nada? Acho que cheguei no fundo do poço. Como nada estava adiantando, então por que não sair da minha zona de conforto e ir a um lugar onde eu poderia fingir ser outra pessoa por um tempinho? Usar uma fantasia para tentar deixar tudo mais leve?

Assim que me afasto para encará-lo, Bo me puxa de volta e me segura ainda mais forte. Ele me abraça como se eu fosse um bichinho de pelúcia, aninhando meu rosto sob seu queixo. Espalmo a mão em suas costas e o puxo para perto com a mesma intensidade, agarrando-me a ele com o mesmo desespero.

— Sinto muito por você ter passado por tudo isso — sussurro bem baixinho, e o suéter dele faz cócegas no canto da minha boca.

Teria sido tão melhor se a gente já se conhecesse naquela época, penso.

Eu teria estado ao lado dele naqueles tempos sombrios. Teria o ajudado a passar por isso. Até pouco tempo atrás, eu também estava assim. Talvez sejamos isso, Bo e eu: duas pessoas deixando o pior para trás, ansiando pelas coisas boas que estão por vir. Mas será que ele está disposto a deixar *tudo* para trás?

Porque eu acho que estou.

— Eu não sinto — responde Bo, com uma firmeza surpreendente na voz. — Não mais.

Ele me solta e dá um passo para trás, depois sorri para mim, apesar dos olhos tristes e marejados. Tem algo quase hesitante em seu sorriso, tão diferente de tantos outros que já me deu, mas é a esperança que vejo ali que me atinge em cheio.

Sim, respondo em silêncio, com meu próprio sorriso melancólico. Sinto o mesmo que você. E é assustador pra cacete, então vamos ignorar, por favor. Pelo menos por agora. Pelo menos esta noite. Até que não restem dúvidas para nenhum de nós dois.

— Eu passaria por tudo de novo só para estar naquela festa — declara Bo. — Para conhecer você. Para ser pai de Gus.

Estou quase me desfazendo, o rosto contorcido quando concordo com um aceno. Como posso ouvi-lo dizer isso e não me apaixonar perdidamente? Como posso me convencer de que ele não é uma pessoa boa quando o ouço dizer algo assim?

— Bo — sussurro, fitando o chão.

— Eu faria tudo de novo — continua ele, inflexível, e balança a cabeça como se pedisse que eu fizesse o mesmo. — Você não?

— Se a gente não tivesse se conhecido... se isso não tivesse acontecido — começo a dizer, acariciando a saliência na minha barriga —, acho que eu teria passado a vida inteira estagnada na minha zona de conforto.

Uma lágrima escorre pela bochecha dele e, sem hesitar, estico o polegar para enxugá-la, envolvendo seu rosto com a mão.

— Você ia dar um jeito de sair, Win. — Ele encosta o cantinho da boca no meu pulso, e sinto seu hálito trêmulo na minha pele. — Você consegue fazer qualquer coisa.

Bo diz isso como se realmente acreditasse que sou capaz de fazer tudo o que eu quiser.

E eu acredito nele.

Acredito mesmo.

Sinto minhas próprias lágrimas irromperem em profusão. Escondo o rosto em seu peito, aninhando-me ainda mais, e ele me abraça mais forte, protegendo-me como um escudo.

E então voltamos a dançar.

Embalados pelo som silencioso do nosso próprio autocontrole. Aceitando que esta é a melhor coisa que poderia nos acontecer. Algo que nos salvou de nossos momentos mais sombrios. Que nos deu um propósito. Que nos uniu.

Porque mesmo que não estejamos *juntos*, não consigo mais imaginar minha vida sem ele.

Bo é apaixonante. Simples assim.

Então por que ainda tenho tanto medo?

Tento me desvencilhar de seu abraço, furiosa comigo mesma. Rio baixinho quando ele finge que não vai me soltar, me segurando ainda mais forte enquanto me balança de um lado para o outro.

— Não vá — pede Bo, deslizando a mão do ombro ao cotovelo. — Mais uma música?

Dou pelo menos uma dúzia de tapinhas em seu ombro enquanto balanço a cabeça, sem saber o que fazer para evitar que sentimentos, verdades e medos sejam revelados. Os olhos dele seguem o ir e vir da minha cabeça quando eu a balanço uma última vez, e ele suspira, enfim me soltando.

Ando em direção ao banheiro sem olhar para trás, com a cabeça baixa e os sentimentos entalados na garganta.

Deixo Bo para trás, ainda parado no meio da sala.

Quando estou no meio do banho, a música volta a ressoar pela casa e eu me apoio na parede de azulejos, deixando a água deslizar pelo meu corpo enquanto imagino que Bo está aqui comigo.

E então de repente a ficha cai de uma vez: eu estou *completamente* fodida.

— Puta merda, eu tinha *certeza*! — sussurra Sarah a centímetros do meu rosto, balançando o dedo em riste.

— Nossa, não vai nem me dar um oi? — pergunto, observando o corredor para o qual ela me arrastou assim que Bo e eu pisamos na casa dela para a noite de rpg.

— Você quer um oi? Então tá. Oi, tudo bem? Quando vocês dois voltaram a transar?

Sarah começa a me sacudir pelos ombros, sorrindo de orelha a orelha.

— *Quê*? Mas a gente não transou — respondo, me desvencilhando dela. — Sai pra lá, doida!

Ela abre a porta do escritório de Caleb e me empurra para lá.

— Trate de me contar tudinho.

— Juro que não aconteceu nada, Sarah — reitero, tentando recuperar o equilíbrio depois de ter sido empurrada. — Será que dá para sossegar o facho? Eu, hein.

— Teve uma troca de olhares, eu vi.

Ela aponta para os próprios olhos com um gesto exasperado.

— Do que você tá falando? — pergunto.

Eu me afundo no sofazinho ao lado da escrivaninha de Caleb, em frente a uma parede revestida de painéis de carvalho.

— Vocês dois chegaram, aí Bo olhou para a mesa, depois para você, e abriu um sorrisinho. Aí você acenou que sim. Ele estava pedindo permissão para ir até lá! Comportamento típico de macho na coleira depois de levar chá de buce...

— Não! Nem ouse terminar. Por favor, por favor, eu me recuso a ouvir — interrompo, cobrindo o rosto com as mãos.

— Hum, então você não nega — gaba-se Sarah, sentando-se na cadeira de Caleb antes de esticar os pés em cima da mesa.

— Nego, *sim*. O máximo que a gente fez depois do Halloween foi se abraçar.

Dançar é um tipo de abraço, certo? Então não conta.

Sarah me lança um olhar desconfiado.

— Seus abraços são gostosos mesmo — sussurra. — Mas não justificam aquilo.

— Bo é um cara atencioso. Ele só queria ver se eu estava bem antes de ir ficar com os amigos. Só isso.

— Então quer me dizer que a gente está sem se ver há quarenta anos... — Foram só doze dias. — E você nem para dar umazinha enquanto isso?

Decido ignorar a escolha de palavreado dessa vez.

— Estamos só passando um tempinho juntos — digo, na defensiva. — Vamos caminhar em volta do lago. Ficamos no sofá vendo os filmes nerds que Bo adora. E não se esqueça de que, além disso, eu trabalho e estou gerando uma criança. Então, sim, não fizemos nada além disso. Sinto decepcionar.

— Vocês vão ficar só de falação até quando, hein?

Eu a fuzilo com os olhos.

— A gente precisa se conhecer melhor, ok? Foi por isso que fomos morar juntos.

— E? — pergunta Sarah.

— E o quê?

— Já se conheceram melhor? — pergunta ela, jogando os braços para cima, exasperada.

— Já.

— E?

— E o *quê*? — sibilo, cruzando os braços sobre o peito.
— Ele é um cara legal?
— Claro que é.
— E?
— Puta que pariu, o que foi agora?
— Você se sente segura com ele?
— Arrã.
— E aí?
— E aí o *quê*? — berro.
— Você está apaixonada por ele?
— Sim!
Espere, o *quê*?
— Não! — exclamo, em pânico. — Não, não, não...
Mas já é tarde demais.
Sarah se levanta da cadeira e começa a batucar o tampo da mesa com as duas mãos.
— A verdade finalmente vem à tona! — berra ela, com as mãos apontadas para o teto como garras.
— Fique quieta — sussurro, enxugando a testa. — Por favor — imploro tolamente.
— Eu tinha razão — continua ela, voltando a se sentar. — Winnifred McNulty está *apaixonada*.
— Sarah, eu amo Bo, mas não estou *apaixonada* por ele.
— Rá, conta outra — sibila ela, balançando a cabeça.
— É sério — continuo, com a voz cada vez mais aguda. — É sério — repito, mais firme.
Sarah me observa por um instante, passando a língua pelos dentes sob os lábios fechados.
— Então tá. Vamos brincar de imaginar o pior que pode acontecer.
— Por quê? — pergunto, com um suspiro.
— Para me divertir.
Ela empurra a cadeira de rodinhas até ficar bem na minha frente, nossos joelhos quase colados. Sarah é uma idiota, mas pelo menos é divertida. Tenho que dar o braço a torcer.

— Valendo: pode começar. Imagine-se daqui a um ano. O bebê está feliz e saudável, então se concentre em *você* e me diga, sem hesitar.

— Hum... — começo, já hesitante.

— Não! — Ela dá um tapinha na lateral da minha cabeça, e eu afasto sua mão. — Desembucha logo!

Mas que *droga*.

— Isso é ridículo! — reclamo, cruzando os braços com ainda mais força.

— Você está agindo igual criança. Cresça e encare seus sentimentos. Você ama Bo e está apaixonada por ele. Admita.

— Não!

— Por quê? — pergunta ela, aos gritos.

— Eu estava *machucada*, Sarah. Sofri tanto, tanto... e você não sabe nem a metade.

Quando as palavras escapam dos meus lábios, levam consigo todo o ar dos meus pulmões.

— Então me *conte*, Win. Por favor, fale tudo para mim para que a gente possa dar um jeito nisso. Já faz anos que pergunto o que aconteceu. Ou conte para outra pessoa. Qualquer uma. Um terapeuta, de preferência. Ou Bo, talvez... já que ele deveria saber.

— Ele fez eu me sentir minúscula — é tudo o que consigo dizer, as lágrimas ameaçando vir à tona. — Jack me fez sentir minúscula, estúpida e incapaz, e eu *nunca mais* quero me sentir desse jeito. Entreguei minha autoestima de bandeja para ele e, idiota que sou, fiquei surpresa quando ele a jogou no lixo.

— Jack é um escroto que dá um jeito de estragar tudo o que toca. Você não é nenhuma dessas coisas, Win.

— Claro, *agora* eu sei. Depois de Jack, demorei anos para relembrar quem eu sou de verdade. E eu... não quero esquecer outra vez.

— Você não vai esquecer.

— Talvez esqueça! Porque pelo jeito eu ando esquecendo muitas coisas ultimamente! Por exemplo, o fato de Bo ainda estar apaixonado pela irmã de Caleb. A noite que passamos juntos foi importante para nós dois, mas não passou disso. Uma única noite. Ele passou *anos* com Cora. E mesmo que ela tenha partido o coração dele e o abandonado no pior momento possível,

Bo ainda se importa com ela. Mesmo depois de tudo. Essa lealdade. Esse tipo de... conexão... Não posso esperar que ele sinta o mesmo por mim depois de apenas alguns meses sendo forçados a estar juntos pelas circunstâncias. Não posso suportar a ideia de que ele preferiria que eu fosse ela. Que sou apenas a opção disponível.

Sarah suspira com os olhos fixos em mim enquanto solta o ar.

— Win...

— Não, tudo bem. Está tudo sob controle.

— Win... você *precisa* falar com ele.

— Não posso — sussurro em um fiapo de voz. — Não posso passar por isso de novo. Não posso falar com ele. Não posso entregar meu coração de bandeja e esperar um resultado diferente.

— Só me responda uma coisa: qual é a pior coisa que pode acontecer? — pergunta Sarah, com um olhar carregado e os lábios franzidos de concentração. — Daqui a um ano, você acorda e... — acrescenta ela, fazendo sinal para eu continuar.

Essa é a parte mais assustadora. De primeira, eu queria responder que a pior coisa seria deixar Bo entrar na minha vida e eu acabar quebrando a cara. O que só provaria que eu estava certa em desconfiar, por mais que só quisesse estar errada. A pior coisa seria descobrir que ele faria pouco caso do meu coração e dos meus sentimentos, e que daqui a um ano eu acordaria e perceberia que, mais uma vez, tinha me apaixonado pelo cara errado.

Mas agora minha resposta mudou.

A pior coisa que poderia acontecer seria não dar uma chance ao meu relacionamento com Bo, não descobrir como tudo poderia ter sido entre nós.

— Ver Bo apaixonado por outra pessoa. Vê-lo ao lado de uma namorada linda que também ama esta criança que ainda nem nasceu, e os dois vão levá-la para passear na praia e vão dançar juntos na sala de estar e... eu estarei em outro lugar. Sozinha. Com saudade dele. Sentindo falta de tudo o que poderia ter sido. Percebendo que ele estava pronto para partir para outra, mas... eu não era sua primeira opção.

— Acha mesmo que Bo faria isso se soubesse dos seus sentimentos? Porque, pelo que vejo, aquele cara olha para você como se você tivesse criado o céu e as estrelas. Mais do que isso. A lua também. Nunca vi ninguém olhar para outra pessoa desse jeito.

— Não acho que ele me magoaria de propósito — sussurro, quase só para mim. — Mas não sabemos se ele sente o mesmo que eu. Não sei se é apenas... atração.

— Não é desejo que vejo nos olhos dele, Win. É muito mais do que isso.

— E se for culpa dos hormônios? E se for apenas uma parte primitiva e reptiliana do meu cérebro me obrigando a ficar perto do homem com quem procriei? E se eu o achar insuportável depois que o bebê nascer?

— É *sério* que você acredita nisso, Win? Acha mesmo que as mulheres são meros manequins movidos por instintos e hormônios? — Ela revira os olhos e enrijece, esparramando-se na cadeira como se fosse um homem. — Mulheres são *emotivas* demais — zomba Sarah, engrossando a voz. — Elas enlouquecem uma vez por mês e não conseguem controlar o próprio corpo.

— *Não* — nego com firmeza, olhando feio para ela.

— E por que está agindo como se as emoções *dele* devessem ditar as suas? Eu quero saber o que *você* sente. Não ele.

— Ok, entendi — respondo debilmente.

— Então diga logo. Em voz alta. Seja honesta comigo e com você mesma.

Respiro fundo e endireito os ombros, mas ainda assim minha voz sai baixa e tímida.

— Eu amo Bo.

— Mesmo que ele esteja apaixonado por outra pessoa?

— Mesmo assim — confesso, por mais ridículo que seja.

— Mesmo que ele não esteja pronto para retribuir seus sentimentos?

Aceno que sim, olhando para o teto enquanto seguro o pescoço com as mãos.

— Mas isso não é *muito* estúpido?

— O *amor* é estúpido, Win — diz Sarah baixinho. — Então, o que você vai fazer em relação a isso?

Eu afundo ainda mais no sofá, soltando um suspiro patético.

— Você acha mesmo que ele me olha assim? Se tivesse que apostar, você...

— Acho, Win. Eu acho e estou muito feliz por isso. — Sarah estende a mão, descruzando meus braços sobre o peito, depois segura minhas mãos. — Você merece viver isso! — continua, me sacudindo até eu abrir um sorriso, por mais forçado que seja. — E eu sei que tem a ver com a gravidez, mas você está radiante. Parece tão mais leve. Quando vocês dois chegaram aqui hoje, foi diferente daquela vez, meses atrás. Naquela época, eram só duas pessoas com muita química e um segredinho sujo. Agora vocês parecem um casal de verdade.

— Eu estou com medo — confesso, franzindo o nariz enquanto nos entreolhamos.

— Eu sei — responde Sarah, e acaricia o dorso da minha mão. — Mas acho que se você pedir, ele vai ser gentil com seu coração.

Aceno com a cabeça, respirando fundo.

— E acho que você não é mais aquela garota que entrega as coisas de bandeja. Você deixou aquela pessoa para trás. Além disso, acho que babacas como Jack pegariam alguém doce como você e fariam de tudo para estragar as coisas. É isso que gente como ele faz. Você não tem culpa de ter tentado enxergar o que havia de melhor naquele traste. Ou de não querer ficar sozinha. Você tem que se perdoar por isso.

Olho para o teto, sentindo uma lágrima escorrer.

— Puta que pariu — digo, entre o choro e o riso.

— Exagerei? — pergunta Sarah, rindo baixinho.

Nego com a cabeça e me levanto do sofá, puxando-a para um abraço.

— Eu amo você.

— Eu também — responde ela. — E isso nunca vai mudar.

Ficamos em silêncio quando me acomodo de volta no sofá. Apenas curtimos o momento, com sorrisos animadores uma para outra.

— Vou tentar — prometo, segurando o choro. — Não sei quando, porque fazer isso sóbria vai ser um desafio e tanto. Mas vou contar a Bo como me sinto. Algum dia. Logo, se possível.

— E eu vou estar aqui para esfregar na sua cara quando aquele homem tentar engravidar você de novo.

Reviro os olhos, mas não consigo deixar de sorrir, imaginando todas as possibilidades que se abrem. Pensando, pela primeira vez, na melhor coisa que poderia acontecer.

A vida em que Bo e eu caminhamos de mãos dadas em direção a algo inusitado para nós dois. Sem pressa, tratando um ao outro com confiança e delicadeza. Uma vida em que talvez tomássemos essas decisões de propósito. Quem sabe mais de uma vez, se nos saíssemos bem como pais. É algo que consigo visualizar com tanta clareza, quase como se fosse uma lembrança. Vamos construir uma casa na árvore para nosso filho na primavera e beber vinho na varanda dos fundos nas noites tranquilas de verão. Nossos braços e pernas entrelaçados enquanto nos sentamos em uma cadeira de balanço, vendo a criança brincar. Uma vida em que faremos amor sempre que nos encontrarmos, uma confusão de dentes, força e paixão. Anos e anos dedicados a nos conhecer cada vez mais, desaprendendo e reaprendendo tudo o que sabemos um sobre o outro com o passar das décadas. Desfazendo as camadas mais intrincadas e profundas até que todas as partes sombrias sejam reveladas. O caos e a bagunça e a beleza de uma vida bem vivida — uma vida a dois.

Eu gostaria muito de ter essa vida.

Tanto que me assusta ainda mais.

Mas não o suficiente para me impedir de tentar.

— E se você se declarar para Bo no dia do aniversário dele? Pode amarrar seus peitos com uma fita e pedir para ele desembrulhar. Aposto que você está doidinha para embaçar aqueles óculos dele.

Pronto, ela voltou com tudo.

— Preciso da sua ajuda com isso, aliás.

Sarah me encara, boquiaberta.

— Não — continuo depressa. — Não para *isso*. Quero sua ajuda para organizar uma festa. Vou pedir ao pai de Bo para mantê-lo ocupado durante o dia enquanto eu arrumo a casa para receber os amigos dele. Acho que ele merece uma comemoração. Você me ajuda?

— *Óbvio* que sim! Bo é um de nós agora. Até parece que não vou ajudar a organizar uma *festa* de aniversário para ele.

Sorrio para Sarah antes de correr os olhos pelo cômodo, distraída, até fixá-los na porta, respirando fundo para me acalmar.

— Vamos voltar para lá?

— Ainda não, vamos deixá-los sentir nossa falta mais um pouquinho. — Ela abre um sorriso malicioso. — Aliás, com todo esse caos, esqueci de perguntar... Quer usar a banheira aqui de casa? Separei seus apetrechos preferidos, só para garantir.

— Fiquei até com vontade de te beijar agora — respondo, dando um tapinha delicado em sua bochecha.

— Vou interpretar isso como um sim — diz Sarah, levantando-se da cadeira. — E pode guardar esse beijo para Bo.

Então ela caminha em direção à porta, rindo sozinha.

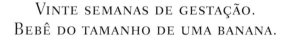

26

Vinte semanas de gestação.
Bebê do tamanho de uma banana.

Estou no primeiro degrau da escada, parada há tanto tempo que já vi a mesma criança passar de bicicleta duas vezes na rua. O clima está estranhamente ameno para essa época do ano, como se a própria primavera tentasse nos pregar uma peça. Os canadenses vão guardar os casacos pesados e as botas de inverno no armário, cheios de expectativa, só para afundar em depressão na semana seguinte, quando a neve retornar com força total. E assim nos deixamos enganar todos os anos, como se sofrêssemos de amnésia coletiva. Mas gosto disso em nós, humanos. Como às vezes somos deliberadamente cegos para a realidade sombria que nos aguarda.

Mas verdade é que o frio só vai dar uma trégua lá para abril. Ou talvez só depois do meu aniversário, em maio.

Ainda assim, por mais que eu esteja parada neste degrau, congelada pela perspectiva de conhecer o pai de Bo, pelo menos não é no sentido literal.

Bo foi buscar o pai no aeroporto hoje cedo, enquanto eu estava no trabalho. Ele vai passar quatro dias aqui antes de voltar para a França, tempo suficiente para comemorar o trigésimo aniversário do filho. Na noite em que nos conhecemos, Bo disse que o pai era seu melhor amigo, além de ser a única família que ainda lhe restava. Então, zero pressão para impressionar o cara. Imagina.

Ele vai amar você.

Assim espero... assim espero.

Quando a garotinha passa pela terceira vez, me olhando com desconfiança de trás do guidão da bicicleta, decido que já deu.

— Olá? — chamo, entrando pela porta da frente.

Ouço música vindo da sala de jantar e o ruído elétrico de algum eletrodoméstico na cozinha. Uma batedeira, acho. Nem sabia que tinha isso aqui. Céus, eu deveria me oferecer para cozinhar de vez em quando.

Tiro o casaco e as botas e sigo as risadas que ecoam da cozinha.

— Oi, cheguei — anuncio assim que atravesso a porta.

E lá está o homem mais lindo que já vi, parado ao lado do... filho.

Santa Maria mãe de... Não, recapitulando: *Santo pai de Bo.*

— Oi! — cumprimenta Bo enquanto contorna a bancada, com o mesmo sorriso radiante de sempre. — Win, este aqui é meu pai, Robert. Pai, esta é a Win.

Quase desmaio quando Bo pronuncia o nome do pai com sotaque francês. Não tem oxigênio suficiente nesta cozinha. Ele deveria ter me preparado para isso, me mostrado umas fotos, sei lá.

— É um *prazer* conhecer você, Winnifred — diz Robert com um sotaque carregado, erguendo as mãos sujas de farinha. — Desculpe não cumprimentar você direito, mas estou literalmente com as mãos na massa.

— Meu pai queria fazer um sanduíche e percebeu que tinha acabado o pão — conta Bo, cochichando no meu ouvido. — Eu juro que me ofereci para ir comprar mais.

Robert é quase idêntico a Bo no quesito altura, charme natural e constituição física, mas seu cabelo e barba são salpicados de preto e cinza e cortados bem rente. Os olhos também são diferentes: os de Bo são grandes, castanho-esverdeados; os de Robert são pequenos e quase pretos. As linhas de expressão e rugas ao redor dos lábios e olhos de Robert deixam claro que ele, assim como o filho, está sempre rindo. Se esta é uma prévia de como Bo vai ficar daqui a trinta anos, então é melhor eu correr para conquistar logo esse homem.

Que pena que Bo não tem sotaque.

Se bem que... será que se eu pedisse com jeitinho ele me falaria umas sacanagens em francês durante o sexo?

Pelo amor de Deus, Win! Preste atenção! É a sua vez de falar!

— Também é um prazer conhecer você — respondo com a voz esganiçada, engolindo em seco. — Bo me falou tão bem de você. E, por favor, pode me chamar de Win... ou Fred.

Percebo o sorrisinho de Bo quando revelo ao pai dele o apelido que, até pouco tempo atrás, não me agradava muito. Também percebo o afeto estampado nos olhos de Robert ao ver a protuberância na minha barriga.

O homem pega a massa de pão e a joga de uma mão para a outra, observando o filho com uma expressão curiosa, o mesmo sorriso torto sob o bigode.

— É, ele também fala muito, muito bem de você...

Bo pigarreia bem alto.

— Então, como foi o trabalho? — pergunta, dirigindo-se à sala de jantar. Observo-o se afastar para buscar a cadeira de escritório para mim.

— Ah, foi normal — respondo enquanto ele faz sinal para eu me sentar. Meus pés estavam me *matando*, mas também não era para tanto.

— O cara que só pede comida para viagem voltou — conto, enfim me sentando.

— Nossa, é a terceira vez esta semana! — comenta Bo, todo empolgado.

Robert nos olha parecendo confuso.

— Tem um cara que sempre chega pedindo comida para viagem, mas depois fica horas trabalhando lá no café.

Assim que repito a história em voz alta, percebo como ela é boba. Quando contei a Bo, ele meio que entrou na onda e nós começamos a criar toda uma história de fundo para o cara. Bo acha que ele está apaixonado por um dos clientes e só está esperando o momento certo para se declarar, e eu concordo.

Parece até alguém que eu conheço, agora que parei para pensar.

Enfim, Bo é ótimo nesse tipo de coisa. Pegar uma coisinha minúscula e transformar em algo grandioso, em algo importante. Foi isso que ele fez em cada fase da gestação. Cada resposta a nossas perguntas noturnas. Para Bo, tudo é motivo para comemorar. Tudo é motivo para se empolgar.

— Pois é, foi um dia legal. — Viro-me para Robert. — Como foi a viagem?

Ele assente várias vezes, cobrindo uma tigela de vidro com um pano de prato.

— Foi bem, foi ótima. A comida do avião era horrível, mas foi uma viagem tranquila.

— Agora entendi de quem Bo herdou o talento na cozinha — comento, apontando para a tigela.

Robert sorri com orgulho, o rosto voltado para o chão.

— Ah, bem...

— Eu não chego nem aos pés dele — diz Bo antes de jogar uma gotinha de chocolate na boca, segurando o pote junto ao peito.

— Hum, não sei, não. Ainda penso naquela sopa que você fez no meu primeiro dia aqui — confesso.

— A de abóbora? — pergunta ele, e eu confirmo. — Por que você não falou nada? Eu teria feito de novo para você.

— Ah, sei lá... você já cozinha para mim todo santo dia. Não quero sair pedindo as coisas.

— Vou preparar uma esta semana — promete ele, arremessando outra gotinha para o alto antes de abocanhá-la.

Bato palmas e ele faz uma mesura, ainda sem largar o pote.

Robert ri baixinho, alternando o olhar entre nós dois. De repente percebo que estou interrompendo um momento particular entre pai e filho e decido dar o fora dali.

— Vou deixar vocês a sós — aviso, usando os braços da cadeira como impulso para me levantar.

— *Não* — diz Robert e franze o cenho, como se estivesse ofendido. — Nada disso. Sente-se, por favor. Por favor — repete, abrindo a geladeira. — É isso que Robbie e eu fazemos: conversamos e cozinhamos. Com você aqui vamos ter uns assuntos fresquinhos — continua, munindo-se de ovos e leite. — O que acha de quiche?

Volto a me acomodar na cadeira. Bo coloca a mão no meu ombro, apertando-o de leve antes de pegar uma tábua no armário. Ele a posiciona sobre a bancada, ao lado do pai, e finalmente larga o pote de gotinhas de chocolate.

— Quiche parece uma ótima ideia — respondo e sorrio para os dois antes de cruzar as pernas e me recostar na cadeira.

Foi mesmo uma *ótima* ideia. Estava tão deliciosa que devorei três fatias e teria comido mais se meu estômago permitisse. Demorou cerca de uma hora para ficar pronta, mas isso só porque Bo convenceu o pai a usar a massa pronta que tínhamos no congelador em vez de preparar uma nova do zero. Assisti de camarote a essa dinâmica familiar entre pai e filho.

Fiquei surpresa em ver como são carinhosos entre si. Muitas mãos apoiadas nos ombros quando se trombam pela cozinha, alguns tapinhas ligeiros no rosto de Bo em tom de incentivo ou brincadeira.

Robert não é tão tímido quanto Bo. Tem uma voz potente e estrondosa e adora gesticular enquanto fala, seja com as mãos ou com o resto do corpo. Mas ainda tem um temperamento bondoso, igual ao do filho. Acompanhar as interações entre os dois me deixa ainda mais empolgada com a ideia de ter uma criança entre nós. Seria engraçado ver a mudança na dinâmica com a chegada de um terceiro personagem.

Depois do jantar, os dois escolhem um disco e começam a lavar a louça, insistindo para que eu descanse mais um pouco. Pego um vidrinho de esmalte no quarto e me sento no chão da sala enquanto Edith Piaf ressoa do cômodo ao lado.

Robert se junta a mim logo em seguida, expulso da cozinha pelo próprio filho, e equilibra uma taça de vinho na mão enquanto dança pela sala, movimentando-se no ritmo da dramática cantora francesa.

— Ela era a preferida da minha esposa — conta ele, apontando para a outra sala. — Foi assim que eu soube que Joanna era a pessoa certa para mim. Tinha um gosto impecável para música. E para homens também, *claro* — brinca Robert, sua voz ecoada pela taça de vinho diante de seus lábios.

Solto uma risada, dobrando um pedacinho de papel-toalha para apoiar a mão.

— Bo me contou que você e Joanna se apaixonaram muito rápido. Em dez dias, não foi?

— Isso. Fomos de completos desconhecidos para marido e mulher em dez dias. — Ele toma um longo gole de vinho, seus olhos fixos nos meus, espelhando a expressão brincalhona do filho. — Pelo jeito vocês dois decidiram ir mais *devagar*.

Mordo o lábio e baixo o olhar para o esmalte na mesa, abrindo-o.

— Faz bem em ignorar os comentários bobos deste velho aqui. Uma decisão sábia.

Abro um sorriso e balanço a cabeça, depois mergulho o aplicador no esmalte lilás, segurando-o entre o polegar e a lateral da mão direita.

— Foi acidente? Ou doença igual a Bo? — pergunta Robert, apontando para minha mão direita.

— Ah, nenhum dos dois. É de nascença.

— Que curioso, Bo nunca mencionou isso. E olha que ele fala *muito* de você.

Arqueio a sobrancelha para ele, achando graça dessa tentativa nada sutil.

— Uma hora ou outra ele ia acabar contando.

Mas confesso que fiquei feliz em saber que não contou.

— *Dieu, j'adore cette chanson!* — exclama Robert, levantando-se da cadeira. — *Monte le son, mon fils!*

Só tive aulas de francês até o ensino médio, mas tenho quase certeza de que Robert disse que adora essa música e pediu a Bo que aumentasse o volume. Ou então que adora gatos e gostaria de uma fatia de torta. Uma das duas coisas. Considerando que Bo aparece da cozinha para aumentar o som, acho que o primeiro palpite foi mais certeiro.

Bo joga um pano de prato por cima do ombro antes de se apoiar no batente da porta, sorrindo ao ver a performance do pai.

Robert avança pela sala, ainda dançando, e põe a mão no ombro do filho conforme o refrão se aproxima. Então os dois começam a cantar, ou melhor, a gritar a plenos pulmões. Por milagre, Robert não derrama nem uma gota de vinho enquanto agita os dois braços no ar, usando todo o corpo como instrumento.

Começo a rir, balançando a cabeça no ritmo da música, enquanto os dois se posicionam lado a lado e fazem uma imitação terrível de cancã.

— Tente imaginar como ficaria com as quatro pernas inteiras! — grita Robert para mim, a voz se elevando em meio à música. — E com as joias e boás e tudo o mais — acrescenta, apontando para o próprio torso.

Bo dá um chutão nele com a prótese, e Robert olha em choque para o filho antes de começar a rir.

— Pelo jeito ainda consigo chutar direitinho — comenta Bo, afastando-se em direção à cozinha com um sorriso no rosto.

Fecho a tampa do esmalte e começo a soprar as unhas para secar mais rápido. Robert está ao lado da vitrola, passando o dedo pela lombada dos discos da esposa, tirando um ou outro para dar uma olhada conforme avança.

Quando a música termina, Robert e Bo se juntam a mim na sala de estar. Depois de contar histórias sobre sua banda de jazz parisiense e fazer alguns comentários sugestivos sobre meu relacionamento com Bo — ou a falta dele —, Robert pede licença para se recolher, alegando que já lutou contra o cansaço do voo por tempo demais.

E é bem nessa hora que avisto os travesseiros e cobertores na poltrona do canto e me dou conta de que Bo cedeu o quarto para o pai nos próximos dias. Até agora eu nem tinha pensado em como íamos acomodar a visita, mas não tem como Bo dormir no sofá. Nem vai caber.

— Você não está cogitando dormir no sofá, né?

— Ora, você conhece muito bem os poderes soníferos mágicos desse sofá.

— Para tirar um cochilo, no máximo, mas é pequeno demais para você. Vai acabar com as suas costas.

— Confesso que seria mais fácil se eu pudesse tirar a parte de baixo das minhas duas pernas em vez de uma só — brinca ele, aos risos, antes de tomar um gole de água.

— Sério, você vai ficar todo dolorido.

— Amanhã depois da consulta eu saio para comprar um colchão de ar.

— Posso dormir no sofá esta noite, então — me ofereço.

— Quê? De jeito nenhum.

Reviro os olhos com sua recusa imediata.

— Por que não?

— Por que será, hein? — rebate Bo, cheio de sarcasmo. — Até parece que vou deixar a minha... — Ele se detém e fica tenso de repente, depois sacode a cabeça para recomeçar. Tudo isso acontece em menos de um segundo, mas vejo tudo com uma riqueza agonizante de detalhes. O que ele ia dizer?

Minha o *quê*? — Até parece que vou deixar uma mulher grávida dormir no sofá — conclui ele com firmeza.

Vamos lá, Win. Só precisa de um pouquinho de coragem. Uma oferta muito inocente. Você consegue.

— A gente poderia dividir minha cama... — digo, tentando soar indiferente.

Mas Bo me estuda com atenção, o rosto concentrado, as sobrancelhas franzidas, e preciso me esforçar para não voltar atrás ou acrescentar alguma explicação exagerada.

— Poderia mesmo — concorda ele, ainda sem tirar os olhos de mim. — Mas você tem certeza? Não vai se incomodar?

Acho que posso fazer esse esforcinho de dividir a cama com você.

— Tenho, ué. Por que não?

— Certeza absoluta?

— Sim — respondo, pigarreando.

— Só até amanhã, quando eu for à loja.

Encolho um dos ombros.

— Por mim tudo bem... Vou tomar um banho antes de dormir. Hum... pode ficar à vontade para colocar suas coisas no meu quarto. Vou ficar com o lado da parede, porque gosto mais.

Assim que digo isso, tenho que me segurar para não fugir correndo para o banheiro como se eu fosse o Papa-léguas.

27

Escovo os dentes duas vezes e demoro o dobro do tempo aplicando todos os produtos de skincare só para ter mais uns minutinhos para me acalmar. Só saio do banheiro quando percebo que, com toda essa demora, Bo pode acabar achando que não quero dividir a cama com ele.

E não quero mesmo, mas não pelos motivos que ele provavelmente imagina.

Bato na porta do quarto, hesitante, mesmo depois de ter atravessado o corredor só de toalha.

Ouço um "pode entrar" baixinho vindo lá de dentro, então abro a porta e entro com o máximo de confiança que consegui reunir.

O abajur da mesa de cabeceira está aceso, banhando o quarto com uma luz suave. Bo está deitado na cama, a cabeça apoiada no edredom cinza-claro, com o sudoku em uma das mãos enquanto a outra coça a orelha. Ele segura o lápis entre os dentes, os lábios contraídos em uma linha fina. Veste uma camiseta roxa, bermuda preta de basquete e um par de óculos de grau. *Puta merda, esses óculos.* Avisto sua prótese encostada na parede, ao lado da minha cômoda e da pilha de roupas que esqueci de guardar.

Espero que ele não me julgue pela bagunça.

— E aí — diz Bo em tom exagerado enquanto tira o lápis da boca, escreve algo e o coloca de volta entre os dentes.

Ele ainda nem ergueu os olhos para me cumprimentar, e sorrio sozinha ao vê-lo tão confortável ali no meu quarto, como se fosse a coisa mais natural do mundo.

Mas fico feliz quando ele finalmente se vira para olhar, talvez se perguntando por que estou tão quieta. Assim que me vê, ele arregala os olhos e solta o lápis, que cai com um baque no chão, e me encara de queixo caído. Depois sacode a cabeça e fecha a boca com força, mas não consegue tirar os olhos de mim, alternando-se entre a toalha enrolada no meu corpo e a que cobre meus cabelos.

— Você quer que eu...? — Bo aponta para a porta, olhando vagamente por cima do meu ombro, como se estivesse em um transe autoimposto.

— Não, não precisa — respondo, ajeitando a postura. — Só, hum, feche os olhos rapidinho.

Assim que ele fecha, solto a toalha e pego o único pijama *minimamente sexy* que tenho. É só uma camisola preta, mas é a coisa mais próxima de uma lingerie em uma gaveta cheia de camisetonas largas e shorts de ginástica.

Não que eu ache que vestir essa camisola vá fazer alguma diferença. Duvido muito que Bo tente alguma coisa sem que antes haja uma conversa séria para discutir os limites já estabelecidos. E eu também não vou fazer nada. Já tive que reunir toda a minha coragem só para dividir a cama com ele. Só quero que isso sirva como um pequeno lembrete...

Ei, lembra do meu corpo? Você gosta dele, não gosta?

Quando me viro, Bo está com os olhos bem fechados, golpeando a própria testa várias e várias vezes com a borracha do lápis que pegou do chão.

É, claramente gosta.

— Pode abrir — aviso, e tenho que me segurar para não rir de sua expressão torturada assim que vê a camisola.

Antes de se recompor, a expressão em seu rosto serve como um pequeno e maravilhoso lembrete de como me senti desejada por ele alguns meses atrás. Agora só me resta torcer para que Bo queira meu coração tanto quanto parece querer meu corpo.

Ele limpa a garganta e volta a se concentrar no sudoku, batucando o lápis no cantinho da página em um ritmo rápido e instável.

Tento subir na cama o mais delicadamente possível, esgueirando-me até a cabeceira. Deito de lado, virada de frente para Bo, e apoio a cabeça na quantidade insana de travesseiros que uso para evitar a azia noturna.

Puxo o edredom para cobrir as pernas, depois estico o pescoço para espiar o sudoku da vez.

— Quatro... — Aponto para o quadradinho vazio. — Não é?

— Ah, verdade — responde Bo, distraído. — Valeu — acrescenta, preenchendo o número.

Seus olhos me seguem quando me afasto, descendo para admirar o meu decote. Ele morde o lábio e se ajeita no colchão, sentando-se mais ereto na cabeceira da cama.

— A luz atrapalha? — quer saber ele, com a voz rouca. — Posso apagar.

— Não precisa — respondo, e pego o celular.

— Já estou quase terminando.

É só quando bocejo pela terceira vez que decido olhar para o lado. O livro de sudoku está fechado no colo de Bo, que sorri com doçura para a tela do meu celular.

Eu estava pesquisando coisinhas para o bebê, já que Sarah insistiu que preciso montar uma lista em um desses sites de presente. Estava morrendo de medo, confesso, mas fui sugada por esse universo assim que percebi como ver as roupinhas, mantas e brinquedos fazia tudo parecer mais real. Fazia tudo girar mais em torno de August do que de mim.

— Foi mal... fiquei perdida aqui no meu mundinho — explico. — Já vai dormir?

— Gostei desses aí — comenta Bo, apontando para os sapatinhos de crochê na tela.

Até cogitei fazer um do zero, mas aí lembrei que ainda tenho uma manta para terminar.

— Prefere verde-oliva ou sálvia? Não consigo escolher.

— Verde-oliva, acho.

Eu os adiciono à lista.

— Mandei um link para você ir acrescentando o que quiser. Mas não precisa, é só...

— Como faz para não querer comprar tudo? — pergunta Bo, arrancando o celular da minha mão. — Olha esse ursinho de pelúcia! Gus *precisa* disso.

Ele o coloca na lista de desejos.

— Nossa, calma! Lembrei que preciso mostrar uma coisa... — digo, pegando o celular de volta para procurar um item na lista.

Viro a tela para ele.

— O abc de d&d — lê Bo, e seu sorriso aumenta. — Você já tinha colocado isso na lista?

— Óbvio.

Ele se vira para mim e, mesmo à meia-luz, vejo seus olhos brilharem.

— Obrigado.

Bloqueio a tela do celular e o entrego para ele.

— Pode colocar para carregar, por favor?

— Claro.

Eu me ajeito na cama, afofando os travesseiros antes de virar de costas para Bo, abraçada no travesseirão comprido.

Talvez o corpo de Bo busque o meu na calada da noite, como se por instinto, em busca de calor. Ou, quem sabe, eu reúna coragem de encostar a bunda no colo dele e fingir que foi sem querer. Fazer as coisas por acidente é meio que a nossa praia.

Bo apaga o abajur e deita no colchão, enfiando-se debaixo do próprio edredom. Um silêncio abafado e monótono domina o quarto, sem ser preenchido pelo cricrilar de grilos ou pelos barulhos distantes da cidade. Só se ouve o ruído de cabeças se ajeitando em travesseiros macios e o som de cobertores sendo puxados enquanto nos acomodamos na cama.

— Ei... — sussurra Bo em meio ao breu. — Não fizemos nenhuma pergunta hoje.

Rolo de lado, apoiando o rosto na mão. Meus olhos se ajustam à penumbra e consigo ver que estamos bem de frente um para o outro. Consigo distinguir o cabelo despenteado de Bo e a expressão sonolenta em seu olhar.

— Não mesmo — sussurro de volta. — Pensou em alguma?

— Vou pensar agora. — Ele enfia a mão debaixo do travesseiro, elevando-se ligeiramente antes de bocejar. — É engraçado a gente nunca ter feito isso antes, né? Dormir na mesma cama? Vamos ter um filho e moramos juntos, mas nem sei se você ronca.

— Eu *não* ronco.

E eu diria que essa situação é tudo, menos engraçada.

— Sei lá, vai ver você fala enquanto dorme — teoriza Bo.

— Você fala? — pergunto, olhando para o pequeno espaço entre nós dois.

— Acho que você vai ter que descobrir — provoca ele. — Como você está se sentindo? Em relação à amanhã?

— Por causa do ultrassom? — pergunto, e Bo assente. — Ah, estou animada, mas também com um pouquinho de medo de ter alguma coisa errada. E você?

— Também. — Ele solta um suspiro profundo e melancólico. — Mas tenho certeza de que vai dar tudo certo.

Bem nessa hora, sinto algo tremular na minha barriga. Uma sensação semelhante a quando meu estômago ronca de fome, mas é mais parecido com um espasmo muscular. Sinto outra vez quando apoio a mão ali. Só na terceira vez percebo que isso não vem de *mim*.

— Acho... acho que o bebê chutou.

— *Quê, é sério?* — pergunta Bo como se estivesse sussurrando, mas praticamente grita.

Tento conter meu sorriso.

— Arrã, acho que sim. Mas não tenho certeza.

Viro de barriga para cima, colocando uma mão de cada lado.

De novo, peço através daquele canal interno com que me sinto conectada a Gus, como duas latas em cada ponta de um barbante.

Sinto outra vez e deixo escapar um suspiro ofegante.

— É, isso com certeza foi um chute.

— Dói?

— Não, nem um pouco. Parece que tem... bolhas estourando debaixo da minha pele. — Apoio a mão em outro ponto da barriga, acompanhando a sensação conforme ela muda de lugar. — Quer sentir?

— Posso?

Ele se endireita na hora, jogando o edredom para longe. Pego a mão dele e a coloco no ponto certo, sentindo seu toque quente e intenso na minha pele, e a sensação é dolorosamente boa. Seu rosto parece cauteloso, como se não quisesse falar nem se mexer para não assustar a criança. Vejo a expectativa em seu olhar e sinto uma pontada no peito, torcendo para que o bebê chute outra vez.

Depois de um minuto de espera silenciosa, afasto a mão, mas a de Bo continua pousada na minha barriga.

— Acho que ele já cansou por hoje. Sinto muito.

— Só mais um pouquinho? — pede ele, em um fiapo de voz. — Vai que...

E ver seu desespero me atinge em cheio no peito, torcendo meu coração como se fosse um pano molhado. Eu o amo tanto que *dói*. Como se um pedacinho meu morresse toda vez que a verdade ameaça vir à tona e, em vez de confessar meus sentimentos, eu decido abafá-los.

— Claro — concordo baixinho.

Um pouco depois, August decide dar um show e chuta bem mais forte do que antes, bem debaixo da mão de Bo.

Decido que vou comprar aquele ursinho de pelúcia amanhã mesmo.

— O bebê... o bebê... chutou? — pergunta Bo, alternando-se entre olhar para mim e para a própria mão.

— Chutou — respondo, radiante.

— Puta merda... Oi! Oi, você aí! — grita Bo para minha barriga, e eu faço sinal para ele falar baixo, aos risos. — Foi mal, foi mal. — Ele se joga de costas na cama, rindo enquanto passa as mãos pelos cabelos. — Que loucura, que loucura. Não consigo acreditar.

— Tem uma pessoinha de verdade aqui dentro — digo.

— Eu tinha esquecido como isso é insano. O que seu corpo está fazendo. O que você está fazendo. É incrível...

— Sabe o que eu descobri esses dias? — pergunto, virando de lado para encará-lo. — Se essa criança tiver ovários, isso significa que todos os filhos que ela um dia pode ter também estão na minha barriga. Eu sou tipo uma boneca russa.

— Eu nunca tinha parado para pensar nisso — comenta Bo, maravilhado. — Talvez a gente tenha criado toda uma linhagem nova de pessoas. Uma árvore genealógica inteira. Podemos até ter *descendentes*.

Começo a rir, enfiando as mãos debaixo do travesseiro.

— Viu só tudo o que você estaria perdendo se estivesse no sofá? Chutinhos de bebê, curiosidades...

— Eu sei — responde Bo, muito mais sério do que minha piada pedia. — Dou muito valor a isso. Eu me sinto muito honrado por poder fazer isso com você.

— Isso o quê? Dormir na minha cama? — brinco, tímida de repente.

Dá até para *ouvir* os olhos dele revirando.

— Não — diz Bo. — Estar aqui com você. Poder acompanhar tudo isso. Você não precisava nem ter me contado sobre a gravidez, muito menos abandonar sua casa para se mudar para cá. Mas estou muito feliz por ter acontecido. Sempre serei grato a você por isso.

— Eu também fico feliz... e também sou grata a você.

— Sua amizade é muito importante para mim, Win — continua Bo, suspirando. — *Você é muito importante para mim.*

Fecho os olhos com força. *Agora. Seja corajosa. Diga a ele como você se sente.*

— Eu...

— É isto que eu queria perguntar hoje — interrompe Bo. — Qual é a pessoa mais importante do mundo para você?

— Você — respondo simplesmente, implorando para que ele entenda tudo o que eu disse nas entrelinhas.

— Você — repete Bo. — Para mim também é você. Mas o segundo colocado não fica muito atrás — acrescenta, olhando para a minha barriga.

Quero ser mais corajosa. Quero perguntar o que isso significa para ele. O que isso significa para nós dois. Quero saber se ele também sente essa conexão tão profunda, tão intensa e abundante, que o fez acreditar que os seres humanos têm mesmo uma alma.

Simplesmente porque sei que uma parte minha pertence inteiramente a Bo. Algo que tenho certeza de que me seguiria até a próxima vida, ou além, mesmo que eu deixasse este corpo para trás.

Mas não faço nada disso, porque meu coração disparou como uma flecha só de ouvir sua pequena confissão, e não quero correr o risco de machucá-lo.

Por hoje, saber que sou a pessoa mais importante para Bo já é o suficiente. Ou *quase* o suficiente.

Chego mais perto, com meu joelho dobrado na mesma altura de sua coxa, e busco seus olhos com uma permissão silenciosa. Bo também se aproxima, até que nossos corpos estejam colados, separados apenas pelas camadas de edredom. Eu me descubro até a cintura e Bo levanta a ponta de seu cobertor como uma asa, envolvendo-me nele e pousando o braço atrás das minhas costas.

O calor do corpo dele irradia através de sua blusa de algodão e da minha camisola de seda. Aconchego-me nele até estar com a cabeça em seu travesseiro, meu nariz a meros centímetros do seu. E então respiro fundo, sentindo o cheiro de Bo — a canela e o almíscar misturados com o cheiro de limpeza de sua roupa. Puxo o ar outra vez, sem pudor, respirando-o como se fosse algo muito melhor que oxigênio.

O braço dele envolve minhas costas, o cotovelo apoiado na minha cintura. As pontas dos seus dedos queimam minha pele com um toque delicado, a palma da mão estendida contra a seda que reveste meu corpo.

— Está bom assim? — pergunta Bo com uma voz quase inaudível.

Murmuro uma concordância sonolenta porque não está bom, está *perfeito*.

E então ele me abraça.

Seu polegar traça círculos lentos nas minhas costas, como se ele não tivesse qualquer pressa. Como se não tivesse nenhuma expectativa além dessa.

Sem necessidade de dizer nada.

Sem apressar as promessas ainda não feitas.

E eu permito.

Eu me permito sentir a alegria. E me sentir menos sozinha. E me permito sentir que estou segura.

Porque estou mesmo.

— Eu te amo — sussurro quando tenho certeza de que Bo está dormindo, com a respiração suave e compassada.

E me sinto mais leve quando me entrego ao sono.

Acordo sozinha, e poderia achar que a última noite não passou de um sonho se não fosse pelos óculos de Bo na mesinha de cabeceira e sua prótese ainda apoiada na parede.

"Ele vai voltar para buscar essas coisas", penso. Então me espreguiço com um bocejo e volto a dormir.

Mas isso não dura muito tempo. Logo sou acordada com o bater de panelas no fim do corredor, despertando meus outros sentidos para a luz que entra pela janela e o aroma de baunilha que preenche a casa.

O som distante de água escorrendo também me diz que alguém está no chuveiro. Tento descobrir qual dos dois está no banho e qual está cozinhando e concluo que é mais provável que Bo esteja no banheiro, considerando tudo o que ele deixou para trás.

Eu me aninho de volta no travesseiro, quentinha debaixo das cobertas, decidida a esperar Bo sair do banho antes de ir cumprimentar o pai dele. Mas, poucos minutos depois, a fome e a curiosidade levam a melhor sobre o conforto.

Visto uma calça e um moletom antes de ir até a cozinha, onde encontro Bo despejando a massa na máquina de waffles.

— Bom dia — cumprimento, esfregando os olhos sonolentos. — Achei que você estava no banho.

Bo se segura na bancada para manter o equilíbrio.

— Bom dia — responde, fechando a máquina de waffles com uma expressão concentrada. — Eu achei melhor levantar antes do meu pai para evitar qualquer tipo de... perguntas. — Então usa o queixo para apontar para o meu quarto, com um sorriso tímido nos lábios. — Você já deve ter percebido que ele não é nem um pouco sutil.

— Claro, entendi.

— *Bonjour!* — exclama Robert ao passar pela cozinha.

Ele está todo de preto, e enxuga o cabelo com a toalha conforme caminha até a sala de estar.

— *Bonjour* — respondo e sorrio com timidez para Bo, como se estivéssemos escondendo um segredo muito maior do que ter passado a noite abraçados.

Corto as frutas enquanto Bo finaliza os waffles e prepara um bule de café. Depois, nós três tomamos café no sofá e Robert repreende o filho por não ter uma mesa de jantar. Bo se defende, alegando que a vitrola e a escrivaninha já tomam muito espaço.

Eles ficam nessa troca de farpas enquanto devoro o café da manhã, vez ou outra concordando com Robert na esperança de cair nas graças dele.

Mais tarde, nos trocamos para sair. A pedido dele, deixamos Robert no mercado antes de seguirmos para a consulta.

Bo abre a porta do carro e da clínica para mim, e fico me perguntando se ele seguraria minha mão se eu fingisse estar nervosa.

Não que eu precise de fingimento.

— Está tudo bem? — pergunta ele, fechando a porta atrás de si.

— Arrã — respondo por reflexo, desperdiçando minha chance.

Atravessamos o saguão até a recepcionista, sentada atrás de uma divisória de vidro.

— Ultrassom para dois, por favor — brinco, enfiando o pedido médico pela abertura estreita no vidro. A mulher me encara com uma expressão vazia, depois suspira alto. — Certo — murmuro, pegando a carteira de identidade. — Vim fazer o exame de vinte semanas — recapitulo.

Ela pega o documento e começa a digitar em silêncio.

— Plateia difícil — cochicha Bo no meu ouvido. — Mas você vai tirar de letra na próxima.

Ele dá um aceno sarcástico, fazendo joinha com as mãos.

Dou um tapinha nele.

— A sala de espera fica na terceira porta à esquerda. Vão chamar seu nome quando for sua vez. Você vai entrar sozinha na sala para fazer as medições, e depois alguém vai acompanhar seu marido até lá.

— Obrigada — agradeço, guardando a identidade.

Olho para trás e vejo Bo sorrindo de orelha a orelha.

— Pode ir na frente, *esposa* — diz, estendendo o braço na direção do corredor.

Reviro os olhos e começo a andar.

Nós pegamos os dois últimos assentos disponíveis na sala lotada. Bo brinca com a garotinha da fileira da frente, escondendo o rosto antes de falar "Achou!". A mãe dela se vira para agradecer, com os olhos cheios de cobiça.

Para tentar dissuadi-la de qualquer coisa, seguro o braço de Bo e me inclino como se quisesse falar com ele. O problema é que não pensei em nenhum assunto, então agora ele está parado e me encara como se esperasse o que eu tenho a dizer.

— Estou nervosa — desabafo, em parte porque é verdade, mas também porque não pensei em algo melhor.

— Posso fazer algo para ajudar? — pergunta ele. — Quer brincar também?

Abro um sorriso e nego com um aceno.

— Pode me contar uma história? Algo sobre você. Só para me distrair.

Ele concorda, cruzando as pernas.

— Vamos ver... — começa, chegando mais perto. — Quer saber como foi meu primeiro beijo?

— Foi constrangedor?

— Um pouco.

— Então eu quero.

Bo ri e umedece os lábios antes de continuar.

— Eu tinha dezesseis anos e era o único dos meus amigos que ainda não tinha beijado. Na época nem pensei em mentir quando me perguntavam, mas vendo agora acho que deveria ter feito isso, porque eles não largavam do meu pé. Enfim, no segundo ano do ensino médio, fizemos uma campanha beneficente e todos os alunos mais velhos puderam dormir na escola.

Bufo, indignada. *Quem achou que isso seria uma boa ideia?*

— Pois é — retoma Bo. — Como alguém achou que isso seria uma boa ideia?

Ei, eu falei primeiro.

— Então, lá estava eu, sozinho na sala de música porque todos os meus amigos tinham enchido a cara e estavam perambulando pela escola. Aí eu comecei a tocar uns instrumentos, já que não tinha mais nada para fazer. Jurava que alguma menina simpática ia passar por ali e ficar impressionada com minhas habilidades com o sax.

— Claro, claro — comento.

Ele abafa uma risada, alisando o rosto com a mão.

— E realmente apareceu um grupinho de meninas. Reconheci uma delas da banda da escola, mas a gente nunca tinha conversado. Ela ficou com as amigas num canto e todas praticamente me ignoraram, mas vez ou outra ela dava uma olhadinha na minha direção. Então não parei de tocar. Uma hora depois, mais ou menos, as outras meninas foram embora, mas ela ficou. Veio falar comigo e elogiou minha técnica. Muito fofa, né? — pergunta Bo, e parece tão envergonhado com o que vem a seguir que chega a rir de nervoso.

— Arrã — respondo, cautelosa. — Ai, meu Deus, o que foi que você respondeu?

Bo olha para o teto, estremecendo.

— Eu disse... "Quer ver o que mais essa boca sabe fazer?".

— Não! — exclamo, ofegante.

— Pois é — diz Bo, de olhos fechados.

— E... funcionou?

— Funcionou. — Ele se inclina na cadeira, cruzando os braços na frente do peito. — Até o Halloween, *essa* tinha sido minha conquista mais rápida.

— Ah, então quer dizer que você me *conquistou*, é?

Bo percorre os olhos pelo cômodo, depois espia meu sorriso antes de lançar um olhar significativo para a minha barriga.

— Pelo jeito...

— Então é melhor você se controlar, garanhão. Chega de sair engravidando os outros por aí sem querer.

Uma risada lhe escapa do fundo da garganta.

— E você? Como foi seu primeiro beijo?

— Hum, foi com um cara chamado Trent em uma pista de skate.
— Então ele era um *skater boy*?
— Era...
— Por acaso você falou *see you later, boy*?

Solto um gemido incrédulo e cubro o rosto, sorrindo.

— Avril Lavigne ficaria muito decepcionada, mas não, não falei.
— Então, como foi?
— Pedi para ele me ensinar umas manobras depois da aula. Eu era bem melhor que ele, mas fingi que não sabia nada. Bem idiota, eu sei, mas todo mundo fazia isso na época. Enfim, ele disse que aceitava um beijo como agradecimento, e eu o beijei. A gente nunca mais ficou. Nem sei por quê. Só lembro que foi um beijinho bem mixuruca.
— Quantos anos você tinha?
— Catorze.
— Você acha que a gente teria sido amigo na época da escola?
— Acho que sim. Você provavelmente faria parte do grupinho nerd do Caleb, então eu e Sarah conheceríamos você por causa dele.
— Mas eu estaria uma série na frente de vocês.
— Verdade, mas aí eu ia poder contar para todo mundo que estava namorando um cara mais velho. Todo mundo ia me achar o máximo.

O rosto de Bo se ilumina e ele contrai os lábios como se tentasse reprimir um sorriso, balançando a cabeça sem parar.

— É isso mesmo que eu ouvi? — pergunta ele. — Então a gente teria namorado, é?

Merda, eu disse isso?

— Quê?
— Você que falou.
— Não falei, não.

Fecho os olhos e viro o rosto para o lado, sentindo o rubor percorrer minha pele.

— Falou, siiiim — cantarola Bo. — Você teria namorado comigo na época da escola.
— Claro, como resistir a toda aquela sua habilidade com o sax? — respondo, tentando mudar o foco para ele.

MINHA MELHOR PARTE

Mas não adianta. O sorriso de Bo é mais radiante do que o próprio sol, e me contagia.

A vergonha se esvai quando vejo a expressão esperançosa em seu rosto, como se meu pequeno deslize pudesse ajudá-lo a fazer uma confissão, como um letreiro em formato de seta apontando para uma porta aberta.

De repente, parece que estou à beira de um precipício, prestes a saltar, mas sem saber se presa a um paraquedas ou a uma bigorna. Mas quando olho para Bo, sinto que ele tem um paraquedas pronto para me oferecer. E um para ele também.

Você pula, eu pulo.

Um de nós só precisa se jogar primeiro.

— Sabe, eu ainda tenho meu sax guardado...

— Winnifred McNulty? — chama a técnica de ultrassom.

Bo limpa a garganta, e seu sorriso vacila quando abaixa a cabeça.

Fico de pé, aceno na direção da técnica e então me viro e sorrio para Bo. Conforme me afasto, ele me observa com as pernas inquietas e um sorriso firme e encorajador.

— Pode me acompanhar, por favor — pede a técnica com gentileza quando alcanço a porta.

Meia hora depois, a técnica termina de coletar todas as medições e imagens necessárias e pede licença para ir buscar Bo na sala de espera.

Ainda não vi o bebê nem ouvi os batimentos cardíacos, já que a tela ficou de costas para mim durante todo o exame. Conversei um pouco com a técnica, mas esse ultrassom foi bem mais sério do que o anterior. Dessa vez tive a impressão de que o bebê é o paciente, enquanto eu não passo de uma incubadora ambulante. Para ser sincera, é um pouco incômodo.

Começo a girar os polegares, os olhos voltados para os azulejos do teto, quando ouço a cortina farfalhar na entrada do quarto. A técnica se aproxima com Bo em seu encalço, e ele parece tão gigante perto dela que chega a ser cômico.

— Pronto, papai, pode se acomodar naquele banquinho ali — instrui a mulher, apontando para o lado direito da maca antes de contorná-la.

Bo agradece com um aceno, sentando-se no banco.

— Está tudo bem? — pergunta ele para mim, um sorriso tenso no rosto.

— Acho que sim — sussurro. — Eu fiquei à toa aqui enquanto ela me examinava, mas não falou nada.

Bo assente, torcendo os lábios em apreensão.

— Ei — chamo, capturando sua atenção. — Está tudo bem — tranquilizo-o, sorrindo. — Tenho certeza de que está tudo certinho.

— Eu é que deveria estar dizendo isso — argumenta ele, esboçando um sorriso.

— Preparados? — pergunta a técnica, girando a tela na nossa direção.

— Então vamos começar.

Ela pega o aparelho de ultrassom, desenrosca o cabo enrolado na mesa e o pressiona sobre minha barriga lambuzada de gel. Ao clique de um botão, uma imagem aparece na tela. A silhueta quase perfeita de um bebê, exatamente conforme o esperado. Não mais uma coisa disforme ou um feijãozinho, e sim uma pessoinha minúscula com uma cabeça grande demais para o corpo.

E juro que nunca existiu nada mais lindo no mundo.

Apoio o rosto na maca, tentando não bloquear a visão de Bo.

— Ah, aí está — diz ele, com um suspiro aliviado.

Estendo a mão menor para ele cegamente, sem querer tirar os olhos da tela, e ele a segura entre suas duas mãos.

— Vocês querem descobrir o sexo hoje?

— Não, queremos que seja surpresa — responde Bo por nós dois.

A mulher assente e volta a deslizar o aparelho.

— O bebê tem tudo o que gostaríamos de ver nesta fase — explica ela, apontando para a tela. — A coluna está bem formadinha.

Ela gira o pulso e aperta um botão, e de repente estamos vendo a medula espinhal com riqueza de detalhes.

É meio nojento, para ser sincera.

Entre cliques do botão e o vaivém do aparelho, vemos cada um dos órgãos do bebê. Bo faz algumas perguntas, mas nem consigo prestar atenção, arrebatada como estou por cada movimento na tela.

Acho que nunca vou ser capaz de mensurar tudo o que está acontecendo *dentro* do meu corpo, mas, *caramba*, me sinto poderosa só de pensar.

A câmera se afasta e focaliza o rostinho do bebê, uma silhueta clara contra um fundo escuro.

— Olha só quem resolveu chupar o dedo para se exibir — diz a técnica, apontando para a tela. — É tão fofo quando eles fazem isso.

Eu me sento de forma inconsciente e chego mais perto da tela, derrubando o travesseiro no chão. Bo se estende para pegar antes de devolvê-lo à maca.

— Você está bem? — pergunta ele, a mão apoiada no meu joelho.

— Eu... eu não consigo ver... o formato da mão.

— Senhora McNulty? — chama a técnica com os olhos fixos em mim.

Ela afasta o aparelho e o encaixa no apoio preso ao monitor.

Sacudo a cabeça e volto a me deitar.

— Desculpe...

— Está tudo bem?

Sinto um embrulho no estômago, muito pior do que qualquer enjoo. A ansiedade se espalha pela minha barriga e esmaga meu peito antes de se entalar na minha garganta, fazendo com que minhas próximas palavras saiam como um pedido de desculpas.

— O bebê tem dedos? Nas duas... nas duas mãos?

— Ah — diz a técnica, com seu tom otimista ainda inabalável. — Tem, sim. Dez dedos nas mãos e dez dedos nos pés.

Depois digita no computador e o desliga. Em seguida, pega a ficha no canto da mesa e a enfia debaixo do braço.

Engulo o mesmo pedido de desculpas várias e várias vezes, meu rosto ardendo em chamas. *Por que senti a necessidade de perguntar isso?*

— Vamos entregar as imagens para vocês lá fora, e a médica deve entrar em contato nos próximos dias se restar alguma dúvida, mas... — Ela inclina a cabeça, tentando capturar minha atenção. — Está tudo bem com o bebê — continua, assentindo para nós dois. — Não há com o que se preocupar.

— Obrigado — agradece Bo ao meu lado.

Observo-a caminhar até o dispenser de álcool em gel e esfregar as mãos antes de se virar para mim.

— Boa sorte — diz, e então dá a volta na cortina e sai do cômodo.

Fecho bem os olhos, tentando controlar minha respiração entrecortada.

Até aquele dia, eu achava que sabia o significado da palavra *agridoce*. Parecia perfeita para descrever grande parte dos últimos meses: uma coisa maravilhosa com uma camada de sofrimento escondida por baixo.

Mas este... *este* é o verdadeiro significado de agridoce.

Dez dedos nas mãos e dez dedos nos pés.

Toda sensação de alívio é seguida de vergonha.

Toda pontada de vergonha vem acompanhada de confusão.

A confusão dá lugar à culpa.

Logo sinto a necessidade de me lembrar que eu não amaria menos essa criança se ela tivesse uma mão igual à minha. Que eu não me amo menos do que me amaria se tivesse duas mãos totalmente desenvolvidas. Mesmo que eu já saiba que isso tudo é verdade, ainda preciso repetir de novo e de novo sem parar.

Mas minha primeira reação foi mesmo de alívio.

Alívio por saber que a criança não terá que enfrentar as mesmas dificuldades que eu.

E fico feliz por isso. Mas então me pergunto se deveria.

Depois, vem a tristeza por todas as experiências que vão ser perdidas.

Porque essa criança nunca vai saber que existir em um corpo que o mundo ainda não está pronto para acomodar pode criar um mar de empatia pelos outros, pode permitir viver uma porção de experiências iguais por uma variedade de razões diferentes. Nunca vai conhecer a determinação e a resiliência que nascem disso. A comunidade que é cultivada.

O vínculo único que poderíamos ter compartilhado.

Esse pensamento vem acompanhado de outra pontada de culpa. O sofrimento, ainda que passageiro, pela falta de semelhança. O narcisismo inerente de querer que a criança seja um espelho de quem eu sou. Porque não é isso que os pais deveriam almejar, certo? Os pais deveriam separar os filhos de si mesmos e de suas próprias experiências, pois só assim essas crianças vão ter espaço para se tornar quem realmente são. Os pais devem aceitar os filhos como são e amá-los incondicionalmente do começo ao fim.

Agora percebo que caberá a mim e a Bo fazer o resto. Nossa criança, por não testemunhar essa experiência em primeira mão, vai ter que aprender conosco a navegar pelo mundo com empatia. A ver o seu privilégio como uma ferramenta a ser usada em prol dos outros.

Mas não podemos permitir que nossos fardos recaiam sobre seus ombros. Um equilíbrio delicado.

E assim que os pensamentos, a confusão e a culpa se acalmam em sintonia com a minha respiração, decido confiar que estamos prontos para encarar esse desafio.

Abro os olhos e pego a toalha para limpar minha barriga besuntada de gel. Depois me viro para Bo, oferecendo-lhe um sorriso tímido e acanhado.

— Então... — começa ele, suspirando, com um tom sério fingido que não combina com o sorriso que brinca em seus lábios. — Vamos amar essa criança mesmo assim, claro. Mesmo que ela tenha, você sabe... — diz, fazendo careta. — Quatro membros.

Solto o ar pela boca, grata por essa brincadeira.

— Está decepcionado? — pergunto, ajeitando a blusa antes de me sentar.

Os lábios de Bo se curvam em um sorriso melancólico enquanto ele segura minha mão direita e a aperta uma vez.

— Não... mas também não estou aliviado.

— É assim que estou me sentindo também — confesso, piscando para conter as lágrimas que ameaçam vir à tona.

— Não teria feito diferença para mim — declara ele, acariciando meu pulso. — Você sabe disso, não sabe?

Aceno que sim, deixando escapar um soluço lacrimoso.

— Estou me sentindo muito idiota por ter perguntado.

Bo se levanta do banco, depois se abaixa para ficar na mesma altura que eu.

— Ei... — diz em tom suave. — Está tudo bem querer descobrir. Você só queria se preparar.

Ele envolve meu pulso e admira minha mão menor com uma expressão concentrada, tracejando as linhas da palma da minha mão com seu polegar.

— Eu menti — continua, soltando uma risada amarga. Seu olhar suaviza quando observa o padrão que traçou com o dedo. — Acho que fiquei um pouquinho decepcionado, sim.

Solto um fungado baixinho, sacudindo a cabeça enquanto um sorriso irrompe em meus lábios.

— Qual é, você não está falando sério.

— Você é perfeita, Win — declara Bo, com a mesma facilidade com que respira. — É claro que eu gostaria que essa criança tivesse cada partezinha sua.

É impressionante a força com que suas palavras me atingem o peito. Talvez eu tivesse desmaiado se não estivesse tão empenhada em manter os olhos dele fixos nos meus. Novamente me sinto à beira de um precipício. Parece tão óbvio que ele vai me beijar. Está estampado em seu olhar. Aquela expressão vidrada que já vi antes. A fração de segundo em que seus olhos recaem nos meus lábios. Eu os umedeço e engulo em seco, me preparando para o beijo.

Mas nada acontece.

Os segundos se arrastam por uma eternidade, mas parece cada vez mais improvável. Até que, por fim, Bo cerra o maxilar e endireita os ombros, pousando minha mão com delicadeza na lateral da maca.

Sinto falta dele, mesmo que esteja bem ao meu lado.

— Acho que é melhor a gente ir — avisa, olhando para a porta. — Meu pai mandou umas mensagens durante as compras — conta, coçando o queixo. — Vamos comer feito reis nos próximos dias. Pelo jeito ele comprou metade do mercado.

Ele pega meu casaco e a bolsa no ganchinho da parede e os coloca perto de mim, evitando meu olhar.

— Não duvido que ele esteja perambulando por lá com uma lagosta viva na sacola...

Rio baixinho e desço da maca, mas de repente fico tonta e tenho que me apoiar na beirada para não cair.

— Está tudo bem? — pergunta Bo, segurando meu braço para me firmar.

Aceno que sim e me desvencilho dele para vestir o casaco. Puxo o cabelo que ficou preso na gola e olho em volta em busca da bolsa, mas logo percebo que Bo a está segurando para mim. Vejo a preocupação crescente em seu olhar e me obrigo a sorrir.

— Está, sim. É só que... Estou me sentindo... — Começo a rir, esfregando o rosto. — Sei lá. Acho que só estou com fome — minto.

Mas não é mentira. Hoje em dia eu vivo mesmo com fome.

Ele assente, mordiscando o lábio inferior.

— Tudo bem. A gente compra alguma coisa no caminho para casa.

Droga.

— Falando nisso...

Esqueci completamente de dizer a ele que preciso ir à casa de Sarah depois daqui. Vamos sair para comprar as coisas para o aniversário dele amanhã, e voltar para preparar o bolo.

— Combinei de sair com Sarah hoje. Será que você pode me deixar lá? Depois que buscarmos seu pai e as novas lagostas de estimação?

— Ah, claro, sem problema.

Vejo o rosto dele murchar, os lábios curvados para dentro.

Sinto um aperto no estômago ao vê-lo desse jeito, todo cabisbaixo enquanto fita o chão entre nossos pés.

Mas um pouco de distância pode ser bom para nós dois. Eu bem que preciso de um longo banho de banheira e uma boa conversa com Sarah.

— Ah — continuo, engolindo em seco. — Talvez eu durma lá hoje.

Bo abre a boca e a fecha com a mesma rapidez, e um vinco se forma na testa.

— A gente se vê amanhã? Para o meu, hum... — Ele hesita, olhando para o teto como se não acreditasse que teria que dizer a próxima parte em voz alta. — Para o meu aniversário?

O objetivo de uma festa surpresa é que seja *surpresa*, claro, mas tenho que me esforçar muito para não revelar tudo quando vejo a expressão neutra que ele tenta adotar para mascarar sua decepção.

— Eu jurei que não ia contar, mas seu pai planejou uma coisa para vocês dois amanhã. — *Atendendo aos meus pedidos.* — A gente se vê quando você voltar. Vou esperar você em casa.

Eu e mais seis pessoas.

— Promete? — pergunta ele, tão rápido que parece ter deixado escapar sem querer.

Concordo com um aceno, franzindo as sobrancelhas.

— Claro!

— Então tá — diz Bo com um sorriso fraco, os olhos ainda fixos no chão. — Tudo bem — acrescenta, olhando para a porta atrás de nós. — Então vamos?

— Vamos — concordo, e minha voz soa muito mais derrotada do que eu gostaria.

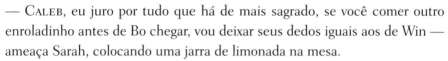

29

— Caleb, eu juro por tudo que há de mais sagrado, se você comer outro enroladinho antes de Bo chegar, vou deixar seus dedos iguais aos de Win — ameaça Sarah, colocando uma jarra de limonada na mesa.

Caleb enfia a mão no bolso e recua devagar até estar bem longe da comida.

— Eles vão chegar daqui a dois minutos — anuncio para os convidados espalhados pela sala.

Guardo meu celular na bancada ao lado do bolo que Sarah e eu decoramos para parecer a porta de uma toca de Hobbit, com um grande 30 enfiado no meio.

Bo está passeando com o pai desde cedo. Sei que eles saíram para almoçar e acabaram em uma cervejaria, mas não sei se passaram em outro lugar antes disso. A única pista que tenho é a foto que Bo me enviou dele mesmo sentado em uma cadeira de barbeiro, o rosto coberto com toalhas brancas, com uma legenda que dizia: "Agora que virei fantasma, pode me chamar de Bu".

Passei tempo demais olhando para a foto, mesmo em meio ao caos que é organizar uma festa.

Eu *amo* aquele idiota.

E vou dizer isso a ele. Hoje mesmo.

Sarah e eu tivemos uma longa conversa ontem à noite, e uma coisa ficou bem clara: sou fisicamente incapaz de passar mais um segundo nesta casa sem contar a ele como me sinto. Só me resta pular de cabeça e torcer para que seja recíproco.

Mesmo que Bo ainda não tenha superado totalmente seu último relacionamento, acho que estaria disposto a tentar algo novo. Houve tantos momentos ontem em que eu tive *certeza* de que ele poderia sentir o mesmo que eu. As histórias na sala de espera, sua decepção quando pedi que me levasse à casa de Sarah, o jeito que me olhou quando disse que eu era *perfeita*.

Acho que isso bastaria para mim, mesmo que o coração de Bo esteja dividido. Para ser sincera, a essa altura, acho que me contentaria em receber metade de seu afeto. Tenho a impressão de que, mesmo pela metade, Bo me amaria mais do que qualquer outra pessoa por inteiro.

Kevin e Jeremiah entram apressados pela porta, desculpando-se pelo atraso enquanto tratam de tirar os casacos e os cachecóis.

— Nós vimos o carro deles virando a esquina, mas eles não viram a gente. Estacionamos na rua de baixo, conforme as instruções — diz Kevin, entregando um prato de comida a Jeremiah enquanto arranca os sapatos e os joga no canto antes de vir na minha direção.

— Onde posso colocar isto? — pergunta Jer enquanto seu marido me envolve em um abraço.

— Ali na mesa, por favor — respondo com a voz estrangulada por causa do abraço de urso de Kevin.

— Como você está? — pergunta Kevin, enfim me soltando.

— Ótima!

Ele me olha com um sorriso de quem já entendeu tudo.

— Você parece nervosa.

— Só quero que Bo ame a festa e...

— Você quer que ele ame a *festa*, arrã... sei — responde Kevin, dando um tapinha no meu ombro. — Sarah! — grita, e vai atrás dela. — Eu trouxe aquelas vieiras com bacon que mencionei naquele dia...

O resto da conversa se perde atrás de mim quando Walter levanta a mão e aponta para a janela.

— Chegaram — avisa ele, fechando a cortina.

Adamir apaga as luzes, e eu desligo a música enquanto todos os outros se escondem atrás dos móveis ou das paredes.

Vou até o meio do corredor, entre a sala de jantar e a de estar, e espero ali, com meu coração martelando no ouvido.

O pai de Bo abre a porta e corre para dentro, escondendo-se do outro lado do corredor. Ele escancara um sorriso para mim com o rosto tomado de empolgação.

Pisco para ele, e meu próprio sorriso fica cada vez maior.

— Pai? — chama Bo dos degraus da frente.

Parece estar achando graça, mas acima de tudo confuso enquanto passa pela porta.

Então ele me vê, usando um chapeuzinho de festa idiota e meu vestido roxo de linho, e seus ombros afundam com um sorriso satisfeito.

O tempo parece parar enquanto nos olhamos, um em cada ponta da sala, mas de repente o caos começa a reinar à nossa volta.

Sarah liga a música e todos gritam "Surpresa!", saindo de seus esconderijos.

Bo dá um pulo para trás, quase caindo de bunda no chão. Ele aperta o peito e começa a rir enquanto se apoia na parede para recuperar o equilíbrio.

— Puta merda — pragueja ele com a respiração ofegante, o corpo meio curvado para frente. — Oi, pessoal — cumprimenta, já se endireitando, sem tirar os olhos de mim.

— Parabéns... — digo, trêmula.

Ele balança a cabeça e sorri de orelha a orelha enquanto atravessa a sala na minha direção, desviando dos móveis e das pessoas em seu caminho. Sem qualquer aviso, Bo me levanta do chão e me pega no colo, me esmagando contra seu peito em um abraço apertado enquanto meus pés balançam no ar.

— Estou tão feliz por você estar aqui — sussurra ele, os lábios quase colados na curva do meu pescoço.

Passo os braços ao redor dos ombros dele e retribuo o abraço.

— Eu falei que estaria — sussurro de volta.

— Foi você que organizou tudo isso? — pergunta com a voz menos tensa, mas ainda embargada.

— Foi.

Ele suspira, e sinto seu hálito quente no meu pescoço.

— Obrigado.

— Então é assim que é ver o mundo de cima — comento, admirando meu novo ponto de vista por cima do ombro do Bo. — Adorei.

— Fiquei com saudade — confessa ele, me botando no chão.

Pego um chapeuzinho de festa e o ofereço.

— Só fiquei fora uma noite — argumento.

Bo curva os ombros para que eu passe o elástico do chapéu pela cabeça dele.

— Feliz aniversário — desejo, desta vez só para ele.

— Você não respondeu minhas mensagens — continua Bo com os lábios contraídos em um sorriso apreensivo. — Eu achei que você estava...

Eu o observo com atenção, percebendo a tristeza incomum em seu rosto e o cabelo desgrenhado que geralmente sinaliza sua inquietação. A barba está feita e aparada, mas fico aliviada em ver que ele não deixou o barbeiro cortar o cabelo. Gosto dele mais compridinho assim.

— Desculpa, eu estava tão ocupada com a festa que acabei me esquecendo de responder.

— Não, não precisa se desculpar. A festa está maravilhosa. Eu... — Ele sacode os ombros, depois estende a mão para mim. — Oi — diz, me puxando para perto outra vez.

Começo a rir, abraçando-o de volta.

— Bo, você está bem? Talvez seja bom você ir dar um oi para todo mundo...

— Eu estou um pouquinho bêbado. — Ele se empertiga, enxugando a testa com a manga do suéter. — Não bebia nada desde que você me contou que estava grávida. Para ser solidário, sabe? Mas acho que agora sou fraco para bebida? — Então engole em seco e inclina o queixo para baixo. — Tomei só uma ou duas cervejas na degustação e aí meu pai que teve que vir dirigindo para casa. — Ele coça o queixo, olhando em volta com um sorriso educado. — Tá todo mundo me *olhando*... — sussurra.

Aceno com a cabeça, me esforçando para não rir.

— Você vai ficar bem, grandão?

Ele acena que sim, lambendo os beiços.

— Vou só comer alguma coisinha. Acho que vai ajudar.

— Boa ideia.

Dou-lhe um tapinha nas costas antes de ele se dirigir até a mesa de comida, cumprimentando os amigos pelo caminho. Uma vez lá, nem pega um prato e já sai enfiando um pouquinho de cada coisa na boca.

Sarah me lança um olhar, com os lábios curvados para dentro enquanto me aproximo dela na cozinha.

— Foi uma entrada e tanto.

— Pelo jeito ele está meio bêbado — respondo, achando graça.

— Achei que ele ia passar a festa inteira com você no colo — comenta ela, me entregando uma taça cheia de limonada. — Ele estava com uma cara muito aflita quando viu você. Por que você não acaba logo com o sofrimento desse coitado? Ou não, se você gostar desse tipo de coisa.

— Ele achou que eu estava brava — explico. — Eu não respondi as mensagens dele, e... depois de ontem, acho que ele deve estar tão apreensivo quanto eu.

— Você deveria mostrar logo que não está nem um pouquinho brava, *muito pelo contrário* — diz Sarah, sorrindo antes de tomar um gole de merlot.

— Primeiro ele vai ter que ficar sóbrio — respondo com uma risada.

Kevin se junta a nós, bebericando seu drinque enquanto observamos Bo apresentar o pai a Walter, Jeremiah e Adamir.

— O pai do Bo é um puta de um gostoso, não é? — sussurra Kevin.

— É até meio desesperador, para falar a verdade — comento deslizando a mão do meu pescoço até o coração.

— Você ia achar muito estranho se eu convidasse o cara para um *ménage*? — pergunta Sarah, me olhando com um sorrisinho nos lábios. — Acho que consigo convencer o Caleb.

— Puta que pariu — respondo, cuspindo minha bebida.

— Acho que estou disposta a arriscar nossa amizade por ele — cochicha ela.

— Está, é?

— *Oui, oui* — responde Sarah, e começa a rir.

A festa foi um *grande* sucesso.

Bo interagiu com os amigos a noite toda e ainda arranjou tempo para devorar uma quantidade insana de comida. Sarah desafiou Walter para uma batalha de *lip-sync* e perdeu de lavada por seis a um. Caleb, claro, votou com o coração.

Robert fez sala para Jeremiah e Kevin durante a maior parte da noite, conversando sobre culinária francesa. Adamir e eu descobrimos nosso amor em comum por plantas, e eu o presenteei com uma dúzia de mudinhas antes de ele ir embora.

Depois de uma noite espetacular, a festa começou a morrer pouco depois da meia-noite. Walter pegou carona com Kevin e Jeremiah. Caleb e Sarah ficaram para ajudar a limpar tudo. Não que Sarah seja de grande ajuda no estado em que está.

— Estava tudo maravilhoso, Win — elogia Caleb, dando nó em um saco de lixo.

— Eu me diverti bastante — comento, sorrindo para a pia enquanto lavo as taças. — Espero que Bo tenha se divertido também.

— Pelo jeito se divertiu até demais — responde Caleb, espiando a sala de estar. — Mas acho que é melhor a gente ir. Você dá conta de terminar?

— Claro, pode ir. Eu arrumo o resto amanhã — digo, secando as mãos em um pano de prato. — Obrigada por terem ficado para ajudar.

— Sempre que precisar.

Ele passa o braço ao redor do meu ombro enquanto seguimos até a sala de estar. Afundo ao lado de Sarah no sofá e começo a afastar o cabelo dela do rosto.

— Hora de ir embora, meu bem — sussurro. — Vá dormir na sua cama linda e quentinha.

Sarah se senta, grunhindo.

— Pronta para ir, amor? — chama Caleb, apoiado no encosto do sofá. Sarah cambaleia até ele e faz carinho em seu rosto enquanto o marido acena a cabeça com ternura. — É, pelo jeito está. Ok, então estamos indo.

Ele a conduz até o hall de entrada e a ajuda a colocar os sapatos e o casaco.

— Tchaaau — despede-se Sarah com a voz aguda, acenando da porta com os olhos quase fechados. — Robert, foi um prazer *enorme* conhecer você. Bo, parabéns. Você é show. Win... — Sarah abre um olho só e me dá um sorriso vago e confuso. — Boa sorte com todos os seus empreendimentos futuros — acrescenta, aos soluços.

— Muito bem — elogia Caleb com delicadeza, fazendo carinho nas costas dela. — Tchau, gente. Feliz aniversário, cara!

— Obrigado — diz Bo para os dois. — Obrigado por terem vindo.

— Eu amo vocês! — grito antes de Caleb fechar a porta.

— Você tem bons amigos, Robbie — comenta o pai de Bo, suspirando. — Foi legal de ver.

Espio os dois, mas logo eles se voltam para mim, sorrindo com gratidão.

— Eu sou muito sortudo mesmo — sussurra Bo, com os olhos fixos nos meus.

Sinto o rosto corar, mas espero que esteja escuro demais para ver.

— Vou tomar um banho antes de deitar — avisa Bo. — Você está bem?

— Claro — respondo, sorrindo para ele.

Assim que Bo sai da sala, Robert se levanta e se acomoda na outra ponta do sofá.

— Obrigado — diz com sinceridade. — Gosto de saber que meu filho está sendo bem cuidado.

— Ah, foi só uma festa.

— Não, não é só isso. Ele está feliz. E não estava *nada* feliz no ano passado. Mas quem pode culpá-lo?

— Às vezes eu gostaria que a gente já se conhecesse naquela época — admito. — Odeio pensar que ele se sentiu tão sozinho.

Robert apoia o rosto na mão e me observa com um sorriso caloroso, uma expressão quase orgulhosa no rosto.

— Joanna teria amado você, sabia? Vocês duas têm o mesmo... cuidado com os outros. Dá para ver que a vida nem sempre foi tão gentil com você, mas você não permitiu que isso a endurecesse. Não se tornou uma pedra. Você se transformou em... água. Consegue fluir em meio a tudo. Você é delicada... mas poderosa também.

Tenho que piscar para conter as lágrimas que ameaçam irromper.

— Ah — digo, com a voz embargada. — Isso foi tão...

— Apenas reflexões esquisitas de um francês bêbado, *oui*.

— Não, não é isso... Foi muito gentil. Obrigada. Pelo que Bo fala, Joanna deve ter sido uma pessoa fantástica. Tenho que admitir que sou fã do gosto musical dela — comento, tentando aliviar o clima.

— O *que* Bo falou sobre a mãe dele?

Estremeço, e espero não fazer Bo soar frio ou indiferente, mas também não quero mentir.

— Não foi muita coisa, para ser sincera. Só contou como vocês dois se conheceram. Falou que vocês sentem muita saudade dela. Falou sobre música e...

— Ele contou como ela faleceu? — interrompe Robert.

Nego com a cabeça.

Ele assente, murmurando baixinho.

— Joanna sofria da sina de muitos artistas. Seus sentimentos muitas vezes pareciam intensos demais para controlar. Difíceis de conter. Mas isso a tornava grandiosa. Apaixonada por sua música. — Robert umedece os lábios, recostando-se mais no sofá. — Já estávamos juntos havia oito anos quando decidimos ter filhos. Tínhamos um apartamentinho lindo em Toronto. Tocávamos música juntos todos os dias e éramos tão, tão felizes. Alegria e risadas e... achei que o melhor ainda estava por vir.

Robert leva a mão à garganta, engasgado com as emoções. Imito o gesto sem nem perceber. Meu coração começa a martelar no peito, esperando por cada palavra.

— Naquela época, ainda não havia um termo para descrever o que aconteceu com Joanna durante a gravidez. Ela se tornou... um fantasma de si mesma. Eu tentei ajudar. Tentei procurar ajuda, mas... — Robert suspira, olhando para o teto. — Foi demais para ela. Então ela deixou um bilhete dizendo que sentia muito, que nos amava. Que não conseguia explicar por que não podia continuar aqui e aí... ela tirou a própria vida. Bo tinha apenas três meses na época.

Inspiro bruscamente, cobrindo meus lábios trêmulos com a mão.

— Sinto muito, muito — sussurro. — Eu... eu não fazia ideia. Eu...

— Todos os dias eu penso que deveria tê-la ajudado mais.

— Tenho certeza de que você fez tudo o que poderia ter feito.

Pouso a mão em seu joelho e ele a segura com os dedos trêmulos, depois solta e começa a coçar o queixo.

— Poucos anos depois que ela faleceu, Robbie ainda era pequeno, tinha acabado de fazer cinco anos, e eu o deixei com a irmã de Joanna por uma semana. Eu tinha um show fora do Canadá e achei... — Ele se cala de repente, respirando fundo. — Aquela mulher horrível contou a ele o que aconteceu. Contou todos os detalhes sobre a morte de Joanna. E desde então, eu sinto que... Robbie assumiu uma parcela da culpa. Tenho a impressão de que ele se sente responsável pelo que aconteceu. E também me arrependo disso.

Sinto um tremor no queixo, que cede quando as lágrimas ameaçam vir à tona, pensando naquele garotinho que se tornou o homem que conheço hoje. Agora entendo por que cada etapa desta gravidez teve tanto peso para Bo. Meus sentimentos, meu lar, minhas finanças, minha saúde. Tudo por causa do que aconteceu com a mãe dele. Por causa da culpa que ele sente.

Eu queria que Bo tivesse me contado, mas entendo por que não contou. Ou por que não *conseguiu* me contar. É inimaginável, esse nível de dor.

— Quando ele me ligou para contar sobre o bebê... sobre *você*... acho que ele sentiu que tinha outra chance, ou quase isso. Tentei conversar com ele sobre o assunto. Tentei explicar que o fardo não era dele, e sim meu. Mas não adiantou. Robbie sempre se preocupa mais com os outros do que com ele mesmo. Sempre foi assim.

— Mas eu... estou bem — digo, porque parte de mim acha que Robert também precisa saber disso. — Bo não precisa...

— Eu sei — concorda ele. — Acho que a princípio ele achou que precisava manter você por perto para garantir o *seu* bem-estar. Para não deixar a história se repetir. Mas agora? Agora isso mudou. Acho que *ele* precisa de *você*.

— Bo é... Ele é... maravilhoso.

— Ele é mesmo — concorda Robert. — Mas tem um coração *bondoso*, como o da mãe. Como o seu. Vocês precisam ser gentis um com o outro, entendeu?

Um coração bondoso como o do pai, também.

— Entendi — respondo em um fiapo de voz.

— Que bom... — Robert suspira e se levanta devagar. — Acho que estraguei sua noite com minhas divagações tristes.

— Ah, não... Não, você...

— Senti tanta saudade dela hoje. Nosso menino está fazendo trinta anos. Ela deveria estar aqui.

— Talvez ela esteja, mas a gente só não consiga ver.

— Quem sabe? — pondera Robert, cambaleante antes de se firmar no encosto do sofá. — Obrigado por hoje, Win. Mas, acima de tudo, obrigado por dar a Robbie um motivo para celebrar outra vez.

— Boa noite — despeço-me, espiando por cima do ombro enquanto Robert contorna o sofá e se encaminha para o quarto de Bo.

Então enxugo minhas lágrimas, determinada a ir atrás de Bo e abraçá-lo o máximo que ele me permitir.

Quando Bo sai do banho, está com a bermuda preta e o moletom bege de sempre, além dos óculos e o cabelo recém-lavado. Estou sentada na cama quando ele entra, vestindo um suéter branco de gola redonda e shorts de ginástica.

— Oi — sussurra ele, e olha para mim enquanto guarda a prótese ao lado da cômoda. — Achei que você já estivesse dormindo.

— Oi... não, fiquei esperando porque queria falar com você.

— Aconteceu alguma coisa? — pergunta Bo, sentando-se na cama, de costas para mim.

Ele tira os óculos e os coloca na mesinha de cabeceira, ao lado do celular.

Respiro fundo e me jogo na direção dele, passando os braços ao redor de sua cintura antes de apoiar o rosto em suas costas.

— Ei — chama ele com delicadeza, com o pescoço virado por sobre o ombro. — O que aconteceu?

— Nada — respondo com a voz abafada pelo tecido do moletom. — Eu só precisava abraçar você.

— Tudo bem — concorda ele, e pousa a mão sobre a minha. — Deixe só eu deitar também e aí nós dois podemos entrar nesse abraço.

Aceno com a cabeça, depois me afasto.

Bo ajeita o corpo e se deita de barriga para cima na cama, depois faz sinal para eu me aconchegar ao seu lado. Em vez disso, me posiciono em cima dele, os joelhos afundados no colchão ao lado de seu quadril, e enterro meu rosto em seu peito.

— Win... — diz Bo, acariciando minhas costas para cima e para baixo com suas mãos enormes. — Fale comigo, docinho. O que foi? Aconteceu alguma coisa?

— Eu conversei um pouco com seu pai enquanto você estava no banho.

— Ele disse alguma coisa que chateou você?

— Não... — Viro a cabeça para o lado e enxugo o rosto com a manga da blusa, tentando conter as lágrimas. — Mas ele me contou sobre sua mãe — continuo, a voz tão embargada que ameaça quebrar. — Contou sobre como ela faleceu e... Bo, eu sinto tanto.

— Ah. — Ele solta o ar, suas mãos de repente ficam imóveis nas minhas costas. — Eu ia contar para você, Win. É só que...

— Não, não.

Levanto o torso, com os olhos marejados, e olho para ele. Quando faço isso, vejo que sua expressão não está como eu esperava. Bo parece quase assustado. Não triste. Não melancólico. Assustado. Vejo seu maxilar tenso, seus olhos doces me observando com tanta preocupação que sinto vontade de esticar o dedo e massagear o vinco entre suas sobrancelhas até que ele suma de lá. Mais do que isso, na verdade. Eu gostaria de poder suavizar cada pedacinho da alma dele, retirar cada ruga, vinco e mácula até que estivesse novinha em folha.

— Não estou chateada por você não ter me contado — esclareço. — Eu só queria ter descoberto antes... para que eu pudesse ajudar de alguma forma.

Bo faz menção de se levantar, e eu me afasto enquanto ele se senta com as costas apoiadas na cabeceira, mas logo me puxa de volta para seu colo, com as mãos nas laterais do meu quadril.

Com o rosto a meros centímetros do meu, Bo leva a mão até meu pescoço, e seu polegar acaricia minha mandíbula com ternura, sem tirar os olhos do padrão delicado que traceja.

Por favor, me deixe entrar, quero dizer em meio ao silêncio. *Pode me amar. Pode confiar em mim. Não vou decepcionar você, eu juro.*

— Fiquei com medo de contar a verdade sobre minha mãe e você achar que eu estava fazendo isso pelos motivos errados — confessa Bo, com a respiração entrecortada, os olhos marejados ainda pousados no meu queixo.

— Eu não queria que você achasse que a chamei para morar aqui só para ficar *monitorando* seus movimentos ou algo assim. E...

Ele suspira, apoiando a testa no meu queixo enquanto tenta conter as lágrimas.

— Está tudo bem — sussurro, acariciando seu cabelo. — Você não precisa me explicar nada. Está tudo bem...

— Eu achava que você esconderia seus sentimentos de mim se soubesse o que aconteceu. Não quis arriscar sua segurança, com medo de que você ficasse mais preocupada com os meus sentimentos do que com os seus. — As mãos dele voltam para as laterais do meu quadril, agarrando o tecido do suéter e o puxando para baixo. — Mas eu queria contar, Win. Não quero mais segredos entre nós. Não quero.

Aceno de leve, pressionando meus lábios trêmulos contra seu couro cabeludo enquanto ele estremece, os ombros desabando para frente.

— Está tudo bem — repito sem parar. — Você não tem culpa de nada. Ninguém tem culpa pelo que aconteceu. Você era só um bebê. Não foi sua culpa.

— Eu acho... — Ele limpa a garganta e se endireita, com o rosto na altura do meu. — Acho que August está me ajudando a perceber isso.

Então Bo respira fundo, as narinas tremelicando, e uma lágrima escorre pela lateral de seu rosto, que ele rapidamente enxuga com o ombro.

— Que bom. — Seguro seu rosto, obrigando-o a me olhar, a me ouvir. — Porque nós *nunca* culparíamos nosso filho, culparíamos?

Ele nega com a cabeça, sem tirar os olhos dos meus.

— Você me deu tantas coisas maravilhosas, Win.

— Não...

— Desde que conheci você, é como se cada parte minha tivesse se curado um pouquinho. Sabia disso? Sabia que é isso que você faz pelos outros?

Aceno que sim, não porque concordo, mas porque entendo.

— Acho que nós dois precisávamos de um recomeço — respondo.

— E acho que foi justamente isso que proporcionamos um ao outro.

Bo desliza as mãos do meu quadril até a barriga, acariciando-a com os polegares enquanto a observa.

— É mais do que isso, Win. — Bo ergue o rosto, e seu olhar é suplicante. — Pelo menos para mim.

Engulo em seco, minhas mãos ainda em sua nuca.

— Não sei como agir. Sei que preciso ir com calma até você também estar pronta — sussurra baixinho.

— Pronta? — pergunto, toda trêmula.

— Acho que nós dois sabemos aonde isso vai dar — continua Bo, com a voz rouca. — Só estou tentando descobrir o que fazer para nós dois estarmos prontos ao mesmo tempo.

— Mas... e a Cora? — murmuro.

Bo afasta o corpo, estudando meu rosto com atenção, os lábios ligeiramente projetados e a sobrancelha arqueada.

— O que tem ela?

Desvio o olhar, afastando as mãos de sua nuca.

— Naquele dia, na praia... você disse que a amava. Que o relacionamento tinha terminado sem um desfecho. Parecia que você ainda estava...

— Eu liguei para ela assim que chegamos em casa, Win — interrompe-me Bo.

— Quê? — gaguejo.

— Quando chegamos da praia aquele dia, eu só conseguia pensar em uma coisa: cá estou eu, diante de algo novo e lindo, e ainda estou preso ao passado. Percebi que não podia mais tentar justificar as atitudes de Cora. Que não podia deixar tudo como estava só para manter a paz. Você não merecia passar por isso. O bebê não merecia passar por isso. Graças a você, percebi que *eu* também não merecia passar por isso. Então liguei para ela.

— Eu... eu não sabia.

Bo umedece os lábios, seu olhar fica distante.

— Nós passamos algumas horas conversando. Pedi desculpas por ter insistido em algo que não existia mais por puro medo, e ela se desculpou por... bem, por todo o resto. Acho que ela já estava esperando minha ligação. Parecia pronta para falar do assunto. Nós dois dissemos tudo o que queríamos, e depois ela perguntou como eu estava. E aí... eu falei de você.

— De mim?

Bo assente, sorrindo.

— Já faz meses que falo de você para qualquer pessoa disposta a ouvir — confessa ele, rindo baixinho. — Achei que você soubesse, Win. Achei que estivesse tão dolorosamente óbvio tudo o que sinto por você. O que eu quero para mim. Pensei que tinha sido justamente por isso que você estabeleceu limites tão claros. Achei que você não sentisse o mesmo que eu.

Levo a mão à boca, cobrindo um sorriso vacilante. *Ele me quer.*

— Tenho estado atento a cada gesto seu, a cada palavra sua, na esperança de que você me dê um sinal. Não quero pressionar você, Win. Não quero que você se sinta desconfortável, mas... não posso mais fingir que...

Eu o beijo.

Porque *preciso* beijá-lo. Porque eu posso. Porque não tem como ser diferente.

E ele me beija de volta, um beijo voraz, mas delicado, e é como se todas as horas que passamos nos desejando em silêncio de repente se rompessem sobre nós. As mãos de Bo viajam do meu quadril até meus cabelos, agarrando-se desesperadamente a mim.

— Você tem certeza? — pergunta ele, se afastando.

Eu rio, meus lábios ainda colados nos dele.

— Tenho, Bo. Eu quero isso há tanto tempo.

— Tudo bem... mais tarde conversamos?

— Isso, mais tarde — concordo, ainda rindo, tonta e aliviada e estupidamente feliz.

Nosso beijo fica cada vez mais fervoroso, com uma intensidade que nunca senti antes.

Não me pergunto se ele quer mesmo isso, porque ele me disse que quer. Não me pergunto se é uma boa ideia, nem me preocupo com tudo o que pode dar errado. Porque quando você ama alguém tanto assim, quando reconhece as dores e o coração do outro como seus, não resta outra escolha senão mergulhar de cabeça. Eu cansei de ter medo. Quero ser amada por alguém como Bo. Quero amá-lo do jeito que ele merece.

Acho que nossas almas já estavam interligadas havia um bom tempo, mas só agora tivemos coragem de admitir.

Bo se ajeita e deita na cama, mantendo-me em seu colo com as mãos firmes. Estamos sorrindo quando nossos lábios se encontram outra vez, mas os sorrisos logo se esvaem quando ele me puxa pela nuca, mais e mais, e ainda assim não parece perto o suficiente.

Também sinto isso, essa necessidade de fundir meu corpo ao dele até nos tornarmos uma coisa só.

Endireito os ombros, tentando alcançar a bainha do meu suéter, mas Bo o arranca com um movimento ligeiro e o joga do outro lado do quarto. Eu me atrapalho tentando tirar o moletom dele, e ele ergue o torso o suficiente para que eu consiga puxar o tecido. Rimos baixinho, agarrando, puxando e girando até estarmos ambos sem camisa e colados outra vez. Bo vira o corpo até que eu esteja com as costas apoiadas no colchão, seu corpo pairando sobre mim.

— Eles estão *muito* sensíveis agora — sussurro, segurando meus peitos enquanto ele arranca meu short e a calcinha.

Bo apoia meu pé no seu ombro e começa a beijar a parte interna da minha perna.

— Sensíveis de um jeito bom? — pergunta, mordiscando a lateral do meu joelho, e lança um olhar ávido para onde estão minhas mãos.

— De um jeito *ótimo* — respondo, beliscando meus mamilos. — De um jeito tão bom que toda noite eu imaginava *você* brincando com eles.

O sorriso de Bo se enche de malícia, e seus olhos ficam vidrados nos meus peitos enquanto umedece os lábios. Depois continua beijando a parte interna da minha coxa, minha perna equilibrada no seu ombro, seus lábios cada vez mais perto da minha virilha. Ele estende a outra mão até os meus peitos, espalmando a pele sensível antes de apertar com força. Depois a recolhe e segura minha panturrilha com as duas mãos, admirando cada pedacinho do meu corpo.

— Puta merda, não sei por onde começar. Senti tanta saudade do seu corpo. Eu queria ter mais mãos para poder tocar você todinha.

Arqueio a sobrancelha e ele balança a cabeça, crispando os lábios.

— Já entendi.

— Temos tempo de sobra — respondo, sem fôlego. — Mas, por favor, me toque em qualquer lugar.

Bo assente, ajoelhando-se no chão ao lado da cama.

Ele estica as mãos, e os tendões de seus braços ficam visíveis sob a pele quando ele agarra as laterais do meu quadril e me puxa até a beirada do colchão.

Deixo escapar um gritinho, mordendo o lábio ao sorrir para ele, grata por sua selvageria.

— Já sei por onde vou começar — sussurra Bo, e mordisca minha coxa antes de afastar minhas pernas com as mãos.

— Hummm... — respondo. — Boa escolha...

Ele ri baixinho, os lábios colados na minha virilha, e com um movimento hábil desliza a língua de baixo a cima, até chegar ao meu clitóris.

Solto um gemido alto, cobrindo a boca com o braço.

— Isso — sussurro. — Aí mesmo.

Ele chupa e lambe o mesmo ponto até eu estar ofegante, com minhas mãos agarradas aos lençóis, puxando seu cabelo, enquanto eu desmorono por completo.

Bo afasta os lábios e enfia dois dedos dentro de mim, com movimentos perfeitamente ritmados de vaivém, e a cada impulso dele eu deixo escapar suspiros e ofegos e gemidos incontroláveis.

— Meu Deus, meu Deus — gemo, escancarando a boca conforme o clímax se aproxima.

— Isso, puta que pariu, assim mesmo... — concorda Bo, a voz baixa e firme, o completo oposto de como me sinto, leve e flutuando no ar. — Você faz ideia de como é gostosa, hein? Faz ideia de que é uma delícia aqui embaixo? Faz ideia de quantas vezes imaginei você assim, desse jeitinho?

Gemo outra vez, mordendo o lábio inferior enquanto tento me entregar ao doce esquecimento.

— Imaginei você chamando meu nome com essa boquinha linda toda noite desde que ouvi seus gemidos no corredor. Por favor, Win. *Por favor.* Fale meu nome.

— Bo — chamo, como uma promessa. — Bo — sussurro, com uma força que vem de dentro. — Por favor, me fode — imploro. — Por favor — choramingo, me debatendo contra o colchão.

— Ainda não, docinho. Só depois que você gozar na minha mão. Estou louco para te comer, acredite em mim. Mas primeiro preciso ver você assim.

— Ele apoia a mão na minha barriga, os olhos quase fechados. — Eu já era maluco pelo seu corpo antes, mas agora... agora nem sei o que vai ser de mim. Olhe para você. Perfeita pra caralho.

— Eu... eu tô quase lá — aviso, com a mandíbula cerrada enquanto minhas pernas tentam se fechar por vontade própria.

Bo prende meu joelho contra o colchão, afastando minhas coxas quando começo a tremer.

— Assim mesmo, docinho. Goza para mim. Por favor.

O orgasmo é tão intenso que chego a ouvir um zumbido, e todo o meu corpo se contrai e relaxa com uma série de espasmos. Cubro a boca com o punho, tentando silenciar meus gritos.

Assim que meu corpo relaxa e minha respiração suaviza, Bo começa a beijar meu clitóris pulsante. É quase demais para aguentar, mas pressiono os lábios e tento me conter.

Bo solta pequenos grunhidos guturais, cheios de ganância enquanto ele absorve cada gotinha do meu êxtase.

— Seu gosto é tão bom — murmura ele antes de beijar meu clitóris uma última vez, desencadeando uma onda de calor que estimula todo o meu corpo.

— Então me mostra — peço, virando o pescoço para olhar para ele. — Vem cá me beijar — instruo, com um sorriso satisfeito.

— Com prazer — responde Bo, usando os braços para se levantar do chão.

Eu me viro na cama, abrindo espaço para ele se deitar ao meu lado, e em seguida me esparramo sobre seu peito, beijando-o bem devagar.

— Minha coisa favorita no mundo — sussurra ele contra meus lábios, acariciando meu rosto antes de deslizar o dedo pelo meu pescoço até o peito, onde aponta para a pele avermelhada entre meus seios. — Achei que nunca mais ia ver você toda vermelhinha assim.

Eu me inclino e o beijo outra vez, com a lateral do meu rosto apoiada na mão dele enquanto mordisco seu lábio inferior, puxando-o entre os dentes antes de soltar e pressionar minha testa na dele. Solto um gemido frustrado, com raiva de não poder chegar mais perto que isso.

— Eu quero sentir você... — começo a dizer, sem saber como concluir a frase.

A verdade é que quero sentir Bo *dentro* de mim, mas não apenas do jeito que ele logo estará. Quero senti-lo arder no interior do meu corpo, como o raio que atinge uma árvore e a queima de dentro para fora. Quero que Bo, sua vida, suas lições e sua alma fiquem marcadas sob minha pele.

— Eu quero devorar você — reformulo com as palavras mais próximas para exprimir o que sinto.

— Canibalismo não é uma prática muito bem vista pela sociedade, docinho — comenta Bo enquanto me acomodo no colo dele.

— Mas você deixaria? — pergunto, sentindo-o segurar minhas costas antes de agarrar minha bunda, os dedos fincados na pele. — Se eu pedisse com jeitinho?

— Você sabe que sim — responde ele, achando graça.

Estico o pescoço e o beijo de novo, embalada pela sensação maravilhosa dos meus mamilos roçando no peito dele.

— Fique de costas para mim — pede Bo, mordiscando meu queixo. — Quero que você sente no meu colo, depois apoie as costas no meu peito, entendeu?

Aceno que sim, trocando de posição. Bo enlaça minha cintura e beija meu ombro, apoiando a testa na minha nuca enquanto afundo no colo dele.

— *Caralho* — sussurro com os lábios entreabertos, a respiração ofegante.

Por mais que eu tenha repassado nossa noite juntos milhares de vezes na minha cabeça, eu sempre soube que não chegava nem perto da realidade. Não era nada comparado à sensação incrível de senti-lo de novo.

— Win... — geme Bo, sem fôlego. — Por que está ainda melhor desta vez?

— Porque agora somos *nós* — sussurro em meio à névoa de desejo que me envolve.

Apoio as costas no peito de Bo, como ele pediu, e os seus braços me envolvem com força, uma mão apoiada na minha barriga enquanto a outra segura meu peito. Finco os joelhos no colchão para me apoiar e começo a rebolar no colo dele.

— Assim?

Bo sibila com a boca colada na minha orelha.

— Assim mesmo — diz com a voz rouca. — Ai, caralho.

Ele desliza a mão até o meio das minhas pernas, causando arrepios por onde passa.

— Não vou aguentar — aviso quando ele começa a estimular meu clitóris, e minhas pernas ficam trêmulas. — Não consigo me mexer assim, é gostoso demais.

— Então fique bem quietinha — ordena ele com firmeza. — Vou ficar maluco se não sentir você gozando no meu pau.

— Bo — sussurro, ofegante, antes de acariciar meus próprios peitos. — Estou tão... — começo a dizer, sentindo todo o meu corpo se contorcer ao redor dele.

Estico o pescoço para trás, apoiando a parte de trás da cabeça em sua clavícula.

— Então relaxe, docinho. Pode deixar que eu assumo — diz Bo, apoiando o canto da boca na lateral do meu rosto.

Começo a rebolar o quadril em movimentos circulares, minha bunda pressionada em seu abdômen.

Bo geme, um grunhido rouco e gutural, e sinto seu hálito quente no meu cabelo.

— Goza comigo? — peço, engolindo em seco, e sinto uma gota de suor escorrer pelas minhas costas.

Bo ri baixinho, sem um pingo de humor.

— Win, estou fazendo de tudo para *não* gozar.

— Por favor — imploro. — Por favor, estou quase lá. Eu quero. Juntos.

Bo estimula meu clitóris com mais vontade, seus movimentos ritmados enquanto rebolo meu quadril. Ele afunda o rosto no meu cabelo e respira fundo antes de gemer outra vez.

— Está *tão* gostoso — sussurra ele, com a respiração entrecortada.

— Quase... — aviso, ofegante.

— Quase — repete ele.

— Isso.

Bo solta um grunhido, dando outra arremetida.

Sinto um aperto no estômago antes de me entregar à queda livre, meu coração acelerado antes que todo o meu corpo seja dominado pelo prazer.

— Agora — grito, com a voz trêmula.

— Win — chama Bo, ofegando meu nome em duas sílabas.

Então sinto seu calor se derramar dentro de mim, desencadeando uma nova onda de êxtase.

Meu corpo estremece, e Bo me aperta ainda mais.

— Caralho — geme ele antes de desabar de costas no colchão, me levando junto, meu suor se espalhando pelo abdômen dele.

— Nossa — digo enquanto tento recobrar o fôlego, com a orelha colada em seu pescoço.

O coração dele está quase tão acelerado quanto o meu.

Bo ri apenas uma vez.

— Cacete, hein?

— Pois é — concordo e sorrio sozinha, fechando os olhos a cada expiração.

Sinto a respiração ofegante de Bo nas minhas costas e estico os braços até o rosto dele.

— Bom trabalho, *docinho* — elogio, devolvendo o apelido antes de dar um tapinha em sua bochecha.

— E quem disse que eu terminei? — pergunta ele em tom brincalhão, erguendo o quadril como um lembrete de que ainda está dentro de mim, duro como pedra. — Estou sonhando com isso há muito tempo... *docinho*.

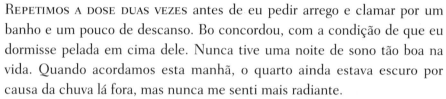

31

Repetimos a dose duas vezes antes de eu pedir arrego e clamar por um banho e um pouco de descanso. Bo concordou, com a condição de que eu dormisse pelada em cima dele. Nunca tive uma noite de sono tão boa na vida. Quando acordamos esta manhã, o quarto ainda estava escuro por causa da chuva lá fora, mas nunca me senti mais radiante.

Bo se remexe ao meu lado, com o rosto afundado no travesseiro, e pisca algumas vezes antes de voltar a dormir. Eu o observo sem pudor, admirando a contração delicada das sobrancelhas, o ir e vir do seu peito a cada respiração entrecortada. Memorizo cada detalhezinho do seu rosto. O arco do cupido escondido sob uma camada fina de penugem loura, as vinte e uma sardas espalhadas pela testa, bochechas e nariz, e algumas menorzinhas nas pálpebras, que são minhas preferidas.

Então, uma vez satisfeita, sento-me com as costas apoiadas na cabeceira, com o edredom ainda enrolado no meu corpo. Eu o acordo com um carinho suave na barba e o vejo abrir os olhos, com um sorriso sonolento nos lábios quando se vira para me olhar.

— Bom dia, linda — sussurra Bo com a voz áspera, e então estende o braço e segura meu quadril, usando-o como apoio para descansar a cabeça no meu colo. — Só mais cinco minutinhos — pede com um bocejo, aninhando-se nas minhas coxas.

Não sei se por causa da voz dele tão perto da minha barriga ou das batidas aceleradas do meu coração, mas o bebê também acorda, dando chutinhos no lado esquerdo. Coloco uma das mãos bem ali e uso a menor para acariciar os cabelos de Bo.

E de repente percebo: nunca estive tão feliz quanto neste exato momento. Agora só preciso confessar a Bo o quanto eu o amo... e não quero esperar nem mais um minuto.

— Bo? — chamo seu nome como se fosse a primeira vez. Como se tivesse um sabor diferente na minha língua agora que vem acompanhado de uma imensidão de sentimentos. — Bo... preciso falar uma coisa.

— Você vai ter que esperar — murmura ele com o canto da boca esmagado no meu colo. — Eu quero falar primeiro, mas agora estou cansado demais para fazer do jeito certo. Mais tarde.

Sorrio tanto que tenho que esticar o pescoço para trás, voltando o rosto para o teto.

— Quer falar o *que* primeiro? — pergunto, penteando seu cabelo para trás, traçando com o polegar uma linha do topo da orelha até o pescoço.

— Três palavrinhas bem grandes e cheias de significado. Acho que você sabe quais são, não sabe?

— Hum, não sei, não. Sinto muito. Acho que você vai ter que acordar e me dizer.

— Você merece muito mais do que uma confissãozinha mixuruca. Tem que ser algo grandioso — comenta ele, sorrindo sozinho, ainda de olhos fechados. — Cheio de pompa.

— Eu não preciso de algo grandioso.

Só preciso de *você*.

Bo solta um grunhido enquanto se senta, com a cabeça baixa antes de estalar o pescoço e me olhar com aquele sorriso travesso que sempre acelera meu coração.

— Bom dia — diz ele, puxando o edredom para cobrir o colo.

— Sh, bom dia — sussurro de volta, chegando mais perto para lhe dar um único beijo preguiçoso. — Acordou sozinho?

— Humm — resmunga Bo, esfregando os olhos com a mão. — Não achei que eu fosse ficar de ressaca. Nem estava bêbado quando fui dormir.

— Ah, meu amor, essa é a vida depois dos trinta.

Ele inclina a cabeça de leve, o cabelo caindo para o lado.

— Gostei disso — diz, sorrindo.

— Disso o quê?

— A garota dos meus sonhos está na cama comigo, me chamando de *meu amor*.

— Garota dos seus sonhos, é? — pergunto, puxando ainda mais o edredom ao ver o olhar de Bo no meu decote.

Preciso que ele mantenha o foco.

— Como é que você já está tão disposta assim? — pergunta ele, arregalando os olhos antes de piscar lentamente. — Parece que eu fui atropelado por um caminhão.

— *Eu* estou sóbria, esqueceu? Grávida e tal? — provoco, passando a mão por seu ombro até chegar ao pescoço, inclinando a cabeça dele na minha direção.

— Acorde. — Eu *preciso* que ele me diga como se sente, porque parece que estou prestes a explodir. — Se você não vai falar primeiro, então eu vou.

Ele ri, deixando a cabeça pender outra vez.

— Você nunca facilita as coisas para o meu lado, né? Tive que me controlar muito desde que *você* me falou que deveríamos ser só amigos. Aí, depois de uma noite juntos, você já quer que eu coloque todas as cartas na mesa. Tem ideia de como tem sido difícil esconder isso de você? Se dependesse de mim, eu teria falado todos os dias. Talvez agora eu devesse fazer *você* esperar um pouquinho — argumenta Bo, estreitando os olhos para mim de brincadeira.

Pior que ele tem razão. Fui eu quem ditei o ritmo esse tempo todo. Eram os meus limites, as minhas regras. Bo me acompanhou todo esse tempo, com toda a gentileza e respeito do mundo. Acho que esse é um dos muitos motivos pelos quais estou tão apaixonada por ele. E eu *poderia* deixá-lo me torturar um pouquinho, já que, mesmo sem saber, eu o mantive esse tempo todo em banho-maria.

Mas Bo é uma pessoa melhor do que eu.

Estendo o braço e seguro sua mão, entrelaçando meus dedos com os dele e apertando de leve. Seu sorriso continua sonolento, mas está com uma expressão mais desperta. Eu o observo em busca de uma permissão silenciosa, um breve olhar que diga *vá em frente...*

— Eu te amo — declaro, apertando a mão dele de novo. — Estou completamente, absurdamente, loucamente, profundamente apaixonada por você.

Os ombros de Bo afundam quando ele puxa o ar, como se estivesse sorvendo minhas palavras, o rosto tomado por uma expressão satisfeita e paciente e muito, muito feliz.

— Eu tive *tanto* medo de me sentir assim outra vez. Duvidei do meu juízo, das minhas intenções e da minha própria razão desde que nos conhecemos, mas durante todo esse tempo você tem me mostrado, todos os dias, com pequenos gestos, que posso confiar em você. E essas pequenas doses de bondade, gentileza, generosidade e apoio derrubaram a fortaleza que construí para proteger meu coração. Você nunca pediu mais do que eu tinha a oferecer. Você nunca me apressou. Você...

Engulo em seco, tentando me livrar das emoções entaladas na garganta.

— Você me enxergou como sou. E me entendeu como ninguém antes. E agora também o enxergo do jeitinho que é. Agora vejo o quanto você é maravilhoso e, o mais importante, agora acredito nisso. Com cada fibra do meu ser, acredito que você vai cuidar bem do meu coração.

Bo pisca algumas vezes, as pálpebras tremelicando quando ele baixa o olhar e segura minha mão, beijando cada um dos meus dedos. Depois apoia o rosto na palma da minha mão, e sinto o tremor no seu maxilar.

— Eu te amo, Win. Te amo tanto que parece que nunca amei ninguém na vida antes disso. Nada se compara ao que eu sinto por você. Nem chega perto.

— Obrigada — sussurro, e apoio minha testa na dele.

— Obrigado a *você* — responde Bo.

Sinto vontade de gritar, de pular, de dançar. Sinto vontade de passar o dia todo aninhada em seus braços, o mês, o ano. Mas, acima de tudo, sinto vontade de beijar cada centímetro do corpo dele e deixar claro o quanto eu o amo.

— Por favor, me beije — peço.

Retribuo seu doce beijo pós-declaração com uma voracidade ardente e o sinto rir contra meus lábios, sem fôlego, enquanto deixo uma trilha de beijos por seu pescoço.

— Já quer de novo, docinho?

— Vá se acostumando, *docinho*.

Bo afasta o edredom e me puxa com tanta força que rio quando nossos corpos se chocam.

— Tudo bem — concorda ele, agarrando as laterais do meu quadril para me posicionar no seu colo. — Vamos ver quantas vezes a gente consegue fazer isso antes do café da manhã.

Ele enfia os braços sob minhas coxas, me levantando antes de entrelaçar as mãos atrás das minhas costas, me segurando.

— Já falei o quanto eu te amo? — pergunto quando ele se posiciona abaixo de mim, e jogo a cabeça para trás em expectativa.

— Se eu fizer tudo direitinho, logo, logo você vai estar gritando isso no meu ouvido.

Atravesso o corredor só de toalha, correndo até o banheiro enquanto Bo vai descobrir se o pai dele já acordou. Se for o caso, Bo provavelmente lhe deve algumas explicações. E talvez um pedido de desculpas. Casa antiga, paredes finas e tal.

Enfim, pelo menos estou fora dessa conversa, mas envio uma mensagem a Sarah contando tudo sobre nossa noite e manhã juntos antes de entrar no chuveiro quentinho. Acho graça quando vejo o celular vibrar e tocar tantas vezes na bancada que chega a escorregar para dentro da pia.

Saio do banho e seco o cabelo, passo hidratante na barriga e escovo os dentes antes de cruzar o corredor na ponta dos pés. Ao entrar no meu quarto, vejo que Bo deixou uma xícara de café na mesa de cabeceira e até arrumou a cama. Acho que eu nunca cheguei a arrumá-la, mas aprecio a intenção.

Visto leggings pretas grossas, um moletom verde-esmeralda de Westcliff e meias de lã. Prendo o cabelo em um coque bagunçado e sigo o cheiro delicioso que vem do corredor, com a xícara de café na mão.

— Bom dia — cumprimento assim que entro na cozinha.

— Estou sozinho — avisa Bo, virando uma panqueca na frigideira. — Acho que meu pai bebeu demais.

— Será que não é melhor acordá-lo? Que horas é o voo?

— Vou levá-lo no aeroporto só às nove da noite. Tem tempo de sobra para dormir.

— Vocês já combinaram de ele voltar para visitar o bebê? — pergunto, enchendo um copo com gelo.

— Não, ainda não. Na verdade, eu estava pensando... E se a gente for até lá? Umas férias em família... Você já foi a Paris?

Abro um sorriso radiante. *Família*. É exatamente isso o que somos.

— Sempre quis, mas nunca fui. Talvez a gente possa estender a viagem e passar na casa da minha mãe também?

— Ela ainda não sabe se vai conseguir vir em agosto?

— Não... disse que está enrolada por causa da taxa de entrada de um novo empreendimento em que ela se meteu. Ela jura de pés juntos que vai reaver esse dinheiro, mas... — digo, encolhendo os ombros. — Vai saber?

— Sua mãe sabe... sobre... — Bo aponta para nós dois com a espátula.

Sorrio para a xícara de café, tomando um longo gole.

— Ela sabia antes de você, para falar a verdade. Eu meio que menti e não deixei claro que só estávamos *morando* juntos. Mas agora, acho que posso chamar isso de lei da atração — comento, e fico na ponta dos pés para beijar a bochecha dele.

Bo vira uma panqueca, reflexivo.

— Eu estive pensando...

Lanço um olhar sarcástico para ele, depois para o banheiro no fim do corredor.

— Passou dez minutos inteiros pensando? Será que eu deixei você sozinho por tempo demais?

— Eu gostaria que você pedisse as contas na cafeteria.

— Boo... — Reviro os olhos com carinho. — Eu também gosto de ficar em casa, mas preciso juntar dinheiro para abrir o acampamento e pagar minha parte das contas. — Enlaço o pescoço dele, depois faço carinho em seu ombro. Amo saber que agora posso encostar nele quando quiser, e talvez pudesse ter feito isso desde sempre. — E se eu ficasse muito tempo aqui, você acabaria sendo demitido por minha causa — acrescento baixinho. — Aquelas roupas que você usa para trabalhar e os óculos? Fico *maluca*.

Bo começa a rir enquanto tira a panqueca da frigideira e a coloca em um prato com várias outras, depois desliga o fogão.

— Você ainda ia trabalhar... só não na cafeteria.

— Eu também acho que sexo é uma forma honesta de ganhar a vida, mas não vai rolar, meu bem.

Bo se apoia na bancada, com a mão estendida sobre o tampo.

— Eu recebi um e-mail de James Burrough, o investidor, esta manhã. Ontem à noite, na verdade. Mas a gente estava muito ocupado na hora. — Ele pisca para mim. — Só vi hoje cedo.

Pouso a xícara na bancada com tanta força que quase a quebro.

— E...? — pergunto, fazendo sinal para ele continuar.

— E ele quer investir. Ofereceu setenta e oito por cento do que precisamos.

Cubro a boca com as mãos, deixando escapar um suspiro ofegante.

— Isso é maravilhoso! — exclamo, jogando-me nos braços de Bo e abraçando-o. Ele mal se mexe, apenas apoia o queixo no meu ombro. — Calma. Então eu ainda preciso de...

— Eu quero investir o resto, Win. Mas... — Ele se detém, tamborilando os dedos na bancada. — Quero ter certeza de que meu *investimento* não vai estar se matando para dar conta de dois empregos. Ainda faltam quatro meses para o bebê nascer, e acho que se você se concentrar no acampamento, pode fazer um avanço considerável.

— Bom, mas são... — Tento fazer as contas de cabeça, mas não consigo. — São...

— Cento e trinta e oito mil e seiscentos dólares.

— Você não tem tanto dinheiro assim! — exclamo, boquiaberta.

— Não tenho? — Ele faz beicinho. — Puxa, podia jurar que tinha...

— Bo... — sussurro, observando-o de canto de olho. — Por acaso você é rico?

— Eu me viro bem.

— Parece *exatamente* o que uma pessoa rica diria. E eu sei que você tem um emprego ótimo e tal, mas ainda assim é *muito* dinheiro.

— Dei sorte com uns investimentos que fiz. Adamir me procurou para pedir uns conselhos quando se formou, e no fim acabei entrando de sócio em um aplicativo que ele desenvolveu. Foi vendido um ano atrás por pouco menos de três milhões.

— E quando você diz que era *sócio*, quanto foi que...

— Recebi uns trinta por cento disso.

Levo a mão à testa, rindo baixinho.

— É muito cálculo para um dia só.

Bo tira a mão da bancada e enlaça minha cintura, me puxando para perto.

— Tem tanta coisa que eu queria ter dito e feito nos últimos meses, e estive esperando o momento certo... sem muita paciência, confesso. E isso é uma dessas coisas. Agora que você confia em mim — diz Bo, erguendo meu queixo para que eu olhe para ele —, quero que me deixe ajudar, ok? — Então assente, sem tirar os olhos de mim, como se tentasse me convencer a assentir também. — Agora é a sua vez, Win.

— Minha vez de quê? — pergunto, com a voz distante.

— Quando penso no seu antigo relacionamento, em tudo o que você fez por aquele... — Os olhos de Bo faíscam de raiva e ele respira fundo, se acalmando. — Ainda tem muito que eu não sei, e realmente gostaria de conversar mais sobre isso quando você estiver pronta, mas quando você me contou que bancou os estudos daquele imbecil e no fim não recebeu nada em troca, fiquei arrasado. Então, sim, agora é a sua vez, Win. De recuperar esse tempo perdido. De chegar onde você quer chegar. Onde você merece estar. E não apenas porque você merece, mas porque crianças como Henry também merecem isso. Crianças como *eu e você* precisam deste acampamento. Então, por favor, me deixe fazer parte disso.

— Não é sua responsabilidade corrigir os erros de Jack...

— Eu sei — responde Bo, inclinando-se para me dar um único beijo, esfregando o nariz no meu. — Mas de agora em diante, é minha responsabilidade amar você do jeitinho que você merece. — Ele apoia a testa na minha, soltando o ar devagar. — Deixe-me fazer isso por você, docinho.

— Tudo bem — sussurro, sentindo o cheiro dele, seu rosto ainda colado ao meu. — Jura que não está fazendo isso só porque a gente finalmente transou? — pergunto, estremecendo.

Bo dá risada, brincando com uma mecha de cabelo que cai sobre meu ombro.

— Juro, por melhor que seja o sexo. Vai muito além disso.

— Tá... e agora, o que eu faço? Largo meu emprego? — pergunto, passando os braços ao redor da cintura de Bo antes de apoiar o queixo no peito dele, admirando seu rosto com adoração. — No fim você queria mesmo uma mulher bancada por você. Acertei em cheio.

— Se você pedir as contas logo, vai ter mais tempo para se concentrar no acampamento — explica Bo. — E logo, logo não seremos mais só nós dois. Por mais animado que eu esteja, gostaria de aproveitar mais nosso tempo juntos antes de August nascer.

— Hummm. E eu vou poder dormir um monte.

— Só vantagens.

— Certo, e agora? Vamos mandar um e-mail para James? Para discutir negócios?

— Bem, primeiro temos que fazer um montão de contas, já que as planilhas antigas já não servem mais. Depois disso, podemos falar com ele.

— Adoro quando você fala essas sacanagens para mim — comento, arqueando as sobrancelhas de um jeito sugestivo.

— Antes de tudo, você vai tomar café. — Bo estica o braço para pegar um prato, piscando para mim. — Preciso garantir que você esteja bem alimentada — continua, roçando o nariz na minha têmpora. — Para aguentar o que vem mais tarde.

Tenho a impressão de que vou gostar *muito* do que vem mais tarde.

— Claro, preciso me preparar para todas aquelas planilhas e contas...

— Arrã, é isso mesmo.

32

Vinte e seis semanas de gestação.
Bebê do tamanho de uma berinjela.

— Não seja ridículo! — grito enquanto sigo Bo pelo corredor. — Primeiro de abril já passou há duas semanas, então se isso for alguma pegadinha, saiba que não tem a menor graça!

Bo entra apressado em seu quarto. Desculpe, *nosso* quarto. Sempre esqueço.

Vou atrás, sem tirar os olhos enquanto ele se afasta, e ainda tem a audácia de começar a *rir*.

— Se você quiser brigar comigo, pode brigar, mas será que dá para esperar os caras da instalação irem embora? Assim pelo menos a gente pode transar para fazer as pazes quando sua raiva passar.

Ele não tem mais para onde fugir, encurralado por mim com as costas coladas na parede enquanto cutuco o peito dele com meu dedo em riste.

— Você disse que não ia ter mais presentes — vocifero, pontuando cada palavra com um cutucão.

Ele agarra meu pulso e afasta minha mão antes de plantar um beijo bem na palma, sorrindo.

— Quem disse isso foi *você*, não eu.

— Robert! — sibilo e trato de recolher a mão, depois de me deixar levar por um segundo por sua armadilha de beijos doces.

— Winnifred! — Ele ri tanto que vejo as ruguinhas nos cantos de seus olhos.

A *audácia* deste homem...

— Já chega — reclamo, cruzando os braços sobre o peito.

Bo solta um suspiro, e seu rosto assume um ar mais sério, mas ainda não tão sincero quanto eu gostaria. Depois penteia o cabelo com as mãos, deixando-o cair de volta na testa.

Ele não cortou desde que a gente se viu pela primeira vez, e tenho que admitir que adoro quando está compridinho assim. Melhor para agarrar durante o sexo ou para acariciar quando ele está deitado no meu colo no sofá, assistindo a outro filme que vai me fazer dormir.

— É só uma banheira, docinho. A gente ia precisar de uma cedo ou tarde. Acha mesmo que íamos passar quatro anos dando banho em August na pia? Ou em um balde? Você quer uma banheira, eu também. Então pronto. Qual o problema?

— O problema é que você nem perguntou se eu queria, então nem tive a opção de *negar*. Sempre que você faz algo assim, sinto que estou prestes a me tornar uma princesinha mimada sem emprego que...

— Mas você trabalha... — interrompe Bo, pousando a mão na minha barriga.

Ele sabe que August sempre chuta quando fico nervosa e... *droga*, é muito mais difícil continuar brava com ele quando o vejo assim, sorrindo para minha barriga, todo distraído enquanto espera o bebê chutar.

— Mas não tenho renda — corrijo-me, afastando a mão dele mais para baixo, onde senti os chutes do bebê. — E recebo tudo de mão beijada sem contribuir com nem um tostão. Você insiste em torrar dinheiro comigo, mesmo eu *já tendo falado* que isso me deixa desconfortável. Primeiro foi o empréstimo para o acampamento...

— Não foi um empréstimo. É um investimento — esclarece Bo, ajeitando os dedos na minha barriga.

— Depois veio o *galpão* — continuo, pontuando a última palavra com aspas imaginárias, tentando comicamente usar meus dedos menores também.

Quando Bo anunciou que pretendia comprar um galpão para o jardim, nem pensei muito no assunto. Embora eu tivesse uma leve suspeita que podia ter algo a ver com todas as perguntas que fiz sobre as flores que iam nascer ali na primavera. Fiz planos para começar uma mísera hortinha e, de repente, ganhei uma estufa. Não é um galpão, e sim uma linda estufa de vidro com eletricidade e água corrente.

Porque esse homem é ridículo, *ridículo*.

Em minha defesa, Bo também estava pensando nele. Graças a isso algumas das plantas finalmente saíram da sala, e isso...

— E agora uma maldita banheira! — berro, depois respiro fundo para me acalmar enquanto Bo se esforça para não rir do meu escândalo. — Bo, você tinha um chuveiro ótimo. Um box enorme, feito sob medida para atender às suas necessidades. Isso é um absurdo. Não é seguro — argumento, voltando a olhar para a minha barriga, onde as mãos dele ainda descansam.

— Fred... — chama ele, erguendo meu queixo para capturar meu olhar, e vejo seu sorriso lindo, ainda que condescendente. — É uma banheira com porta integrada ao box. O melhor dos dois mundos. Você precisa de seus banhos de banheira, docinho. Sarah e eu...

— Ah, essa é outra coisa! — vocifero, cutucando o queixo de Bo, que olha para o meu dedo com uma expressão perplexa e solta uma risada aguda. — Pare de contar tudo para Sarah antes de falar comigo. Ela *gosta* de ser mimada. É assim que funciona no relacionamento dela com Caleb, mas o nosso é diferente.

— Não é um presente — argumenta Bo, inclinando-se para beijar minha testa a cada palavra, como se fosse um pica-pau. — Um presente é algo que você quer, não algo de que *precisa* — arremata ele, andando até o canto do quarto, onde coloquei uma palmeira. — Isso já estava aqui antes?

Solto um grunhido e me jogo na cama, esparramando os braços e as pernas como uma estrela-do-mar dramática.

Bo vai até a porta e a fecha sem fazer barulho. Depois se senta ao meu lado na cama, em silêncio, sem dúvida esperando que eu olhe para ele. Mas não vou olhar.

— Se você *realmente* quiser, posso pedir para os rapazes irem embora. Mas talvez já nem dê mais tempo, porque acho que vi a antiga porta do box sendo carregada lá para fora.

Cubro o rosto com as mãos, abafando outro grunhido.

Eu amo banheiras. Sinto falta delas. E, para ser sincera, não vejo a hora de desfrutar de um bom banho de banheira aqui, na minha casa. Quero que Bo fique lá comigo fazendo sudoku enquanto eu relaxo, ouvindo música e jogando conversa fora. Quero que ele olhe para mim e torça para que as bolhas se transformem em uma película quase transparente, para que assim possa enxergar meu corpo debaixo d'água. Quero que ele me tire de lá e me seque com a língua. Quero me banhar em água morna quando entrar em trabalho de parto, esperando as primeiras contrações no lugar onde me sinto mais em paz.

Só não quero esse desequilíbrio na balança.

Essa diferença no placar. Essa pontuação que, até agora, ainda não me convenci de que não está sendo marcada. Os presentes, gestos e afagos de Bo contra os meus. Uma competição que sem dúvida estou perdendo.

— Não quero que você os mande embora — respondo, com a voz abafada pelas mãos que ainda cobrem meu rosto.

— O que você quer, então? Que tal comer alguma coisa?

— Não estou irritada de fome — rebato, afastando as mãos para olhar feio para ele.

Ele contrai os lábios e assente com sarcasmo.

— Você? Irritada de fome? Imagine.

— Quero que me diga como posso mimar você de volta — confesso, fazendo beicinho. — E não me venha dizer com boquetes...

Bo fecha a boca tão rápido quanto a abriu, dando um sorriso tímido antes de coçar a testa.

— Eu só quero que seja justo, Bo. Só isso.

Ele solta um longo suspiro antes de colocar a mão na minha barriga, esfregando o polegar para cima e para baixo, alisando e amarrotando o tecido da minha camiseta. Da camiseta *dele*, na verdade. Quase todas as minhas roupas deixaram de servir depois que a barriga cresceu, e eu me recuso a comprar novas. Gosto de usar as coisas de Bo porque ele fica todo empolgado, como se fosse um jeito de anunciar para o mundo que eu sou *dele*. A mulher *dele* grávida *dele* com as roupas *dele*.

E também gosto porque elas têm cheiro de Bo.

— Eu sei disso, Win. Mas para mim *nunca* vai parecer justo. Não importa o que eu faça, é você quem está...

— Vai levar anos para o acampamento sair do papel, Bo. *Anos*. Isso *se* sair. As coisas podem dar errado, vai saber? Talvez a gente não encontre um lugar adequado. Talvez ele fique jogado às traças. Talvez seja um fracasso. E aí, como é que vai ser?

— Eu acredito em você, mas também acredito nessa *ideia*, Win — argumenta Bo, chegando mais perto. — E se o acampamento não der certo, eu *nunca* vou usar isso contra você. Eu quero isso para nós dois. E aposto que logo, logo você vai estar ganhando muito mais do que eu, fazendo o que sempre quis.

— Mas isso não significa que você precise me mimar.

— Eu quero que você ame estar aqui tanto quanto eu amo sua presença.

— E eu agradeço por isso, mas todos esses presentes são como lembretes nada sutis de que não tenho nada a oferecer.

— Docinho... — Bo ri sem um pingo de humor, com uma expressão suplicante nos olhos. — Você já me ofereceu *tudo* o que eu poderia querer.

— Apenas... fale comigo antes de tomar outra decisão importante dessas, tudo bem? Não com Sarah, nem com seu pai, nem com Caleb, nem com mais ninguém. Comigo. Não vejo a menor graça em surpresas.

— Mas nesta aqui você viu — começa Bo, apoiando o queixo na minha barriga e me lançando um olhar de cachorro sem dono —, não viu?

Reviro os olhos, tentando conter um sorriso.

— Vi — concordo, relutante.

— E... aquela noite... também teve uma baita surpresa — continua Bo, umedecendo os lábios antes de deixar um rastro de beijos no meu torso.

Ele está se referindo, claro, ao brinquedinho novo que comprou para mim. Ok, para nós. Depois que Bo confessou que me ouviu do outro lado do corredor, nunca mais consegui olhar para o meu vibrador com os mesmos olhos, então simplesmente o joguei fora. Mas aí, um tempo depois, Bo disse que queria realizar essa fantasia e me deu um vibrador novo. Ele queria me assistir para ver se sua imaginação correspondia à realidade.

Considerando como ele ficou maluco depois, acho que correspondia, sim.

Depois foi a minha vez de realizar a fantasia que eu vinha tentando esconder até de mim: usar a corda preta de seda que Bo tinha guardada em seu closet. No fim das contas, descobri que ele só a comprou para fazer cosplay de um personagem, mas isso não vem ao caso. O importante é que serviu muito bem para *outra* coisa.

— Vamos fazer um trato — sugiro, despenteando seu cabelo enquanto ele beija minha barriga. — Surpresas abaixo de cinquenta dólares estão permitidas.

— Quinhentos também?

— O que você aprontou agora? — pergunto, arqueando tanto as costas que ele quase despenca da cama.

— Nada! — defende-se Bo, mas com um olhar meu ele trata de acrescentar: — Nada que eu possa devolver...

— Nova regra, valendo a partir de hoje — reitero, desabando de volta no colchão. — Cinquenta dólares.

Ele abre um sorriso travesso conforme se aproxima de mim, depois se abaixa para me beijar.

— Trato feito — sussurra com a boca colada na minha. — Adoro ver quanto tempo demora para você começar a quebrar suas próprias regras — acrescenta, plantando beijinhos delicados no meu peito e pescoço.

Em um piscar de olhos, meus mamilos ficam intumescidos sob as finas camadas de algodão da blusa, clamando por atenção. Culpa desses hormônios malditos. Parece que estou sempre oscilando entre muito agitada e muito excitada, sem meio-termo.

E meu corpo vive dolorido e inchado, mas ainda assim Bo sempre deixa muito claro que não poderia estar mais atraído por mim. Estou até começando a desconfiar que ele me prefere grávida.

— O pessoal da banheira vai ouvir a gente — sussurro, e minha respiração fica ofegante quando Bo leva uma mão até meu seio e começa a lamber o bico, a língua molhada deslizando por toda a parte.

Fecho bem as pernas, tentando resistir ao desejo insuportável de me entregar a ele imediatamente.

— Então pronuncie meu nome bem direitinho, tá, docinho? Quero que eles saibam quem é o culpado por todos os gemidos que vão escapar dessa sua boquinha linda.

Bo fica de pé e arranca minhas leggings de uma só vez, depois apoia minhas pernas nos seus ombros e se ajoelha na beira da cama.

— Não, venha aqui — imploro. — Preciso de você agora mesmo, e rápido.

— Está com pressa para ir a algum lugar? — pergunta Bo, com os lábios pairando acima do meu clitóris, tão perto que é o suficiente para me encher de desejo.

Ele volta os olhos para mim, escurecidos pela luxúria. Sem perceber, elevo o quadril em direção à boca dele, mas me lembro que realmente preciso ir a um lugar daqui a pouco.

— Estou — respondo, ofegante. — O compromisso que *você* marcou...

— Ah, para escolher o carrinho de bebê? — pergunta ele, beijando a parte interna da minha coxa.

— Arrã — digo, e começo a rir quando sua barba faz cócegas. — Pare — peço, com a voz aguda.

— Não tem problema se atrasar um pouquinho — rebate ele antes de me lamber de baixo a cima.

Bo suspira baixinho enquanto desliza a língua por mim, desencadeando um arrepio na minha espinha.

Endireito o corpo no colchão e vejo seus olhos rolarem para trás antes de se fecharem com força.

— E era para você estar trabalhando agora — continuo, passando a mão por seus cabelos.

Ele tremula a pontinha da língua em mim, depois sorri.

— Eu diria que estou fazendo um *ótimo* trabalho.

Arrasto-me pelo colchão, tentando me afastar dele.

— Por favor — peço com delicadeza. — Eu quero você dentro de mim. Quero sentir você. Eu quero... quero que seja bruto.

Ajoelho-me no meio da cama e tiro a camiseta. Bo fica de pé e desabotoa a calça jeans antes de deslizá-la pelas pernas.

— Tudo bem, vamos fazer do seu jeito.

Depois dá um passo na minha direção, com um sorrisinho malicioso e um olhar fulminante antes de me estender os braços.

— Então venha cá, docinho — diz, com a voz arrogante antes de dobrar os dedos para me chamar.

— Será que... será que dá? — pergunto, mordendo o lábio inferior.

Sei que Bo está muito mais confortável com a prótese nova, mas ainda não tentamos transar em pé. Além do mais, já não estou tão leve quanto antes, agora na reta final da gravidez.

— Vamos descobrir — responde ele antes de se inclinar sobre a cama, tentando me puxar mais para perto.

— Não me derrube — peço, lançando-me com ansiedade na direção dele.

Bo me levanta sem esforço e eu me ajeito em seu colo, minhas pernas enganchadas ao redor de sua cintura e meus braços em volta do seu pescoço. Ele dá alguns passos para trás enquanto nos beijamos, depois se vira para me pressionar contra a parede.

Depois de se ajeitar, ele se encaixa entre minhas pernas e eu ofego, dominada por um desejo inebriante por Bo. Estico o braço e afasto minha calcinha para o lado, depois o apalpo por cima da cueca, fazendo movimentos de vaivém até senti-lo enrijecer e latejar sob meus dedos enquanto ele me beija o rosto, o pescoço e os ombros. Estou cada vez mais impaciente e quase furiosa com a fina camada de algodão que me separa do que eu quero.

Enlaço os ombros de Bo e me seguro com mais força antes de ordenar:

— Tire isso *agora*.

Ele afasta o rosto do meu pescoço por meio segundo antes de jogar a cueca no chão e agarrar as laterais da minha coxa, me posicionando no seu colo.

— Está pronta para mim, docinho? — pergunta Bo, tão perto que sinto sua ereção pulsar sob mim, e literalmente começo a tremer de vontade.

Com uma arremetida do quadril, ele se aproxima ainda mais, alojando-se entre minha virilha, e choramingo de um jeito patético, implorando por ele.

— Responda, você está pronta para mim? Porque não vou ser bonzinho dessa vez.

— Sim, sim, estou pronta. Por favor — respondo com os olhos quase fechados, esperando por ele.

— Olha pra mim — ordena Bo.

Abro os olhos, mas minhas pálpebras estão pesadas, assim como minha respiração.

— Por favor — imploro, umedecendo os lábios. — Por favor — repito quando ele me provoca outra vez.

— Diga que você quer a banheira — diz ele, com uma expressão dura. — Diga que você *adorou*.

Abro a boca para falar, mas apenas um suspiro ofegante me escapa quando Bo me puxa para mais perto, pressionando-me contra sua ereção. É maravilhoso, mas não é isso que eu quero. Eu quero senti-lo *dentro* de mim.

— Bo — sussurro, rebolando contra ele.

— Eu sei que você não está acostumada, mas enquanto eu estiver aqui, vou cuidar de você — declara com a voz baixa e áspera. — Considero isso uma responsabilidade e um privilégio de agora em diante. Você quer que isso seja justo? Eu também. Sei muito bem o que é justo, pode confiar. E pode confiar em mim para tomar conta de você, Win. Pode confiar em mim para cuidar de você como eu quero cuidar.

Ele se afasta antes de dar outra arremetida, me preenchendo tão completamente que me tira o fôlego.

— Diga — grunhe Bo, afundando o rosto no meu pescoço quando apoio a cabeça na parede. — Diga quem vai cuidar de você — ordena, com a boca pressionada no meu rosto.

— Você — digo, ofegante. — Você vai cuidar de mim.

Seguro seu rosto, virando-o para me beijar. Bo desliza pra fora de mim e me levanta ainda mais, enganchando os braços nos meus joelhos e afastando ainda mais minhas coxas para se encaixar entre elas.

— Segure firme, docinho — avisa, e desliza de volta para dentro de mim.

— Caralho — sussurro com os dentes fincados no meu lábio inferior.

— Isso — gemo a cada metida que ele dá.

— Não esqueça — grunhe Bo, ofegante de tanto se esforçar ou de tanto se conter —, se eles vão nos escutar, que escutem o meu nome. Diga a eles — geme ele, a boca colada no meu queixo — quem está cuidando de você.

Mordo meu lábio com tanta força que chega a doer quando Bo começa a meter mais forte, cada vez mais fundo até atingir um pontinho específico que é quase bom demais para aguentar.

— Caralho — grito, e o som é abafado pelo pescoço de Bo.

Estou com a pele em chamas e toda vermelha, sentindo um misto de vergonha e empolgação por saber que alguém pode nos ouvir. Mordo o ombro dele, usando-o para reprimir os sons de prazer que ameaçam escapar.

Bo grunhe, me segurando contra ele enquanto dá um passo para a direita, depois estica o braço para derrubar o que está em cima da cômoda. Uma dúzia de objetos despencam no chão, mas não estamos nem aí.

Ele me acomoda sobre a superfície dura, e minhas costas se chocam contra a parede, depois se afasta, deslizando para fora de mim de um jeito dolorosamente lento, sem tirar os olhos dali, e arreganha meu joelho, me mantendo aberta para ele.

Então Bo me surpreende, cobrindo minha boca com a mão e me pressionando contra a parede. Seus olhos semicerrados encontram os meus, que ainda estão em choque, e espera pelo meu sinal.

Concordo com um aceno, uma resposta silenciosa que diz: "Sim, senhor".

— Você não quer que eles escutem? — pergunta, chegando tão perto que preciso arregalar os olhos para enxergá-lo, e eu nego com a cabeça. — Então tá — continua, agarrando meu rosto. — Pode deixar comigo — diz, e desliza para fora de uma vez. — Aguente firme, *princesa*.

Bo começa a me foder com tanta força que mais objetos caem no chão, e a cômoda é empurrada contra a parede no mesmo ritmo de cada arremetida. Sua voz é rouca quando sussurra no meu ouvido, um monólogo ininterrupto de coisas sujas. *Boa garota. Está tão molhadinha. Sua bocetinha é perfeita. Você é perfeita, caralho. Eu te amo.*

Tudo que sai dos lábios de Bo soa como poesia para mim. Elogios tão lindos, genuínos e sinceros que os guardo um por um dentro do meu peito.

Contraio os dedos dos pés quando o orgasmo se aproxima como um vendaval no meu ventre. A intensidade no rosto de Bo enquanto usa meu corpo me enche de uma luxúria profunda e dolorosa. Sem aviso, ele afasta a mão dos meus lábios e a usa para agarrar meu quadril enquanto me preenche.

— Por favor — implora Bo.

Eu sei o que ele quer. Talvez tenha me comido tanto que já não me reste nem um pingo de pudor, mas nem ligo mais. Assinto com a cabeça e ele sorri, me puxando para a beirada da cômoda antes de me colocar na posição certa.

Gemo baixinho e jogo a cabeça para trás enquanto o orgasmo percorre todo o meu corpo como uma brisa cálida — sutil, mas perfeito. O tipo de êxtase que se espalha dos ossos até os fios de cabelo, dominando corpo e mente.

— Bo — grito, ofegante ao senti-lo derramar seu próprio êxtase em mim, tremendo entre minhas pernas antes de retirar.

Pendo a cabeça para a frente e vejo Bo empurrar seu gozo de volta para dentro de mim com dois dedos.

Não sei por que acho isso tão sexy, mas acho. Há algo tão primitivo nisso, nesse desejo dele de me preencher mesmo que eu já esteja grávida. Como se tentasse dizer, de forma nada sutil, que me engravidaria de novo se pudesse. Como se fosse grato por tudo.

Bo tira os dedos e eu abro a boca, sorrindo com malícia quando ele os enfia entre meus lábios, e eu os lambo até que não sobre nem uma gotinha.

Depois ele ri de um jeito agridoce, como se não acreditasse na própria sorte, e eu estufo o peito com orgulho.

— Então... — começo a dizer, ainda ofegante, e sorrio para o teto enquanto meu peito arfa. — Pelo jeito a gente consegue transar em pé.

Bo também está arfando, com a respiração entrecortada, mas ele abre um sorriso radiante, o rosto voltado para o teto.

— É o que parece... — sussurra, mais por exaustão do que pela necessidade de manter a voz baixa.

Tarde demais para se preocupar com isso.

Então ele olha para mim e abre seu sorriso travesso, com uma expressão satisfeita e um olhar quase orgulhoso, e eu o beijo.

Eu o beijo porque sou grata, embora às vezes não saiba demonstrar.

Eu o beijo porque ele realmente quer cuidar de mim.

Eu o beijo porque acho que vou permitir que cuide.

Eu o beijo porque o amo.

Mais e mais a cada dia.

33

Trinta e três semanas de gestação.
Bebê do tamanho de um abacaxi.

Respiro fundo e tento me acalmar enquanto encaro meu próprio reflexo no espelho.

Estou com um vestidinho de gestante lindo que Sarah insistiu que eu comprasse, e realmente serve como uma luva no meu corpo em constante expansão. É verde-sálvia e vai até o chão, com flores brancas bordadas por toda parte. Ele é de amarrar nas costas, o que cria uma impressão de cintura fina sobre meu barrigão de grávida, além de realçar meu novo par de seios — dois tamanhos maiores do que antes.

Bo e eu *adoramos* essa novidade.

Além disso, estou maquiada.

Embora tenha sido patético ficar ofegante só de me inclinar na pia para passar o rímel.

É o meu cabelo que está me dando nos nervos.

A ideia era trançá-lo para longe do rosto, um penteado delicado que combina com o ar hippie do vestido, mas simplesmente não consigo.

Já me torci e contorci de todo jeito na frente do espelho para fazer a parte de trás, mas por mais que eu tente, minha mão direita se recusa a cooperar e sempre derruba a terceira mecha.

Depois que falei a Bo que não queria mais saber de surpresas, ele confessou que vinha organizando uma com a ajuda de Sarah desde o dia da festa dele. Uma festa de aniversário para mim. Mas, já que me conhecem tão bem, sabiam que eu preferiria matar dois coelhos com uma cajadada só e fazer a festa no mesmo dia do chá de bebê.

Bo alegou que assim eu poderia me convencer de que a festa também era de August, e de certa forma dele também, então acabei cedendo.

Mas agora já devo estar atrasada e com cara de quem nunca segurou uma escova de cabelo em vinte e nove anos de vida. Estou prestes a desistir e fazer um rabo de cavalo, e minha testa retangular que se dane, quando Bo bate com delicadeza na porta do banheiro.

— Precisa de uma mãozinha? — brinca ele, apoiado no batente.

Reviro os olhos, mas sorrio para seu reflexo quando ele se posiciona atrás de mim. Está com uma blusa cinza de malha e calça jeans preta, lindo como sempre.

— Um clássico — comento, assentindo com a cabeça.

— Nunca perde a graça — responde Bo, beijando meu rosto.

— Eu tentei fazer uma trança e olha no que deu — conto, apontando para a bagunça no meu cabelo. — Nunca consegui fazer trança. Não sei o que me deu hoje de achar que ia ser diferente.

Bo apoia o queixo no topo da minha cabeça, depois cruza os braços sobre meu peito e me abraça.

— Você está linda, *Fred*.

— Você tinha que dar um jeito de estragar o elogio, né? — respondo, fazendo carinho nos braços dele. — Vou começar a chamar você de *Bob*.

— Você está linda, deslumbrante e magnífica... Fred.

— Acho que vou ter que raspar a cabeça — choramingo, fazendo beicinho. — Você ainda ia me amar se eu fosse careca?

— Isso é tipo aquela pergunta da minhoca que você me fez semana passada? Tem algum jeito certo de responder? Sim, eu ainda te amaria se você fosse uma minhoca ou uma pessoa careca ou...

— Que horas a gente tem que sair? — pergunto, interrompendo.

— Mais ou menos por agora.

— Mais ou menos?

— Daqui a uns dez minutos, mas você pode chegar atrasada.

Ele dá um beijinho no topo da minha cabeça, depois recolhe os braços e segura meu cabelo, puxando-o com delicadeza para trás.

— Posso tentar? — oferece.

Assinto timidamente.

Bo separa meu cabelo em três mechas, desembaraçando-as com os dedos compridos, depois começa a trançar. Faço menção de perguntar uma coisa, mas ele me interrompe:

— Na época da escola, aprendi a fazer pulseirinhas da amizade porque tinha uma menina bonita na minha sala que ensinou para todo mundo. Pelo jeito ainda não esqueci.

— As coisas que fazemos por amor...

Solto um suspiro, admirando meu reflexo quando Bo estica o braço para pegar o elástico de cabelo na bancada da pia.

— Pronto — anuncia ele, soltando a trança nas minhas costas. — Acho que ficou legal...?

Ficou perfeito. Ele conseguiu dar um jeito até nos fiozinhos mais rebeldes. Dá até vontade de chorar.

Na verdade, como estou *muito* grávida e *muito* apaixonada por este homem, eu choro mesmo.

— Esqueci uma coisa — avisa Bo, deixando-me sozinha no banheiro com os olhos marejados.

Eu me recomponho, ajeitando a franja no espelho antes de virar de lado para contemplar minha barriga. Pouso as mãos e a aliso de cima a baixo com movimentos reconfortantes, para mim e para August, espero. Sinto que a barriga cresce mais e mais a cada dia, assim como minha vontade de conhecer essa criança. E a cada centímetro, Bo e eu nos sentimos mais preparados.

Depois que levei algumas das minhas coisas para o quarto principal — e tirei alguns pertences de Bo de lá para abrir espaço —, encontramos um meio-termo para o resto da casa, que agrada aos dois, e planejamos a decoração para mesclar nossos estilos em um só. Depois começamos a arrumar o quartinho de bebê.

Bo montou um bercinho de bambu sustentável que compramos em uma loja local, e eu pintei as paredes do quarto de verde-claro. Colocamos minha antiga cômoda roxa lá, minha fiel escudeira, e compramos uma poltrona de balanço cinza tão confortável que nós dois sempre a usamos para tirar uma soneca. Além disso, claro, algumas das minhas plantas foram transferidas para lá. Bo montou prateleiras para guardar os livros, e eu comprei vários itens de decoração nos brechós que frequento. Está tudo se encaminhando direitinho.

Ele chama o quarto de pequena toca de Hobbit, mas eu o vejo mais como um chalé com temática de natureza. De qualquer forma, nós dois saímos ganhando. E acho que, depois da festa de hoje, o quartinho vai ficar ainda mais decorado.

Posiciono o dedo no ponto mais saliente da minha barriga e depois o deslizo até meu peito, rindo sozinha. Quando ergo o olhar, vejo Bo encostado na porta, segurando um enorme buquê de flores.

— Era para eu entregar isso só mais tarde, mas... — Ele puxa um ramalhete de florezinhas brancas minúsculas, separando quatro raminhos antes de se posicionar atrás de mim. — Achei que ia combinar com seu penteado.

Um por um, ele enfia os raminhos entre as mechas da trança, com uma expressão concentrada enquanto se certifica de que não vão sair do lugar.

— Perfeito — elogia Bo, endireitando os ombros antes de enfiar as mãos nos bolsos.

— Eu amei — digo, me virando para admirar o penteado no espelho, e vejo Bo fazer o mesmo. — Mas você também precisa de um acessório.

Pego um ranúnculo roxo no buquê, tiro um pedacinho do caule e o enfio atrás da orelha de Bo.

— Pronto — anuncio, beijando-o uma única vez. — Agora estamos combinando.

Ele sorri, me observando com um brilho no olhar.

— Está pronta para ir?

— Estou.

De mãos dadas, saímos de casa e somos saudados por um lindo dia de maio. Os pássaros cantam, o céu está azul com nuvens fofinhas e a brisa traz um aroma fresco, como o de grama recém-cortada e de raios de sol por entre galhos de árvores floridas. Depois do que pareceu um inverno interminável, ver os sinais da primavera sempre me enche de gratidão.

Ainda assim, também sou muito grata por tudo o que o inverno me trouxe.

Bo dirige com o rádio ligado, mas falamos por cima do som, como de costume. Todos os dias é como se conversássemos sobre tudo e nada ao mesmo tempo. Cada pensamento, cada sensação, cada memória compartilhada até não sobrar mais nada. Continuamos a nos entregar um ao outro, até que nossas histórias e vivências se entrelacem em uma tapeçaria conjunta em vez de uma lousa em branco. Também há os momentos de silêncio. Os comentários triviais e as anedotas bobas que ninguém mais gostaria de ouvir, mas que para nós são tão importantes quanto todo o resto.

Quando estacionamos diante da casa de Sarah e Caleb, acaricio o cabelo e o rosto de Bo, extasiada em saber que ele é real. Em saber que alguém pode me amar tanto assim. Alguém que escolheu somar em vez de subtrair, alguém cuja chama me mantém aquecida em vez de me queimar.

Às vezes, parece que dizer que o amo não é o suficiente. Não quando minha vida mudou por completo por causa deste homem.

Bo me ama sem esperar nada em troca.

Sem expectativas. Sem exigências. Sem um pingo de egoísmo.

"Eu te amo", penso, deslizando meu polegar no seu rosto quando ele sorri timidamente para mim.

"Eu também te amo", responde ele em silêncio, com uma piscadela, antes de sair do carro e correr para abrir a porta para mim.

— Sarah não sabe que eu sei da festa, né? — sussurro enquanto caminhamos em direção à casa.

— Não, ela queria que fosse surpresa.

— Beleza — respondo, e me detenho antes de chegarmos aos degraus da varanda. — Pareço convincente? — pergunto e faço uma cara de choque fingida, com a mão pousada nos lábios entreabertos.

Bo acha graça, e a risada tremula em sua garganta enquanto ele sobe os degraus de dois em dois.

— Perfeito, muito convincente.

Ele aperta a campainha e esperamos pelo que parece uma eternidade antes que a porta finalmente se abra.

Mas não é Sarah que vejo do outro lado.

— Mãe? — pergunto, arfante, cobrindo os lábios entreabertos com a mão trêmula.

— Muito convincente mesmo, parabéns — sussurra Bo baixinho.

Minha mãe, que até então tinha dito que só poderia vir me visitar no Natal, está parada bem diante de mim, com seus longos cabelos loiros descoloridos e cacheados, bronzeado artificial laranja e vestidinho de renda branco. Com o mesmo calor familiar em seu sorriso que me pergunto se algum dia deixarei de sentir falta.

— Oi, bebê — cumprimenta-me ela, abrindo os braços antes de eu me jogar neles.

— O que... como... quando?

— Pergunte ao seu homem aí! — responde ela, aos risos, enquanto me abraça com força, balançando-me de um lado para o outro.

Por cima do ombro dela, vejo a expressão orgulhosa no rosto de Bo, que tira uma foto nossa antes de guardar o celular no bolso.

— Como...? — pergunto.

— Lembra daquela surpresa que comentei no dia que instalaram a banheira, logo depois do nosso trato? Que falei que não dava para devolver?

Dou um passo para trás, sem tirar as mãos dos ombros da minha mãe. Ela é um pouquinho mais baixa que eu, mas estamos praticamente da mesma altura por causa de seus sapatos de salto. Eu a admiro da cabeça aos pés.

— Você está linda, mãe — elogio.

— Ah, eu queria causar uma boa impressão — responde ela, apontando Bo com a cabeça.

— Ah, verdade, esqueci! Bo, esta é minha mãe, June. Mãe... — começo a dizer, e me aproximo para enlaçar a cintura dele. — Este é *meu*... Bo.

— É um prazer conhecê-la, sra. McNulty — cumprimenta Bo, estendendo-lhe a mão.

— Alguém já falou que você parece um poste de tão alto? — pergunta minha mãe, apertando a mão dele.

— Sua filha, todo dia.

— E, por favor, pode me chamar de June. Somos uma família agora.

Ela curva os lábios em um sorriso enquanto estuda Bo com *muita* atenção. Percebo que ainda não soltou a mão dele, e rio sozinha.

— Sabe, Win, você não me disse que ele era tão maravilhoso desse jei...

— Estou muito feliz por você estar aqui, mãe — interrompo, desvencilhando seu braço do dele e o enganchando ao meu. — Eu estava com saudade — confesso, com um suspiro, e as palavras saem mais verdadeiras do que achei que seriam.

Minha mãe me observa, seus olhos admiram meu rosto com um sorriso suave que eu raramente via, como se estivesse orgulhosa.

— Você está tão bonita, minha menina. Está... *radiante* — diz, batendo com a pontinha do dedo no meu nariz.

— Obrigada por ter vindo — agradeço, e sinto o nariz pinicar enquanto tento conter as lágrimas. — Desculpe, agora tem essa novidade — comento, abanando o rosto antes de soltar um longo suspiro —, eu vivo chorando.

— Não chore, filha. Vai estragar a maquiagem.

Dou risada, um pouco triste, mas acima de tudo achando graça. Minha mãe não mudou nadinha.

— Como você está se sentindo? — pergunta ela com os olhos fixos na minha barriga.

— Muito, muito grávida — respondo com sinceridade, o que arranca uma risada de Bo.

Ele tem sido incrível comigo, mas o terceiro trimestre da gravidez não tem sido nada fácil. Meu corpo vive sensível e dolorido, e estou sempre irritada e inchada e faminta e mal-humorada. Ainda assim, Bo encara tudo com a maior tranquilidade. Cada desejo inusitado e mudança repentina de humor.

Minha mãe assente em concordância, como se entendesse muito bem.

— Venha, vamos achar uma cadeira para você.

— Calma — digo abruptamente, e os dois se detêm na hora. — Está muito caótico lá dentro?

Os lábios dela se contorcem em um sorriso.

— Sarah deu uma de Sarah, mas você chegou cedo. Acho que ela queria que você chegasse antes de todo mundo para ter tempo de se acostumar. E a festa vai ser no quintal. Ela achou que você ia gostar.

Tenho que reprimir as lágrimas *de novo*. Sarah adora uma bagunça, adora ver o choque do aniversariante em uma festa surpresa. Mesmo assim, fez de tudo para eu chegar mais cedo e entrar discretamente com minha mãe a tempo de me acomodar.

Aceno com a cabeça, endireitando os ombros.

— Então vamos.

34

Fico embasbacada ao ver o quintal de Sarah.

— Win! — chama ela, saltitando em seu vestido rosa-choque. — Surpresaaa!

Não respondo. Não *consigo* responder. Sinto a mão de Bo na minha lombar, mas fora isso, parece que estou flutuando enquanto admiro a vista. Está tudo tão lindo.

Avisto uma mesa comprida com vinte lugares, coberta por uma toalha verde-clara e arranjos de flores silvestres, e logo além um varalzinho cheio de roupas de bebê e um arco de balões esverdeados sobre a mesa de comes e bebes. Mais adiante, uma mesa quase vazia, a não ser pelo presente embrulhado em cima dela.

— Sarah, eu...

— Antes de você falar qualquer coisa, saiba que minha ideia inicial era *bem* mais espalhafatosa. Então, se disser que é exagero, saiba que vamos sair na porrada.

— Eu amei — admito, e observo minha melhor amiga com os olhos cheios de lágrimas. — Eu ia dizer que amei. Obrigada. Está perfeito.

— Sério? — pergunta ela, com um sorriso orgulhoso, mas vacilante. — Simples assim?

Aceno que sim, sorrindo de orelha a orelha.

— Está maravilhoso, Sar — digo, puxando-a para um abraço. — Obrigada — sussurro com o queixo apoiado em seu ombro.

— Eu não fiz tudo isso sozinha, sabe... — comenta Sarah antes de nos afastarmos.

Ela lança um olhar para Bo, depois se vira para mim.

Entro na onda, como se não soubesse de nada.

— Você já sabia disso? — pergunto para ele, me esforçando para não rir.

— Fui pego no flagra — responde Bo, com as mãos ao alto e um olhar acanhado para Sarah.

— Ele fez as lembrancinhas — entrega ela, oferecendo uma para mim.

Flores da Fred, diz a caligrafia de Bo em uma caixinha branca, que eu viro de um lado para o outro na mão.

— Você que fez? — pergunto, *genuinamente* surpresa.

Bo encolhe os ombros, com um sorriso tímido nos lábios.

— Eu queria que fosse com tema de pirata, mas Sarah não deixou.

— Imaginei que você não ia querer explicar essa piadinha interna para todo mundo — defende-se ela, com um sorrisinho zombeteiro. — Além do mais, deixei uma referência a piratas bem *ali* — diz Sarah, apontando para a mesa de presentes, onde há uma ilustração de barquinho com os dizeres "bebê a bordo".

— Está tudo maravilhoso — reitero, sorrindo para os dois. — Sério, eu não teria mudado nada. Obrigada.

— Nós formamos uma boa equipe — comenta Sarah, dando um empurrãozinho no ombro de Bo.

— É porque eu só escuto e obedeço — cochicha ele no meu ouvido.

— Sim, você é um bom menino — sussurro de volta, dando um tapinha na bochecha dele.

A tarde passou em um turbilhão de momentos doces, agitados e tenros.

Os convidados foram chegando aos poucos, assim que passou do meio-dia. Minha mãe se encarregou de recebê-los e conduzi-los ao quintal, toda orgulhosa enquanto se apresentava como Vovó June. Todos os amigos de Bo, que espero que também tenham se tornado meus, interagem com meus amigos de Westcliff e alguns ex-colegas de trabalho que Sarah e Bo conseguiram convidar. Henry também veio, acompanhado dos pais, Tonya e James, e parece ter achado o máximo ser a única criança da festa. Sarah fez lindos cupcakes, cada um no formato de uma flor diferente. E Caleb fez o que faz de melhor, ajudando onde era mais necessário — o que, convenientemente, significava ficar perto da mesa de doces ao lado de Bo.

Só fiquei vermelha meia dúzia de vezes quando Bo e eu abrimos os presentes. Foi tão, tão especial sentir todo o amor que aquelas pessoas tinham por uma criança que ainda nem nasceu! Que, como Bo disse durante seu discurso de agradecimento, foi uma surpresa mais do que bem-vinda.

Quando o sol de fim de tarde deu lugar a uma noite fria de primavera, os poucos convidados restantes se realocaram para dentro da casa, como se não quisessem que a festa acabasse. Ligamos para o pai de Bo para dizer o quanto sua presença fez falta e o apresentamos à minha mãe, que monopolizou o celular por um bom tempo, aconchegada ao lado de Sarah no sofá. Como não podia deixar de ser, ela fez várias piadinhas sobre os dois serem avós solteiros e atraentes — ou, como ela mesma dizia, para o grande divertimento de Sarah, "inteirões".

Horas depois, Bo e eu demos tchau para todo mundo, lotamos nosso carro com uma quantidade insana de presentes e voltamos para casa sozinhos, pois minha mãe insistiu que preferia ficar na casa de Sarah. Admito que fiquei aliviada. Estou muito feliz por ela estar aqui, mas comecei a entender que nossa relação funciona melhor em doses homeopáticas.

— Você se divertiu? — pergunta Bo, com a mão pousada na minha coxa quando dobramos a esquina de casa.

— Muito, muito *mesmo* — respondo, e me viro para sorrir para ele. — E você?

— É — diz, estacionando o carro na garagem. — Eu também.

— Tenho um presente para você — anuncio, toda orgulhosa. — Não quis levar para a festa para ninguém desconfiar, mas achei que você também merecia algo só seu.

— Eu também tenho uma coisa para você — confessa Bo, desligando o carro.

— Aposto que o meu é melhor — provoco enquanto tiro o cinto.

Ele abre um sorrisinho antes de contornar o carro para me ajudar a sair, depois caminhamos de mãos dadas até a porta da frente.

Com um olhar doce, mas um sorriso sério, Bo me observa tirar os sapatos antes de me jogar no sofá.

— Que foi? — pergunto, desconfiada.

— Você — declara ele, e me admira com um olhar pensativo. — Será que vai parar um dia?

— Parar o quê? — pergunto, levando as mãos à barriga. — De crescer? — acrescento, aos risos, e caio para trás no sofá. — Acho que não tem como ficar maior que isso.

— Não — responde Bo, sentando-se ao meu lado no sofá antes de acomodar minhas pernas em seu colo. — Não é disso que estou falando.

— Está falando do quê, então? — pergunto.

— Esse desejo por você.

Olho desconfiada para ele.

— E você *quer* que pare?

Bo nega com a cabeça antes de apoiar o rosto na minha barriga, e eu acaricio seu cabelo com ternura.

— Então acho que não vai parar.

— É cansativo — confessa Bo, amassando os lábios pela posição em que está.

— Nossa, foi mal aí — peço, achando graça.

— Não, não é isso. É que às vezes parece que meu coração bate fora do corpo — explica ele, baixinho. — E eu sinto tanta saudade, mesmo quando você está do meu lado. Penso em você a cada segundo do dia e às vezes não consigo pensar em mais nada. Eu estava falando sério naquele dia em que a gente se conheceu. Você me deixa *maluco*.

Passo os dedos pelo cabelo de Bo, afundando-os entre as mechas.

— Eu sei como é. Sinto a mesma coisa. Mas também é meio incrível, não acha?

Ele beija minha barriga e se endireita no sofá, depois pega uma caixa embaixo da mesinha de centro. É do tamanho de uma caixa de sapato, mas feita de madeira escura e com um fecho dourado.

— O que é isso? — pergunto, já me sentando, ansiosa para descobrir.

— Hum... bom, acho que somos nós — responde Bo, entregando-me o presente. — Até aqui.

Eu coloco a caixa no colo, tracejando os veios na madeira com a ponta dos dedos.

— Quando você me contou que estava grávida, comecei a pensar muito mais na minha mãe. Por mais que eu não tenha muitas lembranças dela, meu pai sempre teve vários... resquícios da minha mãe. Ele guardou tudo. Então, sempre que eu precisava sentir um pouquinho dela, sabia que poderia pedir ao meu pai e ele me mostraria algo novo.

Bo apoia o joelho no sofá e se vira para me encarar.

— Ele guardava uma caixa cheia de fotos, joias e relíquias debaixo da cama — continua. — Coisinhas bobas, como botões que caíram dos casacos dela ou moedas que ela achou na rua. Guardava todos os cadernos, cheios de músicas que ela mesma compôs... diários, anotações, cartas...

Ele se cala de repente, olhando para a sala de jantar por cima do meu ombro. Estendo a mão direita e dou um apertãozinho reconfortante no joelho de Bo, que abre um sorriso melancólico e respira fundo antes voltar a olhar para mim.

— E por meio dessas coisas, graças a esses pedacinhos da minha mãe, entendi que a história dela não se resume a como terminou. Descobri mais sobre a vida dela. Vi todos aqueles fragmentos que meu pai guardava e percebi o quanto o amor deles era profundo. — Bo engole em seco, umedecendo os lábios. — Eu queria que nosso bebê tivesse isso também. Mesmo que não estivéssemos apaixonados. Mesmo que essa tenha sido uma gravidez inesperada... eu queria que essa criança tivesse algo em que pudesse se agarrar. Memórias palpáveis. Lembranças para o caso de *um* de nós... — Sua voz estremece, o rosto se volta para baixo. — Para o caso de *eu* ficar doente de novo e...

Seguro o rosto dele, acariciando a linha do maxilar com a pontinha do dedo.

— Você não vai a lugar algum — declaro com firmeza, assentindo para que ele repita o gesto.

Bo sorri, plantando um beijo na minha mão.

— Eu sei disso. Você não ia deixar.

— Exatamente — sussurro com um tremor na voz.

— Enfim, eu queria fazer algo assim para nosso filho também — continua Bo, apontando para o fecho da caixa. — Mas agora acho que quero que você veja. Porque... eu sempre me perguntei se minha mãe sabia que meu pai guardava esses lembretes dela. Se sabia que ele era tão loucamente apaixonado que a imortalizou antes mesmo de ela partir.

Abro o fecho e levanto a tampa da caixa, revelando os tesouros lá dentro.

— Tem um monte de tranqueira — explica Bo, coçando a nuca quando pego uma notinha fiscal.

— É daquela... daquela cafeteria em Cosgrove? — pergunto.

— Foi no dia que você me contou que estava grávida.

Pego um potinho cheio de pedregulhos e pedrinhas azul-turquesa.

— Das nossas caminhadas na praia — conta Bo.

Começo a rir, e meus os olhos ficam marejados quando vejo a foto que tiramos no primeiro ultrassom, meu sorriso atônito e confuso contrastando com a expressão radiante de Bo. Em seguida vejo uma foto minha que eu nem sabia que ele tinha tirado. Nela, estou cuidando das plantas no quintal, o rosto todo sujo de terra, a barriga escapando pela bainha da camiseta. Deve ter sido há menos de uma semana.

— E isto aqui, o que é? — pergunto, rindo, quando pego um pedacinho de plástico retangular.

— Talvez eu tenha... afanado umas pecinhas de *Catan* na nossa primeira noite de jogos — confessa Bo, encolhendo os ombros. — Não conte para Sarah.

Pego o livro para pais de primeira viagem que ele ganhou dela, agora cheio de anotações e páginas marcadas com adesivos cor-de-rosa. Ao folhear o livro, vejo que Bo deixou recadinhos para o bebê nas margens das páginas, dizendo que está animado para cada etapa e que não vê a hora de conhecer seu rostinho. "Sua mãe está fazendo um excelente trabalho cuidando de você", leio. "Ela vai ser uma mãe maravilhosa."

Meu coração se enche de amor a cada lembrancinha que tiro da caixa. O baralho de vinte perguntas, com resumos das nossas respostas anotados no verso de cada carta. Imagens do ultrassom, retalhos de papel, mais fotos espontâneas que ele tirou de mim, minha barriga passando de imperceptível a gigantesca.

— É um presente tão lindo, Bo — digo, enxugando as lágrimas antes de deixar a caixa de lado e me jogar nos braços dele. — Desculpe — sussurro, aos prantos. — Eu só fiz umas meias para você.

— Eu amo meias.

— E eu amo você.

— Só faltou mais uma coisinha.

— O quê? — pergunto, apoiada no encosto do sofá, ainda às lágrimas.

— Lembra que, no dia que você se mudou para cá, eu disse que escondi uma coisa para você não achar enquanto bisbilhotava? — Ele pega algo na lateral do sofá. — Eu coloquei aqui hoje cedo, só para deixar claro. Esse não era o esconderijo oficial.

— Quanto mistério... — provoco, e meu sorriso dá lugar à confusão quando Bo pega... *ah*.

— Isso aqui eu não tenho como explicar — defende-se ele, mostrando a bandana vermelha que perdi no Halloween. — Resolvi guardar antes mesmo de sequer *desconfiar* que você estava grávida. Antes mesmo de saber o quanto eu iria amar você. Porque, pelo jeito, uma parte de mim já amava.

Cubro a boca e olho para a mão dele, que segura a bandana com firmeza, e meu cérebro finalmente alcança meu coração acelerado.

— Acho que eu sabia que precisava de um pedacinho *seu* em que me agarrar. Já estava saindo do quarto quando vi isso na cadeira e... sei lá. Acho que eu precisava levar uma parte daquela noite comigo.

— Mas... mas você foi embora.

— Você disse que não queria *nada sério*, Win.

— Você tem que parar de me dar ouvidos, cara — respondo, e as lágrimas brotam outra vez.

— Anotado — responde Bo, sorrindo. Ele respira fundo, desta vez mais calmo, antes de encontrar meu olhar. — Depois daquela noite, passei semanas pensando em você. Todos os dias. Imaginava seu sorriso. Sua risada. Seus olhos... sua boca. Quase pedi seu número para Caleb, mas fiquei com medo. Por tudo o que aconteceu com Cora, por causa do câncer... Tive medo de não ser bom o bastante. Tive medo de não ser bom o bastante para você querer algo sério.

Olho para Bo, sem querer acreditar que ele já se sentiu assim. Eu queria tanto ter sabido antes. Seguro a mão dele, apertando com força.

— Até que você me mandou uma mensagem do nada no meio de dezembro e eu me senti o cara mais sortudo do mundo.

Dou risada e reviro os olhos enquanto Bo dá um beijinho no meu pulso.

— Desde então, me apaixonei cada vez mais por você. Por seu coração, sua bondade, sua força, sua alegria, seu altruísmo.

Ele estica a mão, guardando a bandana na caixa com o resto de nossa linda — e inusitada — história.

— Bo, eu...

Ele se vira e pega algo no cantinho do sofá, com um sorriso travesso no rosto.

— Só mais uma coisinha...

— Vou começar a revirar este sofá todo dia — aviso, enxugando uma lágrima do rosto. — Você vai ter que arranjar outro esconderijo.

Então ele se vira de volta, escondendo algo sob a palma da mão, mas acho que já sei o que é. Suspeito que seja uma coisinha brilhante em uma caixinha bem menor do que a de madeira ao meu lado. Coloco a mão na barriga em um gesto involuntário, sentindo o bebê chutar com o ritmo acelerado do meu coração.

— Bo — chamo, ofegante.

— Você é o propósito da minha alma, Win. Conhecer e amar você, construir uma família ao seu lado, cuidar de você todos os dias, ver você brilhar e conquistar todas as coisas boas que merece.

Ele abaixa a cabeça e revela a caixinha de couro nas mãos, abrindo-a para me mostrar a aliança de ouro mais deslumbrante e delicada que já vi.

— Eu aceito — digo, sem me conter, olhando para ele. — Aceito — repito.

Bo ri baixinho, balançando a cabeça.

— Posso pedir primeiro?

— Ah, verdade. Foi mal.

Faço sinal para ele continuar, as lágrimas escorrendo pelo meu rosto sorridente.

— Winnifred June McNulty, amor da minha vida e mãe do meu filho, você aceita, *por favor*, se casar comigo?

— Aceito — respondo, me jogando nos braços dele. — Eu aceito, e vou pedir você em casamento também.

— Nada mais justo — concorda Bo, com seus lábios trêmulos contra os meus.

— É linda — elogio, beijando-o sem parar enquanto ele tenta enfiar a aliança no meu dedo. — Mas é muito pequena, docinho. Estou muito, muito grávida.

— Vamos mandar ajustar quando escolhermos uma pedra para ela — responde Bo, estendendo-a para mim.

Eu a coloco no dedo anular da minha mão direita, que é pequeno demais para ela.

— Era da minha mãe — conta Bo, puxando minha mão para acariciá-la. — Espero que não tenha problema.

— Claro que não — respondo, pontuando com um beijo. — Eu não trocaria por nada no mundo.

Passo o resto da noite com a aliança no meu polegar menor, recusando-me a tirá-la de lá. Jantamos a comida que sobrou do chá de bebê e depois dançamos de pijama na sala, ao som de Frank Sinatra, com a minha barriga entre nós.

Antes de a noite acabar, olho para cada cantinho da casa, para meu noivo e minha barriga, e sorrio com tanta gratidão que chega a doer. Mal posso esperar pelo que a vida me reserva. Com Bo ao meu lado, sei que sou *capaz* de enfrentar qualquer coisa.

August Durand nasceu às 23h56 do dia 31 de julho, apenas quatro minutos antes do mês que leva seu nome. A mãe dela decidiu que seu segundo nome seria Sarah, e o pai dela concluiu que nunca tinha visto nada tão formidável quanto sua futura esposa dar à luz. Foi um parto rápido, mas intenso — já que mal conseguiram chegar a tempo no hospital —, mas os dois passaram por tudo de mãos dadas e receberam a filha com os rostos sorridentes cheios de lágrimas.
Na verdade, os pais de primeira viagem choraram mais do que a pequena August quando as enfermeiras a aninharam no colo da mãe pela primeira vez. Os dois deitaram-se lado a lado na caminha de hospital estreita enquanto olhavam para a filha com admiração, completamente extasiados por cada detalhezinho da pequena. Seus pezinhos fofos, ainda que um pouco arroxeados. Suas mãozinhas adoráveis, que eles não conseguiam parar de segurar. Sua cabecinha careca e olhos escuros, fazendo-os especular com quem ela se pareceria mais. Naquelas primeiras horas, eles confidenciaram entre si que nunca existiu nem existirá um bebê tão esperto quanto August. Os dois a observaram desbravar o ambiente, seus olhinhos arregalados e surpreendentemente despertos conforme levantava a cabeça com uma força muscular que surpreendeu até mesmo as enfermeiras. "Ela é inteligente igual ao pai", sussurrou a mãe. "Ela é forte igual à mãe", respondeu o pai em voz alta para quem quisesse ouvir. "Nós amamos você", sussurraram os dois juntos para a filha várias e várias vezes. "Obrigado", acrescentou o pai, beijando a mãe. "Eu consegui", sussurrou a mãe de volta, retribuindo o beijo.

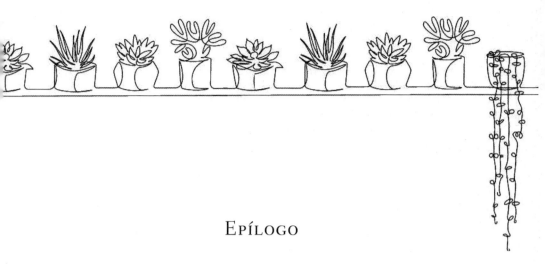

Epílogo

Dez anos depois

— Gus! — grito, tropeçando em um All Star Converse roxo ao passar pela porta. — Você deixou seus tênis jogados… de novo!

Charlie, nossa filhinha de cinco anos, aparece correndo quando chego. Tiro os tênis do caminho e empurro a porta com o quadril antes de largar a mala no chão.

— Quer ajuda? — oferece ela, estendendo as mãozinhas para mim.

Sorrio para ela, franzindo o nariz enquanto ela imita o gesto. Seu rosto é cheio de sardinhas igual ao do pai e da irmã mais velha. Às vezes tenho vontade de pintar umas no meu rosto antes de sair de casa, só para ficarmos todos combinando. Joey, nossa filha de dois anos, é mais parecida comigo, por ter cabelos pretos e olhos azuis e nem uma mísera sarda, pelo menos por enquanto, e, como Bo gosta de ressaltar, por ser babona e adorar piadas sobre cocô.

— Oi, filha. Obrigada.

Entrego a sacola de mercado para ela, que quase desaba com o peso das compras.

— Tem certeza de que consegue carregar? Por acaso seu pai está…

— Aqui! — anuncia Bo, e entra na sala com Joey em seu encalço, como de costume.

Ela está com o rosto todo sujo de glacê de chocolate, e o suéter e a calça azul-marinho de Bo estão cobertos de farinha.

— A gente acabou se atrasando — explica-se ele. — As meninas falaram que iam me ajudar a fazer um bolo de boas-vindas para você, mas Joey foi a única que ajudou mesmo. Elas ainda nem botaram as fantasias e, pelo jeito, August não quer ir vestida de pirata este ano. Então o bolo ainda está no forno, e ninguém se arrumou, e eu nem sei onde...

Fico na ponta dos pés para beijá-lo, segurando seu rosto para trazê-lo na minha direção.

— Feliz nosso dia, querido. — Dou um tapinha na bochecha dele, buscando seu olhar até que ele respire fundo, como parecia precisar. — Eu estava com saudade.

Bo se acalma, e seu peito relaxa.

— Oi, docinho. Desculpe. — Ele se abaixa e me beija outra vez. — Como foi a viagem? Também ficamos com saudade. *Eu* fiquei com saudade.

— Mamãe chegou! — exclama Joey, esticando as mãozinhas sujas na minha direção.

Eu a pego no colo e começo a dar vários beijinhos no seu rosto enquanto ela solta gritinhos animados. Bo se aproxima por trás e afasta meu cabelo para que ele também não fique lambuzado de glacê, já que não vai dar para tomar banho antes de ir para a festa de Halloween de Sarah.

— Comprei mais doces para deixar na varanda — aviso, apontando para a sacola que Charlie se esforça para arrastar até a cozinha. — Acho que é melhor a gente ir ajudar... — murmuro, e sigo Bo até lá.

Ele se abaixa e pega Charlie e a sacola de uma só vez. Ela ri, debatendo-se feito um peixe no colo dele.

— E a viagem, como foi? — pergunta Bo por cima do ombro, largando a sacola na bancada antes de aninhar Charlie em seus braços.

Gostamos das três igualmente, claro, mas Charlie é idêntica a Bo em todos os sentidos. Por mais que August também tenha cabelo dourado, sardas e olhos castanho-esverdeados, o temperamento de Charlie é *igualzinho* ao de Bo. August, por outro lado, tem toda aquela energia de primogênita e manda na casa desde que nasceu. Pensando bem, ela já mandava e desmandava na nossa vida mesmo *antes* de nascer.

Charlie, no entanto, é nossa garotinha tranquila, prestativa e curiosa. Ela faz um milhão de perguntas por dia, principalmente antes de dormir. É um jeito de tentar ficar acordada até mais tarde, claro, mas são perguntas tão interessantes que não conseguimos resistir. Bo que o diga. Ele se deita ao lado dela, com o corpo enorme todo encolhido na caminha minúscula, e juntos eles debatem sobre o universo e tudo o mais.

Por que tem tanta gente na Terra? Será que um dia não vai caber mais ninguém? Tem gente nos outros planetas também? E nas outras galáxias? Lá também tem chocolate?

Além de tudo, ela é uma formiguinha.

Pensando bem, todas elas são.

— Ei, docinho? — chama Bo, sorrindo de leve. — Como foi a viagem?

Sacudo a cabeça, acordando do meu devaneio.

— Desculpe. Hum, foi ótima. O Acampamento Piyette é *maravilhoso*. Tirei fotos de algumas coisas que acho que deveríamos tentar encaixar no orçamento do próximo verão. Aliás, agora eles vão ficar abertos o ano inteiro, e acho que deveríamos *mesmo* considerar fazer a...

— Mãe? — chama August, tirando os fones de ouvido, a meio caminho entre o banheiro e seu quarto. — Que horas você chegou?

Ela corre na minha direção.

— Oi! — digo quando ela abraça a lateral do meu corpo, no lado oposto de sua irmã mais nova.

August passa os braços em volta da minha cintura e aperta com força, porque de uma hora para outra ela cresceu e está grandinha o bastante para abraçar a mãe de igual para igual.

Parece que pisquei e de repente ela virou uma garota crescida e inteligente, cheia de opiniões fortes e pensamento próprio.

— Também senti saudade, filha. — Apoio o queixo no topo da cabeça dela. — Foram só quatro dias, mas pareceu muito mais.

— Ei, também quero! — grita Charlie, puxando Bo pela gola da camisa.

Ele se aproxima de nós, rindo ao acomodar Charlie nos meus ombros.

— Feliz Halloween, minhas bruxinhas! — exclamo e começo a rir enquanto tento equilibrar as três. — Vocês deram muito trabalho para o papai?

Minha melhor parte 343

Ainda estão merecendo ir à festa da tia Sarah hoje? — Olho para Bo em busca de uma resposta.

Ele abre um sorriso orgulhoso, a cabeça erguida enquanto admira suas quatro garotas.

— Foi por pouco, viu? Tivemos um episódio de mordida. Ele aponta para Joey, fingindo estar bravo —, e um certo *alguém* só me contou que tinha lição de matemática na véspera da aula.

— August Sarah Durand, você sabe que seu pai fica *triste* quando a gente não o deixa fazer conta.

Ela faz careta.

— Eu esqueci, ué. Mas tirei dez mesmo assim.

— Claro que tirou, espertinha. E quanto à senhorita Charlie? — pergunto, encolhendo os ombros para sacudi-la. — O que ela aprontou?

— Charlie foi ela mesma — responde Bo, sorrindo de orelha a orelha. — Manteve todo mundo na linha.

— Ah, e eu achei um ninho de passarinho no quintal. Está vazio... por enquanto — conta Charlie com o rostinho apoiado na minha cabeça.

— Um ninho de passarinho? Uau, que incrível!

— Posso descer? — pergunta ela para Bo, que assente e a coloca no chão.

Quando Charlie sai saltitando em direção ao próprio quarto, faço menção de pegar Joey no colo, mas ela estica a mãozinha para Bo, que já pegou um lenço para limpá-la.

— Então... — começo a dizer, voltando toda a minha atenção para August. — Fiquei sabendo que você não quer mais se fantasiar de pirata, é isso mesmo? — pergunto, afastando o cabelo dela do rosto.

Com a ponta do polegar, tracejo a cicatriz fininha e desbotada na testa dela, de quando bateu a cabeça na mesinha de centro pouco depois de completar o primeiro ano de vida. No dia seguinte, Bo tratou de desmontar a mesa e a usou para fazer lenha. Éramos tão inexperientes como pais naquela época. Tão sensíveis a qualquer cortezinho, machucado e hematoma. Mas esse acidente foi mesmo terrível.

— Já está velha demais para nossa pequena tradição de família? — acrescento.

— Vocês vão ficar chateados? — pergunta August, lançando um olhar cauteloso para mim e para Bo.

— Não, filha, é claro que não. Mas que roupa você vai pôr? Já está muito em cima da hora para ir comprar outra fantasia.

— Eu estava pensando em ir de fantasma. Se vocês não se importarem de eu cortar um lençol...

Logo percebo sua hesitação, com aquela atitude de *primeiro faça, depois peça perdão* que posso jurar que ela herdou de Sarah, sei lá como. Bo e eu trocamos um olhar. Ele faz uma careta, ainda agachado limpando Joey, e olho para a bancada para ver se a tesoura ainda está no lugar. Não está.

— Depende, meu bem. Por acaso você *já* cortou o lençol?

— Talvez...

Ela abre um sorriso arteiro, girando o corpinho de um lado para o outro, com uma expressão culpada tão parecida com a do pai que fica até difícil sentir raiva. Mas acabei de chegar de viagem. Não posso bancar a mãe chata logo de cara. E eu teria deixado *se* ela tivesse pedido antes de partir para a ação.

Fecho os olhos, balançando a cabeça enquanto respiro fundo.

— Desculpe — pede ela baixinho. — Era um lençol *bem* velho, do fundo do armário.

— Da próxima vez, peça antes, ok? Agora vá se arrumar. Vamos sair daqui a uns dez minutos.

Beijo a testa de August, depois me abaixo para pegar Joey, agora limpinha e sem roupa.

— E agora vamos dar um jeito em *você*, pestinha.

Levo Joey até o quarto que ela divide com Charlie, o corredor tomado pelo cheiro delicioso do bolo quentinho que Bo acabou de tirar do forno. Abro a porta daquele caos laranja e floral que elas chamam de quarto e avisto Charlie já quase pronta, com as leggings listradas de preto e branco e o vestidinho de pirata.

— Arrrrr! Oi, capitã Charlie!

— Oi, capitã mamãe! — responde ela, dando uma risadinha antes de desembainhar uma espada imaginária do cinto.

— Sua espada está ali no armário — aviso.

— Win? — chama Bo, da cozinha. — Sua mãe está no telefone. Ela quer ver as fantasias das meninas.

— Estou arrumando a Joey! — respondo, prendendo Joanna entre meus joelhos para ver se ela para quieta. Ela é muito mais espoleta do que as irmãs eram quando tinham a idade dela. Juro que essa garota escalaria até as paredes se pudesse. — Avise minha mãe que a gente liga de volta quando estiver todo mundo pronto!

Bo aparece na porta com o celular virado para nós e um pedido de desculpas estampado no sorriso.

— Ah, oi, mãe! Desculpe, estamos meio *ocupadas* agora — aviso, lançando um olhar matador para Bo.

— Charlie June, você vai de pirata outra vez? — pergunta minha mãe.

Assim que descobriu que June seria o segundo nome de Charlie, vovó June decidiu que só a chamaria assim, como se fosse um nome composto.

— Vou, vovó — concorda Charlie, correndo até o celular. — Mas August vai de fantasma.

— E Joey?

— Ela vai de papagaio — respondo, colocando-a diante da tela. A fantasia tão especial que nossas três filhas usaram em seus primeiros Halloweens. — Acho que é a última vez que vai servir em uma delas. — Faço beicinho para Bo, fora da câmera. — Quase não consegui fechar o zíper.

— Bom, é só a gente ter outro filho — sugere Bo.

Ele entrega o celular para August, que está passando atrás dele no corredor, com dois buracos tortos cortados no lençol, e ela pega o telefone e sai andando enquanto conversa com a vó.

— E onde é que a gente vai enfiar outra criança? — pergunto, enlaçando os braços no pescoço de Bo.

Já lotamos esta casinha com tantos móveis, crianças e amor que provavelmente não cabe mais nada. Mas somos duas manteigas derretidas. Não queremos abandonar a casa onde nos apaixonamos e criamos nossas filhas. Marcamos a altura das meninas no batente da porta todos os anos desde que elas tinham idade suficiente para ficar de pé. Plantamos uma macieira no quintal que já está começando a dar frutos, bem ao lado da casa na árvore improvisada que construímos. A estufa está coberta de hera, como se a terra a reivindicasse de volta. E sinto o mesmo, como se eu tivesse sido reivindicada pela casa.

Bo murmura baixinho, aninhando-se no meu pescoço para sentir meu cheiro.

— Senti tanta saudade de você.

— Pare de mudar de assunto — digo quando ele começa a beijar meu maxilar. — E pare de me distrair — acrescento, rindo.

— Ué, você não ficou sabendo? Minha esposa é uma mulher bem-sucedida. Ela poderia comprar uma casona enorme para gente — brinca ele, deslizando as mãos até a minha lombar.

— Poderia, é? — pergunto, e inclino o rosto para beijá-lo.

— Talvez, se eu me comportar direitinho... — responde Bo, mordiscando meu lábio. — Ou *não* tão direitinho assim?

— Também fiquei com saudade — confesso, afastando seu cabelo do rosto.

Ele deixou o cabelo e a barba crescerem ao longo do tempo, e eu gosto *muito* quando está mais comprido assim. Combina com ele. Além disso, depois de eu implorar por anos, ele finalmente abandonou as lentes de contato e começou a usar óculos em tempo integral.

— Mas nada de casa nova — aviso. — Vamos ficar bem aqui. Esta é a nossa casa, não podemos abandoná-la assim. Já é triste ter que passar o verão todo no acampamento longe dela.

— Tudo bem, tudo bem. Podemos construir um porão.

— Isso. E criar as crianças lá, sem ver a luz do dia.

— Elas vão envelhecer como vinho — brinca ele, sorrindo. — Você não quer ter mais um? — pergunta, agarrando meu quadril como se estivesse pronto para reabrir a fábrica.

— Acha mesmo que a gente dá conta de mais um? Você acabou de passar quatro dias sozinho com elas... e realmente quer mais?

— Você sabe que quero, docinho. — Ele roça o nariz no meu, depois os lábios. — Quer brincar de imaginar o pior que pode acontecer? — pergunta, com a boca colada na minha. — Ou o melhor que pode acontecer?

Depois que o acampamento se mostrou um sucesso estrondoso pelo quinto ano seguido — e Bo não resistiu a me engravidar pela terceira vez —, ele decidiu abandonar a vida corporativa e virar pai em tempo integral. E nunca esteve tão feliz.

Mesmo assim, três crianças já é *demais*.

Dou uma olhada no relógio e suspiro fundo, beijando-o uma última vez. Mas quem disse que ele quer parar?

— Bo, ei — chamo entre um beijo e outro, sorrindo contra seus lábios. — Já chega. A gente vai se atrasar.

— Então pelo menos quero te ajudar a pôr a roupa — avisa Bo, me jogando por cima do ombro enquanto caio na gargalhada. — E aquela vez que você usou meia arrastão? Será que não dá para usar de novo este ano? — pergunta enquanto me carrega pelo corredor.

— Papai! — chama Joey, parada ao lado de Charlie, que estreita os olhos para mim. — Não!

— Essa não, fomos avistados — sussurro, segurando-me em Bo com todas as minhas forças enquanto ele foge.

— Solta a mamãe! — ordena Charlie, rindo conforme golpeia as panturrilhas de Bo com sua espadinha de brinquedo.

— Jamais! — berra Bo.

Sim, é um caos. E, sim, temos que botar as mãos na massa. Mas é uma vidinha perfeita. Uma vida linda e feliz. Horas passadas perto da água quando podemos. Dias aconchegantes no sofá quando precisamos. Noites dançando na sala de jantar quando queremos.

E quando August aparece no corredor e balança a cabeça ao ver a cena *ridícula* protagonizada por seus pais e irmãs, faço-lhe um agradecimento silencioso por tudo que ela me proporcionou.

Por tudo o que ela me ensinou. Por ter me levado a Bo. Por me fazer enxergar como sou *capaz*. Por todas as coisas maravilhosas que aconteceram desde que ela entrou na nossa vida e a virou de cabeça para baixo.

E tenho certeza de que, se pudesse, eu faria tudo de novo.

Agradecimentos

Muito obrigada por ter lido *Minha melhor parte*! Eu coloquei tanto de mim neste livro e sou muito grata por você ter dedicado seu tempo a ler estas páginas. Caso tenha pulado a nota da autora no início, sugiro que a leia agora, pois ajuda a explicar como escrever esta história foi importante para mim.

Nunca contei tanto com o apoio dos meus amigos, da minha família e da minha comunidade on-line do que enquanto escrevia este livro. Acho que parte disso tem a ver com a época agitada que eu, meu marido e meus filhos estávamos vivendo, mas também por ser uma história *profundamente* pessoal. Muitas vezes, eu tinha a impressão de que estava deixando muito de mim transparecer durante a escrita, sem saber se isso era divertido ou interessante para quem ia ler. Então, desta vez, contei com o apoio de muitos amigos e membros da comunidade de romances que estavam dispostos a me emprestar seus olhos, ouvidos e opiniões.

O que é só outro jeito de dizer que enchi o saco de *todo mundo* com este livro.

Por isso, quero agradecer a minha rede de apoio incrível, família, amigos, leitores alfa e beta e a todos que me deixaram enchê-los de mensagens sobre esses personagens. Especialmente Sophie, que passou *horas* comigo ao telefone planejando, tramando e controlando minha ansiedade: este livro não existiria sem sua ajuda. Tabitha e Tarah, por sua amizade, apoio e orientação: tenho uma adoração infinita por vocês duas. Millie, por toda a gentileza, entusiasmo e companheirismo durante todo o processo (e por me convidar para ir ao show da Taylor Swift com você, porque foi a melhor noite da minha vida). Esther e Laura por aturarem todas as minhas bobagens e me amarem mesmo assim. Natasha, Meg, Marianne, Taylor Smith, Kelsey, Janni, Gracie e Zarin (a inspiração para a dra. Salim), por acreditarem tanto em mim e no meu trabalho e por terem lido cada versão existente deste livro. Christina, por ser minha primeira amiga no universo da escrita e uma das pessoas mais bondosas que conheço. Taylor Torres, Julie Olivia, R. M. Derrick e Lindsey Lanza, por tornarem a comunidade de autores independentes um lugar mais bonito e me apoiarem neste projeto! E Abi, que é a Sarah da minha Win (embora não sejamos muito parecidas com elas na vida real).

Muito obrigada à minha editora (e heroína) Beth, à minha designer de capa Mary Scarlett e à incrível Kelsey, que criou a arte da folha de rosto. Tenho muita, muita sorte de poder trabalhar com pessoas como vocês.

Aos leitores no *Bookstagram* e *Booktok*, que acolheram meus outros livros de braços abertos e com isso permitiram que eu me dedicasse à carreira de escritora em tempo integral: sou eternamente grata a todos vocês. Isso mudou minha vida e, mais importante, a vida dos meus filhos também. A internet pode ser um lugar incrível, seguro, acolhedor e estimulante quando estamos cercados de pessoas boas, e o cantinho dos leitores é o melhor de todos.

Agora, à sensação do momento, Ben. Dediquei este livro (o meu favorito até agora) a você por um motivo. Eu te amo tanto que, para ser sincera, chega a dar nos nervos. Você é a pessoa mais engraçada, gentil, gostosa e dedicada do mundo para mim. Quando meu cérebro estava sendo cruel comigo durante o processo de escrita deste livro, você encarou tudo com a maior tranquilidade e continuou a me amar do jeitinho que eu precisava — como tem feito há doze anos. Obrigada por nunca ter feito eu me sentir nada além de uma mulher capaz, forte e linda. Desculpe por ter usado um pouco (toda) da sua nerdice para descrever Bo. Para mim, foi uma forma de homenagem. Muito obrigada por amarrar meus cadarços, trançar meu cabelo, me ajudar com os botões e por todas as coisas que você faz para me ajudar a ficar menos frustrada.

Se chegou até aqui, também quero agradecer a *você*, que está lendo. Quer esta seja sua primeira experiência com um livro meu ou já esteja aqui desde o início, obrigada por dedicar seu tempo a conhecer meus personagens. É uma alegria imensa escrevê-los para você.

Por último, a todas as pessoas com deficiência, de todas as formas, tamanhos, habilidades e entendimentos: nós também merecemos ser amados. Mais do que isso: somos dignos de amor. Mas, antes de tudo, certifiquem-se de amar a si mesmos.

Este livro, composto na fonte Fairfield,
foi impresso em papel Lux cream 60 g/m², na Rettec.
São Paulo, Brasil, setembro de 2024.